盲目の理髪師

ジョン・ディクスン・カー

大西洋をイギリスに向かう豪華客船クイーン・ヴィクトリア号のなかでふたつの重大な盗難事件が発生する。さらには奇怪な殺人事件も。なくなったはずのエメラルドがいつの間にか持ち主の手にもどったり、死体が消えたあとに〈盲目の理髪師〉が柄《え》にあしらわれた、血まみれの剃刀《かみそり》が残っていたり。すれ違いと酔っ払いのどんちゃん騒ぎに織り込まれる、不気味なサスペンスと意表を突くトリック。巨匠カーの作品中、もっとも笑劇《ファルス》の味が濃いとされ、フェル博士が安楽椅子探偵を務める傑作本格長編が、新訳で登場！

登場人物

ヘクター・ホイッスラー……………………クイーン・ヴィクトリア号の船長
ヘンリー（ハンク）・モーガン………………探偵小説作家
カーティス（カート）・G・ウォーレン……外交官
トマッセン・ヴァルヴィック………………ノルウェー人の元船長
ジュール・フォータンブラ…………………あやつり人形師
マーガレット（ペギー）・グレン…………フォータンブラの姪
アブドゥル…………………………………フォータンブラの助手
オリヴァー・ハリソン・カイル……………医師
スタートン子爵……………………………エメラルドの象の持ち主
チャールズ（チャーリー）・R・
　ウッドコック……………………………殺虫剤のセールスマン
レスリー・ペリゴード………………………演劇評論家
シンシア・ペリゴード………………………レスリーの妻
〈バーモンジーの恐怖〉……………………プロボクサー
ボールドウィン……………………………二等航海士

スパークス……………………電報技師
サディアス・G・ウォーパス……ウォーレンのおじ。政治家
ギディオン・フェル博士…………探偵

盲目の理髪師

ジョン・ディクスン・カー

三　角　和　代　訳

創元推理文庫

THE BLIND BARBER

by

John Dickson Carr

1934

目次

緒言　アントニイ・バウチャー　一三

第一幕

1　意外な荷物　二三
2　ウォーパスおじさん、やらかす　三四
3　映画泥棒を罠にかけろ　五三
4　頭蓋骨問題　六六
5　エメラルドの象、登場　八二
6　消えた死体　九二
7　どのキャビンに？　一一四
8　毛布の下の血痕　一二六
9　朝になって深まる謎　一四〇
10　事件の関係者たち　一五六
11　盲目の理髪師を見た男　一七四

12 カーティス・ウォーレン、やらかす 一九〇
幕間 フェル博士の所見 二〇八

第二幕

13 ふたつの首ふり人形 二二一
14 こんなことがあり得るのか? 二四〇
15 いかにしてミセス・ペリゴードがシャンペンを注文し、エメラルドがふたたび現れたか 二五七
16 C46号室の危険 二七六
17 バーモンジーに任せろ 二九四
18 金時計と脱走 三一一
19 ジュールおじさん、やらかす 三一八
20 解決 三三五
21 殺人犯 三四六
22 ネモ退場 三六五

解説

七河迦南

盲目の理髪師

パット・コヴィッチに

緒　言[1]

アントニイ・バウチャー[2]

本書は殺人にまつわる茶番狂言《ファルス》である。

まずはそう読者にひと言忠告しておかねばなるまい。というのも、この手の小説は最近あまり見かけないからだ。ファルスと聞いて腰が引け、本を措《お》こうかという方、ちょっと待って私の話に耳を傾けてほしい。

私は書評家として毎年三百冊あまりのミステリを読んでいるが、一番の不満は笑える作品がない、ということである。たしかにリチャード・S・プラザー[3]やカーター・ブラウン[4]は笑わせてくれるが、それは謂《い》わば刺身のつまの部分である。書き方が面白いのであって、物語そのものが愉快なわけではない。

私はクレイグ・ライス[5]やアリス・ティルトン[6]、そしてリチャード・シャタック[7]やジョナサン・ラティマー[8]の時代が懐かしい。彼らの作品には文体だけでなく、殺人を取り巻くできごとや殺人そのものにさえ、荒々しくも何とも言えない途方もなさがあった。

あの懐かしい時代。それは一九三〇年代独特のものである。大恐慌末期、キャロル・ロンバード[9]主演、ベン・ヘクト[10]脚本による*Nothing Sacred*という素晴らしい映画があった。癌だと思いこんだ患者をめぐる騒々しいコメディである。この映画のアプローチは今日ではピンとこないだろう。現在のわれわれはいっそうシリアスに物事を受けとめているからだ――ことに死に関しては。

しかし、死と笑いは古くから親しい関係にあった。中世の「死の舞踏《トーテンタンツ》」[11]は滑稽なものだったし、死を主題にたくさんの詩を書いたトマス・ラヴェル・ベドーズ[12]は自らの代表的な悲劇を*Death's Jest Book*と命名した。ダンカン王が血溜まりのなかに沈むとき、酔った門番は陽気に、そしてピントはずれの軽口をたたきながら起きあがるのだ[13]。そして現実の殺人にも往々にして喜劇の要素はつきものである。アメリカにおける犯罪史上最悪と言える日々は、焼けつくような朝にジョン・ヴィニカム・モース[14]という名の男が朝食に温め直したマトンスープを食べたことから始まったではないか。

これからミステリを読んでいこうという若い読者は、これまで以上に殺人コメディを享受する機会が増えるのではないだろうか。このシリーズが、アラン・グリーン[15]、リチャード・シャタック等々、最良のミステリ作家たちを次々と紹介していってくれるだろうから。まずはジョン・ディクスン・カー[16]で口火を切ろうではないか*。

カーの作品の多くには喜劇の要素が色濃い。それはカーター・ディクスン名義で書かれた、ヘンリ・メリヴェール卿[17]の事件簿に顕著である（と書いて、筆者はH・Mの登場する新作がこの十年ほど出ていないことに気づき、衝撃を覚えた）。もちろんギディオン・フェル博士[18]の事件簿のなかにも、その要素は散見される——作中でひたすら飲みつづける『連続殺人事件』[19]などに。

とはいえ、これらは『マクベス』における門番のように、いささか強引の感があった。だがカーはここで（殺人ドラマとともに）正真正銘のファルスを書こうと試みたのだ。そして、彼は比類無きテクニシャンであるから、できあがったものは当然ユニークなものとなった。

賢明にも、彼はフェル博士を陽気な大騒動の外に置いて、完全な安楽椅子探偵を演じさせたのである。バロネス・オルツィ[20]の隅の老人[21]の故事に倣って。そして彼はその素晴らしいプロットに念入りに一連の手がかりを織りこんでいき、申し分のない本格ミステリを作りあげたのである。

ブラック・ユーモア味のあるほとんどの作品群と違って、『盲目の理髪師』は、もっとも厳格な意味での探偵小説である。けれどもドタバタ騒ぎに気をとられずに推理に勤《いそ》しむことのできる読者などいはすまい。笑いすぎて涙あふれる目をふきながら、手がかりを見つけられる者などいるだろうか？

私は読者諸賢がミスター・カーの挑戦を楽しみ、そしてこの悪ふざけを享受されることを望んでいる、どうか存分に堪能していただきたい。

＊　併せて、私はこれより前に再刊された二冊のコリア・ブックス——エリオット・ポ

ールの[22]『不思議なミッキー・フィン』（河出書房新社）と *Mayhem in B-Flat* を読み逃すなど、読者の注意を喚起しておきたい。

（戸川安宣訳）

【訳註】

（1）**緒言** Introduction　アントニイ・バウチャーが作品選定および解説を担当したコリア・ブックス The Collier Mystery Classics の一冊として一九六二年に再刊した際に付されたもの。

（2）**アントニイ・バウチャー** Anthony Boucher（1911–1968）アメリカでただ一人、ミステリの書評、評論で食べられた人物と言われている。バウチャー、およびH・H・ホームズ名義でミステリやSFの創作もある。

（3）**リチャード・S・プラザー** Richard S. Prather（1921–2007）カリフォルニア州サンタアナ生まれの推理作家。『消された女』（ハヤカワ・ミステリ）、『ハリウッドで二度吊せ！』（論創社）などの私立探偵シェル・スコットを主人公にしたシリーズで人気を集めた。

（4）**カーター・ブラウン** Carter Brown（1923–1985）ロンドンで生まれ、オーストラリアに移住した推理作家。『死体置場は花ざかり』（ハヤカワ文庫）等、軽ハードボイルドと呼ぶに相応しい作風で一世を風靡。

（5）**クレイグ・ライス**　Craig Rice（1908–1957）　シカゴ生まれの推理作家。『死体は散歩する』（創元推理文庫）や『スイート・ホーム殺人事件』（ハヤカワ文庫）など、数多くのユーモラスな本格物を発表した。

（6）**アリス・ティルトン**　Alice Tilton（1909–1976）　ボストン生まれの推理作家、フィービー・アトウッド・テイラーの別名義。ティルトン名義での作品は、いっそうドタバタ味が強い。

（7）**リチャード・シャタック**　Richard Shattuck（1905–1986）　ドラ・シャタックがユーモラスなミステリを書くのに使った男性名のペンネーム。『ハネムーンの死体』（創元推理文庫）ほかの作品がある。

（8）**ジョナサン・ラティマー**　Jonathan Latimer（1906–1983）　シカゴ生まれの推理作家。『処刑6日前』（創元推理文庫）や『モルグの女』（ハヤカワ・ミステリ）など、謎解きの要素の強いハードボイルド作品をものした。

（9）**キャロル・ロンバード**　Carole Lombard（1908–1942）　アメリカの喜劇女優。一九三四年の映画「特急二十世紀」で一躍有名となったが、飛行機事故で死亡した。

（10）**ベン・ヘクト**　Ben Hecht（1894–1964）　ニューヨーク生まれの作家、脚本家。代表作はチャールズ・マッカーサーと共作した映画「フロント・ページ」の原作。「十五人の殺人者たち」（創元推理文庫『世界短編傑作集5』所収）などの名短編がある。

(11) **死の舞踏《トーテンタンツ》** Totentanz 十四世紀から十五世紀にかけてヨーロッパで流行した絵画、彫刻の様式。死の普遍性をテーマにし、様々な階層の人間が骸骨の姿で墓場まで踊りながら行進する様が描かれている。ことにハンス・ホルバインの木版画は有名。

(12) **トマス・ラヴェル・ベドーズ** Thomas Lovell Beddoes (1803–1849) イギリスの詩人、劇作家。死後に出版された戯曲 *Death's Jest Book* (1850) で知られる。イギリスの推理作家レジナルド・ヒルが二〇〇二年、このベドーズの戯曲のタイトルをそのまま戴いた長編『死の笑話集』(ハヤカワ・ミステリ) を発表している。

(13) **ダンカン王** Duncan、**酔った門番** the drunken porter シェイクスピア『マクベス』第二幕第三場参照。

(14) **ジョン・ヴィニカム・モース** John Vinnicum Morse アメリカ犯罪史上もっとも著名な猟奇事件の関係者。一八九二年の夏、マサチューセッツ州の閑静な住宅地で、地元の名士アンドリュー・ボーデンとその後妻が斧で惨殺された。すぐにボーデンの末娘リジーが逮捕されるが、裁判で無罪となる。ジョン・モースは被害者の先妻 (リジーの実母) の兄弟。アンドリューと仲が良く、一時は一緒に商売もしていたが、ジョンが西部に引っ越してからは疎遠になっていた。それが事件の前日、突然ボーデン家を訪れている。事件の黒幕と噂される人物。

(15) **アラン・グリーン** Alan Green (1906–1975) 『くたばれ健康法!』(創元推理文庫) に始まるユーモア本格をものしたアメリカの推理作家。

(16) **ジョン・ディクスン・カー** John Dickson Carr (1906–1977) ペンシルヴァニア州ユニオンタウンで生まれた推理作家。本書の著者。

(17) **ヘンリ・メリヴェール卿** Sir Henry Merrivale 一八七一年二月六日サセックス州グレート・ユーボロウに近いクランリー・コートに生まれた貴族探偵。代表的な事件に『赤後家の殺人』や『ユダの窓』(ともに創元推理文庫)がある。フェル博士と並ぶカーの創造した(ただしこちらはカーター・ディクスン名義)二大探偵の一人。フェル博士よりも羽目を外した行動が目につく。

(18) **ギディオン・フェル博士** Dr. Gideon Fell 一八八四年リンカンシャー州ガースにあるスティヴニイ荘園で、ディグビイ卿とフェル夫人との次男として生まれる。イートン、およびベイリオル校を卒業し、オックスフォード大学で文学士、および文学修士、ハーヴァード大学で哲学博士、そしてエディンバラ大学で法学博士の称号を得る。王立歴史学会会員、レジオン・ドヌール勲章を受けている。『十七世紀のロマンス』(スミス社、一九二二)や『イギリスにおける古代以降の飲酒の風習』(クリップン&ウェインライト社、一九四六)などの著書がある。ギャリック、サヴェッジ、ディテクションの各クラブに所属。校長、ジャーナリスト、歴史家を経て、現在は引退。趣味は読書と犯罪の探求。現住所はロンドンのハムステッド、ラウンド・ポンド・プレイス十三(アントニイ・バウチャー編 *Four-&-Twenty Bloodhounds* (1950) の Detective Who's Who より)。本書の当時、フェル博士はロンドン西区のテムズ河に近いアデルフィ・テラス一番地に住んでいた。

(19)**『連続殺人事件』** *The Case of the Constant Suicides*（1941）フェル博士ものの第十三長編。創元推理文庫刊。

(20)**バロネス・オルツィ** Baroness Orczy（1865-1947）ハンガリーのタルナ・エルシュ生まれの推理作家。一九〇五年に刊行した歴史小説『紅はこべ』（創元推理文庫）の大ヒットで一躍有名となる。そのかたわら、ABCティーショップの片隅に腰掛け、新聞記者ポリー・バートンに事件のことを話して聞かせる老人の推理譚（『隅の老人の事件簿』創元推理文庫）を書き、これが一般に安楽椅子探偵の草分けと言われている。

(21)**隅の老人** Old Man in the Corner シャーロック・ホームズ譚の成功にあやかってデビューした数多の探偵のうち、その特異な人物設定で遺憾なく存在を誇示しているのが、隅の老人である。*The Case of Miss Elliott*（1905）、*The Old Man in the Corner*（1909）、そして *Unravelled Knots*（1925）の三短編集に登場する。

(22)**エリオット・ポール** Elliot Paul（1891-1958）『ルーヴルの怪事件』（東京創元社）、『不思議なミッキー・フィン』の邦訳があるマサチューセッツ州モールデン出身の推理作家。第一次大戦中に海外派遣軍の下士官としてフランスに駐在、戦後も新聞社の特派員としてヨーロッパに暮らした経験を生かし、パリを舞台にしたユーモラスなミステリを書いた。

第一幕

1　意外な荷物

　ニューヨークからフランスのシェルブールを経由してイギリスのサウサンプトンへむかう外洋航路船クイーン・ヴィクトリア号が出航したとき、たいへん有名な人物がふたり乗っていると噂され、さらには極めて悪名高い第三の人物もやはり船上にあると囁《ささや》かれた。それにくわえて、この騒々しく破茶目茶な記録においてかなり大きな役割を果たすことになる第四の──ただし、特に名を知られてはいない──人物もいた。この若者はそうと気づかず、乗客のムッシュ・フォータンブラのあやつり人形やスタートン卿のエメラルドの象よりも価値あるものを荷物に入れており、その価値あるものがクイーン・ヴィクトリア号の穏やかなる懐《ふところ》で、謎と派手なお祭り騒ぎ、さらには通常の思考回路から大きく飛躍した猿芝居が生まれた理由の一端を解き明かすことになる。

　イギリスの汽船会社の社旗をはためかせる船のなかで、クイーン・ヴィクトリア号ほど健全なものはない。ときに〝家族むけ〟ボートと表現されるのであるが、それは午後十一時をまわればキャビンで浮かれることはならず、大西洋で標準時が切り替わるたびにきっちり時計の針が進められるため、バーがいつも予想より一時間早く閉まり、思わず毒づいてしまうという意味だ。ふさいだ乗客たちは鏡の多い読書室で腰を下ろすことになるので、まるで故人の親族へお悔やみの手紙を綴《つづ》っているように見える。重厚な装飾のラウンジでかわされる会話の声は小さく、外で碧《あお》い波がうねって舷窓越しにきらめくときなど、船体のきしみに呑みこまれるくらいだ。さらには、編み物が暖炉の火を模した電灯の前で進行中。まじめな面持《おもも》ちのオーケストラが昼食時や夕食時にダイニング・ホールを見おろす張り出しステージで演奏すると、華やかな雰囲気が生まれもする。ところがそのような船において昨年の春の話に、元海軍中佐で船長のヘクター・ホイッスラーがけっして忘れることはないであろう東行きの航海があった。ずけずけとものを言う船乗りの世界にあって、ホイッスラーは蒸気の登場で帆を手放した船長の典型であり、花火のように癇癪《かんしゃく》を破裂させ、悪態の語彙《ごい》も豊かという性格は、下っ端航海士たちの敬意を集めている。どのような航海だったかといえば――

クイーン・ヴィクトリア号は、かつてない奇妙な旅を終え、五月十八日の午後にサウサンプトンに到着した。翌朝、ミスター・ヘンリー・モーガンはロンドンのアデルフィ・テラス一番地にあるフェル博士の新居の呼び鈴を鳴らしていた。ご記憶かもしれないが、ヘンリー・モーガンというのは、深く考えもせずにそれを職業に選んだ著名な探偵小説作家であり、剣《つるぎ》の八事件でフェル博士と顔見知りになった。この日の朝――アデルフィ・テラスから見おろすテムズ河と静かな公園を薄曇りの奥の太陽が照らしている――面長《おもなが》で眼鏡をかけ、一見、物思いに沈んでいるみたいに思えるモーガンの顔には、怒りとも楽しみともつかない表情が浮かんでいた。ともあれ、たしかに尋常ではない経験をした男のように見えた。そして事実、そのとおりだったのである。

フェル博士は大声で挨拶をして温かく迎え、ビール・ジョッキを押しつけた。客人の見たところ、博士は前にも増してどっしりしており、顔の赤みもますます濃くなったようだった。河の見える縦長の窓を背に奥行きのある椅子からはみでて座っている。天井の高い部屋で、アダム様式の暖炉は、モーガンが前に見た、フェル博士夫妻が数カ月前に引っ越してきたときよりは、手を入れられていた。まだ片づいていないが、博士にあってはそれが普通だ。しかし、五千冊あまりの蔵書はオークの書棚にどうにか詰めこまれ、雑貨は部屋の隅や隙間に場所を与えられていた。博士は古めかしい雑貨、とりわけ、鮮やかな狩猟画、ディケンズの挿絵、乗り合い馬車から降りて田舎の宿屋の前でジョッキを掲げる人々を描いた絵などを偏愛するだけでなく、白鑞《ピューター》製の蓋がついた浮き彫り細工の磁器のジョッキ、奇抜なブックエンド、パブから失敬した灰皿、僧や悪魔の小さな彫像といった子供じみたものも大好きだった。そうは言っても、オークの書棚が並び、床に擦り切れた絨毯の敷かれた地味な部屋にあってはこうしたものが、博士のガルガンチュアのような巨体にじつに似つかわしい背景となっていた。本や書類が散らばる大きな書斎机を前にして、窓辺の椅子に座っている。山賊風の口ひげの下でにこにこと笑い、幅広の黒いリボンで留めた眼鏡の縁越しに、客人にむかってまばたきしながら目を輝かせた。そしてそれぞれが葉巻に火をつけたところで、フェル博士は切りだした。

「まちがっとるかもしれんがね、きみ、その目に仕事がらみのきらめきを垣間見たように思うんだが」博士は息をぜいぜいさせながら、大きな両手を机の上で組んだ。「なにか考えていることがあるんじゃないのか?」

「そうなんです」モーガンは暗い口調で答えた。「博士が聞いたこともない奇天烈な話を打ち明けたいんですよ、お時間があればですが。だいぶ長い話になりますけれど、退屈はさせないと思います。それから、ひとりよりふたりの話のほうがいいかと思って、勝手ながらカート・ウォーレンをここに呼んでおきました……」

「ハハッ!」フェル博士はうれしそうに両手をこすりあわせた。「ハッハッハハ! こいつはおなじみの展開だ。もちろん時間はあるとも。それに、誰でも好きな人物を連れてきたらいい。そのジョッキにおかわりを注いだら、細かい話を聞くとしよう」

モーガンはビールをぐっとあおり、ぐっと息を吸った。

「まず」彼は講義でも始めるように言った。「名船クイーン・ヴィクトリア号で、船長と同じテーブルに座っている面々に注目していただきます。幸か不幸か、ぼくもそのひとりでした。最初から、つまらない航海になりそうだと思っていました。みんな、死体防腐剤なみに美徳を注射されたらしく、バーがひらいて三十分経つのに、ぼくのほかに客はふたりだけでした。そんなわけで、そのキャプテン・ヴァルヴィックやウォーレンと親しくなったんです。

トマッセン・ヴァルヴィックはノルウェー人で、北大西洋航路の貨物船や客船の船長《キャプテン》を務めた人でした。いまは引退して、ボルティモアのコテージで奥さんとフォード一台と九人の子供たちと暮らしています。プロボクサーのように身体が大きく、砂色の口ひげをたくわえ、派手な身振りが多くて、ふんと鼻息を出してから笑う癖があるんです。一晩中、信じがたい与太話を語りつづける愉快な人物でして、しかも北欧の強い訛《なま》りで話すものだからなおさらおかしいし、このホラ吹きと言われても気にもしないんですよ。きらめく薄い青の目は、皺《しわ》だらけの砂色の顔に埋もれたようになっていて、偉ぶったところはまったくありません。こいつはヘクター・ホイッスラー船長にとってやりにくい航海になりそうだと思いました。

だってですね、ホイッスラー船長は、格式を重んじ有能で恰幅のよい紳士としてテーブルの上座《かみざ》につく前から、ヴァルヴィックとは知り合いだったんですよ。ホイッスラーはこんな人です——肉づきはよくなる一方で頬の肉も垂れて、クリスマス・ツリーみたいに金モールで飾り立てている。そんなホイッスラーの視線はいつも、ヴァルヴィックにむけられていました。しけにあった船のテーブルに載ったスープ皿を見るのとそっくりな目つきで。それでも、北のおやじさんを黙らせることも、与太話を封印することもできませんでしたけどね。

最初はそこまでややこしくなかったんです。船出してすぐに予想外のしけに巻きこまれました。雨に突風、めまいのする縦揺れと横揺れの合わせ技で、ほとんどの乗客は自分のキャビンにこもりました。贅沢《ぜいたく》なラウンジもホールも、幽霊が出そうなくらい人がいなくなりましたね。通路は引きちぎられる籐細工のようにきしみ、海はしぶきと轟音《ごうおん》をあげ、乗客は隔壁に打ちつけられたかと思えば、今度は宙に浮いて前方に転がる始末で、階段を進むのだって冒険でした。個人的には、荒れた天気は好きなんですけどね。ドアを開けると風がびゅんと吹きこむのなんてたまりません。白いペンキと磨いた真鍮《しんちゅう》の匂いも好きです。船酔いの原因だと言われていますけどね、通路が揺れてガタガタと降りるエレベーターみたいな感じがするのは。でも、そんなことは苦にしない人たちもいます。というわけで、船長のテーブルにいたのは六人だけ。船長、キャプテン・ヴァルヴィック、マーガレット・グレン、カート・ウォーレン、ドクター・カイル、それにぼくです。みんなが会いたがっていた有名人と言えそうなふたりはどちらも、からっぽの椅子が代理で参加していました……ふたりというのはかなり名の売れるようになった、あやつり人形劇場を経営するジュール・フォータンブラのおやじさん、それにスタートン子爵です。ご存じですか？」

フェル博士は白髪まじりの大きなもじゃもじゃ頭をかき乱した。

「フォータンブラ！　はて、わしはこのあいだ、インテリぶった雑誌のたぐいでその記事を目にせんかったか？　ロンドンのどこかにある劇場の男で、そいつのあやつり人形ときたら本物の人間に近い大きさと重さなんだよ。フランスの古典劇だかが演目じゃなかったかね？」

「それです」モーガンがうなずく。「あの人は自分の楽しみのため、また〝高級芸術〟とやらを保存するという、ぼくにはよくわからない使命感から、この十年か十二年かにわたって上演を続けてきたんです。クッションのないベンチがせいぜい五十脚くらいしかない、小さな箱のような劇場を手に入れて。ソーホーのどこかです。足を運ぶのは移民の子供たちぐらいだったんですが、その子たちは劇に夢中になった。フォータンブラの主菜《ピエス・ド・レジスタンス》は叙事詩『ローランの歌』をみずから脚本に起こしたもので、こいつをフランス語の押韻をもたない《ブランク・ヴァース》語りでやるのです。こういうことは全部、ペギー（マーガレットの愛称）・グレンから聞いたことですよ。フォータンブラは役柄の大半をみずから演じ、舞台裏から格調高いセリフを轟《とどろ》かせながら、助手ひとりを使って人形をあやつるんです。人形——重さは八ストーン近く（約五十キロ）あって、それぞれがおがくずを詰めこまれて甲冑《かっちゅう》、剣、装具と一揃い着けているんですが——を手押し車に載せて走りまわらせ、複雑に張りめぐらせたワイヤーで手足を動かすんです。そういう仕掛けが欠かせないのは、この出し物の大部分が戦闘だからですよ。観ている子供たちは興奮して飛び跳ね、声を嗄《か》らして声援を送るわけです。

子供たちは作品の気高《けだか》い精神には見向きもしませんでした。おそらく、フランス語のセリフを聞いてもいないし、そもそもなんの話だか理解もしていなかったでしょう。わかっているのは、カール大帝が金の甲冑、緋色のマント、片手に剣、片手にバトルアックスといういでたちで舞台にふらふら登場することだけです。大帝に続いて宮廷の重臣たちが押し合いへし合いしながら姿を見せる。同じようにまぶしい装束を身に着け、必殺の武器をもっています。舞台の反対側の袖からは、ムーア人の王と手下たちが全身武装して登場です。そこで、すべての人形が空中でばらばらの格好でぴたりと動きをとめ、カール大帝が朗々と叫ぶんです。〝見るがいい、みなの衆。なんたることか、一大事。さーて、おいこら！〟と。そして二十分近く語りが続きます。ムーア人たちはフランスに干渉するな、さっさと出ていかないと思い知らせてやるといった趣旨です。ムーア人の王は剣を掲げ、十五分の語りでお返しします。自分たちの意図は〝黙りやがれ！〟だと。するとカール大帝は戦闘開始の声をあげ、バトルアックスで襲いかかるんです。

いままでのはほんの序の口なんですよ。人形たちが動きだし、闘鶏場のにわとりみたいに走りまわり、剣を突きだして、大騒ぎで戦うものですから、天井が崩れ落ちそうなほどになるんです。ひっきりなしにひとりがやられて手押し車から放りだされ、舞台にドーンと倒れては埃《ほこり》をあげる。埃のなかでさらに戦闘は入り乱れ、フォータンブラのほうはその奥で駆けまわって格調高い語りをしゃがれ声で叫び、しまいには子供たちが興奮して、やんやと囃《はや》し立てる。そこで緞帳《どんちょう》が下ります。姿を見せたフォータンブラは、息を切らしてお辞儀をしながら顔の汗を拭い、客の歓声がうれしくてたまらない様子なんです。そしてフランスの栄光について語るんですが、観客は彼がなにを話しているのかわからないまま、大声で褒め称えると……フォータンブラはしあわせな芸術家でした。そう、観客に愛されている芸術家でした。

まあ、避けられないことではあったんですよ。遅かれ早かれ、知識人が彼とその芸術を〝発見〟することは。案の定、誰かが発見したわけです。そして一夜にして有名になった。イギリス国民が恥知らずにも無視していた、真価を認められていなかった天才というわけですよ。いまじゃ、劇場に子供たちは入れません。シルクハットをかぶって、コルネイユやラシーヌについて語りたがる客しかいない。フォータンブラもいささかとまどったでしょうね。それはともかく、彼はアメリカで古典劇を何種類も演じるよう強く誘われることになり、それは評判のいい長いツアーになったというわけです」

モーガンは深呼吸をした。

「お話ししたとおり、これは全部、ミス・グレンから聞いたことです。人形劇がこんなに人気になるずっと前から、事務仕事はさっぱりのおやじさんのために秘書兼マネージャーのようなことを続けている人です。母方の親戚らしいですよ。彼女の父親は地方の教区牧師だか校長だか、そういった人でした。父親が亡くなってロンドンに出てきたんですが、食うにもこまって切羽詰まったところで、ジュールおじさんが世話をしてくれることになったんです。とんでもなくきれいな人で、おしとやかで慎み深く見えるんですが、それも彼女にどれだけとんでもないところがあるかに気づくまでのことです。いや、彼女が何杯か酒を飲むまでのこと、と言ったほうがいいですかね。飲むと手がつけられなくなるんです。

さて、テーブルについた面々でペギー・グレンのお次にくるのは、友人のカーティス・ウォーレンです。

博士はきっとカートが気に入りますよ。無鉄砲なタイプで、現アメリカ合衆国政府のさる大物がお気に入りの甥です……」

「なんという大物だね？　ウォーレンという姓の政治家はひとりも――」

モーガンは咳払いをした。

「母方の親戚なんです。いずれぼくの話に大いに関係してくる政治家ですよ。とりあえずは、大物とだけ言っておきます。F・D・ルーズヴェルトからさほど遠くない人物とお考えくださ い。ところで、この大物は政界でいちばんのうるさ型かつ尊大な人なんです。誰よりも艶光《つやびか》りするシルクハットとピシッと折り目の通ったズボンで決めて、不定詞のひとつすら絶対にまちがえることのない、一分《いちぶ》の隙もないエチケットの君子で……とにかく、この人がちょいとあやつりのワイヤーを引っ張って――このイギリスではそんなことできませんよね――カートに大使館の職を用意したんです。大都会とは言えない場所なんですけれど。パレスチナかどこか人里離れたところで送り状にスタンプを押すなんていう重労働にむかう前に、カートはヨーロッパを巡る休暇を過ごそうとやってきたわけです。ちなみに、彼の趣味は素人映画を作ることでして。金にこまっていませんから、大型のカメラだけじゃなく、ニュース映画の連中がもっているような録音装置も揃っているんです。

大物と言えば、そろそろクイーン・ヴィクトリア号に乗船していたもうひとりの有名人の話をする頃合いですね。ご多分に漏れず、船酔いでまいっていた人です。ほかでもないスタートン卿、〝ジャーミン・ストリートの世捨て人〟と呼ばれている貴族です。彼は誰にも会おうとしません。友人はひとりもない。彼がするのは、めずらしい宝石を集めることだけ」

フェル博士は口からパイプを取りだし、まばたきをした。

「いいかね」博士は警戒心をにじませた口調で言う。「話の続きを聞く前に知りたいことがあるんだがの。ひょっとして、光の湖とかなんとか呼ばれる極上のダイアモンドについてのありふれた話ということはないだろうね？　あるいは、ビルマの偶像の左目からえぐり出した宝石云々《うんぬん》の話で、ターバンを巻いた怪しい何者かが追っているといったような話じゃなかろうね。もしそうなら、話を聞きたいとは思わんが……」

モーガンは微妙な顔つきで額に皺を寄せた。

「違います。奇天烈な話だと言ったじゃないですか。いや、奇天烈という言葉でも言い足りない、突拍子もない話ですよ。でも、たしかに宝石がこの話にかかわってくることは、白状するしかないですね。そのせいで、電報が届いたときにややこしいことになって問題が起きたんですが、どういう経緯だったのか、解き明かせる人がいなくて」

「ふうむ！」フェル博士は彼を見つめていた。

「それから、宝石はたしかに盗まれたと白状するしかなくて――」

「誰に？」

「ぼくに」モーガンは思わずそう答えると身じろぎした。「正確にはぼくたちの何人かにです。悪夢でしたよ。それはエメラルドの象だったんです。歴史にからんだ逸話などはない大きなペンダントなんですが、宝石としてそれ自体にたいへんな価値があるんです。珍品で、貴重品です。だからこそ、スタートンはそいつを追っかけていた。彼がニューヨークによくいる落ちぶれた百万長者からそいつを買い取ろうと交渉を続けていたのは公然の秘密でした。そしてまんまと手に入れたんです。これはカート・ウォーレンから聞いた話ですよ。カートのおじさんである大物政治家はスタートンの友人で、おじさんはカートが船出する直前に、その話をすっかり聞かせてくれたそうです。たぶん、船上の半数の人がその噂を耳にしていたでしょうね。みんな乗船する彼をひと目見ようと待ち構えていました。風変わりで、砂色の髪で、昔風の頬ひげを生やして頬の肉の垂れた男でした。同行者は秘書がひとりだけです。チェック柄のマフラーを何本もぐるぐる巻きにして、タラップにふいに現れると、近くにいる全員を罵《ののし》ったんです。

それにしてもいくつも理由はあるんですが、博士が例の極上のダイアモンドについてのありふれた話をもちだされたのは、ふしぎな巡り合わせに思えます。なぜならば、すべての問題の引き金になった日――出港して四日目、到着を三日後に控えた午後遅くですけど――ペギー・グレンとキャプテン・ヴァルヴィックとぼくは、エメラルドの象について話しあっていたからです。膝にローブをかけてデッキチェアに寝そべっているときによくやるような会話で、お茶の時間を知らせるラッパが吹かれるのを待つばかりで、たいして考えることもないですからね。で、エメラルドの象がスタートン卿の荷物に入っているのか、船長の金庫にがっちり収納されているのかどちらだろう？　そしてどっちの場合でも、仮に盗むとしたらどうやるか、という話をしたんです。ペギーは思ったとおり、とても複雑で独創的な計画をひねりだしました。でも、ぼくはちゃんと聞いていなかった。みんな四日間でおたがいのことは知り尽くして、ほとんど気を使わないようになってましたから。

正直言うと、うたた寝しかけていましてね。そんなとき――」

2　ウォーパスおじさん、やらかす

空と海のはざまはちらちらと金色に揺れて輝いていたが、黄昏《たそがれ》はすでに降り、灰色の海で白波が昼と夜のうつろう光をまとう頃、クイーン・ヴィクトリア号は激しいうねりをかきわけていた。水平線がかしいで波に没したかと思うと、今度は煮えたぎるような波の上へとせりあがる。誰もいないにひとしい遊歩甲板《プロムナード・デッキ》には強風が吹いていた。眠たげにデッキチェアに横たわり、寒さ対策ですっぽりあれこれにくるまったモーガンの心は凪《なぎ》の境地にあり、荒れた海の音も暖炉の炎のように快かった。じき船のあちこちで照明が灯る頃だ。ラウンジでお茶の準備が整って、オーケストラが演奏を始める。目下連れはふたりとも黙りこんでいて、彼はそちらに視線を走らせた。

ペギー・グレンはとっくに本を膝に置いていた。デッキチェアに横たわり、目蓋《まぶた》を閉じかけている。ほっそりした愛らしくていたずらっぽい顔――いつもは表向き女校長のように堅苦しい表情を浮かべている――は、とまどい、むっとしているようだ。片方のつるをもってべっこう縁の読書眼鏡を揺らし、ハシバミ色の目の上では額にくっきり一本、皺《しわ》が寄っている。毛皮のコートを着込んでおり、ジャワ更紗《さらさ》のスカーフが激しくなびいている。小さな茶色の帽子の下では、デッキに吹く風でウェーブのかかった黒髪が躍っていた。

彼女が口をひらいた。「ねえ、ウォーレンはなにを手間取っているのかな？　もうすぐお茶よ、約束した時間をだいぶ過ぎている。みんなでカクテルを飲みにいくことになっているのに」身じろぎをして、まるでウォーレンが外にいないかと期待しているかのように、熱心な目つきで背後の舷窓を覗いた。

「ぼくにはお見通しさ」モーガンは呑気に答えた。「あいつを引きとめているのは、ナッシュヴィルからやってきた、あの元気で小柄なブロンドだよ。ほら、初めてパリに行くから、魂のために経験を積みたいとか言っている子」

そう言われて、ペギーは風で赤くなった顔をモーガンにむけて立ちあがろうとしたが、彼の表情を見て、かわりに舌を突きだした。

「べー！」彼女はおどけるように言った。「あのイカサマちゃんね。ああいうタイプなら知っている。ふしだら女みたいな服装をするけれど、一ヤード以内に男を近づけようとはしないの。ねえ、わたしのアドバイスを聞いて」ペギーは賢《さか》しげにうなずき、ウインクした。「魂のために深い経験を積みたがる女とは、距離を置くこと。なぜかというと、そういう女は経験を積むと言いながら、指一本ふれさせるつもりはないからよ」彼女は顔をしかめた。「ねえ、いくらなんでもカートは遅いんじゃない？　だって、アメリカ男の悪名高い遅刻癖を考えても――」

「ウハハ！」キャプテン・ヴァルヴィックがなにかひらめいた様子で口をはさんだ。「あれじゃねえか。たぶん、馬の話みたいなあれさ」

「馬っていうのは？」モーガンが訊ねる。

キャプテンはいつもの愉快な鼻息を吐き、大きな肩を突きだしてかがんだ。デッキチェアが滑って隣とぶつかるほどにデッキは縦にも横にも揺れていたのだが、彼は難なくまっすぐ立っていたのだ。面長《おもなが》の赤みがかった砂色の顔には笑い皺がいくつも深く刻まれ、ひどく小さな金縁眼鏡の奥で、薄い青の目がよからぬことを考えていそうなきらめきを見せている。目尻にも皺を寄せ、砂色の口ひげを震わせてまたふんと鼻息を吐き、大きなツイードのひさし帽を片耳にぐいと引きおろし、ぶんと手を振ってみせたが、その勢いたるや小柄な者が拳を突きだしたのとかわりない。

「ハハ！」キャプテンがほえる。「あれだわ。オレの国、ノルウェーでは、習慣があるんよ。あんたたちは馬をとめたかったら、こう言うね。〝どうどう、とまれ！〟って。けど、オレたちは違う。こうよ。〝ブルブ・ブルブルウウウウ・ブル・ウウウウ！〟」

垂れた頰を揺らし、獲物を仕留めて頭を高くあげるターザンのように、キャプテンはモーガンが聞いたこともない素《す》っ頓狂《とんきょう》な騒音をあげた。まともな音としては再現できないから、その美しさと鋭さは伝えられない。湯が浴槽から抜かれ、鬨《とき》の声のように意気揚々と高まってから、ぽんこつ排水口と壊れた排水管の奥へ吸いこまれてゴボゴボと震えるときのような音とでも言おうか。あたかも、ミスター・ポール・ホワイトマン——たとえるならだ——がこの音を中心にシンフォニーを築き、そこに彼のジャズ楽団のホーンやストリングスが共に力強く音を重ねたようだった。

「ブル・ブルウウ・ブルウウルルウウウ・ブルルウウウウウウ！」キャプテンはカラスのように歌い、首と頰の肉を震わせながら、膝を沈めていったかと思うと、クライマックスで一気に伸びあがって頭をそらせた。

「ずいぶんとたいへんそうじゃないですか？」モーガンは訊いた。

「いや、とんでもない！　お茶の子さいさいさ！」キャプテンは澄まして笑い、ひとり悦に入ってうなずいている。「けんど、まあ聞いてくれよ、いっちゃん最初に、アメリカのお馬にいまのを言ってきかせたら、お馬の奴らはわかってくれなかった。どういうことだったかわかっていうと、こういうことさ。ずいぶん昔、まだオレが若かった頃、ヴァーモント暮らしの娘っ子に惚れていたんよ。そこはノルウェーみたいにいつも雪だもんで、橇《そり》に乗せようと考えたわけさ、オレもなかなかやるだろ。いっちゃんいいお馬と橇を借りて、昼の二時に出かける支度をしておいてくれと伝え、迎えにいったんだ。もちろん格好いいところを見せたくて、家まで馬を飛ばしたら、その娘っ子がポーチで待ってるのが見えた。そんで、ばっちりきめて登場するぞと、〝ブルブル・ブルウウウ・ブルウウ！〟って、力強くはっきりと馬に言った。道から曲がって門に入らせようとしてな。ところがどっこい、馬はとまらなかった。〝なんだよ！　このお馬、どうしやがった？〟と思ったね」ここで次の言葉を強調して大きく手を振る。「だから、〝ブルブル・ブルウウウ・ブルウウ！〟とやり、それから橇の足台に半立ちになってまた同じことを叫んだ。すると今度はお馬の奴、振り返ってオレを見たんよ。それでも、とまりゃしない。しゃんしゃん走りつづけて、娘っ子が立ってる家の前をまっすぐ通り過ぎ、さっきより駆け足になるばっかなんだよ。オレが〝ブルブル・ブルウウウ・ブルウウ〟と繰り返してるのにさ。娘っ子は目を丸くしてこっちを見て、妙な顔をしてたが、お馬は飛ぶように道を走ってく。オレにできるのは橇に突っ立って、帽子を脱ぎ、お辞儀をするだけで、そのあいだも娘っ子からどんどん遠ざかってくんだ。お辞儀してるあいだに角を曲がり、あの子の姿は見えなくなって……」

この話はずっと大きな身振り手振りつきで、キャプテンは馬がいるつもりになって手綱《たづな》をあやつっていた。最後にため息を漏らし、暗い様子で首を振ると、愛嬌たっぷりに目をきらめかせた。

「二度とその娘っ子をお誘いすることはできなかったよ。ウッハッハッ！」

「でも、話のつながりが見えないわ」ペギー・グレンは反論しながら、少しこまった表情でキャプテンを見やった。「それのどこがカート・ウォーレンに関係あるんですか？」

「はてな」キャプテンは頭を掻いて打ち明ける。「ああ、ただオレはいまの話をしたかっただけさ。思うに……たぶん、船酔いなんじゃないか？　ハッハッハッ！　あっ！　そんで思いだした。コックがいつもスープの豆を全部食っちまうせいで起きた反乱の話をしたことはあったかな――」

「船酔い？」ペギーはむっとして叫んだ。「やめて！　その言葉にはうんざり――しょうのないおやじさんね、そうじゃないことを祈ります。わたしのおじが船酔いですごく苦しんでいて、ひどくなる一方で心配しているの。船内コンサートで人形劇を上演する約束があるのに……。ウォーレンの様子を見にいったほうがいいと思う？」

ペギーは口をつぐんだ。白い上着の客室係が近くのドアからあたふたと姿を現し、翳《かげ》っていく陽の光のなかであたりに目を凝らしてきたからだ。モーガンは自分の部屋の担当者だと気づいた。陽気な面長の青年で、黒髪をぺたりとなでつけていた。いまはどこかうしろめたそうな表情をしている。風の吹きつけるデッキを滑るように歩いてくると、モーガンに合図して、荒れ狂う波に負けないよう声を張りあげた。

「お客様。ミスター・ウォーレンがお越し願いたいそうです。それにご友人たちも……」

ペギー・グレンが身体を起こした。「なにかあったんじゃないでしょうね？　彼はどこ？　どうしたの？」

客室係は心もとない表情になってから、安心させようとする顔つきになった。「いえ、そうじゃないです、お嬢さん！　なんでもありません。ただ、誰かに殴られただけですから」

「ええっ？」

「目元をです、お嬢さん。それに頭のうしろも。でも、ミスター・ウォーレンは平気な顔をされてますよ。キャビンの床に休んでいただいています」客室係はいささか誇らしそうに言う。「頭にタオルをあてながら映画のフィルムを握りしめて、たいそうなことを毒づいておられます。かなりひどく殴られたんですよ、じつのところ」

一同は顔を見合わせてから、揃って客室係に続いて走った。キャプテンは口ひげを揺らして口からも鼻からも息を吐き、こんなことをした奴に目にもの見せてやると罵《ののし》っている。デッキのドアを思い切り開けると、風の勢いで、暖かくペンキとゴムの臭いのする通路へ押された。ウォーレンのキャビンは広いダブルをひとりで使っているもので、Cデッキの右舷側にある。一同は縦揺れする階段を降り、ダイニング・ホールに通じる薄暗い階段室を横目に、C91号室のドアをノックした。

ミスター・カーティス・G・ウォーレンの、いつもならばのんびりとにこやかな顔は、腹の虫が収まらない表情に変わっていた。いけないことを口にしていたらしき気配がニンニクの香りのように彼にまとわりついている。頭には濡れたタオルがターバンのように巻かれていた。

何者かの拳が作った浅い切り傷。緑がかった目が、洗ったばかりの瘦せた顔から苦々しく一同を見た。包帯の上から悪鬼《ゴブリン》のように髪が突きだしている。そして映画フィルムらしきものを手にしていた。録音もできるもののようで、片端はちぎられている。ベッドの端に腰かけて背にした舷窓越しに、黄色がかった夕焼けがかすかに見えていた。そしてキャビン全体はひどく荒らされている。

「入ってくれ」ウォーレンはそう言ってから、さらに声を張りあげた。「あいつを捕まえたら」彼はこれから演説するように深呼吸をし、ゆっくりと言葉を区切って宣言した。「このフィルムを、奪って逃げようとした、臆病で、まぬけで、腐れ根性の、あいつを捕まえたら。ブラックジャックで人をぶん殴ってまわっている、下衆《げす》野郎の醜いツラを、ひと目見ようものなら――」

ペギー・グレンが金切り声をあげた。「ウォーレン！」駆け寄って頭を調べ、耳のうしろが洗えているか確認でもするように左右に傾けた。

「いたっ！」彼はその手を払いのけた。

「ねえでも、ダーリン、なにがあったの？　どうして殴られる前に、相手をさっさとやっつけなかったのよ？　傷は痛む？」

「ベイビー」ウォーレンは威厳のある口調で答えた。「見てのとおり、傷を負ったのは、ぼくの体面だけじゃないんだよな。傷の縫合が終わる頃には、この頭はたぶん野球ボールみたいに見えるだろう。こんな事態を招くことになった原因だけど……きみたち」彼はむっつりしてモーガンとキャプテンに訴えた。「助けがいる。大ピンチだ、嘘じゃない」

「ヘッ！」キャプテンは大きな手で口ひげをなでつけた。「どいつに殴られたか言ってみなよ！　そしたら、オレがそいつを捕まえて――」

「誰がやったかわからない。それが問題だ」

「でも、どうしてここまで荒らされ……？」モーガンは散らかったキャビンに鋭い視線を投げて訊ねた。するとウォーレンは、ひねくれたふうに笑った。

「こいつはだな、友よ、きみの得意分野だ。世界を股にかける悪党が船に乗ってるかどうか知らないか？　いつもモンテカルロをうろついてるなんとか王子とかなんとか王女と名乗ってるようなやつを。国家の重要な機密がくすねられた……いや、冗談で言ってるんじゃない。自分がそんなものをもってるなんて知らなかった。考えもしなかった。破棄されたものだと思ってて……ひどくこまったことになったよ、笑い事じゃないったら。適当なところに腰を下ろしてくれ、あらましを話して聞かせるから」

「すぐにお医者さんに診てもらわないと」ペギー・グレンが温かい口調で言う。「記憶喪失にでもなったらどうするの――」

「ベイビー、いいかい」ウォーレンはかなりいらついた様子で言い聞かせる。「まだわかってないようだね。これはダイナマイトだ。これは――そうだな、ここにいる作家先生のスパイ物語みたいなものなんだよ。それも新基軸のストーリーの。ところで……こいつを見てくれ。このフィルムに写ってるものを」

それを手渡されたモーガンは、舷窓越しの薄れゆく陽射しに透かしてじっくりフィルムを見た。画像にはどれも、夜会服をまとった押し出しのよい白髪の紳士の姿がある。演説をしているように片手の拳をあげ、ひどく激しい話しぶりなのか、口を大きく開けている。堂々としたその人物の疲れた表情はとても目を引くものだった。ネクタイの結び目はかなり横へずれ、頭と肩には雪に思えるものが散らばっていた。よく見ると、紙吹雪《ふぶき》だ。

その顔にはどこか見覚えがある。しばらく目を凝らしてからようやく、ほかでもない、例の大物政治家だと気づいた。政府内で誰よりもうるさ型の折り目正しき人であり、奇跡の手腕をもつやり手であり、下々《しもじも》を率いる指導者だ。ラジオから流れる快活ながらも落ち着きもあるその声は、国家繁栄という、いままでになかった燦然《さんぜん》と輝く時代の夢を大勢のアメリカ人に抱かせた。たとえば支払いを要求されない分割購入を実現するような、アメリカ版の千年王国が訪れる時代だ。この大物の威厳、博識、優雅な物腰があれば——

「そのとおり」ウォーレンが意地悪く言う。「おじさ。さあ、詳しく話そう……笑わないでくれ、本気の大まじめなんだからな。

とてもいい人なんだよ、ウォーパスおじさんは。それはわかってほしい。誰だってやらかしそうな、ごく普通の人間らしい行動のせいでこんなハメに陥ったんだが、ほかの人はそう思わないかもしれない。政治家っていうのは、たまにはストレスを発散しないとやってけないんだよ。そうしないと、頭に血がのぼって、大使の耳を嚙みちぎるとか、そんなことをしでかすからね。国中がごたごたしていて、なにもかも悪くなっていき、妥当な議案をどれもこれもとんまたちがじゃましようとしてると、政治家だって爆発するときもあるよ。気の合う仲間と一緒で、つきあいでハイボールを一、二杯やっているとなおさらにね。

ぼくの趣味は素人映画を撮ることだろ。そう、音声つきのものだ。船出の一週間ほど前、お別れの挨拶のためにウォーパスおじさんをワシントンに訪ねることになっていてね」頰杖をついたウォーレンは、座る場所を探してキャビンの奥へ移動した者たちに苦笑いをしてみせた。「撮影機材は船にもちこめなかった。あまりにかさばるんでね。ウォーパスおじさんから、自分に預けていくといいと言われた。ああいうものに興味があったみたいでさ。機器いじりを楽しめそうだと思ったようで、使いかたを教えることになってたんだ……。

むこうに到着したその夜」ウォーレンは口をすぼめて深々と息を吐いた。「ウォーパスおじさんの家で、格式ある盛大な舞踏会がひらかれた。でも、おじさんやおじさんの顧問と議員の友人たち数名はダンスを抜けだした。二階の書斎でポーカーをやってウイスキーを味わってたんだ。ぼくが到着すると、ぜひ撮影してほしいということになって、気心の知れたその場の者だけでトーキー映画を撮った。準備には、執事の助けを借りてもしばらくかかったよ。そのあいだおじさんたちは楽しく酒を飲んでた。中西部のトウモロコシ畑からいらっしゃった、強くて、無口で、きついながらもすっと喉を通る頼もしいのもだいぶまじってたね。あの堅物ウォーパスおじさんでさえも、かなり肩の力を抜いてた」

ウォーレンは天井を見てまばたきしながら、そのときの愉快な様子を思いだしているようだった。

「始まりは、まじめで堅苦しい撮影だったんだ。執事がカメラマンで、ぼくが音声を録音した。まず、ウィリアム・T・ピンキス議員が、リンカーンのゲティスバーグ演説を暗唱した。それはまあよかったんだ。次に農務省長官が『マクベス』の短剣の場面をやった。ジンのボトルを短剣に見立てた、とても力強い演技だった。ひとつのきっかけが連鎖反応を生むんだね。ボラックス上院議員がぐっとくだけて〈アニー・ローリー〉を歌ったら、四人が即席でカルテットを結成して、芸人顔負けの〈家出息子は今宵どこに〉と〈古い灰色のボンネットをかぶって〉を合唱してさ」

ベッドに座って壁にもたれたペギー・グレンは驚いた表情をむけた。ピンクのくちびるはぽかんとひらき、眉をあげている。

「ああ、騙されないから！ ウォーレン、からかってるんでしょ。だって、これがイギリスの下院議員だったら、そんなことするなんて想像できないし」

ウォーレンは慌てて片手をあげた。「ベイビー、天に誓うが、これはありのままのことなんだ」モーガンが大笑いを始めると、しゃべるのをやめて顔をしかめた。「いいか、モーガン。これは深刻な話なんだからな！」

「わかっているよ」モーガンも相手を思いやって認めた。「成り行きが見えてきたみたいだ。続きを聞かせてくれ」

「その人たちは楽しみかたを知ってるねえ」と褒めるキャプテンは熱心にうなずいている。

「オレもいっぺん、そういう出し物をやってみたかったのよ。じゃあとっておきの、霧のなかの二隻の貨物船のものまねをやろうか。感心するぞ、これには。見せてやるよ。ウッハッハッ!」

ウォーレンは話の先を考えこんでいる。

「とにかく、さっきも言ったけれど、ひとつのきっかけが連鎖反応を生む。小さなきっかけがね。きわどい隠し芸の狼煙《のろし》になったのは、しばらくひとりで笑いを押し殺していた顧問のある人物が、旅のセールスマンと農家の娘についての精細な話を披露したときさ。すると、お次に、その夜いちばんの出し物がお目見えした。ウォーパスおじさんはひとりで座っていたんだが――内心そわそわしているのが見てわかったよ――なにもしないのはずるいという思いに負けたのさ。これから演説すると言って、たしかにそうした。マイクの前に立ち、咳払いをして、背筋を伸ばすと、ロドア滝なみの勢いでしゃべりだした。

ある意味では」ウォーレンはむしろ褒めて言った。「あんなおもしろいものは初めて聞いたと言えるだろう。ウォーパスおじさんはずっと、ユーモアを抑えないといけない立場だった。それが、茶番めかした政治演説を作る才能があるんだとそのとき知ることになったわけで……びっくりさ! おじさんのぶちかました演説は、アメリカ政府、政権内部の人々、それにまつわる一切合切について、自由にあれこれ詰めこんだ自粛なしの意見表明だったんだ。次に外交政策と軍事力について語りはじめた。ドイツ、イタリア、フランスの元首たちについてしゃべり、家柄や趣味らしきものについてどう思っているか本音を明かし、諸外国が最大の効果を得るには軍艦をどこに配置したらいいかをほのめかして……」ウォーレンはそこでいささか茫然として額の汗を拭った。「ようするにさ、それは最初から最後まで愛国心を煽る旗振り演説を茶番劇にした、というものだったんだ。ワシントンやジェファーソン、建国の父たちの信念をたっぷりとひねって引用して……その場にいたほかの高名な大酒飲みたちは大受けして拍手喝采さ。ボラックス上院議員が小さなアメリカ国旗を手にして、ウォーパスおじさんの話が盛り上がるたびに、カメラの前に顔を突きだしてはちらりと旗を振ってこう言うんだ。〝万歳！〟と……きみたち、ぼくはぞくぞくしたよ。あれを超えるしゃべりは聞いたことがないね。そう、ニューヨークのいくつかの新聞社はあの六十フィートのフィルムのためなら、ぴったり百万ドル出すだろうよ」

ペギー・グレンは笑っていいのか疑っていいのか悩みながら身を乗りだし、明るいハシバミ色の目をむけた。「出すって言ってもね、そんなのおふざけじゃない！　褒められたことじゃないわ」

「問題はそこなんだよ」ウォーレンは暗い口調だ。

「……しかもあの偉い人たちが。いやあね！　まさか本当だなんて言わないでね。そう、まさか！　わたしは信じないから」

「ベイビー」ウォーレンが穏やかに言う。「それはきみがイギリス人だからさ。アメリカ人の気質は理解できないんだよ。まったくあり得ないことじゃないんだ。こういうのはたまにあるスキャンダルで、どうにかして表沙汰にならないよう押さえるべきものだ。ただし、今度のは途方もない規模で、めまいがしそうなくらいさ——だから、逃げないで直視しよう。アメリカ国内でどんな反響があるか表現することもできないよ。ウォーパスおじさんはもちろん、ほかの大勢も破滅するだろう。でも、もっと大きな問題がある。演説の内容がイタリアやドイツのさる権力者に知られたら、どうなるか想像できるかい？　愉快だと思うはずがないね。大騒ぎをして、髪をひとつかみ引きちぎって、議会かどこかにすっ飛んでいき、ただちに宣戦布告しなかったら、それは先見の明のある誰かが、前もってさる権力者の頭を押さえつけておいたからだろうね……ドッカーン！　TNT火薬みたいなものかな？　いや、TNTもこのスキャンダルに比べたら爆竹みたいにかわいいものさ」

キャビンは暗くなってきた。雲がずいぶんと厚くなっている。船体を通してスクリューの鈍い響きが伝わってきており、縦揺れがくると、ますます轟音《ごうおん》は大きくなり、波がバシャッとあがる。水差しとグラスが洗面台の上のラックでカチャカチャと音をたてていた。モーガンは手を伸ばして照明のスイッチを押して言った。

「誰かにそのフィルムが盗まれたということか？」

「半分だけだが、そうなんだ……なにがあったか聞いてくれ。

そのささやかな大騒ぎの翌朝、目覚めたウォーパスおじさんは、自分がなにをやらかしたか気づいた。大急ぎでぼくの部屋にやってきたよ。どうやら七時前に、ほかの共犯者たちから電話の総攻撃を受けたみたいだ。幸運なことに、ぼくはおじさんを安心させることができた――そのときはそう思った。準備不足もあって、撮影したフィルムはリール二本ぶんだけだったんだ。どちらもこういう容器に入れてあった」

ベッドの下に手を伸ばしたウォーレンは、大きな長方形の箱を取りだした。スチールの留め金つきの、スーツケースのように取っ手がついたものだ。錠はかかってない箱を、彼はパチリと開けた。なかには直径十インチほどの黒く塗られた平らな円形のブリキ缶がたくさん並び、白いチョークで暗号めいた印が走り書きしてある。ひとつの蓋がはずれていた。

ウォーレンはブリキ缶を小突いた。「いくらか気をきかせたんだ。小型映写機なら荷物に収まったから、赴任先の人たちを楽しませてやれると思ったのさ。

ウォーパスおじさんの熱弁の夜、ぼく自身もほろ酔いになったんだ。荷造りは執事に任せ、フィルムのマーキングをどうやるか教えた。こういうことに違いないと思うんだが――いまならわかる――執事は印をとりちがえたんだよ。ぼくは問題のリールだと思った二本を念入りに処分した。でも、あほうみたいに」ウォーレンは煙草を取りだし、口の端にくわえた。「じっくり調べたのは一本のリールだけだった。だから、ゲティスバーグ演説、短剣の場面、〈アニー・ローリー〉の歌は始末したんだ。でも、残りは……いまならわかる気がする。ぼくが捨てたのは、ブロンクス動物園の出来のいい撮影フィルムだった」

「そして、残りの一本が?」

ウォーレンは床を指さした。

「荷物のなかに。そうとは知らずにね。疑いもしなかったよ、今日の午後までは。ああああ！　なんてことだ。国のある人に、急ぎで無線電報を送らないといけなかったんだが」

「ある人って?」ミス・グレンが身体を起こし、怪しむように彼を見やる。

「親父だよ。それで無電室へ行ったんだ。係員から、ぼくあての電報を受けとったばかりだと教えられ、こうも言われた。〝暗号みたいですよ。確認して、問題ないか見てもらえますか？〟と。暗号って言われたんだぜ？　ざっと目を通したけれど、かなり妙だったから思わず声に出して読んだよ。忘れないでほしいけれど、出国するだの、乗船の手続きだので忙しかったから、例のちょっとした出し物のことはすっかり忘れてた。それに、電報には署名がなかったんだ。ウォーパスおじさんならそんなことはしないと思ったから」ウォーレンは、奇抜なターバン、くわえ煙草、学童のようにきれいに洗った顔というなんとも言えない取り合わせで、悲しげに首を振る。そこでポケットから電報を取りだした。「こう書いてある。〝掃き掃除で跡、発見。ヒラー〟——これは執事の名前だよ。昔から一家に仕えている人物だ。仮にウォーパスおじさんがホワイトハウスから銀器をくすねたとしても密告しない——〝心配。熊に見える。本物のリールか。大至急、風刺は根絶のこと。熊について知らせよ〟」

「はあ？」キャプテンが聞き返し、ゆっくりと肩で息をしている。

「おじさんは限りなくぼかして知らせてきたんだよ。動物園の熊だってさ。でも、予想もしていないとき、急にそんなこと言われても、ははあと納得できるようなことじゃない。電報の係員とどういう意味かと話しあったくらいさ。十分ほどして、思い当たった。そもそもウォーパスおじさんが送ってきただなんてわかるはずないだろ？　言葉と言葉のつながりもわかっていなかったんだけど、突然なんのことかわかった。

それでキャビンにすっ飛んでもどったよ。暗くなりかけていたし、舷窓のカーテンが閉めてあった。でも、何者かがここにいた」

「そしてもちろん」モーガンは口をはさんだ。「それが誰かは見ていないんだな?」

「犯人がわかったら」——ウォーレンは急に脱線して、鼻息も荒く、人を殺しかねない目つきで水差しをにらみ——「そいつを見つけだしたら——ええい、ちくしょう! わかったのは、男だってことだけだ。そいつはフィルム入れを部屋の片隅に置き、ブリキ缶の半分の蓋を開けて——あとでわかったことだ——目当てのリールを手にしたところだった。ぼくはそいつに飛びかかったが、顔をしこたま殴られた。そいつにつかみかかったとき、フィルムもつかんだ。また奴が殴ってきた。ここはたいして広くないし、船はかなりひどく揺れていたから、ふたりとも洗面台にぶつかったんだけど、そのあいだもぼくは奴を壁に叩きつけようとした。フィルムは絶対に放そうとしなかったな。そうしていると、キャビン全体がフラッシュ用の粉を燃やしたみたいに明るくなった。ブラックジャックで後頭部を殴られたんだ。完全に気を失うことはなかったけれど、火花のなかで部屋がまわるようだったよ。ぼくがまたそいつを思い切り殴ると、もってたフィルムの一部を抱えた。そうしたら、奴はドアを引き開け、どうにか逃げていった。そこで数分ほどぼくは気絶してたに違いないよ。意識を取りもどすと客室係を呼んだ。水を頭にかけてもらったら、わかってきたのは——」ウォーレンはちぎれたフィルムを見つめた。

「その人は本当に見えなかったの?」ペギーが心配でいてもたってもいられず、ふたたびウォーレンの顔をつかんでしまい、またもや苦痛の「いたっ!」を引きだした。「ねえ、だって、あなたはその人と格闘したんだから……」

「だから、見えなかったと言ってるじゃないか！　誰もが怪しいよ。ただ、問題はどうしたらいいかってことさ。ぜひとも協力してくれ。フィルムを取り返すんだ。そいつは半分奪った。それでも、全部もっていかれたのと同じくらい危険だ」

3　映画泥棒を罠にかけろ

「いいかい」モーガンは考えながら言った。「これは自信満々のヒーローでも請け負ったことのない、前代未聞の極秘ミッションだと認めるしかないね。仕事柄、頭脳を刺激されるな」

わくわく感が膨らんでいく。著名な推理小説作家である自分が、盗まれたフィルムを取りもどし、大物政治家の名誉を守るという複雑なスパイもののストーリーにかかわっているのだ。ミスター・エドワード・オッペンハイムのスパイ小説には最高の設定だったことだろう。モーガン自身も、贅沢《ぜいたく》な外洋航路船を舞台にしたことは何度かある。大海原《おおうなばら》を進むきらびやかな船にスターたちを配したものだ――片眼鏡をかけてシャンペンを口にする盗っ人大勢に、秘めたる目的をもち、いちゃつくことに関心などない色白でほっそりした首の美しいレディたち、そしてよくある詐欺話（諜報機関が出てくる物語に登場する女たちがいちゃつくことに関心をもつのはまれである。そこが作家の腕の見せどころなのだ）。クイーン・ヴィクトリア号はそうした事件にうってつけな船とは言いがたいが、モーガンはこのネタをじっくり考えてみて、いけそうだとわかった。外では雨が降りだしている。この大型船は高波にぶつかるおんぼろボートのように揺れて、モーガンは足元を少しふらつかせつつ、眼鏡を押しあげたり押しさげたりしながら、狭いキャビンを歩きまわって計画を練った。一秒ごとに期待が高まって興奮していった。

「それで?」ペギー・グレンが訊く。「黙っていないで、なにか言ってよ、モーガン! もちろん、わたしたちでこの人を助けてあげるんでしょ?」

彼女はどうしようもない飲んだくれ仲間たちのマイペースぶりに傷ついているようだったが、こまった者を守ってやりたいという本能が頭をもたげて、小さなあごにかなり力を込めていた。べっこう縁の読書眼鏡をかけており、ほっそりした顔にめずらしく堅苦しい表情まで浮かべている(見かけだけだとすぐにばれるが)。帽子は脱いでしまっていて、豊かな黒いボブスタイルの髪があらわになっていた。脚を組んで責めるようにモーガンを見つめてくるから、彼はこう答えた。

「ねえきみ、ぼくがみすみす、こんなおもしろ——いや、重大なことを放っておくはずがないだろう。そうだよ! はっきりしているのは」楽しみながら話を続け、これが真実であることを願った。「ずる賢い世界的な悪党がこの船に乗っていて、なんらかの目的のためにフィルムを手に入れようとしていることだ。よかろう。だったらぼくたちは、防衛同盟を結成しよう」

「ありがとう」ウォーレンがいくらかほっとして言った。「どうしても助けが必要だし、それに信頼できるのはきみたちだけなんだ。さあ、なにから手をつけたらいい？」

「よし。ウォーレン、きみとぼくは知力を担当しよう。ペギーは魔力だよ、必要となったときに。キャプテンは腕力を――」

「フウー！」キャプテンは鼻息を吐き、力いっぱいうなずくと、承認した印に肩をいからせてみせた。きらめく目で一同を見おろし、心底楽しそうに片手をあげた。「神のために！　大義のために！　教会のために！　法律のために！」彼はだしぬけにどなった。「イングランド王チャールズのために、それからライン川のルパートのために！　ワッハッハッ！」

「いったい、そりゃなんですか？」モーガンは訊ねた。

「知るもんか」キャプテンは打ち明けるといくらかおとなしくなって、一同に目をぱちくりさせた。「前に本で読んで、いいセリフだなあと思ってさ（トマス・マコーリーの詩『ネイズビーの戦い』の一節）。気分が盛りあがることがあったら――ゴゴゴゴゴゴって！――つい、口走っちまうんだよなあ」彼は首を振る。「けんど、本のことじゃ気をつけないといかんね。一冊読み終えたら、ちゃんとタイトルを書きつけるようにしないとなあ。忘れちまって、また同じのをすっかり読み返さんために」

キャプテンは愛嬌たっぷりに一同を見やり、鼻をこすってこう訊ねた。「けどな、オレにしてほしいことって、詳しくはどんなことだい？」

「まず」モーガンは言った。「盗まれたことは公表したくない、ということでいいね、ウォーレン？　ホイッスラー船長に報告することもできるが――？」

「もちろんしたくないよ！　そんなことはできないだろ？　自分たちで取り返すことができれば、世間に漏らさずにすむ。でも、完全に秘密にするっていうのはむずかしいだろうね。この船の乗客全員から、あれを盗みたがっていそうな人物をどうやって特定したらいい？　それにさ、ぼくがあのフィルムをもってることを、そいつはどうやって知ったんだ？　ぼく自身も知らなかったのに」

モーガンは思案した。「例の電報だが」そう切りだしたところでいったん口をつぐみ、また続けた。「いいかい、きみは声に出してその電報を読み、その直後に、犯人がこのキャビンに押し入ろうとしたと言ったよね。偶然にしては出来すぎているように思えるんだが。誰かに立ち聞きされなかったのか？」

ウォーレンは鼻であしらった。話し合いに夢中になるあいだに、手が勝手にスーツケースのひとつからウイスキーを探りだしている。「バカな！　よし、いっぱしの悪党が乗船していたとしよう。でも、あのへんてこな電報でなにがわかる？　このぼくにだって、意味がわかるのにしばらくかかったくらいなのに」

「わかった、わかったよ！　じゃあ、こういうのはどうだ。泥棒はフィルムのことをすでに知っている何者かだった。つまり、そうしたものが撮影されたと知っていたってことだ。それならあり得ることだろう？」

ウォーレンはためらい、ターバンを巻いた額を拳で小突いた。

「うん、それはそうだ。例の夜の翌日、二階ではなにが起きてたのかと、ありとあらゆる噂が流れたさ。噂にどれだけ尾ひれがつくかわかるだろ。でも、ぼくたちはドアに錠のかかった書斎にいたし、当然だけど、あの場の誰かが話を漏らすはずはない。前にも話したように、一階ではパーティがおこなわれてたが、そのなかの誰かが知ったはずもないし」

「いや、あきらかに誰かが知ったんだよ」モーガンは反論する。「それに、お偉方が勢揃いする盛大なパーティだったんだろう。ぼくたちの探しているような輩《やから》が紛れていそうじゃないか……手始めに、こんなふうに組み立ててみよう」彼は瞑想しながら耳たぶを引っ張った。「泥棒——そうだな、こいつを映画泥棒とでも呼ぼう——がきみの重要な記録の話を知る。でも、処分されたと思ったから、そいつをくすねようという考えは捨てる。ところがだ、クイーン・ヴィクトリア号に乗ってみると——」

「どうして?」ペギーが現実家らしく訊ねた。

「ぼくにわかるはずないだろ?」モーガンはいささか棘《とげ》のある口調で切り返し、豪奢《ごうしゃ》な舞踏会場に思いを馳せていた。頭にティアラを載せたレディや赤リボンの勲章の軍人たちが大勢。ちょっと悪《わる》めいた頬ひげの見慣れない者たちが、柱の陰にたむろして煙草を吸っている。「乗船したのは偶然だったか、映画泥棒は正式な外交官でもある悪者で、首都から首都へ飛びまわり、おいしい話を狙っているか、そんなところだろう。とにかく、犯人はワシントンにいて、おじさんがやらかしたことについてすっかり耳にした人物だったと認めるしかない。さて、その続きだ。そいつはフィルムをくすねようという考えは捨てるが、それでもウォーレンと同じ船で出国することにする。乗客名簿を見れば、その夜におじさんの家にいた者の名前が見つかるんじゃないか？」

　ウォーレンは首を振る。

「大勢いたし、ぼくの知らない人ばかりだったよ。だめだ、名簿を見ても役に立たない。でも、こういうことだと言いたいのかい。こいつが——くすねる考えを捨てたあとで——無電室で内容を立ち聞きし、ぼくより先にどういうことなのか気づき、ぼくが自分はなにをもってるか悟るより早く、それを盗むという見込みの薄そうなチャンスにかけたって」

「そいつは大急ぎで仕事をするしかなかったんだよ。そうでなければ、真相に気づいたとたん、きみは船上で処分しただろう。それに、注目すべきことはほかにもある」あることにひらめいたモーガンは得意になって、人差し指で手のひらを思い切りついた。「捜索の範囲は思ったほど広くはない。やはりこれも仮説だが、なあ、いいかい！　この犯人はすでになんとかしてきみとお近づきになっていた人物に決まっているんじゃないか？　もしぼくが世界を股にかける悪党だったら、きみが例のフィルムをもっていると思っていなくても、きみにぜひとも取り入ろうとすることまちがいなしだよ。ウォーパスおじさんのお気に入りの甥として、きみは友人になる価値のある人物だろうから。どうだ、もっともな話に聞こえないか？」

　この頃には、みんなすっかり事件に心奪われ、きしむキャビンで立ったり座ったりの姿勢を保とうとしながら、それぞれが各自の仮説を思い描いていた。紙コップを取りだして酒を注いでいたウォーレンが、ぴたりと手をとめた。そっとペギー・グレンに一杯手渡してから口をひらく。

「きみがそんなことを言いだすなんて、妙だね」

「と言うと?」

「きみたちを除けば、この船には知り合いはいないも同然なんだ。ひとつにはこの悪天候のせいだよ。それにしても妙だな」ウォーレンはあたらしくとった折りたたみ式の紙コップに荒々しく息を吹きこんでひらき、顔をあげた。「たしか、ぼくが電報を受けとったとき、あの部屋には五人がいたな。係とぼく自身は勘定に入れないでだよ。船長がいて、係と小声でなにか話していたが、威張り散らして怒って出ていった。それから、初めて見る若い女もいた。船長とその女のほかには男が三人。ひとりは知らない人だった。そう、初めて見る顔だ。でも、残りのふたりはたしかに知ってる人だった。ひとりはウッドコック、殺虫剤会社の旅まわりのセールスマンだ。もうひとりはあのドクター・カイルだよ。食事のとき、同じテーブルに座ってるね」

ドクターの名前が口にされると、ペギー・グレンからまさかと言いたげな冷ややかな声があがった。仕事柄、どんなに尊敬される人物でも疑ってかかる必要のあるモーガンでさえも、彼女に賛成したくなった。ふたりともドクター・カイルのことは聞き及んでいる。ロンドンのハーレイ街でその名を轟《とどろ》かせている医師であり、複数の殺人事件の裁判で精神科医として証言台に立ったことのある脳科学の専門家だ。モーガンは食事のテーブルについたドクターを思い返した。長身で、痩せていて、いくらか皮肉めいたスコットランド人であり、きれいになでつけられた髪のほかはどこかだらしなく、ぐっと上向きに跳ねあがったぼさぼさの眉の下には鋭い目、両頰にはそれぞれ深い皺《しわ》が縦に走っていた。この著名な精神科医が映画泥棒だと想像するのは、いくら物事を真に受けやすいモーガンでも無理があると感じた。もし自分が悪党を選べるとするならば、快活なミスター・チャールズ・ウッドコックにその役回りを押しつけるほうがいい。殺虫剤の〈一撃コロリ〉のセールスマンだ。ともあれ、疑いようもなく、ドクター・カイルは容疑者からはずすべきだ。

けれども、異を唱えても、ウォーレンはドクター・カイルこそが犯人だという思いを強めているようだった。

「そりゃそうさ！」ウォーレンは興奮して言った。「人間っていうのは、いつもそういう裏表があるものだろ。それに、もしも誰かがドクターになりすましてるとしたら？　きみにぴったりのアイデアだ！　世界を股にかける悪党にとって、精神病院の有名な院長ほど都合のいい変装があるかい？　ドクターを待ち伏せして、いきなりこの説を突きつけたら、ぼろを出すんじゃないかな」

「精神科に入院させられたいのか？」モーガンは訊ねた。「だめだ、そんなことはできない、カイル相手には。ナンセンスだよ！　カイルは容疑者からはずして、現実的な計画を練らないとだめだ」

キャプテン・ヴァルヴィックが足をもぞもぞと動かした。

「失礼」彼は声は大きいが、どこか自信のない様子で口をはさみ、一同に笑いかけた。「オレもひらめいたよ、本当だともさ」

「そうですか?!」モーガンは疑う口ぶりで言った。

「本当ったら本当よ」キャプテンは口を尖らせ、念には念を入れて立ち聞きしている者がいないか部屋を見まわした。「あんたをぶん殴ったこいつさ、フィルムの半分しかもってないんだろ? だったらさ、オレの話をよーく聞いてくれよ。残りの半分を狙って、またここにもどってくるんじゃないか? だから、オレたちで見張って、奴がもどってきたら、こう言ってとっちめるのさ。〝おい、おまえ!〟ってな」

「うん、わかりますよ」ウォーレンが暗い雰囲気で口をはさむ。「それは自分も思いついたから。でも、うまくいきっこない。小説ではよく起こることだけど、この犯人はそんなことをするには抜け目がなさすぎる。そう賭けてもいい。ぼくが警戒して、残りのフィルムは厳重に保管することは奴もわかってるさ。もしも、ぼくが残りをいますぐ海へ投げ捨てなければの話だけど。だめですね、あいつはそんな危険はおかさない」

しばらくペギー・グレンは黙りこみ、頬杖をついて、艶《つや》のある髪を生え際からくしゃくしゃにしながらじっくりと考えていたが、急に顔をあげてひどく明るい表情を見せ、雄叫びをあげんばかりになった。

「あなたたち男って」かなり軽蔑する口調だ。「話をただかき乱すだけ! このわたしがどうしたらいいか教えてあげれば、フィルムを今夜のうちに取りもどせる。ええ、本気よ。どうやらひらめいたようなの」喜びを隠そうと懸命になっているが、あごを突きあげ、先程のウォーレンと同じように興奮を募らせていく。「それも、すばらしいひらめきよ! ひゃっほう!

いいこと、ある意味ではキャプテンは正しい。フィルムの残りを狙ってこいつがもどってくるように、罠をかければいいのよ」

ウォーレンはうんざりした身振りを見せたが、ペギーは顔をしかめて黙らせた。

「最後まで聞いてくれる？　どうしたらいいか教えるから。どうしてそんなことができるかって？　この船でウォーレンが襲われたこと、そしてその理由を知っているのは、わたしたち四人だけだからよ。ここまではいいわね。わたしたちがこの部屋に来たら、ウォーレンが意識不明で床に伸びていたのを見つけたと、おおっぴらにするの。頭のひどい怪我で死にそうだって。襲われたとか、盗みに入られたとか、そういうことを疑うそぶりは見せないこと。わたしたちには、なにが起きたかわからない。この人は酔っ払ってキャビンにもどって、脚をもつれさせた挙句とうとう転んで自分で頭から倒れたと思うことにして——」

ウォーレンは眉をひそめた。

「ベイビー」彼は威厳をたたえて言う。「ぼく自身は、きみがいま説明した魅力ある作戦に対して反対する気なんか、これっぽっちもないよ。でも、念を押しておきたいんだけど、ぼくはアメリカ大使館員なんだよ。いいか、大使館員なんだぞ、ベイビー。行動については厳しい規則があって、それときたら熾天使《してんし》のように清らかな人たちでもうんざりしたり、じっとしているはずの蠟人形たちも暴動を起こしたりするぐらいのものさ。こんなたとえをするのは嫌だが、いっそぼくが毎朝の習慣である阿片の悪徳にふけっているあいだにおかしくなって、壁に頭をぶつけたというのはどうだい？　ぼくの上司はその理由がたいそう気に入りそうだよ」

「もうわかったから」ペギーはつんとして譲歩した。「くだらない時代遅れの規則を守らないとだめだって言うなら仕方ない。じゃあ、あなたは病気だったか、船酔いだったことにしよう。とにかく、怪我は事故のせい。それでね、あなたは意識を取りもどしていないと言いふらすの」

モーガンは口笛を吹いた。「そういうことか。ウォーレン、この娘っ子はいいことを思いついたようだぞ！」

「たしかに」ウォーレンも言う。「俄然興味が出てきた。続けてくれ、ベイビー。ほら、酒のおかわりだよ。ぼくが意識を失っているのが発見された、その先は？」

「その先は」ペギーは心を浮き立たせ、大きな笑みを浮かべて話を続けた。「みんなには、あなたが医務室へ移されたと言うの。意識がないままだって。ほら、食事のテーブルでそう話せば、船じゅうに広まるわよ。事故ってことにするから、調査もされないはず。しかもこのキャビンは誰でも入れるし、見張りもいない。悪党はチャンスだと思うはずよ？　もちろん、そいつはすぐにもどってくる――そうしたら、あなたがここにいるってわけ」

彼女は頭を高くあげ、ハシバミ色の目を輝かせ、してやったりと勝ち誇り、にっこり笑っている。沈黙が流れた。

「なんてことだ！　こいつはいいアイデアだぞ！」モーガンは叫び、拳と手のひらをぴしゃりと合わせた。

ウォーレンでさえも感心したようだ。思慮深いインディアンの預言者のように座ったまま、紙コップを見つめている。キャプテン・ヴァルヴィックはというと忍び笑いを漏らしていて、ペギーも「やった！」とうれしそうに騒いでいる。

「だが、ちょっと待ってくれ」モーガンはつけ足した。「客室係はどうする。ウォーレン、きみがぼくたちのもとへ使いに出したろう？　彼が知っているよ」

「客室係というのは口が堅いものでしょ」ペギーが事情通なところを見せる。「黙っているのが賢明だと知っているの。忘れずにチップをたっぷりあげといて。そうすれば計画を進められる。ところで、ウォーレン、隣のキャビンは空室？　だったら、そこに隠れて犯人を待つといいと思うんだけど」

「どうしてここじゃだめなんだ？」

「犯人にすぐ見つかるからよ、おバカさんね！　隣で様子を窺っていれば、フィルムを手にしたところを捕まえられる。〝白状しろ、この悪党め！〟なんて叫ぶのは、現行犯に対してじゃないと。キャビンをまちがえただけだと言われたらどうするわけ？　そいつがフィルムをもったところでないといけないの。もっていたら」彼女は裁判官のように宣告した。「なんなら、そいつにお返しを一発お見舞いするといいんじゃない」

「ふううう！」ウォーレンは息を吐き、夢見るように大きな拳をさすった。「たしかに、ペイビー、隣のキャビンは空室なんだよ、たまたまね。よし、ぼくは隣で待機して、例の客室係になにか夕食を運ばせるとするか。キャプテン・ヴァルヴィックには一緒に見張ってもらいますよ。あとのふたりはダイニング・ホールへ降りて、悪党にとってうれしいニュースを広めてほしい。その後でぼくたちに合流するといいな。たぶん長く待つことになるだろ。カクテルの材料を揃えるとよさそうだな」

「でも、酔っ払うのは不可よ」ペギーが考え抜いた取引条件を告げるように言う。

「まさか！」ウォーレンが慌てて言う。「酔っ払いなんてするものか。アハハ！　こいつは考えなしだったよ。でも、この謎の悪党についてもっと情報があればいいんだけど。こいつについて、少しでもなにかわかれば……」彼は顔をしかめた。「ちょっと待て、いいことを思いついたぞ。キャプテン、ホイッスラー船長のことはよくご存じなんですよね？」

「あの老いぼれフジツボか？　生憎《あいにく》とな！　あいつがあそこまで自惚《うぬぼ》れてなかった頃から知ってる。これがまあ癇癪《かんしやく》持ちでな。初めて会ったのはナポリで、あいつは貨物船に乗ってきた。またその船の一等航海士が宗教に入れこんでてさ、熱心の度がすぎて、自分がキリストだと思ってたのよ」キャプテンの厚い口ひげ越しにフーっと息が吐かれた。砂色の眉を跳ねあげて、その一幕を詳しく語りはじめる。「一等航海士がブリッジにやってきて腕組みして言う。〝おれはキリストだ〟。するとホイッスラーが言う。〝おまえはキリストじゃない〟。一等航海士が〝おれはキリストで、あんたはキリストの処刑を決めたピラトだ〟って切り返してから、ゴン！――ホイッスラーの胸ぐらをつかんであごをぶん殴ったもんで、足鎖につながれたのさ。ホントの話だよ。ドクター・カイルが頭の医者だって聞いて、オレはその話を思いだした。ホイッスラーはタガがはずれた人間てのを嫌うからな。ほかにもこんな話が――」

「ぼくの話を聞いてくださいよ、キャプテン」ウォーレンが割りこんだ。「波乱万丈《オデユッセイア》の物語はいまはいいですから。世界を股にかける大悪党が船に乗ってるとか、そんな噂があるとしたら、船長なら知ってますよね、電報で知らせがくるはずでしょ？　船長はそれを秘密にするかもしれないけど」

キャプテンは首をぐっと横に傾け、頬をボリボリ掻いた。

「どうかなあ。港で情報が入るかどうか次第だな。でもないとは言えない。オレから船長に訊いてみるか？」

「うーん。単刀直入にではなく、それとなく探ってもらえますか？　あなたがなにか知ってるとは、悟らせないで。夕食の前にお願いしたいな。そうしたら、見張りに備えられる」

キャプテンは力強くうなずき、ウォーレンは時間をたしかめた。「そろそろ、夕食のために着替えるラッパの合図の時間だ。みんな、することはわかったかい？」

合点だと、威勢のいい声がいっせいにあがった。全員が真に輝かしい無鉄砲な冒険精神の持ち主だからだ。ウォーレンがこの一か八かの賭けに乾杯するためみんなに軽く酒を注ぐ頃、揺れながら波を切っていく白いデッキには照明が灯り、横殴りの雨が舷窓を叩き、ラッパの音色がキャビンのドアをガタガタと震わせていき、堂々たるクイーン・ヴィクトリア号は待ち受ける大荒れの展開にむけて大海原を滑っていく。

4　頭蓋骨問題

「まさかご存じなかったんですか？」ペギー・グレンが彼女にしては精一杯、優しく、そしてとにかく驚いた口調で訊ねた。

ガラガラのダイニング・ホールで、その声はよく通った。磨きあげられた紫檀《したん》のテーブルに照明が反射し、不気味にきしむ広大な部屋はいっときも休まらずに揺れていた。天井はぐらつく積み木のように安定していない。モーガンはガラス張りの丸天井もいつ割れるかと信用しきれなかった。食事をすることは（あるいはなにをするにしてもだが）スポーツでもしているようで、テーブルのどこからか奇襲してくる皿、蛇みたいにすすっと滑ってくる水のグラス、グレイヴィーソースの大波に、目を光らせなければならなかった。神経質な曲芸師になった気分だ。信じがたいほど膨らみ高まる波のために、ダイニング・ホールはゆっくりとせりあがっていき、想像よりさらに高みへ到達し、傾くと、延々と続くバシャーンという轟音《ごうおん》と一緒にそこから落とされる。給仕たちは待機していた柱の陰からはじかれ、客たちは椅子にしがみつき、胃の奥が突然ぐらりと揺れる感覚を味わった。

ガチャガチャとなだれる皿や銀器をくいとめる客は、おそらく十人程度だった。大半は断固として警戒しながら食事を続け、その一方で勇ましいオーケストラが〈皇太子の初恋〉を演奏しようとしている。しかし、こういったことのどれひとつとして、ペギー・グレンは気にしていなかった。洗練された黒いベルベットのドレスを着て、パーマでウェーブをつけたボブの黒髪が縁取る細面《ほそおもて》の顔に跳ねっ返りの雰囲気を漂わせ、ホイッスラー船長の隣に座っている。彼女は無邪気に驚いてみせた。

「まさかご存じなかったんですか?」彼女は繰り返した。「もちろん、ウォーレンにはどうしようもないことなんですよ、可哀想に。そういう家系なんです。ええ、もちろん、精神異常とずばり言っちゃいけないんですけど」

モーガンは魚を少しばかり喉に詰まらせ、彼女を横目で見た。話題を振ってくる。

「ねえ、モーガン、ウォーレンが話していたおじさんて、なんて名前だっけ? 寝ているあいだに痙攣《けいれん》してうわごとを口にするって人。それとも閉所恐怖症で、首を絞められていると妄想して、ベッドから大騒ぎをして飛びだす癖があるんだったっけ?」

ホイッスラー船長はナイフとフォークを置いた。テーブルにやってきたときはあきらかに機嫌が悪かったけれども、人好きのするどら声と心ここにあらずの笑顔でそれを隠していた。椅子を引き、ブリッジにもどらねばならないので、コース料理一、二品のあいだしか留まることができないと告げた。船長はどっしりした体格で、息を切らしがちだった。タマネギのピクルスみたいな色合いの薄茶の突きでた目をしていて、赤ら顔。だらけた大きな口は、船長らしく父親めいた〝うむうむ〟という相槌《あいづち》を、緊張した老嬢たちにいつも大声でかけている。身体は光る金モールだらけなのに短髪は白いから、ビールグラスの泡のように目立つ。

船長はここでペギーにむかって、おずおずとではあるが熱心に話しかけた。「さあさ」できるだけ、子供に言ってきかせるような口調で言う。「ここにいるご婦人はなんの話をなさっているんでしょうな。さあ、遠慮しないで。ご友人が事故にあったとか?」

「そりゃあひどい事故でした」ペギーは請け合い、ダイニング・ホールを見まわして、話が聞こえていることを確認した。自分たちのテーブルについているのは、ドクター・カイル、モーガン、それにペギー自身だけだ。だから、人に話が聞こえるようにしたかった。ウォーレンが意識不明で発見されたことを、生き生きとした描写で、まるでいま見ているかのように説明した。「でも、もちろんあの可哀想な人の責任じゃありません。発作が起きてしまうと……」

不安な面持《おもも》ちだった船長は、そこでむしろ警戒した表情になった。肉づきのいい顔はさらに赤くなった。

「オッホン」彼は咳払いをした。「おやまあ!」たまにはこういうこともなんとか言えるのだから、船長の社交術もだいぶ磨かれたことが窺える。「そいつはいけませんな、ミス・グレン! ですが、なにも、その、本式に悪いところはないんですな?」どなるような口調だが心配そうにペギーを見つめている。「そいつはどうやら、ドクター・カイルの専門分野ということじゃないですか?」

「あの、もちろん、わたしには判断できませんので」

「こうした症例をご存じですかな、ドクター?」

カイルは口数の多い男ではなかった。舌平目のグリルを整然と処理している。面長で痩せて、シャツの前の部分は余っており、かすかなほほえみらしきものが浮かぶと、頬の皺《しわ》が浅くなった。灰色の眉の下からペギーを、続いてモーガンを見やる。ウォーレンの病気について、ドクターがネス湖の怪物と同じくらいにしか信じていない印象をモーガンは受けた。

「そうですね」ドクターは低音の瞑想中のような声で答えた。「未知の症例ではないですね。前にも見たことがあります」彼はペギーをじっと見つめた。「レゲンシス・プルリブスの軽いものでしょう。まあ患者は回復しますよ」

傷ついたように船長はナプキンで口元を拭った。

「ですが、なぜわたしにその件の報告がなかったんですかね？　わたしは船長であり、職務権限としてこうした件については知らされるべき……」

「話したじゃないですか、船長！」ペギーが憤慨して言い返した。「ここに座ってずっとお話ししていました。三回同じことを言ったところで、ようやく聞いてくれた。ねえ、考えこんじゃって、どんな心配事なんですか？」

「え？」船長は少し動揺した。「わたしに心配事？　いや、まさか！　くだらん！　ハハハ！」

「でも、氷山とかにぶつかりそうじゃなければいいんですけど。そんなことになったらたいへん！」ペギーは大きなハシバミ色の目で船長を見やる。「だって、ほら、鯨に衝突した夜、ジャイガンティック号の船長は酔っ払っていたという話でしょ」

「わたしは酔っ払っちゃおりませんぞ、お嬢さん」ホイッスラー船長は声にわずかに怒りをにじませた。「それになにも心配事などない。くだらん！」

ペギーはなにかひらめいたようだ。「そうか、わかったわ、可哀想な船長！　決まってる。気の毒なスタートン卿と値打ち物のエメラルドのことを心配しているのね」

同情した様子で、ペギーはひどい船酔いの貴族がこの航海でまだ座ったことのない椅子を見た。「心配するのも仕方ないですね。ねえ、モーガン、ちょっと想像してみてよ。悪名高い犯罪者が船に乗っているとしたら――もしもの話よ、その犯罪者がスタートン卿の宝石を盗むと決心しているんだとしたら。ぞくぞくしない？　もちろん、可哀想な船長はそれどころじゃない。だって、船長には責任がありますからね？」

テーブルの下で、モーガンは輝く笑顔の相棒のすねにむかって不躾《ぶしつけ》な蹴りを入れ、くちびるの動きで〝やりすぎ！〟と伝えようとした。けれどまちがいなく、何人もの客が彼女の話に耳をそばだてていた。

「うら若きご婦人よ」船長が高ぶった声で言う。「バ――いや――くだらないことは、その愛らしい小さな頭から追いだしてもらえませんかね。ハハッ！　乗客のみなさんが怯《おび》えますよ。わたしはそんな真似はさせられませんからな？――声を落としてもらえませんか？――そんな考えは飛躍しております。そうでしょうが！」

ペギーはここで引くどころかたたみかけた。「あら、わたしはなにか言っちゃいけないことでも言いました？　想像しただけの退屈しのぎのようなものだったのに。だって、この船旅はとてもつまらなくて、本当に楽しいことなんかないからよ。船長、最後に愉快だったのは、あなたがボート・デッキでハンドボールをしているのを見かけたときです。でも、悪名高い犯罪者が船にいたら、どきどきしちゃうな。しかも、それは誰かわからない。モーガンかもしれないし、ドクター・カイルかもしれないでしょ?」

「あり得ることですな、極めて」ドクター・カイルは冷静に賛成して、魚の切開を続けた。

「だが、もしわたしに心配事があるとしたら」船長がいかにも嬉しそうに告げた。「それはあなたのおじさんのことでしょうな、ミス・グレン。船内コンサートで本格的な人形劇を見せてくださると約束したんですぞ。それは明日の夜なんですからな。病欠というわけにはいきませんぞ。おじさんと助手の——ええと、あの人たちはよくなってきましたかな?」船長はペギーの気をそらそうとして、とにかく声を張りあげる。「わたしは期待し、願い、待っていたんですよ、劇を拝見できるのをこのうえなく喜ばしく、光栄に思って!」船長は叫ぶ。「またとない機会ですからな。さて、そろそろどうしても失礼しないといけません。務めを忘れるわけにはいきませんからな、あなたのように魅力あるかたとご一緒していても。ともかく、失礼しますぞ。おやすみなさい、お嬢さん。おやすみなさい、みなさん」

船長は転がるように去っていった。沈黙が流れた。周囲のテーブルに残った客で、船長に視線を送ったのは三人だけだと、モーガンはすばやく確認した。あごが尖って、骨ばって、乱れた髪のミスター・チャールズ・ウッドコックは例の旅のセールスマンで、スープのスプーンを口にもっていったところでぴたりと動きをとめて船長を見つめており、噴水の彫像のポーズでも取ろうとしているようだ。少し離れた別のテーブルには男女がいた。どちらも痩せて身なりがよく、色白の顔はおもしろいほど似ていて、女が片眼鏡をかけ、男がくちびるから羽毛がなびいているようにふわりとしたブロンドの口ひげをたくわえた点が違うばかりだ。ふたりは船長の後ろ姿を見つめている。モーガンはふたりが誰か知らなかったが、毎朝見かける顔だ。プロムナード・デッキを、一言もしゃべらずに急ぎ足で、視線はまっすぐ前にむけたまま、際限なく歩きまわっている。ある朝、軽い興味からモーガンがふたりを観察すると、無言でデッキを百六十四周していた。百六十五周目でふたりは足をとめた。男が言った。「えー？」女が言った。「あー！」そこでふたり揃ってうなずき、客室へ降りていった。モーガンは、このふたりの夫婦生活はどのように営まれるのだろうかと思ってしまった。とにもかくにも、ふたりは船長の行動に関心をもっているようだ。

モーガンは顔をしかめて言った。「船長はやはり心配事があるようですね」

「あり得ることですな、極めて」ドクター・カイルは冷静に賛成した。「牛の胃袋とタマネギのミルク煮込みをもらおうか、給仕」

ペギー・グレンが笑いかけた。「ねえでもドクター、あなたは謎の大怪盗が船に乗っていそうだと思います？」

「ふむ、かもしれませんな」ドクターはうなずいてみせる。洞察力のある目はおもしろがっていた。ぼさぼさ眉毛を跳ねあげ、口元の皺をさらに深くしている。シャーロック・ホームズに似すぎているように思い、モーガンは居心地が悪くなった。「それから、無料でご忠告してあげましょう。あなたは若く賢いご婦人ですよね、ミス・グレン。ですが、ホイッスラー船長をあまりからかわないように。誰にとっても敵にまわさないほうがいい人ですよ。塩をまわしていただけますか」

ダイニング・ホールの床が波でまたぐっとせりあがると、今度はオーケストラの音程がはずれるなかで傾いた。「でも、本当なんですよ。可哀想なウォーレンの話はどれも」

「ほほう！　しらふだったんですか？」

「ドクター」ペギーは内緒話をするように声を落とした。「こんなことは言いたくないんですけど、あの人ったら、とっても酔っ払っていたんです、可哀想に。お医者さまにはこうしたことをしゃべっても大丈夫ですよね？　でも、心の底から彼が気の毒になったんですよ、発見したとき……」

モーガンはペギーと合図の蹴りをすばやくかわしてから、彼女をテーブルから連れ出した。ふたりは広い階段を進み、風が吹いてがくがく揺れる上階のデッキの通路にたたずみ、そこでモーガンはあれこれ意見した。だが、ペギーは澄ましたまま小さな顔を輝かせ、楽しそうに笑うばかりだ。あとのふたりと見張りに立つのなら、キャビンに一度もどって準備しないといけないと言う。それにジュールおじさんの様子を見ないとだめだとも。

「ところで」ペギーは訝《いぶか》しげな口調だった。「ムーア人の戦士に興味はないわよね？」

「特にない」モーガンはきっぱり言った。「それは今度の件に関係したことかい？」

「顔を黒くして金メッキの鎧《よろい》や肩掛けなんかを着けるだけでいいの。それから槍をもってステージの片端に立っていれば、ジュールおじさんがプロローグを語るから……でも、あなただと身長が足りないかも？　キャプテン・ヴァルヴィックなら、すっごく素敵なムーア人の戦士になれそうね？」

「ああ、疑問の余地はないね」

「エキストラがふたり必要なの。フランス人とムーア人の戦士。効果を高めるために、ステージの両端にそれぞれ立ってほしいのよ。ステージ自体はそこまで広くないから、外側の小さな台の上にね。人形劇が始まったら舞台裏にまわって、時々、人形を動かす手伝いをしてほしいの。たいした役割のない人形だけよ。おじさんと助手のアブドゥルが主な登場人物を動かすから。セリフがある人形のほうをね。でも、ジュールおじさんが演じられなかったら、ひどいことになりそう。この船には、おじさんの芸術についてたくさん論文を書いた教授だかなんだかが乗ってるの。アブドゥルは体調を崩してないから、おじさんのかわりに重要な役割を演じられる。ほかに手伝えるのはわたしだけなんだけど、男のセリフはわたしにはとても無理じゃない？」

ふたりはDデッキの複雑な通路を歩き、ペギーがドアをノックした。弱々しいうめき声が応え、彼女はドアを押し開けた。キャビンは暗く、洗面台の上にかすかな灯りがついているだけだった。この光景——キャビンが左右へねじれ、雨が舷窓を打つ——にモーガンは少し身震いした。二、三体の愚鈍な表情の人形たちが、隔壁にもたれて座る格好で手足を投げだし、乱れたコーラスに合わせて首を動かすように揺れ、ワイヤーのストラップやフックが不気味にガタガタ鳴っている。人形は高さ四フィート半のごつい塊だ。金メッキの鎧、赤いマント、きらびやかな宝石をつけた装身具で輝いていた。凝った作りの黒い毛糸のあごひげがついていて、尖った兜《かぶと》の下で冷たく笑っている。そしてゆらゆら揺れる人形を前に、どちらかと言えば色黒ののっぺりとした顔で表情は力強い男が、膝にもう一体の人形を載せてカウチに座っていた。薄暗い照明のなかで、彼は長い針と青い糸で人形のマントを繕《つくろ》っている。折にふれて暗いベッドのほう、なにかどっしりしたものが潜り、うめくほうへ視線を送る。

「死ぬ《ジュ・ムール》！」ベッドから大げさに囁《ささや》く声がした。「ああ、神様《モン・デュー》、死んでしまう！　ううう！　アブドゥル、頼むから……」

アブドゥルは肩をすくめ、針をにらむとふたたび肩をすくめ、床に唾を吐いた。ペギーはドアを閉めた。

「おじさんの具合はよくない」わかりきったことを彼女は言い、ふたりでウォーレンが待っているキャビンへむかった。なるほど、モーガンもいまのキャビンはひと目見ればたくさんだった。大声で叫ぶ大西洋のまんなかで雨の降る夜だからなのか、船上では痛飲して騒ぎでもしないと消え去ることのない夕食後の気だるさのせいなのか、あの冷笑する人形たちの様子が気に入らなかった。さらには、その印象がきっかけになって、脈絡のない別の印象まで抱いた――なにか厄介事が起きそうだ、と。証明終わり《QED》と言える根拠もなければ、理性によるものでさえない。けれど、かなり警戒してあたりを見まわしながら、ウォーレンのキャビンがある横に走る通路に出た。

そこは縦に走る太い通路から分かれた場所で、両側にキャビンが二部屋ずつ並んでいる。ウォーレンのキャビンは左側の突き当たりで、Cデッキの外に通じるドアの隣だ。キャビンは暗く、白塗りのドアは開けて掛け金で固定してあった。モーガンは前もって決めておいたやりかたで、隣のドアをノックし、ペギーと目立たぬように足を踏み入れた。

下段のベッドの照明だけが灯っていた。ウォーレンはベッドの端におっかなびっくり腰を下ろしていた。心配そうだ。

モーガンは鋭いが低い声で言った。「なにか問題でも?」

「山ほどね。座ってくれ、そして、できるだけ静かに。長いこと待つと思うし、こんちくしょうがどう出るつもりかもわからない。キャプテンはソーダ水を手に入れに行ったよ。もう準備は万端さ」彼は壁の高い位置にある通気口にあごをしゃくった。隣のキャビンとつながっているものだ。「何者かが隣にやってきたらすぐに聞こえる。そうしたら取り押さえるぞ。それに、ドアを開けて掛け金でとめておいたから、奴がどれだけ静かにしようとしても、家捜《やさが》しの音は目覚まし時計みたいに丸聞こえさ」

ウォーレンはそこで黙りこむと、かなり落ち着かない様子であごをなで、薄暗いキャビンを見まわした。頭のタオルは取っていたが、後頭部のガーゼと絆創膏のために、黒髪はやはりゴブリンのように逆だっている。ベッドの灯りに顔の片側を照らされていて、こめかみの静脈が脈打っているのが見えた。

「ウォーレン」ペギーが声をかける。「どんな問題があるっていうの?」

「問題だらけなんだよ、残念ながら。キャプテンが夕食前、船長に会いにいった」

「それで?」

「空想の悪党について仮説を立てたとき、きみたちがどれだけ本気だったかわからないけれどさ、あり得ないことが現実になった。ぼくたちは正しかったんだ。凶悪なお尋ね者がこの船に乗ってる。ジョークじゃないんだよ。そいつはスタートン卿のエメラルドを狙ってる。しかも、人殺しなんだ」

モーガンは胃の奥が気持ち悪くざわつくのを感じたが、それはいくらかは船が揺れているせいだった。「まじめな話かい、それとも――？」

「大まじめさ、船長も。キャプテンが情報を引きだせたのは、船長がどうしても助言が必要だったからだとさ。キャプテンの報告はぐちゃぐちゃなんだが、悪党の件はまちがいない。船長は秘密にしておくべきか、船中に知らせるべきか迷ってる。キャプテンは知らせろと助言した。それがしきたりだからね。でも、船長はこの船は立派な客船だし、家族むけボートでもあるし、スタッフたちのことを考えると――なんて躊躇《ちゅうちょ》して」

モーガンは口笛を吹いた。ペギーはウォーレンの隣に腰を下ろした。彼女はそんな言い訳はおかしいとか信じないとか、なにか裏があるに違いないなどと断固として言い張った。

「その悪党って何者なの、ウォーレン？　そいつについてわかっていることは？」

「船に乗ってるということだけさ。誰も詳しいことは知らないらしい。ただ、偽名で旅をしてるというだけだね。覚えてるかい、今日の午後、無電室で船長は電報係と喧嘩をしてたようだって話しただろ？　そのとおりだった。船長は電報を受けとったんだ。幸いなことに、キャプテンが写しをよこすように説得する分別をもってた。これさ」

ウォーレンが胸ポケットから取りだした封筒の裏には、乱れた走り書きがあった。


海上の蒸気船クイーン・ヴィクトリア号船長殿へ。ワシントンのステリー事件と当地のマギー殺し首謀者らしき男、偽名で貴船に。今夜ワシントンより連邦捜査官到着後、詳しい情報を送れる見込み。口のうまい乗客に注意、疑わしい者がいればお知らせ願いたし。

ニューヨーク市警《NYPD》本部長、アーノルド

「このニューヨークのマギー殺しというのは、どんな事件かまったく知らないが」ウォーレンが話を続ける。「でも、ステリー事件なら少し知ってるよ。大騒ぎになった、まるで手品みたいな事件だったから。イギリス大使館がらみだった。ステリーはかなり有名なイギリスの宝石職人にして鑑定人のようで……」

「ちょっと待て！」モーガンが口をはさんだ。「ボンド・ストリートの職人のことかい？　王室御用達のネックレスをデザインして、新聞に仕事中の写真も載ったことのある人物か？」

ウォーレンは割りこまれてうめいた。「たぶんね。ワシントン滞在中にイギリス大使夫人がネックレスの宝石のはめ直しだか、デザインのやり直しだかを頼んだらしいから。詳しいことは知らないよ。もっとも誰もたいして知らないんだ。とにかく、ある夜、職人はそのネックレスを厳重に携《たずさ》えてイギリス大使館をあとにしたんだけど、およそ四時間後にコネティカット・アベニューの先で発見された。歩道で街灯にもたれる格好で座り、後頭部を叩き割られて。一

命は取りとめたけれど、麻痺はこれからずっと残り、口もきけそうにない。この悪党には古風な癖があるらしい。殺しはしないが、人の頭を柔らかくしたがるというね。殺すより始末が悪いよ。なんてことだ！」両手を握りしめたりゆるめたりして、ウォーレンは話を続ける。「隣のキャビンでぼくはそんな目にあうところだったのが、船が揺れたおかげでそいつがたまたま狙いをはずしたんじゃないかと思ってしまうよ」

　場が静まり返り、きしむ隔壁と外の吹き荒れる咆哮《ほうこう》で、不吉な雰囲気になった。

「なあ、ペギー」モーガンは考えこんで話しかけた。「きみはこの件から手を引くんだ、いい子だから。笑い事じゃない。バーに行って、カモを誘ってブリッジのゲームをするんだ。この殴り屋がやってきてフィルムの残りをくすねようとしたら、知らせる。だから当座は――」

　ペギーは猛烈に抗議した。「なによ！　怖がらせようとしても無駄だから。そっちこそ、大丈夫なの。なんなら、怪談対決でもしてみる？　最初からこいつを怖がっていたら、取り押さえるなんてこと――」

「誰がこいつを怖がっているだって？」ウォーレンが叫ぶ。「いいかい、ベイビー。ぼくには解決すべき問題がある。こいつを捕まえたら――」と、ノックの音が響いてペギーが少しぎくりとしたのを、彼はそれみたことかと言わんばかりの目つきで観察していた。大型のソーダ・サイフォンを二本抱えたキャプテン・ヴァルヴィックがかがんで入り口をくぐると、いたずらっぽい表情でドアを閉めた。

　モーガンはそれからの二時間（あるいは三時間かもしれない）を忘れたことがない。暇つぶしにやった、地理についての終わりのないゲームのせいだ。キャプテン・ヴァルヴィック——陽気に目をきらめかせ、ちっとも動揺している様子を見せない——は灯りを消してしまえ、掛け金を使ってドアを少し開けておけば、通路のぼんやりした電球からじゅうぶんな光は入ると主張した。

彼はまず、景気づけのハイボールをそれぞれに配り、そのおかげで、一同は今度の冒険はめったに味わえないものだとあらためて感じた。続いてキャプテンは円を描くようにみんなを床に座らせ、キャンプ・ファイアーめかして中央にウイスキーのボトルを置いた。最後に、彼はふたたびみんなのグラスを満たした。

「乾杯《スコール》！」キャプテンは薄暗がりでグラスを掲げた。「ああ、これぞ人生ってやつだ。くーっ！　けど、船長のことが気の毒になってきたよ。ウッハッハ！　あの老いぼれフジツボは、宝石を盗もうとしてる悪党のせいで、頭がどうかなりそうなのさ、本当にな。この悪党がイギリスの子爵に強盗を働きゃあしないかと心配して、ヘメラルドのソウを船長の金庫にしまうよう説得しようとしてるのよ。けど、子爵は船長を笑い物にするだけで、こう言うらしい。〝あなたの金庫に入れたり、事務長などに預けるより、わたしがもってたほうが安全だ〟とな。船長は、そいつはだめだって言う。子爵はそれでいいって言う。船長はそいつはだめだって言う。子爵はそれでいいって言う……」

「あのいいですか。押し問答の部分は割愛しましょう」モーガンはおかわりをやりながら口をはさんだ。「結局、ふたりはどうすることにしたんですか？」

「知らん。けど、オレはあの老いぼれフジツボが気の毒になってな。さて、それはいいから、地理で遊ぼう」

このゲームは疲れるものだったが、多くの意味で一同は活気づいた。ウイスキーが減るころには、ゲームはウォーレンとキャプテンのあいだで長く辛辣《しんらつ》な言い争いに発展した。キャプテンは地名が出てこないといつも、ノルウェーのイモルゲニッケンブルグだの、スコーフ川だのいう場所をもちだす。ウォーレンは熱くなって、本当にその地名はあるのかとくさす。するとキャプテンはそこに住んでいるおばがいると言う。それが明白な証拠として見なされないと、問題の親戚について長く入り組んだエピソードをぶちあげ、ほかの身内の思いついた話までおまけにつけてくる。モーガンの腕時計がチクタクと時を刻み、船内部の物音が荒れる夜に次第に呑みこまれていき、キャプテンの兄のアウグスト、従兄弟《いとこ》のオーレ、姪のグレッタ、教会の典礼係だった祖父の話を聞かされた。いくつもの足音が本通路には響いたが、ひとつとして横通路に曲がるものはなかった。キャビンのなかが息苦しくなってきた。

「わたし——悪党はもう来ないいんじゃないかと思う」ペギーが囁き、話題をそもそもの目的に引きもどした。その口ぶりは落ち着かず、そうであってほしいという願いがにじんでいた。

「ここは地獄より暑いよ」ウォーレンがつぶやく。グラスがかすかに揺れた。「とにかく、このゲームには飽きてきた。それで提案なんだが——」

「しっ！」モーガンがささやいた。

彼は慌てて立ちあがり、ベッドの横手にしがみついた。全員がそれを感じていた——通路から吹きつけるひどい隙間風がドアの掛け金をガタガタ揺らし、ますます凄みを増して荒れる海の激しい轟音が聞こえた。外に通じるドアが押し開けられたのだ。

しかし、そのドアが閉まる気配はしない。この頃には全員が立ちあがり、シューッ、バタンという閉まる音をいまかいまかと待っていた。あれは水密扉《すいみつとびら》でそんな音がする。そういうドアは重いためだ。閉まるまで間があって、風があってもすばやく内側に入れる。けれどいつまで経っても、なにかがドアを押さえて少し開いたままになっているようで、隙間風がぴゅうぴゅう鳴り響いていた。クイーン・ヴィクトリア号はぐっとせりあがったかと思うとストンと沈み、時間をかけて右舷へと傾いていったが、それでもドアは開いたままだ。籐椅子がやたらときしんでいるような騒音で、それより小さな音を聞き分けるのはできない相談だったが、モーガンは、ドアが閉まらないのは閉められないからだという不気味な直感があった。なにかがそこにはさまり、罠にかかって苦しんで動けず、黒い海と暖かく安全な船内のあいだにいるのだ。

うめき声が聞こえた。かすかな声は通路でか細くなにかつぶやきを繰り返している。「ウォーレン！」一同はそう聞いたと思った。またそう聞こえた。「ウォーレン……」いつしかそれは苦悶のうちに消えた。

5　エメラルドの象、登場

モーガンはあやうく横の衣装ダンスに頭から突っこみそうになりながら、言うことをきかない手でキャビンのドアの掛け金をいじった。身体を起こし、通路に飛びでて、キャプテンについてくるよう呼びかけた。

たしかに水密扉には、なにかはさまっていた。小さくて壊れてしまって見えるそれは、ドア枠と重いドアのあいだでポキリと骨を折られているようだった——女だ。頭をこちらに出し、床から少し浮いた状態ではさまって倒れている。帽子はかぶっておらず、乱れた茶色の髪は片側に垂れ、隙間風で激しくなびいていた。顔は見えない。縁に毛皮のついた緑色のコートの袖から両手が突きだされ、弱々しくなにかまさぐっている。それはぞっとする光景で、女はまるでピアノの鍵盤を叩いているようだった。頭と身体が船とともに横揺れすると、血がすーっと、ゴム材の床に細く流れた。

肩を使ってモーガンがドアを広く押し開け、キャプテンが女を抱きかかえた。するとドアは大きな音をたてて閉まり、一同を震わせた隙間風はようやく収まった。

「血だ」キャプテンが突然、低い声で言った。「ほら！　鼻からだな。頭のうしろを殴られてる」

女の首はだらりとして、キャプテンの腕に支えられている。彼は怪我の箇所にふれてはいけないと思ったようで、腕をもぞもぞ動かした。女は細いが健康的な身体つきをしており、太い眉と長いまつげの持ち主だった。口紅がくっきりと目立つたいへんな色白で、魅力がなくはないのだが、美しいというより、まさしくギリシャの硬貨に描いてあるような重厚な目鼻立ちだ。

喉が震えて頭がぐらりと傾いた。呼吸が浅く、目は固くつぶっているが、くちびるを動かそうとしているらしい。

「こっちへ」ウォーレンが暗いキャビンの戸口から囁《ささや》いた。ガタガタ震えるペギーが横へずれて道を空けると、彼らは女を運び、ベッドに横たえて、室内の薄暗い照明のスイッチを入れた。モーガンがドアを閉めた。

ペギーは真っ青だったが、ふいに勝手に身体が動きだしたようで、棚からタオルをつかみ、意識のはっきりしない女の鼻と口の血を拭った。

「誰——この人、誰？　どうして？」

「ウイスキーをくれ」ぴしゃりと言う。キャプテンは薄い青の目をまばたき、ゆっくりと呼吸して口ひげをなびかせている。顔をしかめて、女の後頭部を一本指でなでた。「はっきりとは言えないが、こいつはひどい怪我だな。さあ！　横向きに寝かせて、布を濡らしてきてくれ。仕事柄、医療の知識はいくらか身についたんよ。貨物船には医者がいなかったからな……やれやれ！　たぶん——」

「彼女を見たことがある」ウォーレンが言った。ウイスキーをグラスになみなみと注ぐと、キャプテンが女の頭をもちあげたところで、くちびるにグラスをあてた。「そのまま支えて……歯をこじあけられるか、試してみる。うわっ！　ラバみたいに急に動いた……この人は今日の午後、無電室にいた。電報を受けとったときに居合わせたひとりさ。頭蓋骨が陥没していると思いますか？」

「この人はたぶん」ペギーが小声で言う。「転んだんじゃ……」

「いやいや！」キャプテンがうめき、ぐいと首をペギーにむけた。「ミスター・ウォーレンが隣のキャビンで転んだように、この女も転んだってわけかい？」彼はさらに女の後頭部を探っていたが、重苦しく当惑した表情になった。「おや！　はっきりとは言えないが、頭蓋骨は陥没しちゃいないようだ。さわってもそんな感じはしない。それにほら、オレがさわると痛がってるだろ？　ひどい怪我だったら、こんなふうに反応しない」キャプテンはふーっと息を吐いた。「もう一度、ウイスキーを飲ませてみてくれ。ほら」

「誓ってもいい。さっきこの人はぼくの名前を呼んだと」ウォーレンが囁いた。「濡らしたタオルは用意できたか、モーガン？　頭に載せてくれ。さあ、ええと、マダム」彼は力強く話しかけた。「この酒を飲んで。がんばるんだ！　さあ！」

ウォーレンはかなりぎこちなく励ましの笑みを浮かべ、女の食いしばった歯にグラスをカチンとあてた。白い顔に震えが走る。クイーン・ヴィクトリア号が高い波に運ばれてせりあがったところからぐんと沈み、さらに嵐の激しい地域に突入したものだから、全員が前方の隔壁に打ちつけられ、水中で稼働するスクリューが鈍く震える音が伝わってきた。けれど、ほかの物音も聞こえた。それは静かにおこなわれた。ほとんど隙間風も入らず、バタンという音もしなかったが、Ｃデッキの外に通じるドアがふたたび開けられ、そして閉められたのだ。

ガタガタ揺れるキャビンで、一同は黙っていた。グラスの中身が派手に飛び散って、ウォーレンは小声で悪態をついていたのだが、すばやく振り返った。逆だったゴブリンの髪の下は、してやったりと仕返しする気満々の表情になっている。家具にしがみつき、一同は息を呑んで待った。

何者かが隣のキャビンのドアの掛け金をはずそうとしている。

意思を伝えようと、凝ったパントマイムが披露された。モーガンはくちびるを大げさに動かして声を出さずに〝入らせよう〟と伝えてから、隣のキャビンを親指でぐいと指した。キャプテンとウォーレンがうなずく。ふたりで激しくジェスチャーをかわし、うなずきあい、揺れに負けじと、這うといったほうが近い歩き方でドアをめざす。ウォーレンがペギーをにらみつけ、やはりくちびるの動きで〝きみはここにいろ〟とやった。ベッドの女を指さしてから、荒っぽく指で床をつつく。ペギーは返事がわりに彼をにらみ、むっとしてくちびるを固く結んでいたが、髪が視界をさえぎるほど首を横に振った。ウォーレンは命令を繰り返し、最初のうちは拝んでいたが、次には何者かが首を絞められる迫真のパントマイムを見せた。波の谷間を通り過ぎ、船はふたたび険しい坂をのぼるように後傾になった。

隣のキャビンの照明がついた。

こちらのキャビンの床で、ウイスキーのボトルがでたらめに転がって壁にぶつかった。キャプテンが突風で飛ばされた帽子を追いかける男のように、それめがけて身を躍らせる。パントマイムはいまだ続行中で、ベッドの薄暗い照明を浴びて奇怪な様相を呈し、そのベッドでは青ざめた人物が苦痛に身体をよじっている。

隣のキャビンのドアがバタンといった。

風のせいかそうでないのかはわからない。ウォーレンがドアを開け、頭の絆創膏に旗印のように先陣を切らせ、よろめいて通路へ出た。キャプテンの大きな身体が続き、その直後に飛びだしたモーガンは、あやういところで通路の手すりにしがみついて身体を安定させた。船がまたずんと沈んだのだ。見るとCデッキの外に通じる水密扉がふたたび閉まろうとしている。

犯人がモーガンたちよりずっとすばしこかったのか、それとも怯《おび》えて逃げたのか。バカにしてウインクをするように、水密扉のゴムのパッキンがドア枠にふれ、ぎゅっと縮んでいく。金メッキの水密装置が静かに閉じていく。船全体が巨大な滝をまっ逆さまに落ちていくかに思えたとき、木造部分が責め苦のようにねじりあげられ、骨が砕けるような音のなかで、ウォーレンがわめき声をあげ、水密扉に突進した。彼がそれを引き開けると、吹きこむ風を一同はまともに受けた。船がまたもや波間に入ると反動で横へと煽られ、キャプテンが「気をつけろ」だの、「手すりをつかめ」だの、「喫水線が近いぞ」だのと叫ぶ声を風が運び去った。

モーガンが暗闇に這いでると、波しぶきが顔にかかった。しぶきと風の咆哮《ほうこう》に交互に襲われ、一瞬、目が見えなくなる。風は身を切るように冷たく感覚がなくなるほどで、濡れた鉄の床で足が滑った。突風がかけ声をあげるや、ピューピュー、ゴゴゴと通り過ぎていく。船の高い位置にあるわずかな照明が、幽霊めいた白い光を暗闇にちらちらと投げかける。泡立つ白波もきれぎれに照らす。さらには、木目のように輝く灰色がかった黒い波のうねりも、揺れたデッキが胸の悪くなるほど傾き轟《とどろ》く海水が壮大なたてがみのように高まったとき、霧のように広がるしぶきも照らす。隔壁の手すりにつかまったモーガンはふんばって、目を閉じた。

一同は風上にいた。Cデッキは長いがやや狭く、照明はひどく暗かった。デッキが目の前でせりあがっていく――そこで、追いかけている男が見えた。少し先、手すりにはつかまっていないが、かがんで、船首へ急ぐ人影。ぼやけてチカチカ点灯する黄色の天井灯でも、その人影がなにかを抱えているのは見えた。円形の黒い箱で平ら、直径十インチほどのものだ。

「落ち着いてくぞ、諸君！」ウォーレンが意気揚々と声をかけ、手すりをぴしゃりと叩いた。

「落ち着いて！　ふたたび前進する。しっかり進め！」そして前方に人差し指を突きつけた。

「あそこにいるんだ、憎たらしい――」

残りの言葉は聞こえなかったが、彼はずっとしゃべっているようだ。モーガンとキャプテンは彼に続いた。ずっと先の背高のっぽのフォアマストで、ランプが急降下爆撃機のように、前へうしろへ揺れたり、急に軌道をそれたりするのがモーガンの位置から見えた。自分たちはデッキを駆けるというより、手すりに肘を預け、とんでもない規模のウォーター・スライダーを滑りおりているようなものだと思った（今日《こんにち》でもそう思っている）。実際あまりに速くて、ちょうどいいタイミングでとまれるのだろうか、風が直撃しないようデッキの前の部分を守るガラスの仕切りにまっすぐ突っこみはしないかと考えたくらいだ。このとき、獲物に音を聞きつけられた。むこうはガラスの仕切りの曲がり角に到達している。暗くて細かいところは見えないところで、そいつはくるりとこちらへむきを変えた。うねるしぶきにもてあそばれながら、船はまた大波をのぼっていく。

「エイヤァ！」ウォーレンが叫ぶや、そいつに飛びかかった。

彼が男を殴ったといっては、あまりに控え目な表現だろう。モーガンはあとになって、よくもあの一撃で男の首が身体からもげなかったものだと思った。ウォーレンは自身の十三ストーン（約八十三キロ）の全体重、そして背後からザブンザブンと援護射撃する大西洋の勢いを借りて、敵のあごに一撃お見舞いしたのだ。ミスター・ウィリアム・ハリソン・デンプシー（ボクサー、ジャック・デンプシーの本名）がミスター・ルイス・アンジェロ・フィルポにロープのあいだからリングサイドの記者の膝まで吹っ飛ばされたとき以来の強烈で、衝撃波が伝わってきそうな一撃であり、男がガラスの仕切りにぶつかって跳ね返ったことは記録に残されてしかるべきであろう。ウォーレンはその後、男に倒れる暇さえも与えなかった。「おまえはブラックジャックで人を殴ってまわるつもりだな?」純粋に形ばかりの質問をした。「人のキャビンに押し入るつもりだろ、おい！　そして鉛のパイプでガツンとやるつもりだろ？　なあ、そうだな、そうなんだろ？」そう立てつづけに詰め寄る。

　キャプテンもモーガンも、いつでも助っ人になる構えでいたのだが、いまは手すりにしがみつき、あぜんとしてその様子を見つめていた。円形のブリキ缶が男の手から滑り、ガチャンとデッキに落ちて転がった。デッキが傾いたものだからそのまま海に運ばれようとしたが、キャプテンがとっさにつかんだ。

「くーっ！」キャプテンが目を丸くしている。「おい！　これ！　落ち着かんかい！　その調子じゃ、そいつを殺しちまうぞ」

「きゃっほう！」背後で声がした。「ダーリン！　もう一度、そいつをぶん殴って！」

よろめきながらモーガンが振り返ると、ペギー・グレンが帽子もコートも身に着けず、しぶきでびしょ濡れのデッキのまんなかで飛び跳ねていた。髪を激しくなびかせ、大笑いしながら、くるくるまわって転びもしない。ウイスキーのボトル（〝誰かに必要になったときに備えて〟だったと、あとで彼女は説明した）を手にして、煽るようにそれを振っている。

「バカか、きみは！　もどれ！」モーガンは叫んでペギーの腕をつかみ、内側の手すりへ引っ張ろうとしたが、彼女は振りほどいて舌を突きだす。「もどれと言ってるだろう！　ほら、これをもって――」彼はキャプテンからブリキ缶を受けとり、ペギーに押しつけた。「もどるんだ。ぼくたちもすぐ行くから。もう終わる」

そう、捕物は終わっていた。ペギーが説得されて形ばかり引き返す頃には、ウォーレンはネクタイをすでに直し、絆創膏からはみでた髪をなでつけ、騒ぎを起こして反省する人物に特有の申し訳なさそうな表情で近づいてきた。

「やあ、諸君。少し気分がましになったよ。これでブラックジャック使いの正体と、そいつがフィルムの前半部分をもってるかが確認できるな。もってなくても、こいつのキャビンで簡単に見つかるさ」彼は深呼吸をした。疾走してきた高波が大きくうねり、デッキの近くで崩れ、ウォーレンはずぶ濡れになった。けれどまたネクタイを直しただけで、気にも留めない様子で目元の水を拭った。大いに満足している。「一夜の仕事にしてはなかなかのものだった。大使館の一員として、だいぶ点数を稼いでウォーパスおじさんから感謝されそうな気がするし――ちょっとどうしたんだよ！」

ペギーが悲鳴をあげたのだった。海がこれだけうるさいというのにそれをしのぐくらいの、細いけれど鋭い声で、彼女は暗い船の上で身体が麻痺したように突っ立っている。

モーガンはさっと振り返った。ペギーはブリキ缶の蓋を開けていた。蓋に掛け金と蝶番《ちょうつがい》がついているのに目を留め、モーガンは身がすくむ恐怖を感じた。見た記憶がないものだ。モーガンが手すりにしっかりとつかまり、薄暗い電球の下にいるペギーのもとまで進むと、彼女が箱を差しだした。

「くーっ！」キャプテンが叫ぶ。

箱はブリキではなかった。薄い鋼《はがね》製だ。白いサテンの内張りは綿入り。中央のへこみに鎮座しているのは、緑の見事な輝きのもので、電球が揺れるせいで光の加減がちらちらと変わる。見事な彫刻が施され、目としてふたつのルビーがはまっている。蠟マッチの箱よりいくらか大きい、ペルシャの職人による繊細な品で、金の鎖につながってペンダントになっている。

「落とさないで！」モーガンは叫んだ。デッキが急に揺れて、箱があやうく海へ投げだされそうになったのだ。彼は箱をひっつかんだ。しぶきがサテンをかすめる。「海に落ちたかと思った！」

モーガンは喉をごくりといわせた。吐き気のするような疑惑がひらめいて振り返った。

「なんだい！　この男はエメラルドの象をくすねたのか？」ウォーレンが訊く。「なるほど。ぼくたちは思った以上の仕事をしたんだよ。こいつを返すとしよう。スタートン卿はどう反応するかな。待てよ、どうしたんだい？　なにを考えてる？」彼の目は突然、見ひらかれた。夜の風が暴れて叫び、一同は顔を見合わせた。「おい！」ウォーレンは激しく喉をごくりといわせた。「そんな、きみたちが考えているのはまさか――えええええ？」

キャプテンが手探りで進んだ先には、防水服姿のがっしりした塊が、意識をなくして、ガラスの仕切りの角を抱えるように倒れていた。キャプテンが腰を下ろすと、仕切りで守られ濡れない位置で、マッチの火がシュッと光った。

「おお、神様！」キャプテンが神妙な声で言う。立ちあがった。帽子をぐいとうしろに傾け、頭を掻いた。一同のもとへもどってきたとき、なめし革のような顔に皺《しわ》を寄せ、なんとも言えない、苦笑いの表情になっていたが、声は冷静そのものだった。

「オレが思うに」キャプテンはまた頭を掻いた。「オレたちはまちがった。とんでもないことになった。あんたがあごをぶん殴った男は、どうやら船長らしい」

6　消えた死体

モーガンはたとえでもなんでもなく、よろめいてくずおれそうになった。ようやく足元がしっかりしたのは、誰もが顔を見合わせた長い沈黙のあとだった。手すりにしがみつき、物思いにふけってデッキをながめる。咳払いをした。「いやはや！」

キャプテンが急に忍び笑いを漏らしたかと思うと、すぐに轟《とどろ》くような大笑いを始めた。腹を抱えて首を振り、激しく身悶《みもだ》えし、笑いすぎて涙を老いた正直な目に浮かべて、手すりにもたれた。ウォーレンもそれに加わった。彼も抑えきれなかった。ふたりはゲラゲラ、ヒイヒイと笑い、たがいの背中をバシバシ叩いて、大声でがなりたてた。モーガンは感心しないという目つきでふたりをにらんだ。

「断じてぼくは」彼は一応考えたうえで叫んだ。「こうしたことで無邪気に浮かれ騒いでいるのに、水を差したいとは思わない。続けろよ、楽しめるときに楽しむといいさ、このとんまたちめ。でも、じっくり考えないといけないことがまだ残っているだろう。ぼくは海事法に詳しいとはいえない。ただし、ぼくたちが共謀して重罪を犯したという事実はあきらかさ。この行為に対してどんな処分が下るのか正確にはわからない。でもきみたち、やばいと思うよ。船の乗客が故意に船長の顔をぶん殴り、共謀で有罪だとなったら、一生刑務所で過ごすことになるんじゃないのかと……ペギー、きみ、そのボトルをくれ。ぼくには酒が必要だ」

　ペギーの口元も反省の色はなく笑いでひくついていたが、鋼《はがね》の箱を片腕で抱え、おとなしくウイスキーを手渡した。モーガンは味見をした。もう一度。三度目に試したあとで、ウォーレンが目の前にやってきた。

「だーいじょーぶ！」そう叫び、また腹を抱えて笑う。「だーいじょーぶだって！　おおおおけえええい、ってことさ！　大丈夫だよ、きみ。きみたちはキャビンにもどって腰を下ろし、くつろいでくれ。ぼくはそこで倒れている老いぼれセイウチに少々水をぶっかけて、自分のしたことを告白するよ。アハハハハハ！」笑いすぎて肩が上下している。そこで喉をごくりといわせ、背筋を伸ばした。「ぼくが彼を殴った。だから、ぼくが本人に話さないとならない」

「考えないでものを言うな」モーガンは言った。「船長になにを話すんだ?」

「なにって、あの――」ウォーレンは口をひらいたものの、黙ってしまった。

「そういうことだ。意識不明のはずのきみがキャビンを飛びだして、デッキを六十ヤード滑り、クイーン・ヴィクトリア号の船長その人を殴った。もっともらしい嘘をこしらえて船長を納得させることは誰にもできないと断言するね。船長はと言えば、怒るに決まっているだろう。きみが本当のことを話せば、火に油を注ぐようなもので、ウォーパスおじさんのことを説明しないといけなくなる。まあ、船長はそんな話たぶん信じないだろうが」

「うーん」ウォーレンが不安な口ぶりで言う。「でもな、いったいどうなってるんだ? まったく! ぼくのキャビンに押し入った奴を殴っただけだと思ってたのに」

モーガンは酒のボトルを彼に手渡した。「船長としての務めだったんだよ、きみ。ペギーが夕食の席で、きみの事故についてすっかり話してきかせた。いまにして思えば、きみは医務室へ移される予定だというのを、ペギーは話しそびれていたよ。だから、船長は重傷の患者を見舞いに行ったと」

「その前に」キャプテンが興奮して叫ぶ。「イギリスの子爵を説得して、ようやっとヘメラルドのゾウを自分に預けさせたのか。そしてそいつを金庫に入れるつもりだった」

「そのとおり。船長はキャビンを覗き、ウォーレン、きみがいなかったものだから引きあげ、それからガン! とやられた」ここでモーガンは考えこむ。「それにだな、きみが告白できない立派な理由がほかにもある。船長にどうしても報告しないといけないのはむしろ、後頭部を殴られて、いまは隣のキャビンで寝ているあの女のことだよ。もしきみが船長をやっつけたと認めれば、あっちのほうも疑われるのは確実だね。我らが友、単細胞のホイッスラー船長にとっては、そういう説明がなにより受け入れやすい。きみのお手軽な楽しみのひとつが、外洋航路船の船長に暴力を振るうことならば、その女性客をブラックジャックで殴ることだって同じだと考えそうだ。ウォーミング・アップに、という具合にね。特に――ああっ、しまった！」

モーガンが口をつぐんで宙を見つめたところで、船が轟音《ごうおん》をあげて降下したので、彼はまた手すりをつかんだ。「思いだしたよ。気の利く我らがペギーは、夕食のとき、船長にきみは残念ながら頭が混乱する病気だと伝えたんだった」

「ちょっと、そんなことは言ってないから！」本気でそう信じていたペギーは叫んだ。「わたしが言ったのはただ――」

「気にしないでいい、ベイビー」ウォーレンがなだめる。「肝心なのは、どうすればいいかだろ？　いつまでもここに突っ立って議論しているわけにはいかないし、すっかり濡れてしまってる。そこに伸びてるおやじさんに顔は見られてないと確信してるよ。それにきみたちのことも」

「自信があるか？」

「絶対だ」

「よし、じゃあ」モーガンは安堵《あんど》のため息を漏らした。「あの箱を船長のコートに突っこみ、このまま放置するだけだ。ここに留まっていると見つかる危険が高まる一方だから、一秒だって無駄にできない。おっと、待てよ！　船長が転がって海に落ちる心配はないかな？」

「まっさか。そいつはないね！」キャプテンが陽気にあざ笑って請け合う。「このままで、なんも心配ない。隔壁にぐっと寄せといたのよ。ハッハッハ！　箱をくれ、ミス・グレン。おや、あんた震えてるね！　コートも着ないで外に出ちゃいかんよ。さあ、箱をくれ。そうしたらあったかい場所へもどろう。もう、なんも心配しないでいいな、どうするか決まって――」

「ホイッスラー船長！」一同のほぼ真上から、叫び声が響いた。

モーガンの心臓は、やかましい二個の肺の上で宙返りした。ほかの者を見やると、黙りこんで、上を見ようともせず、じっとしている。声はBデッキの昇降用階段から聞こえたようだ。ウォーレンとキャプテンの立っている場所に近い。ふたりは物陰にいるが、モーガンは最悪の事態を恐れた。ちらりとペギーを見やると、すっかりすくみあがり、鋼の箱を爆弾のように抱えている。彼女の脳裏によぎったものが、読めた。ペギーが手すりを見る。切羽詰まって、箱を海に投げ捨てたいという衝動を覚えたようで、モーガンはやめろと必死になってジェスチャーで伝えた。なにかが肋骨をドンドンとノックしているような気がした。

「ホイッスラー船長！」もっと大きい声が繰り返した。波が応えてざぶんざぶんと寄せる。「誓ってもいいぞ」声が続ける。モーガンはそれがボールドウィン二等航海士のものだと気づいた。「下からなにか聞こえた。なあ、船長になにがあったんだろう？　もどってくると言っていたのに」残りは強風にかき消されたが、そこで第二の声がした。船医のもののようだ。

「女の声のようだったが。なあ、船長がご婦人といかがわしいことをするつもりだったとは思わないかね？　降りていっていいものだろうか？」

鉄の昇降用階段に足が乗せられたが、二等航海士が言った。「まあいい。気のせいだったんだな。引きあげるとするか――」

そこで、ガラスの仕切りのそばにいるささやかな集団にとって恐ろしいことに、船長の身体が起きあがった。

「!!!%”@£!?!?!?!」ホイッスラー船長が意味不明のことをどなった。たしかに声は弱々しくてしゃがれていたが、痛手を負ったおつむがぐるぐる回転するのをやめるにつれて、声量が大きくなっていく。「!&£&,@£／!」あえぎ、まばたきをして、そこでようやく、完全に意識を取りもどしたか、震える両手を天に突きあげ、魂のかぎりにしゃがれたどなり声をあげた。「!!!@”／£-!!?????&-£@／”,）%5／81／81／4!?　泥棒！　人殺し！　助けてくれ！」

「まずい」モーガンは鋭く囁《ささや》いた。「急いで！　こうなったら……なにをしているんだ？」そう訊いて、ペギー・グレンを見つめた。

「えいっ！」そう言ったペギーはためらわなかった。彼女のまうしろには、誰かのキャビンの舷窓があり、開けたまま固定されていたのだ。協力的な船が横揺れして、ペギーの狙いを助けてくれ、彼女はそこに鋼の箱を投げ入れることができた。暗いキャビンから、箱がゴツンとぶつかる音がした。ぎょっとして見つめる男たちに視線を返すこともなく、ペギーは振り返って逃げようとしたが、モーガンが腕をつかみ……

「なんてことだ！」昇降用階段の上から幽霊のような声が聞こえた。まるでうわごとのようだ。

「ありゃ船長だ！　行くぞ！」

モーガンはひよこのように目の前で慌てる仲間たちにしーっとやった。荒れる波を隠れ蓑に早口でしゃべったが、果たして聞こえるだろうかと訝《いぶか》ってしまった。「逃げようとしちゃいけないよ、とんまたち。船長に姿を見られるから！　彼はまだ本調子じゃない。物陰から動かず、派手に足音を鳴らすんだ。船長の声を聞いて、助けに駆けつけたみたいに！　なにか言いながら！　さあしゃべって！　円を描いて走れ」

それは古い探偵小説のトリックだが、うまくいくことを願った。たしかに一同の反応はたいしたものだった。船長は座りこんで死んだような目を開けていたが、騎兵連隊が助けにきたように見えたはずだ。特に、キャプテンの真に迫った遠くから駆けつける馬のものまねが、だんだん大きく、さらに轟くようになり、しまいには全力疾走を思わせるまでになると、そのやかましさたるやたじろぎたくなるほどだった。モーガンたち、度胸のある残りの三人も、わざとうるさくして、「なんだ？」だの「どうしたの？」だの「誰か怪我を？」だのと叫んだ。二等航海士と船医が防水服の衣擦れを響かせて大急ぎで走ってくるのに合わせて、隔壁の角を曲がってみせた。相手のキャップの金メッキの記章は暗がりで輝いていた。その場の全員が手近なものにつかまるあいだ、沈黙が流れ、しばし激しい息遣いだけが聞こえた。二等航海士はかがんで、懐中電灯をパチリとつけた。ホイッスラー船長のいいほうの目——外傷はなく、オニオンのピクルスのようにきらめく瞳孔がひどく拡大している――が燃えたぎり、カラフルな未来派の力強い絵画にも似た顔から一同をぎろりと見つめ返した。荒い息遣いをしている。モーガンは一つ目キュクロプスを思いだし、脳卒中の兆候じゃないかという考えも頭をよぎった。船長は濡れたデッキに座り、両手をうしろについて身体を支え、キャップを短い白髪に深くかぶっていた。なにも言わない。その一瞬はなにも言えず、息をするばかりだ。

「ひどい！」二等航海士が囁く。

また沈黙が流れた。ぞっとする顔から視線をそらさず、二等航海士は背後の船医に手招きした。「わたしは、その――」彼は言いよどんだ。「その、なにがあったんですか、船長？」

ある種のひどい痙攣《けいれん》と震えが船長の顔と胸に走った。噴火で火山の表面が震えているようだった。とはいえやはりなにも言わず、ぜいぜいとうるさい呼吸を続けるだけだ。一つ目のほうは定まったまま。

「なんとか言ってくださいよ、船長！」二等航海士がうながす。「手を貸しましょう。このままだと、そう、風邪を引きますよ。なにがあったんです？」そう訊ねたが、途方に暮れてモーガンを振り返った。「物音が聞こえて――」

「ぼくたちもです」モーガンは請け合った。「それで、あなたたちと同じように走ってきたんですよ。船長になにがあったかぼくたちも知りません。たぶんブリッジから落下したとか、そういうことじゃないですか」

ほの暗い人影のなかで、ペギーが前に出た。「ホイッスラー船長じゃないの！」彼女はわめいた。「ああ、可哀想に！　ひどい！　いったい、なにがあったの？　まさか」彼女は大きな胸騒ぎを覚えたように装《よそお》った。波が引いていくサーッという音しかしなかったが、声を落とした。ショックを受けたような小声がはっきりとウォーレンまで聞こえた。「可哀想な船長が、お酒を呑んでいたんでなければいいんだけど」

「デッキでゴロゴロいってるのはなんだろう？」訊ねたウォーレンが、薄暗闇であたりを見まわしている。その視線をたどって、不安そうな二等航海士はデッキに懐中電灯の光をむけた。

「まあ、これはウイスキーのボトルよ！」ペギーは転がってきたものを熱心に見つめた。「ええと、どうやらからっぽね。ああ、酔っ払ってこんなことになるなんて、可哀想に！」

モーガンはしぶきのかかった眼鏡越しに彼女を見やった。公正なる魂の持ち主として、これはあまりにやりすぎではないかと考えざるを得ない。それにまた、ホイッスラー船長がいつんどき卒中を起こさないかと不安だった。一つ目の顔の色合いはさらに豊かになってきた。喉の奥でゴボゴボ、ガラガラいう音がするうえ、身内で興奮があり得ないくらい高まっているようだ。二等航海士が咳払いをする。

「行きましょう、船長」そうなだめて、うながした。「手を貸しますから立ってください。そうしたら船医に診てもらえ――」

ホイッスラー船長は声を取りもどした。

「立ちあがりはしない！」彼は肩で息をしてそう叫んだ。「わたしはまったくのしらふだ！」

けれど、怒りの声の蒸気圧はあまりに激しく、逃がし弁でさえもつかえてしまうほどだった。

喉からは尋常ではないゴボゴボという音しかでてこず、腫《は》れたあごの痛みに顔をしかめて口をつぐみ、あごにパチンと手をあてた。それでも、ある考えは赤々と燃えつづけているようだった。「そのボトル――そのボトルだ。奴ら、それで殴ってきたんだ。わたしはまったくのしらふだ、そうだとも！　奴ら、あれでわたしを殴ったんだ。三人いた。巨人のような連中だ。いっせいに飛びかかってきた。そして――わたしの象。ああ、どうしよう！　わたしの象はどうなった？」船長は急に生気づき、そう訊ねる。「奴らはわたしの象を盗んだ！　そこに人形みたいに突っ立っているんじゃない！　なにか手を打て。探すんだ。象を見つけろ、さもないと、役立たずの不埒《ふらち》な素人のでくのぼうどもにはクビを通達する」

イギリスの商船ほど規律第一のところはない。二等航海士は背筋を伸ばして敬礼した。理由を訊くような立場にはないのだ。

「了解です、船長。ただちに捜索隊を組織いたします。象は遠くに行くはずがありません。そのあいだに」彼はきびきびと話を続け、なんとか船長の面目を保とうと気を使い、モーガンたちにむきなおった。「象の捜索をおこなうあいだ、船長の指示として、みなさんにはお引きとり願います。船長は今夜起きたことを乗客の誰にも伝える必要はないと感じておられます……手を貸しましょう、船長」

「当然ですね」ウォーレンが気さくに言う。「ぼくたちのことは信頼していいですよ。黙ってますから。なにかできることがあれば――」

「でも、本当に大丈夫だと思うの？」ペギーが不安そうに二等航海士に訊ねる。「だってね、可哀想な船長ってば、煙突だかなんだかに象が座っているのを見て、そいつとにらめっこをしたと思ったから、あなたたちにそいつのところへ行って、降りるように説得しろと命令したんだとしたら……」

「わたしの息の臭いを嗅げ！」船長は熱っぽく叫ぶ。「この娘っ子め。そうすればわかる。夕方五時からは、ワイン一杯さえ飲んでいないぞ」

「いいかね」苦悶《くもん》する船長の隣に膝をついていた船医が言う。「みなさんは分別ある人たちだ。船長は——錯乱しているんじゃない。大丈夫だからね、ボールドウィン。ここでは、なにかとても妙なことがあったんだな。しっかりしなさい、船長。すぐに極上の気分にしてあげましょう。誰にも見られないように部屋へつれていきますよ……それでも嫌ですか？」しかし見るからに、船長の魂はこの瞬間、乗客やクルーに出くわすと考えてしぼんだようだ。「うーん、だったら、風下側の少し先に、テーブルと椅子がある陰になったところがありますから。ミスター・ボールドウィンが懐中電灯をもってくれれば、ここに往診鞄がありますので」

ここらが潮時だとモーガンは感じた。ここまでの真の目的は、船長が襲撃者を認識できるかどうか見極めることだった。自分たちはどうやら安全らしい。しかし、なんとなく疑われてきたと感じた。船医の鋭い声に二等航海士も我に返ったのか、いまはどこか落ち着かない様子で、モーガンたちを何度もちらちらとながめている。彼と船医は船長を抱えようとしていた。

「ちょっと待て！」船長は、見物人たちがみな立ち去ろうとしているので叫んだ。いいほうの目がギラギラしている。「待て、あんたたち、誰だか知らないが！　わたしが酔っ払ったと思ったんだな? よおし、いいか! これから教えてやろう! ただちに山のように質問しよう。その場から動くな。酔っ払うというのはどういうことか教えて――」

「でも、いいですか、船長」ウォーレンが反論する。「こっちはずぶ濡れなんですよ! お望みならば、喜んで留まりますが、こちらの若いご婦人はキャビンにもどらせましょうよ。とにかく、コートは着せましょう。コートなしなんですよ! 彼女も留まる理由がありますか? 誰も逃げられやしないのに――」

「あんたがわたしに命令すると言うのか?」船長が胸を膨らませて言う。「わたしの船で、あんたがわたしに指図するのか? ハハハ! びっくりだ! いいか、それだけでもな若造、その場から動くなと命じられるんだぞ。その場から一インチたりとも動くな、はっ! クルー全員をしてあんたを逮捕させるからな! ふん! 全員を逮捕する、本当にそうしてやるとも。ボトルでわたしを殴ってエメラルドを盗んだ者を見つけたら――」

「やめろ!」モーガンは鋭くウォーレンに囁いた。からかうように片目をつむって頭で船長を指し、いまにもなにか言いたそうだったからだ。「頼むからなにも言うなよ、ウォーレン!すぐに、ぼくたちは海賊式に海へ突き落とされて処刑されるぞ。黙ってろ」

「動くな」船長はまだ必死に命じ、両手を振りあげ、一同をにらむ顔をほんの少し彼らに突き出した。「こんな動きも不可だ。少しも許さん。身じろぎもするな。それから――しゃべっているのは誰だ?」船長は途中で質問をはさんだ。「そこにいるのは誰だ? 何者だ? コートがどうした? いまいましいコートなどのことをわたしに頼む図太い神経の持ち主は誰だ?」

「ウォーレンですよ、船長。カーティス・ウォーレンです。知ってるでしょう。あなたの追っている悪党がぼくだなんて思ってないでしょうね」

船長は口をつぐみ、ウォーレンを見つめた。考えは乱れているようだった。

「なんだって!」関心をもった口調だ。「ウォーレンか? ウォーレンとな。ああ、そうか! それでは一緒にいるのは誰だ?」三つの声が同時にしゃべりだす、船長は険しいがどちらかと言えば緊張した口調になった。「その場に留まれ! 動くな……ミスター・ボールドウィン、奴らを見張ってくれ。いや、彼を見張ってくれ。船をぶらついていたんだな、ミスター・ウォーレン? それにその頭にあるのはなんだ? 懐中電灯で照らしてくれ。絆創膏。ああ、そうか。頭を怪我しているといったな」

ウォーレンは言われた場所を指さした。「そうですよ、怪我をしました。それを話そうとしてるんじゃないですか。留まれと言うのなら、せめて、誰かをぼくのキャビンに行かせてください。さっさと船医を行かせるんですよ、このわからず屋! あなたは大丈夫なんでしょ。じゃあ、船医はあっちの方でこそ必要なんです。若い女がそこで意識をなくして——もしかしたら死んで——いる。少しは良識を働かせられないんですか? 彼女は頭を殴られて意識不明なんです」

「なんだと?」

「本当です。何者かが頭をかち割ったんだ」

ふたりのあいだに入った船医と二等航海士が、船長を物陰へと引っ張っていった。しかし、それでも船長は話をやめなかった。人の話にいっさい耳を貸さず、ウォーレンに一歩も動かず、身じろぎもするなと言いつづける。四人の共犯者はまだミスター・ボールドウィンの目の届く範囲にいると騒ぎたて、当のボールドウィンはといえば手当てをする船医のために、懐中電灯で船長を照らしている。そこでモーガンたちは雨に強く打たれるガラスの仕切りに身を寄せた。ウォーレンは上着を脱いでペギーの肩にかけ、小声で考えを伝えた。

「いいか」モーガンは振り返って、船長たちに聞かれないことをたしかめた。「これで監禁室にぶちこまれなければ、とにかくぼくたちはついているってことになる。急いで逃げるぞ、船長にはなにを言っても通じない。頭がどうかしちゃったんだな、ああいうのにはさわらないことだ。ところで、どこのとんまがウイスキーのボトルを転がしたんだ?」

「このオレさ」キャプテンがドンと胸を叩き、誇らしげにほほえんだ。「天才的なひらめきってやつだったろ? なんかいけなかったか? あのなかにはもうウイスキーは残ってなかったから安心しろって。あ、そうか。指紋が残ってると思ってるんだな?」

ウォーレンが顔をしかめ、逆だつ髪を片手でなでた。「なあ、モーガン」彼は落ち着かない様子でつぶやく。「いまのは気になるな。もしあの老いぼれ船長が指紋を調べようなんて思いついたら……それにほかにも気になることがある。ベイビー、どうしてあの箱を誰のキャビンなのかわからない舷窓に投げこもうだなんて思ったんだ?」

ペギーはいきりたった。「気を利かせたのに! 航海士たちが迫っていたんだし、かといって海に捨てるのは嫌だったでしょ? とびきりの考えだと思っているんだけど。ああしておけば、わたしたちの責任にも、ほかの誰の責任にもならない。誰のキャビンか知らないけれどね。でも、これから箱の捜索があるはずよ。そうしたら、あのキャビンの誰かさんが明日の朝、目が覚めて床に落ちているのを見つけるの。それで船長のもとへもっていって、舷窓から投げこまれたみたいだと説明する。ほら一件落着」

「あのね」ウォーレンが深呼吸をして言う。「ぼくに言えるのは、とにかく幸運だったということだけさ。いいかい、きみが箱を投げたときは心臓がとまるかと思ったんだぞ。航海士たちが近くにいるところに、誰かがあの舷窓から顔を突きだして、こう言ったとしたらどうするんだ？〝おい、窓からこんなものを放りこむなんてどういう了見だ？〟」

ウォーレンはふさぎこみ、ガラスのむこうのどんよりした空を見つめている。あたりはブリッジの上から漏れる灯りでほのかに明るい。先細りの船体が霧のなかでせりあがる。白い奔流《ほんりゅう》が丸くがっしりしたウインチに注ぎ、渦巻き、そしてはらりとほどけていく。ずっと上で時鐘が鳴り響き――カン・カーン……カン・カーン……カン・カーン――夜の海の物音でこれほど眠気を誘うものはない。風は単調で物悲しいものに変わっていたが、いまはやみかけている。雨もガラスをタタタタと打つのをやめていた。ガリオン船のように風格のある背の高いフォアマストがすっと浮き、揺れ、傾くと、ふたたび船首が海に突進し、扇状にしぶきをあげる。

ウォーレンはまっすぐ前をにらんだ。

「きみたちをこんなことに巻きこんでしまって」低い声だ。「本当に申し訳ない」

「とんでもないぞ、お若いの」キャプテンが言う。「こんだけ楽しかったのはひさしぶりさ。

こうすりゃいいのさ、みんなで口裏を合わせて……」

「巻きこんだのはぼくだ」ウォーレンは頑固に話を続ける。「きみたちに迷惑はかけない。心配しないでくれ。話すのはまかせてくれ、船長を納得させてみせる。外交官としての才能を発揮するときさ。早まった真似をするなんてことはめったにないし」モーガンは咳払いをしたが、ウォーレンは自分の言うことをあきらかに信じきっているので、誰も口をはさまなかった。

「なんとかしてみせるよ。とにかく、腹が立つのは」彼は語気を強め、大きな拳を高く振りあげ、手すりに下ろした。「心で赤々と残忍な炎が音をたてるのは、ろくでもない卑劣なブラックジャック使いの悪党が、この船に本当に乗ってるせいさ。いまごろ、奴は陽気な馬みたいに高笑いしてるぞ。ぐぬぬぬ！　そういう性分の奴なんだ。頭にきた。ものすごく頭にきた。捕まえてやる。絶対に捕まえてやる。なんとしてでも。たとえ毎晩張りこみして、奴が残りのフィ——」

ここでウォーレンは口をつぐみ、身体をみるみる硬くした。ふいにあることを思いだしたのだ。うつろな目をして驚愕の表情を浮かべた顔をゆっくりと一同にむけた。

「フィルム！」逆だった髪の根元をつかみ、彼は叫んだ。「フィルム！　残りがぼくのキャビンにあった。見張りもないのに！　可哀想なウォーパスおじさんの演説の残り！　いまごろ犯人はあれをくすねているかもしれない」

誰もとめる暇もなく、ウォーレンは回れ右をして滑りやすいデッキをよろめきながらキャビンへ引き返していく。

「ウォーレン！」と呼びかけたモーガンは、腹に深く響くうめき声をあげた。「待てよ！　おい！　もどれ！　船長が——」

ウォーレンは振り返って船長に緊急だとかなんとか叫んだ。船長はひとっ飛びで物陰から姿を現し、わめきたて、二等航海士にあとを追えと命じた。立ち尽くした船長がわけのわからないことを叫ぶ一方、航海士はデッキを走り去るシャツ姿を追跡した。ウォーレンは船内通路へのドアの内側に消えた。二等航海士もそれに続く。無駄だと知りつつ、度胸のあるキャプテンは同じ船長仲間をなだめようとした。船長はとにもかくにも、〝フジツボ〟と呼ばれるのが大嫌いで、そんなことを言った者に、どのような恐ろしい外科手術的な拷問をしたいか事細かに話した。しばらくして、ウォーレンがボールドウィン二等航海士に腕をしっかりとつかまれてふたたびドアから現れても、機嫌は直らなかった。ウォーレンはデッキを滑ってもどりながら、二等航海士を盛んに説得しているようだった。

「思いやりってものはないのかい？　ぼくが頼んでいるのはちっぽけなことで、それはきみに隣のキャビンに入ってあの可哀想な女が生きているか——助けが必要かどうか——たしかめてほしいってだけなのに。でなきゃ、ぼくに様子を見にいかせてくれよ。そのくらいのことすらだめって言うのかい。どうしても——」ウォーレンは、はたと考えこんで片手を拳に握った。

「この男はなにをしようとした？」罪人が引きずりだされると、船長が息せききって訊ねた。

「なんで駆けだした？」

こまりきった表情の二等航海士が、落ち着かない様子でウォーレンを見やった。

「わからんのです、船長。彼は自分のキャビンへ駆けこんで、わたしが到着してみると、床に膝をついて、映画フィルムをぽいぽいとうしろへ投げてはこう言っておったのです。〝なくなった！　なくなった！〟」

「そうなんだ」ウォーレンが認めた。しかめ面《つら》で首を振り、ペギーからモーガンへと視線を移した。「悪党の野郎、隙を見てあそこに入ったんだ。まんまとかっぱらっていったよ」

「なにがなくなったんだ、若いの？」船長が訊ねる。

船長の最初の爆発するような怒りは多少は消えていた。いまもって極めて危険な心持ちだったが、襲われたことで感じていた屈辱は、この先の展開を考えておののいたので、いくらか忘れられていたのだ。船長のだいぶ小さな脳味噌のなかで、ウイスキーのボトルやアッパーカットよりもあきらかに大きく膨らんだのは、五万ポンドの価値があるエメラルドの装身具が、自分が預かっているあいだに盗まれたという事実だった。スタートン卿は気難しいという評判だ。船長はまだ手当ての途中だった船医を荒々しく押しのけた。絆創膏が何枚か貼られて、紫色の顔にセザンヌの絵画のような風情《ふぜい》がいっそう加わっている。いいほうの右目を細め、肩をいからせ、怒りをなんとか抑えながらしゃがれた声で繰り返した。「なにがなくなったんだと訊いているんだぞ、お若いの？」

「言えません。それに、大事なことでもないんです。とにかく、その、あなたにとっては。奴があなたからなにを盗んだか知りませんが、それとは関係ないことですよ。ぼくがどうかお願いしますと頼んでるのは、思いやりというものをおもちなら、あの可哀想な女をほったらかしにしないでくださいということです。たぶん死にかけているというのに！」

「ミスター・ウォーレン」船長は緊迫さと不気味な穏やかさをたたえて言った。「どういうことかわかってきたようだ。最初から説明しよう。この船には危険な犯罪者が乗船しており、わたしから途方もない価値のある品を盗んだ」

「ほれみたことか、フジツボ」キャプテンが口をはさみ、陰気に首を振った。「通達を出して、客たちみんなに警戒を呼びかけろと言っただろ。それがこの始末だ」

「済んだことをもちださんでくれませんかね！　口出しは無用ですぞ、鮫肉。あんたがわたしに話しかけると、偉そうで鼻につくんですよ、鮫肉。一度こんなことが――」彼はハッとした。

「オホン！　そんなことはどうでもいい、話を続けるよ、ミスター・ウォーレン。きみはとても高名な紳士の甥で、わたしの特別な配慮を受けていた人だ。ミスター・モーガンの本も読んでいる。前にもわたしの船に乗ったことがあるから、この人のことは知っている。キャプテン・ヴァルヴィックは、言わずもがな、よく知る仲だ。わたしは酔っ払ってもいないし、頭がどうかしてもいませんからな。きみたちのうちの誰かが、かかる悪名高い犯罪人だとは思っていない。そこはどうか理解してもらいたい。ただな、ミスター・ウォーレン、ミス・グレンから今夜、夕食の席で聞いたところからすると、きみはとても妙なふるまいをしたそうだ。後頭部に怪我をした若いご婦人がどうのこうのと言うのなら、詳しく話してもらいたい」

「よしきた！」ウォーレンはやっと話が嚙みあってきたと意気込んだ。「当然ですけどね、船長、あなたが襲われたことについては、ぼくたちはなにも知りませんよ。ことの次第はこんなふうだったんです。みんなで集まっていたら、見知らぬ女がひどい怪我をして、ふらふらとやってきたんですよ。誰かに殴られたのだと悟って、そいつを見つけられるかどうか、急いで探しにきたわけです。するとデッキにいるとき、船長の叫び声が聞こえて――」

〝始まりは悪くないぞ〟モーガンは不安を抱きつつもそう考えた。〝その調子でいけ〟

「そうか」船長が言う。「それで、そのときはどこにいた?」

「と言うと?」

「だから」船長は母校セント・ジャストの校長のように好奇心をあらわにし、モーガンはいささかぶるりと震えた。「その見知らぬ女がやってきたとされるときに、どこにいたんだね?きみは自分のキャビンにいなかった。わたしは自分の目で覗いたから知っている」

「あ! そうか! そうですね! ええ、もちろん、いませんでした」ウォーレンはやや焦って答えた。「当然、いませんでした。隣の誰もいないキャビンにいたんです」

「なぜだ?」

「なぜ? そのーただの思いつきですよ。ちょっとそうしたくなったんで」ウォーレンは目まぐるしく頭を働かせ、うまい言葉が出てくるよう必死で祈った。「いい思いつきだと思ったんです。とにかく、隣のキャビンにいたと言ったらいいたんです! ここにいる誰に訊いてもいい。みんな、なんというか、ぼくの世話をしていて」

「きみの世話を?」船長が重苦しい声で言う。「で、そこでなにをしていた?」

「床に直に座って、地理ゲームをしていました。そうしていたら、外に通じるドアが開くのが聞こえ、襲われた女がぼくの名前を呼びはじめたんですよ。あの女が誰か知りません。一度しか見かけたことがない」ウォーレンは一段と自信をつけていき、流暢《りゅうちょう》に早口で続けた。「無電室で。電報を受けとったときですよ、あの――あっと、熊《ベア》についての電報を」

「熊《ベア》とは？」

ウォーレンは口をパクパクさせるばかりで、言葉が出てこなかった。必死になってモーガンに助けを求める視線を送ってくる。

「ちゃんと意味があるんですよ、船長」モーガンはできるだけそつなく説明した。喉に塊がつかえたようで、ウォーレンが話を続けたらこちらの頭がおかしくなりそうな気分だった。「もちろん、ウォーレンはちょっとばかり混乱して、脈絡がなくなっていましてね。でも、ようするにとても単純なんです。株の話ですよ。ほら、弱気筋《ベア》が売りを続けていましてね、彼の保有株の価値が下がってしまったんです」

「なんと！　金銭の問題を心配していたのかね？　ふむふむ」船長は重々しく言う。「だが、はっきりさせようじゃないかね、ミスター・モーガン？　このトンチキな話が真実だと、きみは保証するのか？」

「その目でたしかめればいいじゃないですか？」いらついたウォーレンが叫ぶ。「最初から、そうしてくださいと頼んでいるでしょう。良識をおもちなら。なのに、ぼくの上着をはおっただけのミス・グレンをここで引きとめて震えさせ、こんな吹きさらしのデッキにみんなを突っ立たせるなんて、そのあいだもあの可哀想な女が死にかけているかもしれないのに。ドクター、一緒に来てもらえますか？」

「全員で行く」船長は突然そうと決めた。二等航海士と船医に合図し、おかしくもささやかな隊列が水密扉《すいみつとびら》へとむかった。ウォーレンがドアを引き開けると、全員が身体をねじこむようにして通る。青ざめたペギーはガタガタ震えながら、暖かい空気を吸いこんだ。一瞬、誰もが照明に目を慣らそうとまばたきした。

「よし、ここです」ウォーレン自身も震えながら、白い通路の壁を背にした。「その女はこのドアにはさまっていたんです。ゴムのマットに血が見えるでしょう」

船長がウォーレンを見つめる。

「血？　なんのことだね？　血など見えないが」

たしかに一滴の血もなかったが、モーガンはたしかにここに血がついていたことを知っていた。眼鏡をはずして拭き、二度見してみたが変わらない。そしてまたもや胃の奥が嫌な感じにざわついた。この愚かなドタバタ劇の背後で、ぞっとするような、あまりに危険なものがうごめいている。

「でも」ウォーレンが必死に言う。船長を見つめ、続いて自分の隣のキャビンのドアを大きく開けた。

天井灯が煌々《こうこう》と灯っていた。怪我をした女を寝かせたベッドはいまからっぽだった。枕は乱れていないし、折り返されたシーツに皺《しわ》もない。ペギーが女の顔を拭いたので血で汚れたタオルさえもない。洗いたての真っ白なタオルが洗面台のラックに何事もなかったかのようにぶらさがっている。

「それで？」船長がものすごい剣幕で言う。「いつ女に会わせてくれるんだね？」

7　どのキャビンに？

ある意味では、これが始まりだったのだ。それ自体はからっぽのベッドと清潔なタオルという光景にすぎない。かつての剣《つるぎ》の八事件では経験せず、後日、ふたりの首吊り執行人事件で知ることになる、〝恐怖の感覚〟を特にかきたてるものではなかった。こんなことはバカげていて、Cデッキでの脳天カチ割りコメディの一部にすぎないのだと自分に言い聞かせようとした。納得できなかった。あとになって、最初に気になったのはシーツの位置だと気づくことになる。

しばし黙りこんだ全員が白いキャビンを見つめるあいだ、モーガンはたくさんのことを考えた。あの女――この目で見た、古風に重々しく整った顔に太い眉、ピクピク震えながら血まみれの枕に横たわっていた身体――はたしかにここにいた。疑問の余地はない。それゆえに、彼女がいまここにいない理由には三通りの説明がある。

まず、女は意識を取りもどし、見知らぬキャビンにいるのに気づいて、自分のキャビンへもどったという説。これは見込み薄のようだ。怪我はひどかったからなおさらで、普通の人間ならば意識を取りもどせば助けを求めて騒ぎ立て、ベルを鳴らして客室係を呼び、加えていくらなんでも怪我の状態だとかこうなった経緯に関心を示すものだろう。さらにこの説が見込み薄なのには、もっとはっきりした理由がある。キャビンを去る前に、女がベッドを整えなおしていくはずがない。あたらしいシーツと枕カバーにわざわざ取りかえ、おまけに、汚れたタオルを捨て、別のタオルをもとあったとおりの場所にかけるなんて。それなのに、まさにそういうことが起こったのだ。女を横たえたとき、シーツに血の雫《しずく》が点々と飛んだことをモーガンは覚えていた。船が揺れて、ウイスキー・グラスの中身が枕や毛布の上のシーツを少し濡らしたことも。そのベッドが整えられている！　でも、どんな理由で、誰がやったことだ？

第二の説明は、そんなことを思いついたモーガンでさえも疑う、空想めいたものだ。仮に女が演技をしていたとしたら？　我らが友人の悪党とグルだったら？　何者かがウォーレンのキャビンを捜索するあいだ、こちらの注意をそらすため、怪我のふりをしていただけだとしたら？　あほらしいかそうでないかはさておき、あのフィルムは一国の首相を茶化すことがユーモアだと受けとられない国々では、たいへん危険なものになる可能性がある。現在の世界は蛇行し、人類は独裁政治という重苦しい戯言《たわごと》へと逆進している。イギリスやアメリカでは、あのフィルムは軽率ではあるが、お偉方がちょくちょくやらかす外交上の失言の傑作と見なされるだろう。しかし、ほかの国では――？　とはいえ、モーガンはこの演技説のような複雑な計画など信じていなかった。隣のキャビンに怪我をしたように見せかけた女を寝かせる作戦をとったところで、悪党が手にできた動ける自由はほんのわずかだという事実。そのほかに、女の容態という問題もある。後頭部全体の危険な挫傷、本物の脳出血、意識をなくしてむいていた白目、それらは、捏造《ねつぞう》ではなかった。彼女は怪我をしていた。それもひどい怪我を。

第三の説明は、考えたくないものだった。海の底までは五マイルと言われている。狭苦しいキャビンで謎めいた光景を見ていると、急に安堵《あんど》を覚えた——そう、ある意味では——ペギー・グレンが言われたことを守らず、女のそばに留まっていなかったことを。何者かがここにやってきて、ペギーを見つけたかもしれないのだ。

これらの考えは電光石火で頭を巡ったから、ホイッスラー船長が皮肉を一言、口にしただけのところで、モーガンは振り返った。船長は肥えた身体を防水服に詰めこんで、襟にあごが埋まるぐらいになっている。明るい電灯の下では、腫《は》れた顔の色はますます絵の具を置いたパレットじみてきた。左目など、どんどん紫が濃くなっていく目蓋《まぶた》の奥に埋もれている。みんなが自分の顔を見ているのを知って、船長はさらに怒りを募らせた。

「さて？」船長は言う。「これはどういったたぐいの冗談なんだね？　死にかけていると言った女はどこだ？　わたしに助けてやってくれと泣きついた、その女はどこだ？　落雷で羅針盤がぶち壊れたか！　わけがわからん！　五万ポンドの価値のあるエメラルドが盗まれて船内のどこかにあるというのに、わたしの時間を無駄にするとは何様なんだ？　そのベッドには誰も寝ていないじゃないか。誰も寝ていないぞ」そこであやしげな考えを思いついたようだった。「そこにちゃんと人が寝ているなどと言うんじゃないだろうな？　なあ、お若いの。本気でそこに人が寝ているのが見えるなどと考えていないだろうな？」

船長は少しあとずさって、ウォーレンを見つめている。

「フジツボ」キャプテンが荒っぽく声をかけた。「冗談なんかじゃない。この若いのが言ったとおりなんだって！　オレも女を見た。頭を手でさわった。抱きあげて運びもしたんだ。女は――」言葉はそこで途切れた。ずかずかと歩き、ベッドの枕をつかんで振った。ベッドの下を覗き、それから上段のベッドも覗いた。「くーっ！　オレたち、まちがった部屋にいるんじゃないよな？」

ペギーはウォーレンのだぶだぶの青い上着から腕を出して、目元の髪をかきあげていたが、ここで船長の腕をつかんだ。

「本当なんですよ、船長。ねえ、本当だっておわかりにならない？　こんなことで、わたしたちがまちがえるだなんて思う？　そこにわたしのコンパクトがあるでしょ？　カウチに置いたままにしていたの。彼女はここにいた。見たの。さわったの。たぶん、意識がもどって出ていったのよ。服装は黄色いクレープ・デシンのドレス、濃い緑のコートには――」

船長はいいほうの目で彼らをにらんでから、ぎゅっと目を閉じた。しばらくして、手の甲を額にあてた。

「きみたちをどう考えたらいいのかわからん。なんなんだいったい！　見当もつかん。海に出て三十年、帆船で十三年、蒸気船で十七年になるが、こんな事態にはお目にかかったことがない。ミスター・ボールドウィン！」

「はい！」入り口の外で無表情に突っ立っていた二等航海士が答えた。「なんでしょうか、船長」

「ミスター・ボールドウィン、きみはこの件をどう考える？」

「ええと、船長」その口ぶりは自信がなさそうだ。「象だとか熊だとかが気になりますね、船長。よくはわかりませんが。でも、少しばかり、いまいましい動物園のまわりを駆けっこしている気分です」

「象だとか熊だとかは、もういっさい聞きたくないからな、ミスター・ボールドウィン。象だの熊だのについては、口を閉じてもらえるかね？　きみには明快な質問をしたのであり、明快な答えをしてもらいたい。女についての話をどう思うかね？」

ミスター・ボールドウィンはためらった。「ええと、船長。この人たちはみんな頭がおかしいということはないんでしょう？」

「わからん」船長は一同をしげしげと見つめて言う。「まったく！　この人たちが狂っていないのなら、わたしが狂いかけているに違いないと思うしかない。この人たちのことは知っている。嘘をつくような人たちじゃないと思う。五万ポンドのエメラルドを盗むとも思えない。しかし、ここを見てみろ」船長は手を伸ばし、ベッドにふれる。「誰も寝ていないとわたしは誓えるし、血痕などもない。この人たちが使ったと話していたタオルはどこにあるんだ、え？　水密扉《すいみつとびら》に残っていたという血は？　まさか女がベッドのシーツを取りかえ、タオルをもって出ていったんじゃあるまい？」

「違います」モーガンは正面から船長を見つめた。「でも、何者かがそうした。冗談を言ってるんじゃないんですよ、船長。何者かがそうしたんです」

「きみまでそんなことを言うのか?」船長はもう何事にも驚かなくなった調子で言う。「きみまでもが?」

「ベッドがまるごと取りかえられたんですよ、船長。そういうことです。理由は考えている最中ですけど。いいですか、あっという間にたしかめられます。寝具類をどけて、マットレスの下を覗いてください」

こう言われた上に、モーガンがいけしゃあしゃあとベッドを見つめるものだから、険しい表情で全員の言い分に耳を傾けようとしていた船長も、もう我慢の限界だった。枕を手にしてベッドに叩きつけた。

「そんなあほらしいことはしませんぞ!」最初はどなろうとしたようだが、自分がいまどこにいるか思いだして声は小さくなった。「もうたくさんだ。きみは正しいかもしれないし、正しくないかもしれない。反論するつもりはないが、わたしには対処すべきもっと重要なことがある。今夜は乗組員を招集して、海でも陸でも聞いたことのないような徹底的な捜索を始めるからな。あの象は船にあるのだから、目ん玉ひんむいて、この船を板切れに分解してでも見つけてみせる。ああ、そうしてやるつもりだとも。明日の朝には、すべての乗客をわたしみずから調べる。わたしはこの船のあるじなんだから、誰のキャビンであれ捜索する権限があるんだ。ああ、そうしてやるとも。というわけで、どうか失礼させてほしい」

「あの、船長」モーガンは声をかけた。「たいした役には立ちませんでしょうが、ぼくたちを捜索隊に加えてもらえませんか？」

「捜索隊に加えろ？」

「こういうことです。状況はぼくたちに不利なのは認めます。船長に信じられない話をして、あやうく脳卒中を起こさせそうになりました。でも、これはいたってまじめに申し上げるんですが、すべての裏に、きっとじつにもっともな理由があるんですよ。大きな理由がね。船長が思っているよりずっと重大なものが。だから、ぼくたちを信じてもらえませんか？」

「わたしが信じるのは」船長は不機嫌に言う。「自分が見聞きしたものだけだ」

「ええ、わかります。だからぼくも、頭も悩ましているんですよ」モーガンはうなずいてみせた。パイプを取りだし、しれっとした表情で手のひらに打ちつける。「見たものだけを信じるわけにはいかないので。そうしろって話になると、船長がだらしない格好で濡れたデッキに座って、わけのわからないことを叫び、わきにはからっぽになったウイスキーのボトルが転がっていて、消えた象がどうのとわめているのを見たとき、ぼくたちはどう考えるべきだったんでしょうね？」

「わたしはまったくのしらふだったぞ」船長が震える腕を振りあげて言う。「これがきみじゃなく、どこかの腐れ新人船乗りが、この極めて不運な出来事をまたもちだしたんだったとしたら――」

「ええ、不運だったのはわかっていますよ、船長。もちろんそうですとも。でも、たいした違いじゃないのがわかりませんか？　ミスター・ボールドウィンが言うように、象徴めかして表現すれば、象と熊の話です。あなたが象をもっていると言い張られるのなら、ウォーレンが熊の話をしたって、許してやっていいんじゃないですか？」

「どういう理屈なんだ」船長が虚をつかれたように言う。「わたしは明快な男だし、明快な話が好きなんだよ。きみはなにが言いたいのだ？　なにが望みなんだ？」

「これだけです。明日の朝食の席で、ぼくが今夜見たものだけを話すとしたら——ああ、もちろん絶対話すとは言いませんよ」モーガンは慌てて訂正する風を装《よそお》い、意味ありげに片目をつぶってみせた。「たとえとして、そんな説明をしただけです。おわかりでしょうけどね」

これは船長が完全に理解できるほど明快な言葉だった。一瞬、彼の顔は激しい怒りに駆られ、防水服の襟からぐっとあがった。

「きみは」船長は口ごもった。「わたしを脅そうというのか」

モーガンは抜かりなくすぐに戦術を変えて、船長をなだめるだけでよかった。しかし、それは裁判でやり手の弁護士が証人に不適切な質問をして、判事が陪審員にいまの発言は無視するようにと告げるときと同じだった。ほのめかしは伝わり、効果は疑いなく船長に現れた。

「なんの意図もありませんよ」モーガンは言い張る。「当然、ぼくたちではたいした役には立ちません。ただ、船長にお願いしているのはこれだけなんですよね。この悪党を捕まえることに、あなたと同じくらいぼくたちも関心があるんです。捜索の状況について、逐一、ぼくたちに教えてもらえたらいいなと」

「そうすべきでない理由はなにも思いつかん」何度か咳払いをする少しの間に続いて船長はど

なった。船長は目とあごがかなり痛むようだった。いらだちを沸騰点以下に抑えつづけているのはたいしたものだ。それでも、ことは単純ではないとわかりはじめているという事実が、船長には気に入らないようだった。「そうすべきでない理由はなにも思いつかん。率直に言おう、明日の朝、きみたちをスタートン卿のもとへ引きずっていき、わたしにした話をあの人にもしてもらう。こんな遅い時間でなければ、いま連れていくんだが。まあ、とにかくそうしてもらう。

それから、はっきり言わせてもらうがね、ミスター・ウォーレン」船長は口調をいくぶん変え、きっとウォーレンを見てつけ足した。「おじさんがいなければ、きみはこんな特別扱いなど絶対してもらえないからな。だが、わたしは公平でありたい。だからきみたちのてんでおかしな話にもチャンスを与える」

「そりゃどうも」ウォーレンがそっけなく言う。「ウォーパスおじさんも感謝すると請け合いますよ。それで、チャンスを与えるとはどんなふうに？」

「ミスター・ボールドウィン！」

「はい、船長？」

「メモを取っておくように。明日の朝、きみは調査を開始する。どんな理由でも口実でもいいから、ここまできみが聞いた詳細に合致する、怪我を負った人物が本船にいないか見つけだせ。目立たんようにやれよ！　さもないと、降格させるからな。調査の後、ミスター・モーガンに報告しろ。さあ、ミスター・ウォーレン、きみのためにできることはすべてやったぞ」船長はぴしゃりと言ってウォーレンに顔をむけた。「それではおやすみ。だが、いいかね、きみたちの協力を期待している。協力をな。わたしのほうはやれるだけのことをやった。今夜のことが一言でも漏れたら、どうなるかよく考えるように！　それから、本当のところを知りたいかね、ミスター・ウォーレン」船長の一つ目が突然、抑制を失って丸くなった。「わたしはきみの頭がおかしいと思っているよ。きみは純然たる錯乱した頭の持ち主で、ここいるお仲間はきみをかばっている。あと一度でも疑わしい行動を取れば、拘束服を着せますからな。以上、あああ！……ではおやすみ」

ドアがいかめしくバシンという音をたてて閉まり、一同は自分たちだけ残された。

考えこみながらモーガンは床を見つめ、からっぽのパイプの吸い口を噛んだ。そうしながらも視線はベッドをさまよいつづけたが、そのことを考えたくなかった。いまではクイーン・ヴィクトリア号の揺れもだいぶ収まっていたから、スクリューの怪物のような振動が感じられるようになっていた。寒さを感じたし、言葉に表せないほど疲れてもいた。そこで歌が聞こえてきてびくりとすると、のろのろと顔をあげた。ペギー・グレンとカーティス・ウォーレンが熾《し》天使《てんし》のような表情を浮かべて（夜中の二時に）頰を寄せあい、肩に腕をまわしていた。ふたりはゆっくりと横揺れしながら、声を合わせて高らかに響かせた。

おお、大海原《おおうなばら》の人生（と、この御仁《ごじん》たちは歌った）
うねーる深い海がふるーさとー！

「黙ってくれないか?」モーガンがそう言うのと同時に、キャプテン・ヴァルヴィックがいいぞいいぞと囃《はや》し立て、音楽とは思えない低音で合唱に参加した。「そのへんに寝ようとしている人たちもいるし、船長がもどってきてしまうよ」

この脅しでもって、彼らの歌は途中でぴたりとやんだ。けれど、はしゃいで握手をしてまわり、ウォーレンはモーガンとも固い握手をかわすと言ってきかなかった。モーガンは一同をながめた。洗面台にだらりともたれるキャプテン、ベッドに座って大笑いしているペギーとウォーレン。こいつらは本当はなにが起こったのか、考えてみたことがあるんだろうか。彼らを叱るのは賢明かどうか。

「きみはやるなあ」ウォーレンが賞賛する。「すばらしい仕事だったと遠慮なく言わせてもらうぜ。たいしたものだ。すごいすごい!」片手を高くあげて揺らしてから、膝に下ろした。「象と熊のでたらめ、船長が救いがたいほど酔っ払ったことをばらすというとんでもない脅し……アハハ! 見事だ! きみはこれで、本件のブレインに決定さ。これよりあとは、なんでもきみの言うとおりにする。おとなしくするよ。あの老いぼれ海テリアの言ったことは聞いただろ」

「けど、まあ」キャプテンが大げさな身振りをしながら言う。「朝になりゃ、大丈夫ってことよ。船長はエメラルドを見つける。ミス・ペギーがあれを投げこんだキャビンが誰のにしても、朝になって目が覚めりゃ、見つける。そんでもって解決よ」

ウォーレンはそれを聞いてひらめいたらしく、身を起こした。「ところで、ベイビー。きみは誰のキャビンにあれを投げこんだのかい？」

「なんでわたしにわかるわけ？」ペギーはだいぶ言い訳がましく訊き返した。「どのキャビンが誰のかなんて、覚えているもんですか。都合よく舷窓を見つけて、衝動に従っただけなんだもの。誰のかわかっても、なにか違いがある？」

「あのさ、ちょっと思うんだが……」ウォーレンは天井の角にある照明と、戸棚の扉を見つめた。「つまり、あれを投げこんだキャビンの主が、まさか、ちょろまかそうって誘惑に駆られるような人物じゃないだろうなって」

「くーっ！」キャプテンがうなる。

みんないっせいにモーガンを見やった。本来ならば彼は、陽気なおバカ三人組から悪党をとっ捕まえるブレインとして任命される栄誉をたいそう楽しんだはずだが、悩ましくつきまとう疑惑があった。そしてここにいる副官たちが誰ひとりとして、それを思いついていないのはあきらかだった。ベッドを調べたくはなかったが、やるしかない。その一方で、副官たち——あたらしい寄り道があればすぐにそれていき、いまも事件の核心とはなんの関係もない考えに取り憑かれている——は期待を込めて見つめてくる。

「そうだな」モーガンはだいぶ疲れた口調で言った。「誰のキャビンか本気で知りたいなら、それは簡単なはずだよ。きみがあの箱を投げこんだ舷窓にくっついているキャビンを探し——

ぼくの説明、わかってるかい？——部屋番号を調べる。それから乗客名簿でその番号を突きとめれば……ペギー、どの舷窓に投げこんだんだ？」

彼女は意気込んで口をひらいたが、また閉じた。眉間《みけん》に皺《しわ》が寄っている。頭の回転を助けるように、身をよじる。

「もう！」ペギーは小声で言う。「あのね、正直言うと、覚えてないの」

8　毛布の下の血痕

ウォーレンは飛びあがった。

「いや、ベイビー、覚えてるはずだろ。どうして思いだせないんだ？　簡単なことだよ。舷窓が並んでた。どれも右舷の昇降用階段のあたりだ。そうだよ。きみはどれかひとつの近くに立ってたから、それがどれだか思いだすだけだ。そのうえ——」彼はあらたな観点に気づいた。「おい、いままで考えてなかったが、こいつはやばい！　ひょっとして、きみが犯人のキャビンにあの箱を投げこんだとしたら？　まずいぞ！」ウォーレンはそのとおりだと思いこんだような表情をしている。「奴は品物をもって逃げてしまうことになるが、そんなことは許せない！　あいつには貸しがある」

「きみ」モーガンは口をはさんだ。「言わせてほしいんだが、ただでさえ厄介事がたくさんあるんだよ。わざわざ想像してあたらしいのをこしらえなくても。そんなことをしてなんになる！　きみは根拠のないことで騒いでいるだけさ」

「ああ、それはわかってるけれど、気になるじゃないか」そう切り返すウォーレンは落ち着かない様子で首を動かしている。「奴がエメラルドまでもって逃げると考えただけで、頭から湯気が出そうなほどさ。楽々とこのキャビンに入ってフィルムを盗んだ上に、わたしたちからエメラルドの象を渡されるよう仕向けるなんて！　ベイビー、どの舷窓だったか、何が何でも思いだしてくれ！　そうしたら、キャビンを突きとめて、ドアをぶち破ってこう言えるじゃないか、〝おい、おまえ！〟」

　モーガンは頭を冷やそうとしてうなだれ、渇いた喉をごくりといわせた。アメリカ人のエネルギーがどれだけ途方もないものか、いままでは知らなかったわけだ。

「じゃあ、今度はドアを破りたいのか？　ちょっと振り返ってくれよ、ウォーレン。自分が船長の血圧をどれだけあげたか考えてみてくれ。このまぬけ、なんなら船長のキャビンのドアを叩き壊したあげく拘束服を着せられて、それで一件落着にしたらどうだ？　命令するのはぼくの役割だと言ったのはきみだから、いまここで命令する。きみはなにも行動せず絶対にじっとしていろ。わかったか？」

「オレ、思いついたぞ」キャプテンが名乗りをあげ、短い砂色の髪をガシガシ掻いた。「くーっ！　たったいま思いついた。あんたが象を投げこんだ舷窓が、そもそもイギリスの子爵のキャビンだったとしたらどうよ？　でもって朝になってそいつを見つけたら、驚くだろうなあ。

たぶん、なんでか船長が子爵に腹を立てて、夜中にやってきて、舷窓から象を投げて返したって思うだろ」

「いや、それはないですよ」ウォーレンが言う。「スタートン卿はBデッキのスイートに泊まってるから。とにかく、問題のキャビンに誰が寝ているのか突きとめるぞ。考えて、ベイビー！　おつむを働かせるんだ」

ペギーは必死に集中して顔をしかめた。あのときのことを思いだすべく、ゆっくりと身振り手振りしている。

「わかった。絶対そうだ。わたしたちの立っていた壁の端から二番目か三番目の舷窓よ。どれもそっくりだったけれど、思いだせって言うあなたこそ、覚えておきなさいよ。でも、二番目か三番目の舷窓だった」

「絶対たしかなんだね？」

「ええ、そう。どちらかは言い切れないけれど、そのふたつのうちのどちらか」

「これでよしと」キャプテンがうなずきながら声を響かせた。「オレがいますぐ、キャビンの番号を見てくるから、乗客名簿を調べよう。オールド・ロブ・ロイをもう一本、戸棚にしまってあるから取ってきて、寝酒といこうじゃないか？　おったまげだが、オレは喉が渇いてんのよ！　待っててくれ。すぐもどるから」

モーガンは抵抗したものの、無駄だった。キャプテンはすぐもどると言い張り、ほかのふたりの副官の承認を得て調達にいった。

「……それから」モーガンはキャプテンがキャビンをあとにすると、中断された話をふたりに続けた。「いま、エメラルドの行方なんか気にしている場合か？　このキャビンで今夜なにがあったのか考えていないのか？　あの女のことだよ？　彼女になにがあった？」

ウォーレンはもどかしそうに手を振った。「そんなのわかってるさ」彼はぴしゃりと言う。「ここにもどってすぐにわかったけれど、あの船乗りポパイにどう説明したらいいか思いつかなかった。ぼくたちは出し抜かれたってことさ。うまいことやられたんだからますます腹が立つじゃないか。あの女は悪党の共犯だったのがわからないかい？　女が気絶するふりをして、ぼくの名を呼ぶよう打ち合わせたんだよ。ほら、最初からどうもおかしかったし」

「では、あの怪我は本物じゃなかったと言うのか？」

「もちろん、本物じゃなかった。前に、へんてこな声をあげて硬直の発作を自在に起こせる奴の話を読んだよ。医者がそいつを診察していると、仲間がやってきて、医者の家を荒らす。そのときは卑怯な手口だと思ったけれど、今日、連中がやったのがそれだよ。それにさ、きみは自分の本のことを覚えてないのかい？　『海軍省のトリカブト』さ。なんとかいう探偵がダウニング街の悪玉の親分の贅沢《ぜいたく》なアジトに侵入したシーンで、悪人たちは探偵を毒針で刺したと思いこんだのがあっただろ？」

「その小説の構成は」モーガンが賛成する。「優れているけど、今度の場合はそうじゃないと思っているよ。悪党が見張っていて、ぼくたちがどこに隠れているかわかっていたとしても、それがどれだけ有効かな。ぼくたちが女をふたつのキャビンのどちらかに運ぶのは確信していただろうが、奴の仕事はたいして楽にならない。たまたま、船長がやってきたから、ぼくたちはそっちに引きずられ、悪党はじゃまされずにフィルムを探すことができたけれど」

ペギーはこの手の議論に耳を傾けるのを拒否した。ウォーレンは湿った紙巻き煙草を取りだし、ペギーと一緒に火をつけ、モーガンのほうもパイプに煙草を詰めた。ペギーがせわしなく煙草をふかしながら、怒って煙を払いのけようとした。

「でも、いまとなってはずっと楽になったでしょ？　悪党たちは大失敗したわけじゃない？　だって、わたしたちはあの女にまた会えば、あのときの女だって分かって捕まえられるんだから。変装してなかったし、お化粧だって全然してなかったわけだから。それで思いだした。わたしのコンパクトを取ってちょうだい、ウォーレン。ひどい顔になってるはず！　とにかく、あの女を見失うわけがないんだから。まだ船に乗っているんだもの」

「そうかな？」モーガンは言う。「ぼくはどうだろうと思っているが」

ウォーレンはじれていまにも意見しようとしていたのだが、顔をあげるとモーガンの表情に目を留めた。口から煙草を取りだし、まじまじと見つめる。

「なにを考えているんだ、大将？」

「ペギーが正しいのは一点においてだけさ。あの女が共犯だったら、話は簡単すぎるぐらいだ。逆にあの女が、ウォーレン、きみになにか警告するつもりでやってきたんだとしたら……きみが彼女を知らないのはわかっているが、彼女はそのつもりだったと仮定しよう。そこで泥棒が彼女を見つけ、息の根をとめられたと考える。だが、とどめはさせていなかった。それで

――」

ブーンというエンジンが、木造部分のきしみより大きく聞こえるようだった。外の風はやみ、低くうなっていた波濤《はとう》の音は弱くなり、クイーン・ヴィクトリア号は強風に疲れたかのように、穏やかに海を進んでいた。いまや全員が肩の力を抜いていた。けれど、ささくれる神経はそれでは静まらなかった。ドアが開いたのでペギーがびくりとしたが、それはキャプテンが片手に乗客名簿、片手にオールド・ロブ・ロイの一クォート瓶を手にもどってきたのだった。

「すぐもどるって言っただろ」キャプテンは高らかに告げる。「舷窓を見つけるのも、内通路からキャビンの番号を見つけるのも簡単だった。ひとつはC51号室で、もうひとつがC46号室だ。オレが思うに……おい？」キャプテンはキャビン内の緊張した者たちの顔をながめた。

「なにがあったんだい？」

「なにもないですよ」モーガンは答えた。「とりあえず、いまのところは。さあ、落ち着いて仕事に取り掛かりましょう。これで知りたかったことがわかる。候補のキャビンに誰が泊まっているのか見つければ、先に進めるよ」

ペギーはモーガンから視線をそらさず、深くうなずき、乗客名簿を受けとった。いつもなら一言ありそうな場面だが、黙って名簿をひらいた。今度は立ちあがってカウチに腰を下ろす。キャプテンがしゃべっている隙に、ウォーレンは棚からグラスを取って、みんなに酒を注いだ。三人ともモーガンを盗み見ていて、当のモーガンはと言うと、自分はカブで作ったジャック・オー・ランタンをこれみよがしに振りまわしているだけじゃないかと思いはじめていた。ペギーが名簿に指を走らせて読むあいだの奇妙な沈黙のなかでパイプに火をつけたとき、船のエンジンが不気味にドドドと響いた。

「どうだい？」ウォーレンが言う。

「ちょっと待ってね。部屋番号順じゃないの、アルファベット順よ、時間がかかるんだから。うーんと。ガー／グラン／グルデン／ハリス……フーパー／アイザック、ないなあ、ジャーヴィス／ジェローム……見逃してないならいいけれど。ジェストン／カー／ケラー／ケネディ……ちょっと！」煙草の煙を吐きながら、目を丸くして顔をあげた。「何番だったっけ、キャプテン？　C46よね？　これだ！　あった。〝C46、カイル、ドクター・オリヴァー・ハリソン〟。なにこれ！　ドクター・カイルが怪しいキャビンの片方に泊まってる」

ウォーレンが口笛を吹いた。

「カイルか？　じゃあなんとかなりそうだ。ああっ！　ちょっと待てよ」ウォーレンは隔壁を殴った。「ちくしょう！　ドクターは容疑者のひとりじゃなかったかい？　そうだ、いま思いだした。悪党はたぶん変装してるんだった」

モーガンはなんとか黙っていた。ウォーレンはブラックジャックを使う趣味のある悪党がハーレイ街の名医の変装を採用しているという、世間一般にありそうで、物語のネタとしてもふさわしい考えにますます傾いている。尊敬を集める外面《そとづら》をしていればいるほど往々にして、じつはより卑劣な人殺しだったと判明するものだという、単純な思考にもとづいた見解だ。ウォーレンはヘンリー・モーガンの作品から例を引いて、事件の真犯人は（それぞれ）退役軍人、バラ作り名人、病人、英国国教会の大執事だとわかるじゃないかと指摘した。ペギーがそれはただの探偵小説の架空の事件だろうと指摘して初めて、モーガンはウォーレンの味方をした。

「そこはまちがっているよ、お嬢さん。悪党や人殺しが誰よりも尊敬されるような変装をしているのは、現実社会でよくあることだ。ただ、きみが見るのはそういう連中が被告人席についたところだけだ。最初から人殺しとしてとらえ、以前は熱心に教会へ通ったラバーナム・グローヴ十三番地の住民だとは見なさない。今世紀の最悪の犯罪者たちの名を静かに唱えて、ほぼ全員が教区牧師に高く評価されていたことを考えてごらん。コンスタンス・ケントは？　ドクター・プリチャードは？　クリスティアナ・エドマンズは？　ドクター・ラムソンは？　ドクター・クリッペン――」

「そして、いまのほとんどが医者なんだろ？」ウォーレンが教えてやるよと言わんばかりに意地悪くペギーに問う。人を殺してまわる医療従事者たちの救いがたい傾向についてしばらく考えていたらしい。「ほらね、ペギー？　モーガンの言うとおりだ」

「耳をふさぐな」モーガンは言った。「ドクター・カイルが悪党だという考えはきれいさっぱり忘れてくれないか？　あの人はとてもよく知られた人物で……ああ、本物のドクター・カイルは死んでいて、何者かがなりすましている、なんて考えも捨ててくれ。そういうのは、誰とも接触のない人物のときはいけるかもしれないが、著名な医者のように広く知られた人物になりすますのは無理だよ。ペギー、続けてくれ。C51にいるのは誰か教えてくれたら、こんな無駄話は忘れて、本題の仕事に取り掛かることができるよ」

彼女は額に皺《しわ》を寄せた。

「それがね、こっちも変で。〝C51、ペリゴード、レスリー夫妻〟。なんとね！」

「そのどこが妙なんだい？　その夫妻は何者だ？」

「話したじゃない。この船にはとってもインテリで審美眼のある人がいて、ジュールおじさんがどれだけ天才かについて絶賛する記事をいくつも書いてくれたって。その人のためにも、戦いの場面を見たがっている子供たちのためにも、明日の夜に人形劇が開催できればと言ったでしょ？」

「ああ！　それがペリゴード？」

「そう。夫婦揃って、とても見る目があるのよ。ご主人は詩を書くの——ほら、誰にも理解できないようなのを。我が魂は壊れた障害物レースの柵である、みたいなやつ。それにたしか演劇の評論家でもあるのよ。やっぱり、あの人の書くものはさっぱりわからないんだけど。とにかく、わたしはわかんない。でもって、真の劇作家はフランス人の劇作家だけであると言うの。そしてジュールおじさんはモリエール以来の偉大なる古典名作の天才だと言っている。たぶん、見かけたことがあるんじゃない？　のっぽで、痩せて、ぺたりとしたブロンドの人で、奥さんは片眼鏡をかけているの」ペギーは思いだし笑いをする。「毎朝プロムナード・デッキを二百周ぐらい歩いて、誰にも話しかけないのよ、この人たちってば！」

「あれか！」モーガンは今夜の夕食の席のことを思いだした。「そうだった、彼らのことは聞いたよ。でも、きみが知り合いだとは思わなかった。その男がおじさんについての記事をそれだけ書いているなら――」

「あら、知り合いじゃないけど」ペギーは否定し、目を丸くした。「あの人たちはイギリス人だもの。誰かについてたくさん記事を書いて、その人のいいところ、悪いところをひっきりなしに語っても、その誰かさんにむかってはこんにちはの一言だって口に出しゃしないわよ、正式に紹介されないかぎり」

こうした分析はすべて、気のいいキャプテンの頭上を通り過ぎていく。そわそわしだして、口ひげを揺らしてへんてこな音を出しながら息をする様子は、閉じたドアを突き破りたそうな気配だった。

「オレはウイスキーを注いだのよ」そう申してる。「だから、ソーダを注いでほしいんだ。これからどうするか、決まったか？　どうするんだ？　そろそろおねんねの時間だけど」

「どうするか、これから話します」ウォーレンが元気いっぱいに言う。「これでやっと戦略の計画を練ることができるぞ。明日の朝、船内をくまなく探して、ここで気絶の演技をした女を見つけるんだからな。それしか手がかりがないから、船長がエメラルドをなんとしてでも追いかけようとしているのに負けないくらい、ぼくたちも女を追う。それでは」ウォーレンは急に振り返った。「例のことを話そうじゃないか、モーガン。あのほのめかしをしたのは、ぼくたちを怖がらそうとしただけなのか、それとも本気だったのか」

あきらかに、ウォーレンは最初からこのことが頭の奥にあったのだが、直視したくなかったのだ。両手をきつく握りしめている。沈黙が流れた。ペギーが乗客名簿を置いて顔をあげた。

「ほのめかしってなんだよ?」キャプテンが訊ねる。

モーガンは答えた。「言いにくいことなんですがね。ぼくたちの愉快な道化芝居を別物に変えたくはないでしょう? でも、あたらしいシーツと、おそらく毛布までもがこのベッドに敷かれたのはなぜだと思います?」

「仕方がないな」ウォーレンが静かに言う。「なぜだと思う?」

「ぼくたちが女を運んだあと、もっと血が流れたからだろう。いいか、気をしっかりもつんだ」

静まり返った。聞こえるのはキャプテンの鼻息、ウォーレンがさっと振り返る音。ウォーレンはベッドを一瞥《いちべつ》し、シーツ類をはがしはじめた。

キャビンがかすかにきしむ。

「きみはまちがってるかもしれない」ウォーレンが言う。「そうであればいいと思うよ。信じてはないよ。信じたりするものか。枕、上のシーツ、毛布、下のシーツ……さて。見てくれ」

シャツ姿で茶色の毛布とシーツ類を抱える彼は、妙な格好だった。「これを見ろよ、まったく! なにもかもちゃんとしてる。どういうつもりできみはぼくたちを怖がらせようとしたんだ? ほら、下のシーツも……ちょっと待て!」

「そいつをはがせ」モーガンは言った。「そしてマットレスを見てくれ。ぼくだって、きみと同じようにまちがいであればいいと願っているんだ」

ちらりとベッドを見たペギーが、真っ青になって顔をそむけた。モーガンは喉が締めつけられる気がして、ウォーレンやキャプテンの隣に並んだ。シーツとマットレスのあいだに、毛布がきっちり広げられていた。けれど、シミがすでに、にじんできている。その毛布を引きはがすと、マットレスの青と白のストライプはかなり広がったシミで見えにくくなっていた。

「これは……？」モーガンはパイプをぐっとふかして訊ねた。「やはり……？」

「うん、そうだ。こいつは血よ」キャプテンが言う。

あまりに静かで、離れているのに、モーガンは船の時鐘が聞こえるような気がした。船はいまではほぼ安定して運航しており、下のほうでエンジンが深い音を響かせ、グラス類がかすかに揺れるだけだ。モーガンはまた、古風で青ざめた顔をした女が意識をなくしてベッドに横たわり、ほの暗い照明で照らされているところに、ドアが開いて何者かが入ってくる場面を想像した。

「でも、彼女になにがあったんだ？　いまはどこに？」ウォーレンが低い声で訊ね、別に言わなくてもいいのに議論好きなところを見せて言いたした。「しかも、こいつ、こんなことはブラックジャックじゃできない」

「それに、犯人はどうして、こんなことをしなくちゃいけなかったのよ？」ペギーは声がうわずらないようにしながら訊ねた。「もう、こんなことあるわけない！　信じないから！　怖がらせようとして！　それに悪党はあたらしいシーツをどこから手に入れてきたわけ？　あの女はどこにいるの？　ねえ、わたしを怖がらせようとしているだけよね？」

「落ち着け、ベイビー」ウォーレンがベッドから目を離さずに彼女の手を握った。「奴がこんなことをした理由はわからないし、ベッドを整えなおすことにどんな効果を期待したのかもはっきりしないよ。でも、シミはまた隠しておいたほうがいいな」

小刻みに振動する洗面台の端に用心しながらパイプを置き、モーガンは嫌悪感を抑えて、ベッドを調べようとかがんだ。シミはまだ濡れていたから、できるだけさわらないようにした。朝方の気だるい時間帯にたまになるような、妙に頭が冴えて俗世間から切り離された気がする精神状態だったから、マットレスと隔壁のあいだでなにかがゴトンと音をたてたときも、まったく驚かなかった。シーツの角をつかみ、その物体に直接ふれないようにして手探りした。

「見ないほうがいい、ペギー」間に続いてモーガンは言った。「見て楽しいものじゃない」

発見したものを身体で隠し、キャプテンだけに見えるようにしながら、シーツ越しにつかんだそれをもちあげ、自分の手のひらに置いた。剃刀《かみそり》だった。刃のまっすぐな昔ながらのもので、刃は折りたたんである。だが、最近使った跡があった。普通のものよりだいぶ大きく、柄は職人による精巧な凝った作り。好奇心が頭をもたげたため、モーガンは血を拭きとってさらに調べた。

柄は黒檀《こくたん》を思わせる木だった。片側に薄い銀と白い磁器でかたどった意匠がある。最初は凝った名札かと思ったが、血を拭きとってみると、男の立ち姿だった。全長三インチほどで、その下に〝日曜日〟と刻まれたちっぽけなプレートがあった。

「オレ、これがなにか知ってるぞ」キャプテンがそれを見つめて言う。「こいつは七本で一組なのよ。曜日ごとに違う剃刀を使うってわけさ。でも、こいつはなんだろ?」

銀色、白、黒からなるほっそりしたその姿は、中世の奇抜な縞の衣装を着ており、モーガンはギュスターヴ・ドレの銅版画とどこか似ていると思った。外科医、いや理髪師兼外科医だ！　男は手に剃刀を握っている。だが、なによりも忌むべき異様なのは、男の頭がどこか死人の首のような点で、目元に包帯が巻いてあるということは、この理髪師は――

「盲目だ」ウォーレンがモーガンの背後から覗きこんで言う。「そんなもの片づけろよ、モーガン！　片づけろったら。盲目で、死人で、理髪師……週の最後の日。誰かがそいつを使って、なくしたか、そこに置いていったんだ。片づけてくれ。そして一杯飲もう」

モーガンは剃刀の血に染まった邪悪な意匠を見つめた。続いてドアを、それから、ベッドの隣の白く塗られた隔壁、乱れたシーツ類、シミのある茶色の毛布を見つめた。ふたたび彼は、ほの暗い照明の下で、黄色いドレス姿の瀕死の女がここに横たわり、あのドアが開くところを想像した。あの女は何者で、ここにあった血まみれのシーツにくるまれて、いまはどこにいるのだろう？　海の底までは五マイル。彼女の死体はもう見つかりはしない。モーガンは振り返った。

「そうだ。〈盲目の理髪師〉が今夜ここにいたんだ」

9　朝になって深まる謎

モーガンの枕元にある旅行用時計の針が八時三十分を指し、まったく調子はずれで音楽とはとても言えないバリトンの歌声によって、深い眠りから起こされた。その声は〈大海原《おおうなばら》の人生〉を歌っている。それがまどろみに悪夢をもたらし、モーガンはじたばたして頭をはっきりさせた。目を開けると、朝食を知らせるラッパの心を奮いたたせる音色が外通路から聞こえてきて、自分がどこにいるか思いだした。

実際、奮いたつ朝だった。モーガンのキャビン――ボート・デッキにある――は日射しに満ち、暖かな潮気まじりの風が開けはなった舷窓のカーテンをはためかせていた。ふたたび美酒のような五月の気候がもどり、舷窓に水面の光が反射した。穏やかな海に船のエンジンは安定したドドドという音をたてている。深呼吸をすると、心が大いに浮き立ち、ベーコンエッグへの飽くなき欲望を覚えた。そのとき誰かが靴を投げつけてきて、ウォーレンがそこにいるとわかった。

ウォーレンはベッドから離れた舷窓の下のカウチに座り、煙草を吸っていた。白いフランネルのズボン、カジュアルな青い上着、派手なネクタイというでたちで、その姿からは昨夜のぴりぴりした雰囲気や気分の落ち込みをみじんも感じさせない。髪はふたたびきれいにとかしつけられ、絆創膏ははがされていた。

「よう、大将」ウォーレンは敬礼の真似事をして言う。「起きてくれよ！　美しい朝だぞ！　我らが海ゴキブリの船長だって、今日はご機嫌が麗《うるわ》しいさ。船酔いだった連中も穴蔵から這いでている。きっと、なにか食べ物にあたったせいで寝こんでいたんだって言い張るぜ！　アハハ！」深々と息を吸って背中をそらし、拳でドンと胸を叩き、熾天使《してんし》のように晴れやかな笑みを満面に浮かべた。「支度をして朝食に行こう。何人かの人生にとって、重要な朝だからね。船長を含めて」

「そうだな」モーガンは言った。「風呂に入って着替えるあいだ、時間をつぶしていてくれ。昨夜の騒動について、船じゅうに噂が広まっているんじゃないかな？　ぼくたちはデッキでかなり叫んだって、いま思いだした」

ウォーレンはにやりと笑った。

「広まってるよ。どうやってか知らないが、きっとこの手の船には無線電報網みたいなものがあって、いつもちょっとばかりゆがめられた噂が広がるんだな。まあ、これまでのところ、二種類の噂しか聞いてない。今朝起きだしてみたら、３１０号室の老婦人が女性客室係を相手にひどく騒いでいるのが聞こえてね。カンカンだった。老婦人が言うには、夜通し舷窓の外に六人の酔っ払った男たちが立っていて、キリンについてひどい言い争いをしていたから、船長に苦情を訴えるって言うんだ。それから、朝の散歩中聖職者ふたりともすれ違ったんだが、ひとりがもうひとりに、込みいった話をしていたよ。よくは聞こえなかったけどね。この船の貨物室には危険な野獣の檻がたくさんあるが、乗客を警戒させないよう静かにさせてるんだという趣旨のことだった。ゆうべの嵐で、その檻がゆるみ、ベンガル虎が逃げだしそうになったが、バーナクル《フジツボ》という名の船乗りがそいつを檻にもどしたんだってさ。聖職者はA・B・バーナクルがウイスキーのボトル一本で武装してたと話してたよ。その船乗りはとても勇敢な男に違いないけど、とにかく言葉遣いがひどかったって」

「冗談きついよ」モーガンは茫然として言った。

　ウォーレンは力をこめて断言する。「なに言ってるんだい、絶対に本当だからな！　きみも自分で噂をたしかめたらいい」そこで少し顔を曇らせた。「なあ、モーガン。別の件について、さらに考えてみたか？」

「フィルムのことか？」

「ああ、フィルムはいいから！　きみのことを信頼しているよ。どうにかして取りもどせるさ。そうじゃなくて、ぼくが言いたいのはあっちの件だよ。いてもたってもいられなくなるほどなんだ。あんなひどいことをしやがって。だから、卑劣で最低な奴にこの両手をかけてやるときが訪れたら、きっと――」

「仮定の話はいいから」モーガンは言った。

　客室係がドアを軽くノックして、いつものように風呂の準備ができたと告げた。モーガンは部屋着をはおり、風の気持ちいい通路に出た。屋外に通じるドアを少し押し開け、顔を突きだして朝の清々《すがすが》しい空気をめいっぱい吸いこんだ。暖かな空気が、ピンクがかった白く長い吹き流しのような雲と、その背後の水平線に広がる見事な日射しとともに彼を包んだ。深い紺碧《こんぺき》の海はところどころ白波が立ち、熱波のように揺れのぼるきらめく日光の下でさざ波が打ち寄せている。前を見やると、舳先にむかって細くなった船体が時間をかけてせりあがり、また降りていく。並ぶ白いキャビン。赤い縁取りの通気口と舷窓の真鍮《しんちゆう》細工が朝日にきらめく。舳先が海を切る単調なザパーンという音がして、これはいいものだと感じた。すべてが上々。船長に対して、つかの間の思いやりさえ抱いたほどだ。いまごろはおそらく、片目に生のステーキ肉をあてて冷やしながら、腰を下ろしてため息をついているだろう。朝食をとりにダイニング・ホールへ行けないのだから。可哀想な船長。一同揃って船長のもとへ直行し、〝ねえ、船長、ゆうべあなたの目元をぶん殴り、デッキにウイスキーのボトルを転がしたことをひどく恥じていますよ。本当にすみません。水に流して仲良くしませんか?〟と言うべきかという、突拍子もない考えまで頭に浮かんだくらいだ。

しかし、もっと冷静に考えると、今朝のたくさんのご機嫌な予兆でも、そんな小細工を成り立たせるほどの魔法は生みだせないとわかる。それでも、夢見るように朝の空気を吸いこんだ。イギリスの喜ばしい安らぎと妻のマデリンが、サウサンプトンで出迎えてくれることを思った。そして、アメリカの眼光鋭い出版人に催眠術をかけて首尾よく手にした金で、ふたりで過ごすパリの休暇。陸軍士官学校前にある、狭い砂利敷きの庭の泉にウナギがいる小さな白いホテル。いまこのときにはふさわしくないその他もろもろも。

だが、風呂に入ってひげを剃るあいだ、この問題の好ましからざる面についてふたたび検討してみた。ベッドで、気味の悪い剃刀《かみそり》や、〈盲目の理髪師〉の手口を象徴する血痕をみずからの手で見つけた恐ろしいショックは、いまだ消えていない。

朝の四時近くまで続いた話し合いで、一同はどうするのが最善か決めようとしたのだった。ウォーレンとキャプテンはいつものように、単刀直入な行動を好んだ。ウォーレンは剃刀をもって船長のもとへすぐにむかって、こう告げようと提案した。〝さあ、この老いぼれナントカめ、ぼくの頭がおかしいと思ってるのなら、こいつをどう考える?〟と。モーガンとペギーはその提案を却下した。それは心理学の問題でもあり、船長の心理状態を考慮する必要があるとふたりは言った。すぐに興奮するいまの船長の状態では、ウォーレンが自分のキャビンにもどってみたら二頭の水牛が家具をかっぱらっていったのですと話すようなものだ。待ったほうがいい。朝になれば、船長は捜索隊を編成し、消えた女を見つけるだろう。それから自分たちは船長のもとへむかい、汚名を晴らせばいい。最後には、これで意見がまとまった。

こうして朝になり、例の剃刀を鞄にしっかりと収納し、客室係が不審に思うといけないのでキャビンのベッドは整えなおし、モーガンは着替えながら、ウォーレンとふたたび計画について話しあっていた。ひとまずは、ゆうべの殺人(と思われるもの)がどうやって、そしてなぜおこなわれたのかを、あえて考えないことにしていた。先にやるべきことがある。まもなく船は、エメラルドの象が発見されたという知らせで沸き立つだろう。望遠鏡でないと見えない船長の知性から象の重荷が取り除かれるから、その後ならなだめて、喉を切り裂く殺人があったのだと信じてもらえるはずだ。それから〈盲目の理髪師〉との本当の対決となる。

「ぜひとも知りたいのは」ダイニング・ホールへ降りていきながら、ウォーレンがこう話した。「エメラルドを見つけるのがドクター・カイルなのか、ペリゴード夫妻なのかだよ。ぼくはまだ疑っていて……」

「医療従事者を？」モーガンは聞き返す。「バカらしい！　でも、ドクター・カイルが平静を失うところはわりと見てみたいな。おやまあ！　きみの言うとおりだった！　船がやっと起きだしたな。今日の午後には、船酔い患者リストの数はごく少なくなるだろうね。これだけ子供たちがいるとは。ジュール・フォータンブラ老が船酔いに強くなっていればいいが」

ダイニング・ホールは日射しにあふれ、ナイフやフォークが忙しくふれあうざわめきに満ちていた。給仕たちは笑顔でトレイを巧みにさばいている。昨夜の夕食よりも、八時三十分起床というとんでもなく早い時間の朝食のほうが人が多い。だが、船長のテーブルにはひとりしか座っていなかった。ドクター・カイルがせっせとナイフやフォークを動かしている。彼はサー・ウォルター・スコットの小説に登場する大地主流儀の健啖家《けんたんか》だった。大食漢で名高いニコル・ジャーヴィー（スコット『ロブ・ロイ』の登場人物）やアセルスタン（スコット『アイヴァンホー』にも登場するサクソン人のイングランド王）すら妬ましくも賞賛するだろう速さで、目玉焼きの皿をやっつけることができそうだ。

「おはよう！」ドクター・カイルが意外にも気さくに挨拶し、皿にむかって前かがみのまま、顔だけあげた。「じつにいい日だね。おはよう、ミスター・ウォーレン。おはようさん、ミスター・モーガン。座りたまえ」

ふたりは顔を見合わせ、懸命に何気ない表情を保とうとした。毎朝ここまで、ドクター・カイルは完璧に礼儀正しかったが、他人に関心をもつことも、おしゃべりしたがることもまずなかった。自分と同じ階級の者だけと懇意にしたいという雰囲気を発散していた。つねに黒い服に身を包み、細身の体格、丁寧にくしけずられた白髪まじりの髪と両頬に皺《しわ》の刻まれたドクターは、外科手術のときなみの集中力で食べ物に没頭したものだった。それがいまや、安っぽいとすら表現できそうな見た目だ。ツイードのスーツとストライプのネクタイ姿で大げさに身振りしてふたりを歓迎したところなど、ごま塩の眉はそれほどメフィストフェレスめいて見えることはなかった。モーガンはこれも天気のせいなんだろうと考えた。

「あの」ウォーレンがそっと椅子に座り、話しかけた。「おはようございます。ええ、たしかに、いい朝です！　あの――よく眠れましたか？」

「ああ、独楽《こま》のようにぐっすりと！」ドクターはうなずいている。「けれど、いいですかな」いつもの思慮深い習慣を思いだしたようで、用心深く訂正した。「わたし自身の経験から、こうした言い回しに採用するには、独楽は選び抜かれたことばとは言いがたいですな。正確に申せば――少年の頃の経験から――、一般に、独楽は動くために存在するものですから。それはさておき、給仕、もっとベーコンエッグをもらいましょうか」

ついでながら今朝は、ドクター・カイルはやたらと巻き舌で話したがった。慈《いつく》しむようにふたりを見やり、それから舷窓のむこうの緑にきらめき躍る海をながめた。

「ぼくが訊きたかったのは」ウォーレンは興味津々でドクターを見つめてたたみかけた。「なにか見つ――いえ、目覚めたときは、いつもどおりだったんですよね？」

「いつもどおりだったよ」ドクターはそこで口をつぐみ、考えこんで眉根を寄せた。「ああ！　夜の騒動のことを言っているのだね？」

「騒動？」モーガンは口をはさんだ。「騒動があったんですか？」

ドクターの鋭い視線に、モーガンは落ち着かなくなった。

「なるほど。きみは聞いていないのですね。まあ、わたしが騒動に巻きこまれたのではないのですがね、ミスター・モーガン。それにわたしに聞こえたのは、デッキからの威勢のいい罵《のの》り言葉だけでしたので。しかし、今朝になって詳しく聞きましたよ、知人のひとりから。真偽のほどは保証できませんがね、それはわかってくださるでしょう」

「なにがあったんです？」

「なんと強姦未遂です」ドクターはあっさり言い、びっくりするほど下世話な表情で片目をつぶった。

「強姦？」モーガンは鋭く叫んだ。テレパシーの力でもあるように、なぜか注意を引く言葉というものがある。ダイニング・ホールはざわついているからモーガンの声など呑みこまれたのに、複数の頭がさっと彼らのほうへむけられた。「強姦ですって？　なんてことだ！　誰が被害に？　なにがあったんです？」

「それはわたしにもわかりません」ドクター・カイルは苦笑する。「しかしながら、わたしの情報源はそのとき、女の悲鳴を聞いています。どこかの破廉恥《はれんち》な卑劣漢が、アフリカで大きな獲物を狩ったときの冒険話をして、その気の毒な女に近づいたのだとか。途方もない額のエメラルドのブローチをあげると申しでたとのこと。けれど、邪《よこしま》な目的は失敗に終わり、恥知らずの無頼漢はウイスキーのボトルで女の頭を殴ったそうで」

「そりゃ、カエサルの幽霊もびっくりだ！」ウォーレンの目玉はわずかに見ひらかれた。「まさか、その件にかかわった人の名を聞いてませんよね？」

「わたしの情報源はその点について包み隠さず話してくれましたよ」ドクター・カイルは超然と答える。「彼女の話では、恥知らずの人でなしたる、女をたらしこもうとした人物は、ホイッスラー船長かスタートン卿ということです」

「その女の話は船じゅうに広まったんですか？」モーガンは訊ねた。

「ああ、すぐに広まるでしょう」ドクターはやはり超然と言う。「そうなるでしょうとも」

ドクター・カイルが気さくにしゃべりつづけるあいだ、モーガンたちは朝食に取り掛かった。正午には、クイーン・ヴィクトリア号の隅々で囁《ささや》かれる噂の最終バージョンはどんなものになることやら。あきらかにドクター・カイルはエメラルドなど見つけていないようだ。そうなると、ペギーがあれを投げこんだのは、無表情なミスター・ペリゴードと片眼鏡の妻のキャビンということになる。さてどうする？　船発行の簡易新聞が皿の隣に置いてあったから、コーヒーをぐいぐい飲む合間にざっと読んだ。裏面の記事だか評論だかを、一度は目が滑っていったが、はたととまって、そこへもどった。見出しは〝演劇の復興《ルネサンス・ド・テアトル》〟で、その下に、文／ミスター・レスリー・ペリゴード（一九三二年十月二十五日付のサンデー・タイムズ紙より、執筆者の許可を得て転載）とある。

天上の竪琴の如《ごと》き高らかなる調べが響き（この文はいきなり奔流《ほんりゅう》のように始まっていた）老いた評論家を、不本意ながら《マルグレ・リュイ》、一等席《フォートウィユ》から反時計回りにその波でさらい、そのニュアンスは極めて絶妙に宙に舞ったかと思えば、地を這い、サラ・ベルナールの声色を連想させる。あなたはこうおっしゃるだろうか、「ペリゴードの老いぼれは、今週の日曜日は気が変になったのか？」だが、わたしがソーホーくんだりまで足を運んで観劇したムッシュ・ジュール・フォータンブラの演技を見れば、そうたとえるしかないではないか？ かつてバルザックがヴィクトル・ユーゴーに語ったように、「感動したぞ《ジュ・スイ・ゼトネ》、この汚れたラクダめ《サル・シャモー》、動揺したぞ《ジュ・スイ・ブルヴェルセ》」（モリエールならばもっとうまいこと言っただろう）。胸躍る演技であるが、仮にそれが貧しいイギリスの一般市民のための気慰みだとしたら、この場で語る理由とは？ カール大帝とローランによって語られるこの絶妙なるセリフにおける、想像できうる最高の形象のまがうことなき光輝と麗しさに比肩するものは、一流の独白であるコルネイユの悲劇『髭』の五幕しか思いつかない。浮気女のペルノーのセリフで、〃あたしの魂は夜の森にとろけるチーズ《モナーム・エ・タン・フロマージュ・キ・スフル》〃で始まるものだ。さらに機知について語ってよいだろうか？ モリエールの珠玉の一節、〃このわたしがソーセージをとても好むのは、あれはフランス語をしゃべらないからだ《プル・モワ・ジェム・ビアン・レ・ソシソン・パルス・キル・ヌ・パルル・パ・フランセ》〃に迫るほどの出来なのだ。

「何だこりゃ？」やはりその記事を読んでいたウォーレンが訊ね、浮気女のペルノーの魂めいた口笛のような音をたてた。「裏面にあるこの赤痢の襲撃を読んだか？　書いたのは我らがペリゴード？」

モーガンは答えた。「きみは残念ながら文学のセンスがないんだな。シメーヌ（コルネイユ『ル・シッド』の登場人物）がタルチュフ（モリエール『タルチュフ』の登場人物で偽善者）に〝バカなの〟と言うようなものだ。きみも文学のセンスを身につけないと。その記事をじっくり読んで、理解できない点があればなんでもぼくに訊いてくれ。なぜって」そこで思いとどまったが、ドクター・カイルはすでにベーコンエッグの最後の皿を食べ終え、機嫌よく席を立つところだった。では失礼と挨拶し、なんだかデッキ・テニスをしたい気もすると言い残した。あまりの自己満足っぷりでテーブルから悠々と離れていくから、ウォーレンがあらたに疑惑を募らせ、それがどんどん深くなっていくのが顔つきからモーガンにもわかった。

「なあ！」ウォーレンが低い声で囁き、思わずよけたくなる勢いでフォークを突きだす。「ドクターは今朝起きたとき、エメラルドなんか見つけなかったと言ってるが」

「ドクター・カイルのことは忘れてくれないか？」うんざりしたモーガンはそう返した。「気にするな。ドクターのキャビンじゃなかったというだけのことさ。聞き入れてくれ」

だが、不安な可能性をモーガンも思いついていた。ドクター・カイルはエメラルドを見つけなかった。それは結構。ではもしも、ペリゴード夫妻も見つけなかったとしたら？　バカバカしい説だが、それでもモーガンのなかでそれは大きくなっていった。両者とも正直者だと仮定すると、エメラルドはいったいどうなったんだ？　あんなものに気づかないはずがない。モーガン自身が床にゴツンと金属製の箱が落ちる音を聞いた。なおも両者とも正直者だと仮定すると、ペギーがキャビンをまちがえたという意味になりそうだ。しかし、それはどうだろう。彼女の澄ました小さな顔には、如才《じょさい》のなさと揺るぎない自信が浮かんでいた。そうか――あるいは〈盲目の理髪師〉がちょろまかしたのかもしれない。Cデッキでの大騒ぎの最中、奴がどこか近くにいたという証拠ならたくさんある。エメラルドの行き先を見ていたことも大いにあり得るではないか。とすれば夜更けにエメラルドを回収するのは簡単なことだったろう。

いらだちながらモーガンは、ウォーレンみたいに次々に違う仮説に飛びついているぞと、みずからに言い聞かせた。ウォーレンはモーガンが黙りこんでいるのをいいことに、熱っぽく話を続けていた。話せば話すほど、自分の意見は正しいと思いこんでいく。こうして、ドクター・カイルの人格はこれ以上ないくらいの腹黒ということになりはじめた。モーガンは口をはさんだ。「くだらない！」けれど自分の懸念こそ根拠がないぞと、また内心で自分に言い聞かせた。ペリゴード夫妻がエメラルドを見つけている、そうに違いない。しかし、自分にいらだっている本当の理由は、〈盲目の理髪師〉が現場にいたという単純な可能性をいままで考えていなかったことだ。もしも、その芸術愛好家夫妻が、あの品物を本当に見つけていなかったとしたら。

「やるべきことがある」モーガンはウォーレンの熱い語りをさえぎった。「なんとかして、ドクターにいくつか質問しないと。それも巧みに。眠りが浅いかどうかとか、夜はドアの掛け金をかけているかどうかとか」

「やっと、分別が出てきたか」ウォーレンが言う。「ドクターを罠にはめるんだろ？　いいかい、彼が絶対に〈理髪師〉だって言ってるわけじゃない。ぼくが言いたいのは、五万ポンドのエメラルドが放りこまれたのに、それが誰にも知られてないと思ったら人はどうなるかってことさ……あのドクターの表情を見たかい？　おかしなテンションに気づいただろ？　人を混乱させておけば、誰も自分を疑わないと知ってるんじゃないかな」

「新聞のこの記事を読むんだ」モーガンは命じ、毅然としてその箇所を指さした。「ペリゴード夫妻とお近づきになるんだから。たとえ夫婦が目くらましの燻製のニシンにすぎなくても。きみはニュアンスについて、知性ある会話をできるようにならなくちゃだめだ。きみはどういう教育を受けているんだよ？　外交官だかなんだかなんだろう。フランス語を知らないといけないんじゃないか？」

　この皮肉でウォーレンの気をそらせればと思っての発言だった。狙いはあたり、若き外交官は傷ついたようだ。

「もちろん、フランス語なら知ってるさ」ウォーレンは冷たく威厳を漂わせて言い返した。「いいかい。言っておくが、最難関の試験に合格しないといけなかったんだからな。きみだったら絶対受からないね。ただし、そいつはビジネス用のフランス語なんだよ。そのビジネスフランス語だったら、なんでも訊いてくれ。ほら、これをフランス語でなんて言うか訊いてみろよ。〝前略。十八日付の貴簡拝受、領事送状を添付のうえ、総額十六ドル（あるいはポンド、フラン、マルク、リラ、ルーブル、コペイカ、クローネ）四十五セント（あるいはシリング、サンチーム、ペニヒ……）の荷為替手形を別封し……〟」

「だから、なにを言いたい？」

「なにをって、その手のと、記事のフランス語は同じじゃないってことだろ。ほかに知ってるフランス語はプレップ・スクールで習った役にも立たないやつだけさ。そりゃ、自分のサイズに合う帽子の頼みかたや、パリ植物園に急にどうしても行きたくなった場合の道の訊ねかたは知ってるよ。でも、パリ植物園に行きたくなったことなんかない。それに、いいかい、パリで帽子屋に寄ることがあったとしてもさ、言葉なんかできなくても、耳まですっぽり隠れるバカでかい被り物を売ろうとする出目蛙《フランス人》なんかいやしない。それに、ぼくの言葉遣いに痙攣《けいれん》を起こすようなウブな田舎娘の妹だっていないし」

「おや！」ウォーレンの話にまったく注意を払っていなかったモーガンは言った。「もう働きはじめたのか。やるな。彼女も同じことを考えついたんだ」

ダイニング・ホールに通じる幅広の磨きあげられた階段を降りてくるのは、上背があって堂堂たる姿のレスリー・ペリゴード夫妻だった。隙のない身だしなみで、歩調を合わせている。ふたりのあいだにはさまって、熱心にしゃべりながら歩くのがペギー・グレンだった。

ペギーはペリゴード夫人の肩より少し高いぐらいの身長だった。あきらかに知性を醸《かも》しだそうとしてべっこう縁の眼鏡をかけ、こってりと化粧をしている。ドレスはモーガンの目にはジヤワ更紗《さらさ》の模様に見えた。身振り手振りをまじえて片眼鏡のペリゴード夫人に話しかけ、夫人のほうは幽霊のように静かな眉とくちびるの動きで、返事のニュアンスを伝えているようだった。階段を降りたら、ペギーは夫妻と別れてこちらのテーブルにやってくるものと思っていた。ところが、そうしたそぶりはまったく見せない。それとわからないくらいの合図を送ってきたように思ったが、断言はできなかった。そうこうしているとペギーはペリゴード夫妻と同じテーブルへむかった。

ウォーレンが驚きを押し殺してなにかつぶやき、そこでふたりは別のものに目を留めた。すぐあとに階段をキャプテン・ヴァルヴィックの大柄で人好きのする図体が降りてきたのだ。砂色の髪にきれいに櫛を入れ、なめし革のような顔を普段より皺くちゃにして、なにかの話に聞き入っている。その話をしている相手は、なんと、ミスター・チャールズ・ウッドコックだった。彼は殺虫剤のセールスマンだと名乗ってはばからない人物だが、いまは興奮しているようだった。興奮すると痩せた身体は決まって、飛び跳ねてはあらぬ方向へねじれるように見える。しかしそれは目の錯覚だ。というのも、自信に満ちた低い声で次々に言葉を繰りだすあいだも、あのセールスマンは相手の顔から視線をはずすことはないからだ。

「キャプテンはどういうつもりだろ?」ウォーレンが言う。「ぼくたちを除く同盟チームは仕事中みたいだな。我らがノルウェー人は、いつもはウッドコックを避けてたことに気づいてたかい? ふたりともすごいホラ吹きだから、ふたつの山火事みたいにおたがいの威勢のよさを消しあってしまうからさ。それがこのとおりだ、キャプテンのおとなしいことといったら。なにを考えているんだろ」

モーガンにもわからなかった。たぶん、昨夜の出来事についてミスター・ウッドコック版の話を聞いているんだろう。お堅い長老教会信者のドクター・オリヴァー・ハリソン・カイルが強姦をほのめかしたぐらいだから、万能の想像力をもつ殺虫剤セールスマンがどんな話をしているか想像すると、全身に震えが走った。ダイニング・ホールはあっという間に埋まっていき、釈放された囚人なみの楽しげなおしゃべりやざわめきで活気づいていたが、ミスター・ウッドコックの力強い声は聞こえた。「そんなところだ、おやじさん。友人たちに忘れず伝えてくれよ」彼はキャプテンの背中をバシンと叩き、自分のテーブルへむかった。

途方に暮れた表情のキャプテンは足音を荒っぽくたてて近づいてきた。笑顔で挨拶をすると、さっと椅子を引いて、一言、

「人魚！」

モーガンはまばたきをした。「やめてくださいよ。お願いだからやめてください！　もうたくさんだ。ホイッスラー船長がゆうべ、Cデッキで人魚を追いかけまわしてたなんて言われたら、ぼくのなけなしの正気が消えてしまいます。お願いです！　もうそんなのには耐えられない！」

「はん？」キャプテンはきょとんとしている。「どういうこった？　オレはそんな話を聞いてきたんじゃないのよ。もっとも、前に人魚を見たっていう給仕がいたがね。ミスター・ウッドコックのひねりだした話をきかせてやるが、あいつはこの手の悪党についていろいろ知ってるんで、たっぷりの長話になるぞ」

キャプテンは腰を下ろした。

「いいか！　船じゅうが噂でもちきりだよ。その話はするが、まずはいちばん大事なことを言わんとな。船長が、朝食をすませたらオレたちみんなやつのキャビンまで来いとさ。くーっ！　あいつ、犯人がわかったと思ってるぞ」

10　事件の関係者たち

キャプテンがポリッジを注文して、テーブル担当の給仕が下がると、かなりピリピリしていたウォーレンがコーヒー・カップを置いた。

「犯人が誰かわかった？　船長はおかしなことを考えるようになったんじゃないですよね？　たとえば、ぼくたちのしわざだとか」

忍び笑いを漏らしてキャプテンはぶんぶんと手を振った。「くーっ、違うぞ！　見当はずれもいいところだ。そうじゃないのよ。どんな用件か知らんが、船長はスパークスをオレのキャビンによこして、めしのあとにオレたちみんな来いって言っただけさ。スパークスの話じゃ、船長は電報を受けとったそうだが、内容はフジツボに会うまで秘密だって、教えちゃくれない」

「なんでしょうね」と、モーガン。

「それで、思いついたことがあって、オレはスパークス――ああ、電報技師だ。電報技師はなんでかみんなスパークスって名前だよな――に言ったのよ。〝スパークス、昨日の午後はシフトに入ってたのか?〟と。そうしたらこう答えた。〝はい〟。そんで、オレはこう訊いた。〝スパークス、船長が悪党についての最初の電報を受けとったときのことを覚えてるか? おまえと口喧嘩してたって? そのとき、無電室にはほかに誰かいたか?〟とな。あいつが〝はい〟と答えたんで、ゆうべ頭を割られてた女の人相を伝えて訊いたのよ。〝スパークス、こんな女がそこにいたか?〟――電報技師のスパークス連中てのは、ご婦人には目ざといんで、女がいたんなら覚えてるのはわかっててさ――と。それに、女が電報を受けとったか送ったかしたんだったら、名前も知ってるだろ?」

「お見事!」ウォーレンは叫んだ。「いいぞ! 女は何者だったんです?」

「あー、そこが問題なのよ。スパークスは女を覚えてるが、名前は知らんという。無電室には何人かいて、乗客として旅をしてるスパークスの従兄弟《いとこ》もいたらしい。女は無電室には来たけれど電報待ちの列ができてるのを見て、どうも待ちたくなかったようで、背をむけて出てったらしい。それに紙をたくさん手にしてたそうだ。大丈夫! 誰が行方不明になってるか突きとめれば、身元はわかるって。さて、ここからが本題よ」

ポリッジが運ばれてきた。キャプテンはそこに容器のクリームをすっかり空け、大きな背をかがめて両肘を翼のように広げてると、ガツガツ食べる合間に話を続けた。

「スパークスとはあれこれしゃべって、オールド・ロブ・ロイを一杯ごちそうした。そうすると、〝くーっ! キャプテン、従兄弟のアリックはゆうべ、このウイスキーがあれば喜んだでしょうな〟とさ。〝従兄弟はひでえ歯痛で、船医からなにやら薬をもらったが、ちっとも効かなかったそうだ。オレは〝ほう？　そいじゃ、従兄弟をオレのところによこせばいいよ、しゃっきり治せる薬を知ってるから〟と言ったのよ。その薬の材料は――」

「話のじゃまはしたくないんですけどね、キャプテン」モーガンはペリゴード夫妻のテーブルにいるペギーから合図がないかと警戒する視線を送りながら言った。「それは本当に事件と関係のある話なんでしょうね」

「絶対さ、安心しろ！」キャプテンは興奮して鼻息をふんと吐いて切り返した。「まあ、最後まで聞けよ。スパークスはこう言った。〝じゃあ、あいつを見てやってくれませんか。すぐその先のC47号室ですから〟」

「待ってください」モーガンはさっと振り返った。「C47号室ですって？　それでどうなったんです？」

「それで、スパークスとC47号室に行った。ドクター・カイルのところから、通路をはさんだ向かいだろ？　従兄弟は湯たんぽを抱えて、ぐるぐる歩きまわって、たまに隔壁に頭をぶつけちゃあ、〝うーっ！　おれはもう死んじまいたい〟って言うんで、オレはその可哀想な男がすごい気の毒になってね。だから、医者のところでもらったほうがいい薬を書きつけて、そいつをスパークスにもってってもらったのよ。そしたらほんの五分で痛みとはおさらばできて、その可哀想な男は信じられないで、オレにありがとうと言うときは、目に涙を浮かべてたくらいさ。あ、言い忘れたが、そいつは〈バーモンジーの恐怖〉という名でやってるプロのボクサーなのよ。なにか礼がわりにできることはないかと言われてさ。オレは気にするなと言って、そいつにもオールド・ロブ・ロイを一杯ごちそうしたが、そこでまた、ひらめいたんだな」

キャプテンの特大の指がテーブルを小突く。

「こんなふうにな。ゆうべひとりで考えてたら急にひらめいて、ベッドで起きあがったくらいさ。〝お医者とあの夫婦ものは正直かもしれんが、ミス・グレンがエメラルドを投げたキャビンに例の悪党が忍びこんだら？〟ってな」

モーガンはうなずいた。この老キャプテンは愚かじゃない。カチカチと音をたてる頭の歯車が嚙みあうにはしばらく時間がかかったが、その結論に到達したのだ。ウォーレンもまた、このあたらしいほのめかしに気づいて不安になり、テーブルに沈黙が訪れた。

「まさか」ウォーレンが息を吞む。「そのとおりだなんて言いませんよね？」

「おっと、違うさ！　けど、〈バーモンジーの恐怖〉に訊いてみたほうがいいと思ったのよ。〝デッキでバタバタしてるのが聞こえたかい？〟と。奴はそうだと言う。そいで、今度はこう訊いた。〝歯痛で一晩中、起きてたのかい？〟と。したら、〝うん、女が、もう一度、そいつをぶん殴って、と言うのが聞こえたけど、具合が悪すぎて、何事か見にいく気分にはならなかった。風邪を引かないように舷窓は閉めていたもんで、あまり聞こえなかったんだが、キャビンのすぐ近くで声がしたし、ドアのほうは半分開けて固定してたんだよ〟ときた。そいつはイギリスの船乗りのやりかたさ。あいつらは冷たい空気が大の好物なのよ。前にボストンでイギリスの船乗りとムショに入れられたことがあるが、蒸気の暖房が入ってるからって、ムショの悪口ばかり言ってたな」

「それで〈バーモンジーの恐怖〉ですが」モーガンはうながした。「一晩中起きていて、ドクター・カイルのキャビンのドアが見えてたんですね？」

「そうなのよ。やつは一晩中、誰もそのキャビンには入らなかったと誓った。そうしたら、オレは頭から消していいことがひとつあると思ったわけさ」キャプテンはぜいぜいと息をついた。

ウォーレンがこれをドクター・カイル有罪説のさらなる証拠と解釈しようとしていると見てとり、モーガンは急いで言った。「朝食前にたくさんの仕事を成し遂げたんですね、キャプテン。ほかにはなにか？　ウッドコックについて、なにか知っていそうな口ぶりでしたが？」

「ああ！　それそれ。忘れるところだった！」キャプテンはスプーンをぶんと振りまわした。「けど、どう考えていいのやら、さっぱりわからん。ウッドコックはおもしろい男だな。商売の話をするたびに、遠まわしな言いかたをしようとするから、奴がなにをしゃべってるのか、オレにはわかんなくなる。でも、とにかく奴は商売の申し出だと言った。ミスター・ウォーレンと話したいって言うんだ。ミスター・ウォーレンがざっくばらんに話すなら、取引したいって。まず、奴はゆうべなにがあったか知ってると」

「だろうよ」ウォーレンが険しい表情で言う。「彼のはどんなバージョンになってるんです？」

「いやいやいや！　そこがおもしろいところさ。奴は大筋は知ってるようだが、例の女のことは知らんのよ」

ウォーレンはテーブルの端を握りしめた。「まさか、ウォーパスおじさんのあのフィルムのことを知ってると言うんじゃ?」

「うむ、奴はフィルムについてなにかは知ってる、それだけは言える。頭のいい男だからな。奴がどこまで知ってるのかはわからんが、この船の悪党についてかなり知ってるみたいでさ」キャプテンは口ひげをなでると顔をしかめた。「あんた、奴と話したほうがいい。要点はこうだよ。奴はなにか発明したというんだ。電球つきの殺虫銃だとさ」

「電球つきの殺虫銃?」モーガンはだいぶやけくそになって聞き返した。船乗りの妙な隠語かしらという考えは頭から追いだした。「なんですかそれは? 脱線ばかりで、ぼくの忍耐力もだんだんしぼんできましたよ。頭が変になりそうだ。キャプテン、電球つきの殺虫銃のくだらないおしゃべりなんかしなくても、ぼくたちは手一杯じゃないですか?」

「くだらんおしゃべりなんかしてないぞ!」キャプテンはいささかカッとなって言う。「ウッドコックはそのとおりのことを言った。どんなふうに動くのかは知らんが、暗闇で蚊を退治するのに使うものなんだと。殺虫剤業界に革命を起こすものらしく、そいつに〈人魚〉と命名するつもりだと言ってたな。蚊のほかにもたくさんに使えるんだ、トコジラミ、ゴキブリ、ハサミムシ、イモムシ、イエヒメアリ、アブ……」

「まったく疑っていません」モーガンは割りこんだ。「六十ヤード先のゴキブリだってやっつけられるでしょうよ。本題にもどりましょう。その話がぼくたちに関係あるかどうかはさておき、もっと差し迫った問題がある。キャプテン、ドクター・カイルは今朝、キャビンでエメラルドを見つけなかったんですよ。あなたと〈バーモンジーの恐怖〉のおかげで、〈盲目の理髪師〉がそいつをくすねようと部屋に入らなかったことも証明できた。となると、残るはペリゴード夫妻です。ペリゴード夫妻に違いない。あの人たちがぼくたちの最後の希望ですよ。もちろん、ペリゴード夫妻がもっているはずだ！　だからペギーはずっと、むこうのテーブルにいて」

　ウォーレンがモーガンの腕をポンと叩いた。

「ペギーが大きく合図してきてるぞ」低い声でそう教える。「目立つといけないから、振り返らないで、ちらりと見るんだ。いや、ちょっと待て。秘密の合図じゃないな。彼女はぼくたちをむこうのテーブルに呼んでる」

「あいつらがエメラルドをもってるのか？」キャプテンが振り返りながら訊く。「ウッハッハ！　なら、一件落着だな。いやはや心配した」

「本当に！　ぼくもそう願います」モーガンは熱く応じた。「でも、ペギーはうれしそうな表情じゃないな。朝食を食べ終えたらおいでください、キャプテン。行くぞ、ウォーレン。記事は読み終えたか？」

「読んだとも」ウォーレンは切り返し、ダンス・フロアを横切ってむこうのテーブルへ歩きながら、口の端をゆがめてしゃべった。「それから、ぼくの教育について皮肉を言うのはやめろよ。あの記事についてなら、なんでも語れるから。ペギーのおじさんはたいしたものなんだな。古典劇作家として八気筒のエンジンみたいにぶっ飛ばす、モリエール以来の注目株っていうんだから。華麗なセリフを厚かましく批評するとしたら、なんとも言えない《ジュ・ヌ・セ・コワ》魅力があるとなる。

ぼくなら、語りにリ、ア、リ、ズ、ム、が巧みに取り入れられたことを指摘するね。騎士ローランやムーア人の王の悪賢いバンハンブラといった人物がいかにも人間くさく、その息遣いが伝わってくることが、写実的な力の要素となっていて……」

「写実的な」ミスター・レスリー・ペリゴード本人が大きな声で簡潔に言った。「力の要素。それが、すべてだ」

モーガンがペリゴードを見やると、彼は朝食のテーブルに背筋をピンと伸ばしてむかい、フォークの先をテーブルクロスにあて、頬をこわばらせ、一言ずつ、はっきりと、発音したところだった。モーガンがインテリ族に対してなによりもいらつくのはなよなよしたところや気だるそうなところだが、それがいっさいない。ボートを漕げばしっかり役目を果たすだろうし、暴れ馬も手なずけられそうだ。ひょろりとしたのっぽで、薄いブロンド、かぎ鼻、ミイラみたいに乾いた目で、ただしゃべっている。特になにかを見てはいない。遠くへ視線をむけているようだ。冷たい風を受けているかのようになびくふわりとしたブロンドの口ひげを見ていなければ、腹話術だと断言するところだ。けれど、(一度口をひらくと)話すのをやめる気配は見せなかった。

ミスター・ペリゴードのくちびるから意味不明な語りが簡潔な抑揚で、とめどなく、規則正しくあふれでるものだから、水を飲むため一息入れる必要が出てようやく、ペギーが口をはさむことができた。

「あら、ねえ、すみません!　おじゃまして申し訳ないんですけど、仲のいいお友達をふたり紹介させてください。ミスター・ウォーレンとミスター・モーガンです」

「ご機嫌いかが」ミセス・ペリゴードが墓場から響くような声を出す。

「おや？」ミスター・ペリゴードはかすかにむっとしているようだった。ちょうど、シェイクスピアの目を蹴飛ばし、ベン・ジョンソンの帽子をつぶしたところだった。じゃまが入って怒っているのがモーガンにはわかった。「おや？　光栄ですね、本当に。わたしはだいぶ初歩的なことを語っておったのです。ちなみに《アン・パサン》、今夜の船上コンサートで頼まれたスピーチで話すことでして」彼は口元だけで笑った。「けれど、うむ、あなたがたを退屈させはしないかと心配ですね。ミスター・フォータンブラの人形劇を紹介するスピーチとしてしゃべるだけですから。おふたりに聞かせても――」

「もちろん、ふたりとも興味ありますよ、ミスター・ペリゴード！」ペギーが思い切り感情を込めて叫ぶ。「ウォーレン、いまペリゴードご夫妻に、アイオワのダビュークでの話をしていたの。ムーア人との戦いの途中で、騎士のオリヴィエのズボンが破けて、緞帳《どんちょう》を下ろさなくちゃならなくなったのよ。お尻からおがくずが出てきたものだから。縫いなおしてからやっと、おじさんは劇を続けられたの。ミスター・ペリゴードは、チャーミングな裏話だとおっしゃったのよ。ですよね、ミスター・ペリゴード？」

「たいへんね、ミス・グレン」ありがたい言葉を（彼にしては）慈悲深く述べたが、お邪魔虫には去ってもらって、ふたたび文学について語りたいと願っているように見えた。至極丁重な態度を取っているが、場の居心地の悪さがひどくなっていく。「たいへんチャーミングだ、そうしたちょっとした裏話は。ですが、わたしはこちらの紳士諸君を退屈させているに違いない。ご興味などもてるはずもないでしょうからね」

「でも、ちょっと考えてみてよ」それでもペギーはモーガンに訴えた。「モーガン、あなたは悪い人ね。賭けはわたしの負けだわ。カクテルをおごらないといけないな、なんて残念なの。そう思いません、ミスター・ペリゴード？」

　モーガンはこの成り行きが全然気に入らなかった。

「賭け？　なんの賭けだ？　誰が賭けをしたって？」

　誰かがテーブルの下で彼のすねを蹴飛ばした。ペギーが話を続ける。「だって、風で吹き飛ばされたわたしのタモシャンター（スコットランド発祥のボンボンつきベレー帽）は、ゆうべ舷窓からミスター・ペリゴードのキャビンには入っていなかったんだもの。ついてないな、たぶんなくしたんだわ。でも、お部屋には飛んでいかなかったんだから、仕方ない。ミスター・ペリゴードがとっても素敵な話を始められる前に」ここでペギーは熱意と尊敬を込めた優しい目をさっとあげ、ペリゴードの顔を見つめつづけた。ペリゴードは咳払いし、錆びついた流し目らしきものを返す。モーガンはそれに気づいた。ミセス・ペリゴードも。「キャビンではなにも見つけていないと言われたの。お気に入りのタモシャンターをなくしたに違いないわ」

「そうでしょうね」ミセス・ペリゴードが片眼鏡越しにペギーへ意地の悪い視線をむける。

「ゆうべのデッキはとっても暗かったのではございませんの、お嬢さん？」

「とっても。それに、ああした男たちに女が文句を言っても、聞かないですよね、ミセス・ペリゴード？　とてもひどい話ですが、結局、女ひとりになにができます？　だから、騒ぎ立てるより、その場はおとなしくしたほうがずっといいってことですよね？」

「ええ、そうでございますわね！」ミセス・ペリゴードは表情をこわばらせる。「じつは、わたし、詳しくなくて。たぶん、一度にひとりなら……でも、お嬢さん、ゆうべは、少なくとも六人の酩酊した男たちが騒いで、我慢できないくらいうるさかったんですよ。ですから、タモシャンターより大きなものが、うちのキャビンの床に転がっていても、ぜんぜん驚かなかったでございましょうね。客室係に苦情を伝えたとき——」

「客室係に？」ペギーはふしぎそうに訊ねた。「でも、ミセス・ペリゴード、ご主人はどちらにいらしたんです？」

ミセス・ペリゴードの夫は文学と帽子というまじめな話題にもどることは諦めたようで、口をはさんだ。

「なんと爽快なかただ、ミス・グレン。爽快きわまりないですな。ハハハ！　そうした遠慮のない物言いは好きですね。自由で束縛されない、いまの時代の若者ならではの率直さ。古くさい偏見にとじこめられず、囚《とら》われず、とどまらない……」この時点のミセス・ペリゴードは、自分が古くさい偏見にとじこめられず、囚われず、とどまらないならば、立ちあがって、燻製ニシンの皿をその顔にお見舞いすると言わんばかりの表情だった。「ようするに、そうした態度は好ましいってことですよ。ですが、妻のご心配はいりません。ハハハ！」

「おや？」と、ミセス・ペリゴード。

「ほらほら、シンシア。騒ぐのは青春、青春《ジュネス》だよ。いわば、活気あふれる〝この一刻を逃すな〟だね。D・H・ロレンスがジェイムズ・ジョイスに言ったことを思いだして。ハハハ！」

「親愛なるレスリー」ミセス・ペリゴードが冷ややかに言う。「ピエール・ルイス風のバビロンの酒池肉林も、イシュタルのお祭り騒ぎも、本のなかでなら大いに結構です。でも、品のある外洋航路船のデッキで、午前二時に、我が部屋の窓の下において、そうした儀式をおこなうのが美的趣味に合うのならば、それには同意などできませんと言うしかないですよ。そして、この若いレディに、わたしと客室係との関係は、その、純粋に、事務的なものでしかないと主張しなければなりません」

「えっ！」と、ペギー。

「――そしてその関係は適切な範囲に、とどまったものでございましたからね」ミセス・ペリゴードが声を荒らげる。「呼び鈴を鳴らし、ドアの掛け金を開け、騒音をとめるためになにかしてくださいと頼む範囲に――主人に訊けばわかるでしょうけど――あれからぜんぜん眠れなかったことを保証しますよ」

ミスター・ペリゴードは、ジェイムズ・ジョイスがD・H・ロレンスに言ったことを思いだしたらいいんじゃないかと穏やかに言った。モーガンはこの刺々しい嫌味の応酬が、たがいに髪を引っこ抜く段階に達する前に、なにかして収めたほうがいいと感じた。それに、彼も驚愕していた。エメラルドは絶対どこかにあるはずだ。スタートン卿からもホイッスラー船長からも捜査の依頼を受けているわけではないが、自分たちが五万ポンドの宝石をくすねて、どちらかのキャビンの舷窓越しに投げたという事実は残る。どういうわけかエメラルドが信じがたいことに消えたのならば、スタートン卿の金と、おそらくは船長の職も消えるということになる。なにかがまちがっている。ドクター・カイルは自分のキャビンにはないと言う。〈盲目の理髪師〉がそこから盗める状況ではなかったという証言もある。一方、ペリゴード夫妻は起きていて、騒ぎに気づいていた。なにか投げこまれたならば、確実に気づいたし、今朝それを見逃すはずもない。困惑は膨らむばかりで、なんとかあたらしい手がかりがないかと求めた。

そこでモーガンはとっておきの輝く笑顔を作り（もっとも、忌《い》まわしい仮面のようにピンと伸びる感じがしたが）、へつらい、なだめ、おだてる言葉をミセス・ペリゴードにかけた。とはいえ、彼女はまったく不美人などではなかったので、楽しみながら働きかけられた。ウォーレンに見つめられながら夫人に同情し、どこの恥知らずな酒飲みたちか知らないが、彼女の眠りをじゃまする行動をしたことに怒りながらも、連中にかわって謝った。ジェイムズ・ジョイスとD・H・ロレンスというふたりの悪名高いわんぱく小僧の会話がどんなものだったにしろ、ひどく趣味の悪いものだとほのめかした。

「でも、正直言いますとね、ミセス・ペリゴード」モーガンは秘密を打ち明けるように彼女の椅子に寄りかかった。「ぼくもその騒ぎを耳にしたんですよ。ただ、もちろんその場にいたわけではないので、はっきりと言えないのは、おわかりいただけるでしょうが」

「ええ、とても！」ミセス・ペリゴードはだいぶ緊張がとれて、堅苦しさがずいぶんと抜けたから、モーガンは信頼を得たということだ。「どういったことかしら？」

「……それでも、あまり、なんというか――バッカス神の飲めや歌えやの騒ぎと言うべきでしょうか？――ただの好き勝手なつかみ合いのようには聞こえなかったんですよ。ええと、げんこつで殴りあっているとでもいいますか」モーガンは説明しながら、インテリぶった的確な言《モ・ジュス》葉《ト》を探した。「特に――こう言うことを許していただけるならば、ミセス・ペリゴード――あなたのように魅力があり、肉体的快楽についての高尚な知識もおもちのご婦人ならば、おそらくは誘惑に対する男と女の弱さについて、寛大に見てくださるのではないかと。ある程度の慎み深さがある場合にかぎってですが。さらには――」

「あら、まさか、ほんとうに！」ミセス・ペリゴードは眉をつりあげてみせた。「なにをおっしゃるの、ミスター・モーガン。ああした行為をわたしが認めるだなんて、思ってらっしゃらないでしょうね？　オホホホ！」

「ええ！　もちろんですよ、ミセス・ペリゴード！」ウォーレンが口をはさんだ。モーガンがこのご婦人になにを言わせたいのか感づき、全力で助けようとした。「あなたがよい人でいらっしゃるのはわかっています。もちろんですとも。旅のセールスマンが農夫の娘に語りかける冗談を思いだしてください」

「黙れ」モーガンはもごもご言った。「ミセス・ペリゴード、それで当然、喧嘩ではないかという考えが浮かばれたと思うんですよ。まったくとんでもない！　それで起きあがられて、ドアの掛け金をかけたりはされなかったんですかね。酔っ払った野――いえ、者たちが押しかけようとしたらいけないと――」

「あら、たしかにそのとおりのことをしました！」ミセス・ペリゴードが叫ぶ。「ええ、ドアには掛け金をかけておきましたとも！　女の声が誰かに、誰かをもういちど叩くようにそそのかすのが聞こえてすぐに。一晩中、目を閉じることはありませんでしたよ。誰もうちのキャビンに入らなかったことは、自信をもってお話しできます」

（ということは、こっちもだめか。モーガンは仲間たちを一瞥《いちべつ》した。ペギーはうろたえているようだ。ウォーレンは怒り、とまどっている。謎はますます複雑怪奇になり、いまやミスター・ペリゴードまで意地の悪い表情をむけるようになってきている。そろそろ退散し、頭を冷やしてから、船長に会いにいったほうがいい。うまくいとまを告げる言葉を口にして……）

「それで、教えてくださいな」どうやらミセス・ペリゴードはなにかふと思いだしたようだった。「ちらりと聞いたのですけど、あなたは探偵小説を書いてらっしゃる、あのミスター・モーガンでしょうか？」

「ええ、まあ。そうですよ。それではどうもありがとうございました、ミセス・ペリゴード。ご主人にも御礼を申し上げます。お近づきになれて光栄でした、またこうした機会があればと――」

「わたしは探偵小説が大好きなんですよ」と、ミセス・ペリゴード。

夫のほうは身じろぎもしないままだった。けれど、ガラスのような目をした顔には奇妙な表情が浮かんでいた。スペインの宗教裁判で異端判決宣言《アウト・デ・フェ》の朝に、トルケマダ修道士が哀れなならず者に警告ひとつで放免を宣言すると、周りの者はこんな表情になるだろう。

「そうなのか、きみ?」レスリー・ペリゴードが凍てつく口調で言う。「これは異なことだ。この人たちをお引きとめしてはいけないよ、シンシア。ミス・グレン、今日はのちほど、あなたやすばらしいおじさまとお話ができるよう願っております。おじさまに会うのを楽しみにしておりますし、それに今夜の舞台の打ち合わせもしたいですな。ではまた《ア・ビアント》!」

「でも、もちろんコンサートではお目にかかれますね」ミセス・ペリゴードが言う。目を細めたその笑顔に、モーガンはどことなくコメディアンのローレル・アンド・ハーディのスタン・ローレルのほうを連想した。「レスリーとわたしはその準備で事務長と会合を重ねてきましたの。ぜひとも、あなたとお会いしたいわ、親愛なるミス・グレン。卓越したプログラムになりましたのよ。マダム・ジュリア・レダ・カンポゾッツィが現代巨匠の小品集《モルソー》から歌ってくださいます。伴奏はご主人のシニョール・ベニート・フリオーソ・カンポゾッツィ。たしかそれから」これはたいして気に入っていないとばかりに顔をしかめて言いたした。「事務局長はミスター・マグレガーとおっしゃる人なのですが、彼が同郷のドクター・オリヴァー・カイルを説得して、ロバート・バーンズの作品からいくつか選んで詩を暗唱していただくことになったはずです。もちろん、こちらはミスター・フォータンブラの公演の前座ということになりますけど。ではまた《ア・ビアント》」

「ごきげんよう」ペギーはテーブルから立ちあがった。「それからいろいろ教えてくださって、心からお礼を言います。絶対にわたしに会いにきてくださいね、ミスター・ペリゴード。そして、うっとりするようなお話をまた聞かせてください。ただ、その、もしもおじに会われるのなら」

「なんでしょう?」ミスター・ペリゴードは不安そうな表情でペギーに眉をあげてみせた。「おバカさんだと思わないでほしいんです。おじのことならわたしはよく知っています。だから、約束してください。もしおじの船酔いが治って起きてきたら……あなたがたのような知性ある人のなかには、びっくりするほどお酒にお強い人もいるのは知っています」今回は真剣そのもののようで、ミセス・ペリゴードでさえも、ためらうペギーの顔を覗きこんだ。「でも約束してください、おじに絶対に酒を与えないと。ふざけた話だと思われるでしょうけど、おじはひどい下戸《げこ》なんです。信じてもらえないでしょうが、特にジンに弱くて。なのでわたし、おじを見張っていないといけないんです。だって、フィラデルフィアで公演をするはずだった夜なんて――」

「わたしは蒸留酒にふれたことはありませんぞ、ミス・グレン」ペリゴードが即座にいささかそっけなく言う。「〝脳を盗む泥棒をなぜ口に入れなくてはならない?〟とT・S・エリオットがどこかで書いていました。強い酒は忌《い》まわしい存在です。わたしはまた菜食主義者でもあります。わたしに任せてくだされば、ミスター・フォータンブラは極めて安全です。それでは」

　三人の共犯者たちは黙ってテーブルから急いで離れていった。モーガンは頭のなかで駆け巡るさまざまな考えに取り憑かれて口をひらかない。ペギーは怯《おび》えた様子だ。沈黙を破ったのはウォーレンだった。

「ほらな?」彼はすごんで言う。「いまの鈍いふたりはなにも盗みはしないよ。だから、手遅れになる前に、ぼくのアドバイスを受け入れろ。犯人は偽医者だって言ってるじゃないか。まったく！　エメラルドがぱっと消えるはずがないよ！　ドクター・カイルのキャビンにあるんだ」

「ペギー」モーガンは言った。「ほかに説明はできない。きみがキャビンを勘違いしたということだ」

一同は階段の下まで来ていたから、ペギーはすれ違う給仕から立ち聞きされない場所に着くのを待った。「勘違いしてないってば、モーガン」静かで真剣な口調だ。「絶対にまちがってない。今朝、またデッキに出て、ゆうべ立っていたその位置でたしかめたの」

「それで？」

「わたしは正しかった。ふたつのキャビンのうち、どちらかなの。近くにある舷窓はあのふたつだけだったから、どちらかひとつ。そしてこう思うんだけど、いいこと、思うってだけの話だけど、それはドクター・カイルの舷窓だった」

「ぼくに言わせれば、これ以上、どんな証拠が必要なのかわからないね」ウォーレンは不満たらたらだ。「ブレインに言われたことをやるし、質問なんかしないけれど、ぼくにも自分なりの仮説があるんだよ。さあ、船長に会いにいこう」

頭上から声がした。「失礼、ミスター・ウォーレン。おじゃまはしたくないんだけどね、十分間、お時間をいただけませんか。損はさせませんよ」

金メッキの手すりを指で突きながら身を乗りだしているのは、興味津々で彼らを見おろすミスター・チャールズ・ウッドコックだった。

11　盲目の理髪師を見た男

ミスター・ウッドコックがあまりに緊張し警戒している表情だったので、モーガンはまたしても落ち着かなくなった。ウッドコックがぼかしはしたものの危険な事柄を知っているとほのめかしたと、キャプテンが語っていたのを思いだす。それにやり手の営業マンを前にすると、いつも萎縮してしまう。商売者のように頭が速く動かないからであり、相手がなんの話をするのか考えてみると、恐喝そのほかの悩ましい可能性をいくつも思いついたからだ。というわけで、（一週間前ならば）バカげていてそんなことがあるものかと考えたような、現実に起きたこの深刻な事件の山場に遭遇してしまった。表面上は誤解と戯言《たわごと》の塊にしか見えないが、その奥に隠された危険は命とりになりうる事件だ。

ウッドコックは細く引き締まった身体つきで、いっときもじっとしておらず、乱れた頭に骨ばった顔で、陽気な目をしているが意外と視線はぶれない男だった。しゃべりすぎのせいか、尖ったあごには皺《しわ》ができていた。実際、そのしゃべりというのが――これまで船中を歩きまわって知られていたのだが――早口で、どぎつくて、愉快で、元気がいい。快活で、愛想がよく、ホラ吹き、ほとんどなにも考えていない憎めない奴という印象を、まわりに伝えたいと望んでいるようだった。その彼が手すりにもたれ、鋭いまなざしを左右にすばやく動かしている。

「前もってキャプテンには話を通したんだがね」ウッドコックは早口の内緒話めいた低い声で言った。「お呼びでないのに、でしゃばろうとは思わないからな。結構！」ミスター・ウッドコックは異議が出るものと予想したように、片手をあげてさえぎる仕草をした。これを「結構！」と言うたびにやる。ここが話の勘所《かんどころ》だと知らせる仕草で、これまではすべて理解してもらえたと確認してから、先を続けるというわけだ。「結構！　この手の問題は知らない話じゃないし、男同士、腹を割っていきましょうや。こっちの提案を受け入れたら、後悔することはないと納得してもらえるよ。結構！　ねえ、ミスター・ウォーレン、わたしはただ、あんたの貴重な時間を十分間、割《さ》いてもらいたいだけなんで――あんたとわたしだけでね。たったの十分。時計を取りだしてテーブルに置いても構わんよ、もしもわずか十分で関心をもってもらえないときは――」ここで彼は手首をぐるりとまわしてお手上げのポーズをして眉をあげた。「そのときは、もうなにも言いやしません」

「はあはあ」ウォーレンはいささか曖昧に答えた。この新手の飛び入りに混乱していたが、はっきりと、ウッドコックは自分になにか売ろうとしているのだと思った。「喜んでお時間は差しあげます。まあ、酒でも一杯飲みながら話しましょう。ただ、いまはだめです。友人たちとわたしは大事な約束が」

ウッドコックが身を乗りだす。

「そうだろうとも。知ってますよ、船長とだろう。結構。そういうことなら」彼は片手をあげて囁《ささや》いた。「そりゃ仕方ないな」

一同が顔を見合わせたのに、ウッドコックが目を留める。ウォーレンが訊ねた。「なにを考えているんです？」

「十分間」ウッドコックが言う。「あんたおひとりと」

「うーん、まあいいでしょう。でも、友人たちも一緒にです。ぼくたちみんなに話してもらえませんか？」

ウッドコックは強がりの匂いを嗅ぎとったようだ。眉を跳ねあげたが、口調は穏やかで、心配性の父親が子をたしなめるようだった。

「ねえ、あんた。本当にずばり言っちゃっていいのかね？　本当にそこの若いご婦人も一緒でいいのかい？」

「問題でも？　構いませんよ！　ところで、どんな用件なんです？」

「結構、あんた。それでいいって言うんなら！」どこまでも愛想がいい。「あんたひとりと話したほうがよかったんだが、つべこべ言わないよ。読書室へ行かないかね？　あそこなら静かだろうから」

行くあいだもウッドコックは口を閉じることがなく、元気にあれこれ話題を振り、おもしろ話を何度も披露してはカラカラと笑った。白い板壁の読書室にはほかに人がいなかった。ウッドコックは張り出し窓の一角へと進んだ。そこは朝日が厚手のカーテンでさえぎられ、静けさを破るのはエンジンのうなりだけだ。一同が腰を下ろすと、ウッドコックは剛毛の髪をなでつけ、そわそわしてから、突然切りだした。

「わたしはあんたを助けたいんだよ」まだ秘密めかしてそう説明する。「でもね、こいつはおたがいの利益のためというわけなんだ。あんたはお若いし、こうしたことはまだわかっていない。ただ、いずれ歳を取って、女房と家族ができたときはね！」ウッドコックは大げさな身振りをした。「そうなったら、この手の取引は厚意だけじゃ成り立たないってわかるよ。結構！では、ずばり言って、あんたはちょっと、こまったことになってるだろ？」

「要点をどうぞ」ウォーレンがそっけなく言う。

「そうかい。昨日の夜、船でなにがあったのかは知らんが、みんなその話をしてるよ。わたしは知りたくないけどね。わたしに関係などあるものか？　ただ、昨日の午後、なにがあったのかは知ってるんだな。あんたのキャビンからフィルムが盗まれただろ？　いや、いや、答えなさんな、口もはさみなさんな。

　これからお見せするよ」ウッドコックは一息ついて、愛想のよい見世物師のようにもったいぶってから、やや口調をきつくして話を続けた。「こんなことが起こったんじゃないかという、わたし自身のちょっとした映画を。実際起こったとまでは言わんけどね。言質《げんち》を取られることはしないよ。あくまでも、起こったかもしれないと言ってるんだ。結構！　わたしのちょっとした映画というのはこれだ。わたしがCデッキの内通路を歩いていると思ってくれ。昨日の午後の四時過ぎぐらいで、会社に電報を打ったばかりで、特になにも考えずぶらぶら歩いている。すると突然、細い分かれ道を通り過ぎたところで背後から物音がして、振り返ると、ちょうど男がそこから飛びでてきて、内通路を横切って洗面所に入る。結構！　そいつがくしゃくしゃの映画のフィルムを上着の下に突っこもうとしているのが見える――

いやいや、だめだ！」ウッドコックが注意する。「口をはさみなさんな！　まあ、わたしが仮にこの男の顔を見たとして、それまで見たことのなかった顔でも、もう一度見ればそれと見分けるとしておきましょうや。なんのフィルムだろうとは思うが、わたしの知ったこっちゃなしと思う。それでもどうも怪しいと思い、分かれ道のほうをちょいと覗いてみる。すると、このキャビンのドアが開いていて、たくさんのフィルムとフィルム缶が床じゅうに散らばっているのが見えるんだね。それに男がひとり――たぶん、ミスター・ウォーレン、あんたが――頭を抱えて、床から起きあがるところも見える。

それでこう思うわけだ。〝おいおい、チャーリー！　逃げたほうがいいぞ、厄介事にかかわるなよ〟とね？　その男はもう起きあがろうとしてた。そうでなきゃ、わたしも留まったんだが。しかし、そこでこう考えるようになって――」

「つまり」ウォーレンがかなりしゃがれた声で言う。「犯人が誰か見たと――？」

「まあ、落ち着いて、あんた。わたしの映画を披露させてくださいよ！」

この映画には、ミスター・ウッドコックの記憶というけったいな幕間がはさまれていることがわかった。どうやら、彼はタブロイド紙やスキャンダル雑誌をよく読むらしく、〈実録性生活〉という雑誌の定期購読もしているとのたまった。そうした読み物のひとつに、ワシントンから直接届いた採れたて新鮮なスキャンダルが載っていたようだ。おちょくり記事で、政界の大物に、ハリウッドでカメラをまわせばすぐにでも職を得られる甥がいるということを調べていた。さらには、その大物がふざけてカメラの前で軽率なことをしたと。想像するしかないが、それにかかわった女は誰だろう、と。

「女？」抑えきれなくなったウォーレンが叫んだ。「女だって？　女はいっさいかかわってないぞ！　おい、ぼくのおじ――」

「落ち着け」モーガンは感情を顔に出さず、口をはさんだ。「ミスター・ウッドコックの話の途中だ」

ウッドコックはにこりともせず、反論もしなかった。ウォーレンがこう切り返すと予想していたのだろう。いまでも、ウォーレンを助けたい、心配だと思っている。しかし、あごの皺が深くなり、目から温かなところも消えた。「だからわたしはこう考えるようになったのかもしれんね」話を続け、鋭い視線をウォーレンにむけたまま、手首と肩をくいっと動かす祈りを捧げるユダヤ人のような仕草をした。「無電室で、そりゃあ妙な電報について耳にしたことを思いだしてね。たいして意味はわからなかったけれど。全部聞いたわけじゃないからだよ、ただ、それが映画のフィルムについてのものであり、誰かが裸《ベア》だということだけは聞こえたんだな。さてさて、あんた、そんな妙な目でわたしを見ることはないよ。その手のことなら、わたしにも理解力はあるからね。だがね、こうも思うんだ。〝チャーリー、勘違いかもしれんぞ。さっきのは、ごく当たり前のピストル強盗かもしれん。だったら、もちろん今夜強盗話で騒ぎになるはずだし、ミスター・ウォーレンは強盗にあったと報告するはずだ〟とね。結構！　しかし」

ウッドコックは締めくくりに身を乗りだして、ウォーレンの膝をポンと叩いた。「騒ぎは起こらず、ミスター・ウォーレンは強盗の報告をしなかった」

沈黙が流れ、子供たちが叫びあいながら読書室のドアの外をタタタと駆けていくのが聞こえた。そこにエンジンのかすかな響き。のろのろとウォーレンは片手を額にあてた。

「この一件には楽しい解釈がいくつもあるけれど」彼は疲れた声で言う。「でも、こいつが極めつきだよ。女だって！　なるほどね、ウッドコックさん」そして急に断固とした態度になった。「もちろん、あなたはまちがっている。でも、その点をあれこれ議論する場合でもない。フィルムを盗んだ男は誰だったんだ？　ぼくたちが求めてるのはそれなんだ。あなたが求めているのはなんだ？　金か？」

あきらかにそれはウッドコックの頭に浮かんだことのない考えだった。窓際の席から飛びあがった。「わたしはあんたほど偉くないが」静かにそう言う。「もう一度わたしに金を提供しようとしたら、いいかね、後悔するぞ！　わたしをなんだと思っているのかね、ゆすり屋とでも？　やれやれ、あんた」ここで口調が変わり、目には希望に満ちたなだめるようなきらめきが宿った。「いいかね。わたしはセールスマンで、こいつは生涯最大のチャンスなんだ。わたしは仕事をしようとしているだけなんだからね。こいつがうまくいけば、課長も夢じゃない。はっきり言おう。なにか本当に重要なものが盗まれたと思えば、出し惜しみはいっさいしないよ。ただ、こう考えているわけだ――なにが起こった、それは重要なことか？　いいや、年老いた、分別があってしかるべき男が、〝おじさま〟を演じて女といいことをしているところを撮影した映画がある。結構！　大物政治家を失脚させよう、なんて思っちゃいないよ。同情して、助けたいと言ってるんだ。誰が盗んだか教えようとあんたに言ってるんだよ、取り返せるようにね。まあ、取り返す手段はあんたが好きに考えればいいやね。ただ、わたしもお返しに頼み事をしてもいいだろう。それが公平な取引じゃないって言うんなら、なにが公平だっていうのかね」

この男はとにかく真剣だった。モーガンはじっくり彼を観察して、こいつの道徳観念と人柄のどちらも理解しようとした。独特の押しの強さと冗談好きな点を除くと、人柄を理解するのはむずかしい。政府高官の堅物が、女と一緒に信用ガタ落ちの場面を撮影されたところで、それが由々しきことだとも、お笑いだとも思っていない。こう考えてまちがいなさそうだが、政府の者が苦境に立たされたら、法にふれない形でその事実を自分がどう利用できるかしか考えないのだ。モーガンがウォーレンを見やると、彼はウッドコックの申し出を、まあ妥当だと思っていると気づいた。

「いいだろう」ウォーレンが険しい表情で言う。「提案する権利はある。言ってみるといい。でも、ぼくがあんたにどんなことをしてやれると？」

ウッドコックは深呼吸をした。

「署名の入った推薦文を写真つきでほしいんだよ。新聞と雑誌用に」

「推薦文？　なんだ。推薦文ぐらいならいくらだって書くよ」そこでウォーレンはハッとして見つめ返した。「でも、ぼくの推薦文がなんの役に立つというんだ？　ちょ、ちょっと待って。

いやまさか！　殺虫剤の推薦文じゃないでしょうね？」

「そのとおり。わたしが発案して、これから会社が販売を開始する商品を推薦してもらいたいんで。いいかいあんた、こいつがスグレモノだと自信がなけりゃ、あんたにこんな提案を売りつけようとはしないよ。それに、見てもいないものを受け入れろと頼むつもりもない。お見せしよう」ウッドコックはいきなり、標的を爆弾で追い詰める無政府主義者のように、上着の下から長い包みを取りだした。「我が社がこれから展開する広告キャンペーンで謳っているものを、このささやかな装置があらゆる虫を倒せることを、お見せしよう。そして、たしかに、推薦文がほしいんだがね……でも、あんたのじゃないんだ」

「この人まさか、ウォーレン」ペギーがすくみあがるようにして、ウッドコックを見つめる。

「もしかして」

　ウッドコックがうなずく。「そうだよ、お嬢さん。一撃コロリ液体殺虫剤用電球つき殺虫銃〈人魚〉に、サディアス・G・ウォーパス先生の推薦がほしいんだ。ニュージャージーの田舎の邸宅で自分も使っていて、ぜひ薦めると言ってくれるやつが。これはわたしのまたとないチャンスだから、逃すつもりはないよ。何年もうちの商品について大物政治家か社交界のご婦人から推薦をもらおうとしているんだがうまくいかなくてね。なぜかって？　みなさん、威厳を損なうと言うんだよ。でも、なにか違いがあるかい？　煙草、歯磨き粉、美容クリーム、シェービング・ソープ――そういうのには、大物の推薦がばっちりもらえるんだが、どう違う？　別に殺虫剤を推薦しろって頼んでいるんじゃない、すっきり、ほっそりした見た目の銀メッキとエナメル仕上げの品にお願いしているんだ。お見せするよ、どう動くのか説明させてくれ。二倍サイズの懐中電灯の長所をすべて活かした――」

熱心に、ウッドコックは包みの包装をはがしはじめた。モーガンはウォーレンを見やり、さらに驚くばかりだった。この事件にはとんでもない道化芝居の要素があるのに、まったく道化芝居なんかではない。ウォーレンも殺虫剤セールスマンと同じくらい真剣なのだ。

「でも、ねえ、常識を働かせてもらわないと！」ウォーレンは両手を振りながら反対する。「ほかの、歯磨き粉だとか煙草だったらまだしも……それは無理ですよ。そんなことをしたら、おじさんがまぬけに見てしまう」

「ほう？」ウッドコックが冷たく言う。「じゃあ、この質問に答えてもらおうじゃないか。このすっきりした装置と、例のフィルムと、どちらがおじさんはずっとまぬけに見えて、どちらがあほう丸出しに見える？　すまんがね、あんた、そういうことだ。わたしの申し出は以上だよ。受けるか、断るか、ふたつにひとつ」

「断れば、フィルムを盗んだのは誰か教えてくれないと？」

「そういうことだね」ウッドコックは同情するような口ぶりで言う。「こうしたらいいよ、あんた。電報を打つんだ。チャーリー・ウッドコックに協力すれば、裸が見世物にならずにすむとね」

「でも、おじは広告なんかしませんよ！」

「じゃあ、おじさんは一巻の終わりになるんじゃないのかい？」ウッドコックはあけすけに訊ね、腕組みをした。「あんたはいい若者だし、好ましく思うよ。個人的な恨みはない。でも、わたしも自分のことを考えないとね……ああ、妙な真似をしようとは思わんように」ウォーレンが急に立ちあがったので、彼はそう釘を刺した。「あんたがおかしなことをやろうとした挙句、わたしが推薦文を手にできなければ、T・G・ウォーパスの短編映画のスターぶりが、わたしの広める噂と同じくらいあっという間に世界中に広がるよ。どういうことかわかるかい？あのねえ、あんた」ウッドコックは内緒話ふうに人当たりのよさを失うまいとしていたが、息遣いが少々荒くなっていた。「この船を降りる前に、T・G・ウォーパスが四の五の言わずに身から出た錆を償える男だと知らせてくれなきゃ、バーで飲みすぎたわたしがうっかりをやらかすだろうね」

「そんなことしませんよね！」ペギーが言う。

長い間があった。ウッドコックは顔をそむけ、カーテンの隙間から海を見て、細いあごを神経質になでていた。その手を下ろすと振り返った。

「わかりましたよ、お嬢さん」いままでとはだいぶ違う口調だ。「あんたの勝ちのようです。ええ、わたしはそんなことはしないようだ」今度は激しい調子でウォーレンに話しかけた。「わたしは悪党じゃないからね。ちょっとのあいだ頭がおかしくなった、ただそれだけさ。その点は心配することはないよ。わたしはなにかしらつけこもうとするかもしれんが、卑しいゆすり屋じゃない。率直に取引を申しでて、うまくいかなかった。だから——謝るよ。これでどうだね？」

ウォーレンは何も言わずゆっくりと拳を自分の膝に繰り返し打ちつけていた。ペギーを、そしてモーガンを見やった。そこでモーガンは言った。

「そう言ってもらって、うれしいですよ、ミスター・ウッドコック」

「そう言って、ってどの部分だい？　ああ、悪党じゃないってところ？　はいはい」ウッドコックは苦々しい口ぶりだ。「そうかい。わたしは人を脅してなにかをさせられるような口の達者な男じゃない。そういうのが、腕利きセールスマンと呼ばれるんだがね……で、なんでうれしいんだい？」

「たとえば」モーガンは冷静な声を保とうと努力して答えた。あることをひらめいていて、しくじらないようにとだけ願った。「殺人の事後従犯として裁かれたいですか？」

「ああ、やめてくれ。その手のことが、いつもちだされるかと思っていたよ」

そう言いながら、薄い青の目がきらりと周囲の様子を窺った。ウッドコックはハンカチを取りだし、すべてにうんざりしたように額を拭きはじめたが、骨ばった手をとめた。〝殺人〟という言葉は、取引の交渉でいささか突然に現れた。ある考えがモーガンのなかで大きくなり――それは数分のうちに、いうなれば〝曲芸〟をしっかり続けることができれば、〈盲目の理髪師〉の名前を聞きだせるという考え――緊張と興奮を表に出さずにいるのがますますむずかしくなっていった。さあ、焦るなよ！　焦らずにいけ。

「いいですか。あなたはカーティス・ウォーレンのキャビンからフィルムを盗んだ男の名前を知っていますね？」

「指さして教えてやれるよ。あいつがいま、船から逃げるチャンスはまずないだろ」

「その男はゆうべ、殺人に手を染めました。ウォーレンの隣のキャビンで、女の喉を切り裂いたんです。あなたには警告しておいたほうがいいでしょうね。男が犯行に使った剃刀《かみそり》をお見せしましょうか？」

「勘弁してくれよ」ウッドコックはびくりとした。「おかしなことをせんでくれ！」

白い読書室はほの暗く、蒸し暑くて、金箔《きんぱく》の縁取りの鏡と葬儀場のような椅子が並んでいる。書き物用の白いガラステーブル、インク壺、ペン立てがクイーン・ヴィクトリア号のかすかな横揺れにともなって揺れた。その動きに合わせて、眠たげな引き波が静寂のなかで音をたてる。モーガンは上着の胸ポケットに手を入れ、黒っぽいシミのある折りたたんだハンカチを取りだした。カーテンの隙間から射す一筋の日光だけを頼りにそれをひらくと、なかには鈍くきらめくものがあった。

ふたたび静寂。

だが、ウッドコックに沈黙という概念はなかった。モーガンが見やると、彼は背筋をまっすぐに伸ばして座っているが、手に力は入っていないし、顔にはごくかすかではあるが笑みまで浮かべている。凶器を見た反応としては興味深いものであり、こうしてふいに血まみれの剃刀を見せられたことは凝ったハッタリだとウッドコックに確信させたらしい。

ウッドコックはやれやれと首を振る。

「ああ、思いだしたよ、ハンク。あんたは探偵小説を書いている人だったね。ねえ、いまのはお見事だった。一瞬、本物かと思ったよ」この男は心からほっとしているようだった。「いいんだよ。骨のある挑戦は褒めたいね。わたしも同じようなことをするからな。でも、そいつは片づけてくれよ。さっさと話を続けよう」

「その女が何者か知らないんですよ」モーガンは話を続けたが、賭けに負けてしまったというどうしようもない気分だった。「いまのところは、まだ。これから船長のところで見つけようとしていたので。本当に被害者が存在することを証明するのは簡単だと――」

「いいかね」ウッドコックはいささか我慢するのにうんざりしているようだが、いまだ愛想はよかった。「いまの冗談はウケるな。あんた、わかってるね。感心するよ。でも、なんで芝居を続けようとするんだ？　そんな手にはひっかからないと言っただろう。わたしは経験豊富なんでね。だから、取引の話をしようじゃないかね？」

「本当なのよ、ミスター・ウッドコック！」ペギーが言い張り、両手をきつく握った。「本当に起きたことだってわからないの？　誰が殺されたのか、まだわからないことは認めるけれど」

「それで殺人があったと言うのかい！」

「でもきっと突きとめる。強盗の犯人を教えてもらえません？　ヒントもないの？」

「あんたが疑ったこともない人物だよ」ウッドコックは夢見るようにほほえみ、謎解きゲームでほかの参加者が大いに頭を悩ましているのに、自分だけ答えを知っている者特有の表情で天井を見あげた。三人ともじりじりする思いだった。知りたくて仕方がない答えが、目の前の男の細い頭蓋骨のなかに閉じこめられているというのに、男は冷たく、教えるつもりはないという。「答えを教えてやるよ」殺虫剤セールスマンが言う。「T・Gからいい返事をもらえたらすぐに。その前にはだめだ」

「頼んでみますから」ウォーレンがそう切りだしたが、ウッドコックはそれじゃ保証にならないと指摘した。

「信じないんですね」モーガンは暗い口調で話した。「フィルムを盗んだ男による殺人があったことを。じゃあ、仮にあなたが殺人があったと確信したとしましょう。いや、ちょっと待って！　あなたも自分の仮説を立てたんだから、ぼくの意見に耳を傾けるぐらいのことはしてくださいよ。殺人があって、ぼくたちがそれを証明したとすれば、あなたが黙っているのは、証拠を隠しているということになります。そうなれば、教えてもらえますか？」

ウッドコックはそれでも辛抱強くうっすらと笑みを浮かべ、肩をすくめた。「うーん、そうだね！　その点を認めない理由はないね——仮説としてだが。たしかに殺人があって、誰かが殺されたのなら、話は違ってくる。そうなったらあんたたちに話すよ」

「約束ですよ？」

「名誉にかけて。さて、取引の話にもどろう」

「結構」ウォーレンが突然、きっぱりと言った。立ちあがる。「これから船長に会いにいく。そのあとで、あなたとちょっとした取引をしますよ。本日中に殺人がおこなわれたとあなたを納得させられたら、知っていることを教えてください。納得させられなければ、なんとかして、ウォーパスおじさんから推薦文を手に入れると厳粛に誓います」

ここで初めてウッドコックは少し動揺を見せた。「ずいぶんとその冗談にこだわるね」皮肉な口調だ。「まあ、でっちあげだって自信があるけどね、返事は、イエスだよ。さて、それはもういい。結構！　最後にお願いなんだが、〈人魚〉をもっていって試してもらえんかね？　詳しい取り扱い説明書をなかに入れてあるが、特徴をいくつか説明したほうがいいだろう。〈自動電気殺虫銃／人魚〉が広告業界でもちきりの話題になりうる特色なんだ。たとえばだね、諸君！　古くさい、流行遅れのスプレー式殺虫剤は、いちいち手で動かさないといけないだろう？　プランジャーを手で押しこみ、離す。それに対して、ここにある〈人魚〉は自動なんだ。このエナメル加工のボタンをひねるだけで、あとは電気がやってくれる。ノズルから細かい霧状の液体殺虫剤が噴射され、強くも弱くも、噴射の幅も調整できる。広い範囲に扇状にスプレーするのも、ボタンをひねるだけ。それにだな、諸君、我が社独自の電球つきだ。暗闇で、眠りをじゃまして、健康に害を与えるうっとうしい蚊をどうやって見つけるかね？　使いかたを教えよう。このボタンを押すだけで――」

ウォーレンがわけのわからない贈り物を受けとると、モーガンとペギーは彼をさっさと読書室から連れだした。ウッドコックに情報を吐かせようと乱暴するといけないからだ。ウッドコックは弾むようにかかとで立ち、こわばった笑みを浮かべて、彼らを見送っていた。通路に出ると、一同はかなり息を切らして壁にもたれた。

「あの卑《いや》しい悪党め！」ウォーレンが息を吐き、〈自動電気殺虫銃／人魚〉をぶんぶん振った。「薄汚い裏切り者！　奴は知ってる！　知ってるのに、言おうとしない」

「でも推薦文のこと、あの人ったら本気なの？」ペギーはそこがまだ納得できないでいる。

「だって考えてみて！　あなたのおじさんに新聞で、〝ウッドコックの殺虫剤に夢中です〟と言ってほしいなんて、本気なわけないでしょ？　政治家がそんなことするわけないじゃない！」

「ベイビー、でもそのとおりなんだよ。ウッドコックは真剣だ。ウォーパスおじさんが国際条約をうまくまとめ、どこかの中立性を守ろうとするのと同じくらい真剣なんだよ。わからないのか――」ウォーレンはいささか荒っぽい口調で言う。「自己満足だらけの現代の広告業界がどんなありさまなのかを。自分たちの仕事は公共奉仕だなんて言ってるんだから。さあ、役立たずの老いぼれ馬泥棒船長に会いにいこう。殺虫剤の推薦文なんか無理に書かせたらウォーパスおじさんになんて言われるか、胃袋に酒が入っていないと考えることもできやしない。船長に早く会えばそれだけ、謎の女についての件が早く解決できて、ぼくの心も晴れるよ。さあ行こう」

「そういえば、ぼくも思っていることがあって」モーガンは切りだしたが、やめてしまった。話を続けることはしなかった。だが、彼の思ったことは正しかった。

12　カーティス・ウォーレン、やらかす

ブリッジの船尾寄りにあるホイッスラー船長のキャビンのドアをノックすると、憂鬱《ゆううつ》な様子

の客室係が応対した。ベッドを整え、朝食の皿を片づけていたところで、広くて落ち着ける紫《し》檀《たん》の板壁の部屋だったが、舷窓にはぎょっとするような柄のカーテンがかかっていた。

「船長はおりませんよ」客室係はなかなか意地悪そうな目つきでウォーレンを見やった。「スタートン卿に会いにいかれたんで。よろしければ、ここで待っていてほしいとのことです」

ウォーレンは平静を保とうとしたが、不安が顔に出ていた。

「へえ！　そうかい、客室係君。今朝の鯖おやじ殿のご機嫌は？　つまり、なんだ――」

「こうですよ！」客室係は思わせぶりに言い、枕の位置を正して、それを殴りつけた。

「なるほど。じゃあ、座って待たせてもらう」

客室係が動きまわって仕事をする様子から、船長がものに当たり散らしたことがよくわかった。係がようやく朝食のトレイを手によろめきながらキャビンをあとにする。一同を振り返る陰険な目つきから、今朝の晴れやかで美しい天気でも、船長はブリッジに立って船乗りの労働歌を歌う気分にならなかったという仮説が裏づけられた。

「まだ腹を立ててるみたいだな」これはウォーレンの意見だ。「それにこいつは繊細な扱いが必要だよ、モーガン。話すのは全部任せる。ぼくが口を出すのは危険だ」

「うん、交渉はぼくが引き受けるから、悠々と構えていてくれ。ただ、船長がもどってきて、きみがその剃刀《かみそり》を手にしているのを見ることになったら、ぼくはどんな質問にも答えないからな。船長が会いにいったのがスタートンなら、特にふざけたい気分じゃなさそうだし。よく聞けよ、話のあいだ、きみはなにがあっても絶対にじっとしていること。一言もしゃべらず、身じろぎもしない。例外はなにか相槌《あいづち》を求められたときだけ。もう危険な目にあうのはお断りだ。ただ、わからないんだよ」モーガンは革張りの椅子に腰かけ、髪をかき乱し、舷窓越しに淡い空を見あげた。日射しの入るキャビンで、波のつぶやきに乗せて眠気を誘うように優しく揺れていても、安らぎの感覚がまったく伝わってこない。「ぼくの思ったとおりなのか。さしあたりは、ウッドコックに情報を隠したままにさせておいて、いずれとっちめよう。でも、あのエメラルドはどうなったんだろう？　それが問題だよ」

「ねえでもモーガン、それはわたしたちには関係ないことよ」現実家のペギーが指摘する。問題解決だと、うれしそうにべっこう縁の眼鏡をはずし、パチリといわせてハンドバッグに入れた。「わたしは、そんなの心配しない。どうでもいいことでしょ？」

「どうでもいいことだって？」

「そうよ。もちろん、スタートン卿のことはとても気の毒だけど、あの人はお金をたくさんもっているわけよね？　それにエメラルドの象をもっていたって、どこかの錆びた古い金庫に入れておくんだろうし、そんなことをしてなんになるの？　逆に、ウォーレンのフィルムはとても大切でしょう。わたしが男だったらこうしてやるのに」彼女は嘲《あざけ》るように宣言した。「あの嫌なウッドコックの奴を捕まえて、しゃべるまで痛めつけてやる。それか、どこかに閉じこめる。『モンテ・クリスト伯』に出てくるあの、なんとかって男爵のような目にあわせてやるんだから。そしてなにも食べさせず、鼻先にスープをちらつかせて、ハハハハハって大笑いして、進んでしゃべるように仕向ける。ほんとうに意気地なしね！　一緒にいると、退屈でたまらないわ」

彼女はいらついている仕草をした。

「お嬢さん」モーガンは言った。「きみの情け容赦のないところも、考えかたも、言語道断だよ。ぼくの妻も、たまに同じようなことを言いだすけどね。殺虫剤王の鼻先にスープをちらつかせて、ハハハハと大笑いするのは実際問題として不可能だというのはさておき、正義という面から考えなくちゃならないことがある。つまんない、って言わないでくれ。ぼくたちにはスタートン卿のエメラルドをくすねたという事実も責任もあるわけじゃないか――おや、なんだあの物音は?」

モーガンは少し飛びあがった。どこか近くで、低く絶え間ない、シューッという音がしている。いまの心境からすると、ワトソン博士が「まだらの紐」で暗い部屋で深夜に聞いた、不吉なキューッという音をまさに思わせるものだった。しかし音の出処《でどころ》は〈自動電気殺虫銃/人魚〉だった。

「ウォーレン」ペギーが怪しむようにくるりと振り返った。「こんなときになにをしてるのよ?」

「手軽に扱える道具だな」ウォーレンが賞賛するように言った。目を輝かせ、凝った銀とエナメルのチューブに夢中になって身をかがめている。流線形のシリンダーで、渦巻きと縦溝の模様がびっしりとあしらわれ、黒いボタンが複雑に並んでいる。ノズルからは宣伝文句どおりに細い霧が幅広く噴射され、センター・テーブルにあった船長の書類にたっぷりと降りかかっていた。ウォーレンはそれをさらに動かす。「全部のボタンに印があるぞ。これは〈スプレー〉。いまやってるやつだ。それから〈出力半分〉、〈出力全開〉」

ペギーは手で口をふさぎ、大笑いを押し殺した。ふたりがこんなふうにみっともなく浮かれていると、モーガンはますますいらだってきた。しかも、スプレーはきつい刺激臭がしたのだ。「そいつを止めろよ！」細いスプレーがあたり一面をきらめかせるようになり、モーガンは大声でどなった。「いや、そいつをタンスへむけるなよ、このまぬけめ。今度は船長の予備の制服にかけたじゃないか。止めてくれよ」

「わかった、わかった」ウォーレンは少しむっとして言う。「このくらいで怒らなくたっていいだろ。ちょっと試してただけじゃないか。このなんとかを押せばとまるから——しまった、どうなってるんだこれ？　おい！」

そのなんとかを押すと、たしかにスプレーはとまった。かわりに、腕のいい技師たちが〈出力半分〉として設計したらしいものに変わった。細いが、暴力的なくらい激しく噴出する殺虫剤がウォーレンの肩をかすめて上へ飛び、ノズルを覗きこもうとしていた彼は、必死になってあれこれボタンをひねった。成功したのは電球の灯りをつけることだけだった。

「そいつをぼくに貸せよ」モーガンは言った。「直してやるから。なんとかできないのか？これじゃ殺虫剤の雨だ。このキャビンは殺虫剤でびしょ濡れになるぞ！　いや、自分にむけるなよ、本当にどうしようもないあほうだな。止めろって。うわっ、やめろ！　船長のベッドに突っこむな。取りだせよ。いや、枕で蓋をしてもとまらないって。シーツの下に入れるな、でくのぼう！　本当にどうしようもない――」

「まあ、部屋がびしょ濡れになるよりましだろ？」ウォーレンがしゃがれ声で、きらきら光る殺虫剤の霧のなかから言う。「平気さ。脳卒中を起こすなよ。とめるさ、とめるとも」彼はモーガンの腕を振り切り、悪魔のような形相で、キャビン中央へ走った。「いや、きみは手を出すな。ぼくがこいつをつけたんだから、とめられるはずだ。とめるさ！」〈人魚〉を振りまわしてみせると、それは熱狂したコブラのようにシューッという音をたてた。「こんなろくでもないものにおじさんは推薦文をよこせと頼まれてるのか？　こんなの詐欺だ！　まったくいい品じゃない！　ウッドコックを見つけてそう言ってやる。いまいましいボタンを全部ひねってみたのに」

「そこで語っている場合か！」モーガンは叫んだ。じっとりした霧に包まれていく。「どうにかして舷窓の外へ噴出するようにしろ」

「言われなくても、どうしたらいいかわかってる！」ウォーレンが悪魔の考えをひらめかせた。「こうなったら、〈出力全開〉を試してみる。たぶん、そうしないとこの代物はとまらないんだ。そうさ！　ウッドコックがこいつについて本当のことを話したのなら、こんなざまにはなってないから」

ウッドコックは〈出力全開〉については本当のことを話しており、このボタンを押したときの反応を自慢しても大目に見るしかなかっただろう。ノズルからは、消火ホースさながらの勢いと荒々しさで、殺虫剤が飛びだした。その狙いの正確さにも、ウッドコックへは文句のつけようがなかったはずだ。なんと、キャビンの反対側にシュバババと飛び、ちょうどドアを開けたヘクター・ホイッスラー船長の顔面へ見事に命中したのだ。

モーガンは目をつぶった。ぞっとするような緊迫した沈黙の一瞬に、船長の表情を見たくはなかった。目が合えば相手を石に変えるというメドゥーサとにらめっこをしたほうがましだ。もっと言えば、全身の筋肉に命じ、キャビンから飛んで逃げたいところだ。けれど、〈人魚〉がまだ船長の顔の隣のドア枠に降りかかる音が聞こえる。思い切って片目を開けてみた。船長ではなく、ウォーレンにむけて。

ウォーレンが声を取りもどした。

「どうしようもなかったんですよ、船長！　本当にもうどうしようもなかったと誓います。あらゆることをやってみたんです。どのボタンも押したんですが、とまらなくて。ほら！　こんな具合なんですよ、お見せしますから」

鋭いカチリという音がした。すぐさま、ガガガといったかと思うと、噴出が下向きになり、〈人魚〉のノズルからは何も出なくなった。とまった。〈人魚〉は元のとおり無害になった。

モーガンはのちに、自分たちを救ったのはただひとつのものだったと悟ることになる。戸口で船長の背後から覗く、驚いた表情のキャプテン・ヴァルヴィックだ。クイーン・ヴィクトリア号の船長がやっとのことで、震える肺から振り絞るように、「また――きみか！」と言ったところで、キャプテンはでかい手でさっとその口をふさいだのだ。片手を口にあて、片手でズボンの腰をつかんで押しやり、怒り狂う船長をキャビンに入らせ、ドアを蹴って閉めた。

「急げ！」キャプテンがどなる。「こいつが落ち着くまで、猿ぐつわになるものを見つけろ。そうしないと、航海士を呼ばれて、オレたちゃ、みんな監禁室行きだぞ。えらいすまんな、フジツボ。でも、こうするしかないってことよ」顔をしかめてキャプテンは、怒りと非難の視線をウォーレンにむけた。「ところで、なにをふざけてんのよ、ええ？　ふざけてる暇なんぞないってのに。オレが時間をかけてフジツボの奴をなだめて、オレたちがなにをしていたか話してきかせたんだぞ、ふざけてる暇はない。おったまげだわ！　ところで、この臭いはなんだ？」

「ただの殺虫剤ですよ、キャプテン」ウォーレンが言い張る。「本当ですよ、ただの殺虫剤なんですから！」

ホイッスラー船長のがっしりした身体が激しく痙攣《けいれん》する。いいほうの目がまん丸になるが、内なる叫びは口をふさぐキャプテンの手というジブラルタル要塞の前にむなしく空まわりだ。それでも、船長を静かにさせておくのに、キャプテンは二本の手を使う必要があった。

「本当の話、フジツボ、こうすんのがおまえのためなんだって！」キャプテンがそう訴えながら、机の前の椅子へ引きずっていって座らせた。地下で蒸気オルガンを聞いているような、くぐもったさまざまな音が返事だった。「そうしないと、おまえは後悔することをやらかすハメになるぞ。この紳士がたはちゃーんとどういうことか説明できる。オレは知ってるのよ！　変な真似をしないと約束すれば放してやる。気が晴れるならいくらでも罵《ののし》っていいが、暴力はいかん。そんなことをすれば猿ぐつわをかますぞ。これはおまえのためなんだって！　おまえは約束を守る男だ。さあどうする？」

同意らしき音と〈瀕死の剣闘士〉の彫像を思わせる頭の傾きが答えだった。キャプテンはあとずさり、手を放した。

それからの半時間は、モーガンが人生で忘れてしまいたい時間として記憶されることになった。船長は神経がまいっていたのだという表現では、それは表面をなぞるだけで、ミスター・レスリー・ペリゴードが古典劇の力強さには欠かせないと宣言する例のニュアンスを欠くことになる。船長の罵りはあるときなど、古典劇なみの燃える輝きをたたえていた。ひっきりなしに喉をひっかいては、幽霊を見たマクベスのように震える指をウォーレンに突きつけ、こう繰り返す。「こいつは気がふれている！　そうとも！　わたしを毒殺しようとした！　殺人狂だ！　わたしの乗客たちをこいつに殺させたいのか？　どうして監禁室に連れていかせないい？」

やがて、罵りはやや落ち着いた忠告に変化したようだが、そのときはまだモーガンが理解していなかった状況がそうさせたのだった。モーガンも認めるしかなかったが、船長には抗議するだけの立派な理由があった。個人の尊厳についての問題（〈人魚〉の狙いはまっすぐ、ロビンフッドの鋭い長さ一ヤードの矢のように、船長の怪我をしている左目にあたっていた）のほかに、あらゆる場所に殺虫剤が散らばっているのだから苦情をあげて当然だ。キャビンは殺虫剤に取り憑かれていた。船長の正装の制服から幽霊のように立ちのぼっている。ベッドに染みこみ、タオル類にも降りかかり、靴にまとわりつき、航海日誌を芳《かんば》しくして、信書の束からよろしくと囁《ささや》いていた。ようするに、この先数カ月はどんなに無謀なゴキブリでも、船長の私物からにおいがする距離には近づかないことに、安心して賭けられるということだ。

　それゆえに、たったの半時間で船長が一同の弁解を受け入れたことは、モーガンにとってかなりの驚きだった。たしかに、船長は〈自動電気殺虫銃／人魚〉を床のまんなかに置いて、その上に飛び乗った。たしかに、カーティス・ウォーレンは危険な狂人であり、監視下に置かないと、すぐにも誰かの喉を掻き切るに違いないと断言して譲らなかった。しかし（ペギーが言いくるめたからか、まもなくあきらかになる別の理由からかは、各自判断するものとしよう）、ウォーレンにあと一度だけチャンスを与えることに同意した。

「あと一度だけだ」船長は椅子から身を乗りだし、机に手を置いて宣告した。「これが最後だ。彼だけでなく、きみたちの誰かに——誰かひとりでもだぞ、わかったかね？——あと一度でも怪しい動きがあれば、彼を監禁室に入れて見張りをつける。わたしに二言《にごん》はない」一同をにらみつけて椅子にもたれ、彼のもとに運ばれてきた癒やしのハイボールに口をつけた。「さて、よろしければ、本題に入ろう。最初に言っておくが、手に入った情報をすべて教えると約束したのは、ミスター・モーガン、きみが少なくとも正気の人間だと思ったからだ。まあ、いくらか情報は手に入ったが、じつを言うと、そのせいでとまどっている。だが、話をする前に指摘したいことがある。ここにいる若い変人ときみたち三人は、わたしのこれまでの乗客のなかで、誰よりも厄介事を引き起こした。四人揃って皆殺しにしたいくらいだ！　誰よりも問題を起こしたんだ、エメラルドを盗んだ奴を別にすれば。しかも、ある意味では、その件にもきみたちは関係している」

（〝落ち着け〟、モーガンはそう考えた）

「だが、きみたちよりエメラルドのほうが問題だ。それで、きみたちはその気になれば、――きっとそうするはずだが――詫びとして、わたしをちょっとばかり助けられるだろう。誰もドア口で立ち聞きしていないだろうな？」

ぶっきらぼうで、不安な打ち明け話のようなその口調に、キャプテンがドアの外を覗き、舷窓をすべて閉めた。ペギーが意気込んで言う。

「あなたに埋めあわせができて、どれだけうれしく思っているか、船長には想像もつかないと思います。わたしたちにできることがあれば――」

船長はためらった。またウイスキーに口をつける。

「いま、スタートン卿に会ってきた」打ち明けるのが嫌でたまらないようだが、船長は切羽詰まっていた。「ひどい怒りようだった。エメラルドには保険がかかっていなかったからだ。しかも、厚かましく、わたしが酔っ払っていただの、不注意だっただのと抜かしやがるんだ！　しかもわたしが預からなければ、こんなことにはならなかったと言われて」

「まだ見つかってないんですよね？」モーガンは訊ねた。

「見つかっていない！　選《え》りすぐりの十五人に隅々まで船を捜索させた。しかし見つかってないんだ、お若いの。さて、黙って聞いてくれるかね。スタートン卿が船会社を訴えるとは思わない。だが、考えなければならん法律問題がある。その問題とは、わたしの不注意な行動は罪に問われるのか、問われないのか？　エメラルドは事実上、わたしが預かっていたのだが、金庫にはまだ入れていなかった」船長がひとりずつにらんで、嚙みつくように言う。「わたしが不注意な行動――寄与過失だ――で有罪と言うでくのぼうがいれば連れてこい。そいつがわたしの前でちらりと頭のつむじを見せただけでも、父親が母親に最初に求愛した日を後悔させてやる。わたしは、武装した四人の無法者にうしろから近づかれ、網通しスパイク（ロープをほぐしたり、穴を開けたりするのに使われる先のとがった棒）みたいに振りまわしたボトルで殴られたのに、不注意な行動で有罪なのか？　否」船長は自分の問いに自分で答え、マルクス・トゥッリウス・キケロも古代ローマで披露しただろう哲学者めいた身振りを見せた。「否、わたしは無罪だ。さて。誰かがスタートン卿に、わたしは抵抗する機会もなく、殺されかけたんだと言ってくれたら……いいか、わたしが襲われたのを見たとは言ってほしくない。嘘などついてもらったら、船乗りとしての名折れだ！　それはいかん。ただ、きみたちが、あのとき見たことから、わたしは無慈悲に襲われた被害者だと信じている、スタートン卿にそう誓ってくれないものかと……まあ、金はあの人にとって問題ではないから、訴えはしないのはまちがいないが……そのように話をするほうはどうだろうね？」そう訊ねる船長は、急に声の調子を落として、びっくりするほどいつもの口調になった。

一同は口々にそうすると言った。

「やってくれるのか？」

「それ以上のことがやれますよ、船長」ウォーレンが熱心に言う。「エメラルドを盗んだ最低野郎の名前をいますぐに言えます」

「なんだって？」

「そうなんです、ずばりと言えます。いまこのとき、エメラルドをもっている奴とは」ウォーレンは身を乗りだし、船長の顔に指を突きつけて告げた。「ほかでもない卑怯な悪党とは、ドクター・オリヴァー・ハリソン・カイルの偽名で乗船している奴ですよ」

モーガンの魂は深いうめき声をあげ、身体から離脱し、ボロボロの翼を羽ばたかせて舷窓から飛んでいった。もうここまでだ。これで終わりだ。想像が膨らむ。この鯖おやじはきっとウギャーッとか叫び、怒りまくって、人を呼ぶ。ウォーレンに拘束着をつけろと命令する。想像できるかぎりのことが頭に浮かんだが、考えもしなかったことが実際には起こった。たっぷり一分の皮肉をたっぷり聞かされることになる。奇天烈でたぶん複雑なのであろうたとえまじり間、船長は額にハンカチをあててウォーレンを見つめていた。

「きみもか？　きみもそう思うのか？」船長は神妙な口調でそう言ったのだ。「考えなしの、しかも頭がどうかしているきみの意見だが。いや、待てよ。見せようと思っていたものがあったんだ。だから、きみたちをここに呼んだ。わたしは信じない。信じられないぞ。だが、相手がいかれ野郎でもなにかわかることがあるならば、わたしも冷静になるしかない。それにな、こいつはそんな意味じゃないのかもしれん。信じないがわたしも正気をなくしそうだ。ほらほら！　こいつを読んでくれ！」船長は机に目をむけ、ガサガサとなにか探した。「見せたかったのはこいつだ。今朝届いた」

船長は電報を差しだした。ほのかに一撃コロリ殺虫剤が香るそれをモーガンに手渡す。

海上の蒸気船クイーン・ヴィクトリア号船長殿へ。三月二十五日ワシントン郊外チェヴィー・チェイスで身元不明の男、瀕死状態で発見と連邦捜査官、報告。交通事故、脳震盪《のうしんとう》の疑い。身分証、衣服に記名の縫い取りなし。昏睡《こんすい》状態でマーシー病院へ緊急搬送、昨日まで二週間、意識混濁《こんだく》。なおも話の辻褄《つじつま》合わぬが、貴船乗船予定人物と主張。連邦捜査官、ステリー事件マギー事件首謀者、関与疑う。乗船中人物、連邦捜査官、医師は偽者と考える。

著名な人物につき、誤認逮捕手違いの回避、必須。医療関係者の発言は影響力大。

モーガンは口笛を吹いた。ウォーレンもモーガンの肩越しに電文を読み、勝利の歓声をあげた。

「きみもその結論に達したんだね?」船長が訊ねる。「この電文が正しいとして、どう考えればいいのかわからん。この船にはドクター・カイルしか医者はいない。例外は船医だが、彼はもう七年、わたしと仕事をしているんだ」

くれぐれも手違いなきよう。逮捕早計。被疑者と面識あるパトリック警部向かう。蒸気船エトルリア号で貴船前日サウサンプトン着予定。便宜を図られたし。ご連絡まで。

ニューヨーク市警本部長、アーノルド

「ハッハッハ！」ウォーレンがふんぞり返った。モーガンから電報を受けとり、ひらりと頭上で振ってみせる。「ぼくの頭がおかしいだなんて言ってませんでしたか、船長！　さあ言えるものなら、言ってみてくださいよ！　まったく！　ぼくは自分が正しいとわかっていたんだ。奴が怪しいと見抜い……」

「どうやってかな？」船長が訊ねる。

しゃべるのをやめたウォーレンは、かすかに口を開けたままだ。一同はウォーレンが意気揚揚と躍る目をして、わかりきった罠に進んで踏みこんだと知った。ドクター・カイルが有罪だと考えた理由を話すことは、ウォーレンには絶対にできないことなのだ。モーガンは凍りついた。長い沈黙が続き、友人の目がだいぶうつろになっていく。

「返事を待っているんだがね、お若いの」船長がややつっけんどんに言う。「バカにしとんのか！　我が船で警察に捕物なんぞさせたら、末代までの恥じゃないか、バカにするな！　ひょっとして、なにか罠を仕掛ける方法を考えつけないものか――さあ！　大きな声で言え！　なぜ、あの医者が犯人だと思うんだ？」

「最初からそうだと言ってたんですよ。なんだったら、ペギーとハンクとキャプテンに訊いてみてください！　あの男はドクター・カイルに変装したんだと断言したんだ。キャビンであいつに頭を殴られたから」

ウォーレンはふいに口をつぐんだ。気を静めるためにハイボールをひっかけようとした船長がむせて、グラスを置いた。

「キャビンでドクター・カイルに頭を殴られた？」船長は妙な目でウォーレンを見た。「いつの話だね？」

「いやその、まちがえました。あれは事故だったんで！　誓って本当ですよ、船長。ぼくは転んで頭を打ったんです」

「だったら、疑わしきは追及せずということにしておこう、お若いの。これ以上、きみにもてあそばれるつもりはないからな！　きみは犯人が誰か告発したが、それはどうやら——いいか、どうやらだからな——正しいらしい。なぜドクター・カイルが犯人だと言ったんだ？」

ウォーレンは髪をかき乱した。必死になって歯を食いしばる。間に続いてこう切りだした。

「あの、船長。とにかく、わかったんですよ！　あいつは怪しく見えたんですから。いかにも裏がありそうだったんです。朝食の席でいつもと違ってひどく楽しそうで、誰かが強姦されたなんて話をして。そういうわけです……信じてくれないんですね？　じゃあ、証拠を見せるしかないな。あいつこそ、閉じこめられるべきだと証明します！　まずここに会いにきた理由を話しますね。この船ではゆうべ、殺人がおこなわれたんですよ、チョウザメおやじさん！　モーガン」ウォーレンが勢いよく振り返って言う。「例の剃刀をくれ」

船長は誇張ではなく、六インチは飛びあがった。揺れる船でもすいすい歩ける船乗りの抜群の脚力のせいもあって、びっくり箱のばね人形のように椅子から飛びでたのはまちがいないが、このように肉体面から説明できるし、酒の力で精神面も高ぶっていたともいえる。それでも、すべきことは忘れていなかった。飛びあがって降りる途中だったのに、その手はさっと机の抽斗《ひきだし》に伸び、自動拳銃を取りだすと同時に構えていた。

「いいか。動くなよ、おまえら」

「船長、いまのは絶対に本当なんですって」モーガンは腕をつかんで言った。「ウォーレンは頭がおかしくもなければ、冗談を言っているのでもありません。この犯罪者は人も殺したんです。いや、ウォーレンのことじゃなくて、この船にいるペテン師のことですよ。一分、時間をくだされば、ぼくが証明します。さあ、キャプテン、この銃を片づけて、船長を椅子に座らせて。なんとしてでも真相を納得させるまで座っていてもらおう。二等航海士が巡回をすませる頃には、消えた例の女が誰か突きとめられるだろう。その女がゆうべ殺されて、いまごろは海に——」

ノックの音がした。

誰もが凍りついた。なぜなのかは、誰ひとりわからなかったが、自分たちの能力を買いかぶっているんじゃないかと、心のどこかで思う気持ちがあったのかもしれない。船長が入れと命じ、沈黙は破られた。

「船長、報告申し上げます」二等航海士のきびきびした声だ。その目がきらりとむけられた。

「それから、ミスター・モーガンにも申し上げます。船長のご命令どおりに、わたしたち二名で船内を隅々までまわりました。すべての乗客乗員を調べましたが、昨夜、怪我をした者はおりません」

モーガンのこめかみで、静脈がずきずきと脈打つようになった。声を冷静に保つよう努めた。「なるほど、ミスター・ボールドウィン。でも、ぼくたちが探しているのは、ただの怪我をした人物じゃない。殺害されて行方不明になった女を探しているんだ」

ボールドウィンは身体を硬くした。「ええ、あなたはそう言われましたが」彼は残念そうな口調で言う。「でも、その女は見つからないですよ。わたしがみずから、この船に乗っている全員をたしかめましたが、行方不明の人もいませんでしたからね」

「そうなのか、ミスター・ボールドウィン?」船長がほとんどにこにこ声で言った。「それはそれは」

ウォーレンは東部夏時間のきっかり十一時四十五分に、厳重な監視のもと監禁室送りになった。

幕間　フェル博士の所見

暖かな五月の日射しが、アデルフィ・テラスの高台にある、本がずらりと並んだ部屋の床の奥まで影を投げかけ、テムズ河をもきらめかせていた。ひらいた窓からビッグ・ベンが十二時を告げる音がぼんやりと聞こえる。葉巻の吸い殻が積み重なり、モーガンはずっと話をしていたので声がしゃがれてきていた。

椅子にもたれて、リボンで留めた眼鏡のむこうの目をなかば閉じ、山賊風の口ひげの下でくすくす笑ってあごを揺らすフェル博士は、堤防通り《エンバンクメント》の車の流れから視線を移した。

「正午だ。さて、ちょっとばかり休憩して、昼食を用意してもらおう。冷えたビールをごくごくやれば、喉の具合もいつになくよくなるさ」いつものひきつるような笑いをしながら、博士は呼び鈴の紐を引っ張った。「まずだな、きみ、その航海に同行できたなら、無駄にしてきた人生の一年を差しだしてもいいくらいだと言わせてくれんかの。ハハッ！　ハハハハッ！　それでいまのところは、ひとつだけ質問したい。まだ話の続きがあるんだろう？　きみのすばらしい仲間がすでにやらかした以上の厄介事に巻きこまれることが、この世であり得るのかな？」

モーガンはかすかな悲鳴をあげた。

「博士」彼は真剣そのものだと伝える身振りをした。「ここまでお聞かせしたのは顕微鏡でしか見えない原子です。肉眼じゃ見えないもの、やがて訪れる大問題という広大でどこまでも続く海原《うなばら》の一滴に隠された微生物です。博士はまだなにも聞いていないんですよ、なにひとつね。ぼくの脳味噌はまだ無事だと認めていいかと思いますが、どうしておかしくならなかったのか謎ですよ。金時計の絶体絶命の一件のあとでは……でも、その話はこれからでしたね」

モーガンはためらう。

「ねえ、博士。あなたが探偵小説の筋にどのくらい興味があるかは知っていますから、あなたの助けを借りるのならば、最初からすべてを余さず説明したいですよ。ぼくは自分の小説の筋も明快にするのが好きなくらいですから。いくら込みいったドタバタ劇があっても最後に本当に殺人の話になるのであれば、心の準備ができるよう先に知っておきたいものです。わっと後出しされるのは嫌ですから。早くから床に死体が転がっているのもいいですね。誰かが消えたというのは、小説では手堅い手法とはいえない。そういうのはずるいトリックかもしれない――たいていは実際にそうなんですが――じつは殺人など起こらなかっただとか、別人が殺害されていただとか、むかっとくるだけの真相が証明されるってわけです。ああ、いまのは小説の分析という側面からの話であって、現実の人をどう捉えるかという側面からの話じゃないですからね。でも、船旅中の殺人については、いまこの時点で本当に殺人があったのかと訊かれたら、なんとも答えられないと認めるしかなくて」

フェル博士はうめいた。片手に鉛筆をもち、つつくようにしてメモを取っていた。

「うむ、だったら」博士は眼鏡の縁越しにまばたきした。「そういうことなら、なんでわしに訊かん？」

「じゃあ博士はわかったと？」

「うむ、殺人はあった」フェル博士はそう答えて顔をしかめた。「そう言うしかないのは嫌だがの。そのように考えざるを得ないのも嫌だし、わしがまちがっていればいいと思うよ。きみにどうしても話してほしいことがある。それでどんな疑問も解決だ。だがひとつ言っておきたい。ドタバタを恐れちゃいかん。司令官が石鹸で滑って、自分の三角帽の上に尻もちをついたとき、人間らしく大いにはしゃいで笑ったからといって、謝ることはない。殺人事件にはドタバタの入りこむ余地がないだとか、殺人犯自身も笑うはずがないだとか言わんように。殺人犯を、蠟人形のように血まみれの手をして横目でにらんでくる恐ろしいものだと思いこむと、犯人を理解することなどできんし、それが誰かわかることもおそらくない。好きなだけそいつを非難してもいいが、殺人犯は人間ではないだとか、探偵小説に出てくる者のようにいかにも凶悪なところを現実の犯人ももちあわせておるだとかも言わんように。そうやって、小説は嘘めいた《ダミー》殺人犯と、嘘めいた《ダミー》探偵を産みだしておるのさ。それでも」

博士は鉛筆を手帳に突き立てた。

「それでもだな、きみ、この事件がある意味において、人形殺人犯《ダミー》を生んだのは、もっともでもあり、皮肉なことでもある」

「人形殺人犯と言われると?」

「プロの犯罪者という意味さ。外面を取りつくろったなりすましの達人、仮面をつけたダミーだな。つまり、カッとなって身近な者を殺すというのではない、都合がいいから人の命を奪う殺人犯だ。仮面をかぶってほかの誰かの役柄を演じている人物は、真似がうまいか下手かの差に左右されずどうやりすごすと思う? 自分自身の性格で生きてわしたちの目から逃れるのさ。だから、わしたちにある判断材料はそいつが盗んだセリフをどのくらいしゃべれるかというだけだ。オッホン! 言わせてもらえば、さらに優れた分析をすると、その仮面は疑いようもなく実物そっくりなのさ。そして、仮面をかぶったそいつの正体を見極めるとなれば、ミスター・ジュール・フォータンブラのあやつり人形のどれかに質問するも同じで」博士はそこで一度、口を閉じた。小さくて物憂げな目が細くなる。「いま少し飛びあがったな。なんでまた?」

「あの。じつを言うと、ジュールおじさんも監禁室に入れられまして」

一瞬、フェル博士はきょとんとしたが、どっと笑いだして、パイプから火花がぱっと広がった。思案顔でまばたきしている。

「ジュールおじさんが監禁室にだと。なんと傑作な。なんでまた?」

「殺人だとかそういったことではないですよ。すっかりお話しします。もちろん、あの人は今日には出してもらえるんですけどね」

「おや。オッホン！　はっきりさせておこう。今日には出してもらえるだと？　きみはここにおるが、船はまだ波止場につけていないとでも？」

「そこをお話ししようと思っていたんですよ、博士。船はつけていないんです。まったくそのとおりで、ぼくがここに来ることができたのは幸運でした。ホイッスラー船長はご存じですよね？　あちらも博士を知っているとか？」

「多少つきあいがあった」フェル博士は瞑想するように片目を閉じた。「あの老いぼれ――イカ野郎とは。ハッ！　ハッハッハッ！　うん、知っているとも。それで？」

「今朝早くに波止場につけるはずだったんです。最後の最後になって、停泊位置だか、そういうものに手違いがあったんですよ。クイーン・アン号が出ていかないと、ぼくたちはそこに船をつけられなくて、港内の端で待ちぼうけのまま、午後二時くらいまでは波止場につける見込みはないんです」

フェル博士は身を乗りだした。「すると、クイーン・ヴィクトリア号はまだ――？」

「はい。これからお耳に入れますさる事情から、船長を説得して、水先案内人と一緒に上陸することができたんです。もちろん、こっそりですよ。そうでないと、ほかの乗客が騒ぎを起こしますからね。でも」モーガンは深呼吸をした。「船長があなたを知っていたものだから、乗客が船を降りる前にぼくがお会いできれば、船長の名誉を守れるだろうと、うまいこと説き伏せました。じつはですね、博士、まったく厚かましい奴だと言われるでしょうが、船長と約束したも同然なんです。乗客がクイーン・ヴィクトリア号を降りる前に、ぼくが博士のところにたどり着ければ、きっとあなたがこのとんでもない悪党を船長に差しだしてくれると」

モーガンは椅子にもたれて肩をすくめたが、フェル博士をじっと見つめた。

「厚かましいだと？　フッ！　ハッハッハッ！　そんなことはない！」博士はゴロゴロと人のよい笑いを響かせる。「それができないようならば、ギディオン・フェルはなんのためにいると訊きたいね？　それにだな、ロンドン警視庁のハドリー警視には、先週のブラムガーテン事件でわしを騙しておった借りがあるから、ここでぎゃふんと言わせてやろう。いや、ありがとう、感謝だわい」

「では、お力を貸していただけると？」

「ああ、ここだけの話だが、〈盲目の理髪師〉を上陸させたほうがいいな。わしはかなり確信をもっている」フェル博士は眉をひそめ、フッフーンと鼻息を響かせた。「〈盲目の理髪師〉の正体にな。わしがまちがっているとしても、多少威厳が損なわれるだけで、なんの害もない。いや、待て、どうしてわしの知恵が必要なんだ？　昨日、エトルリア号で到着するはずだったニューヨークからやってきた男はどうなった？」

モーガンが首を振る。

「話が先走るのはいけないことだとは思うんですが、これだけ話がごっちゃになって、時系列が前後して、めまいがするくらい混乱すると、ひとつくらい話しそびれたことがあってもまあいいかとなってしまいますね。エトルリア号はたしかに到着したんですが、パトリック警部は乗っていなかったんです。最初から乗船していないんですよ。どういうことかわかりません。

皆目見当がつきませんよ。でも、なにか手を打たなければ、あと三時間もしたら、〈盲目の理髪師〉は大手を振って船から降りるという事実は残ります」

フェル博士は椅子にもたれ、一瞬放心したように眉間に皺《しわ》を寄せてテーブルの上の手帳を見た。

「うーむ。うん、そうだ！　そこの台に載った『ABC鉄道案内』を取ってくれんか？　ありがとう……きみは今朝、どの列車に乗ってきた？　七時五十三分発のロンドン・ウォータール一駅行き？　そうか。となると……うん、そうだ！　いけそうだ。きみ、ひょっとして乗客名簿をもっておらんだろうね？」

「ありますよ。もしかしてと思——」

「貸してくれ」博士は急いでページをめくり、ある名前を見つけた。続いて、キャビンの部屋番号を指でたどり、ゆっくりと調べていく。求めているらしきものが見つかると、名簿と見比べた。だが、テーブルのむかいでしていることなので、モーガンにははっきりとは見えなかった。「さて、じゃあ、この老いぼれ食わせ者は、ちと失礼するかな。何本か電話をかけてくるよ。拷問されてもいないのに、なにをするつもりかわしが明かすものかね。人を煙に巻く楽しみはどうなる？　ハッハッハッ！　人を煙に巻くほど愉快なことはないよ、きみ。い、い、くやれるならだがな。まあちょっとばかり打ち明けると、電報でホイッスラー船長に殺された女の名前を教えてやるつもりだ。いくつか指示を添えてな。それにヴィクトリア支局7000番に電話して別の指示を出すのもいい考えかもしれん。ビールをもう一本、おかわりしなさい」

博士はやたらと忍び笑いを漏らしながら杖を突きドシドシと部屋を横切っていった。やがて、モーガンが長いこと目にしたことがないような、よくも盛れたと思える量の昼食の盆を手にした女のうしろを、大喜びで揉み手しながらもどってきた。

「マッシュポテトとソーセージだよ」博士はうっとりと匂いを嗅いだ。「ここに置いてくれ、ヴィーダ。さて。話を続けようじゃないか。いくつか教えてもらいたいことがあるから。きみが食事をしながら話して構わんならだが。なあ、きみの事件は、わしが開けたなかでもとびきりのびっくり箱だわ。それぞれ別の出来事が、引き金を引いてみるまでは水鉄砲なのか、実弾が込められた自動拳銃なのか、わからんという具合でな。ある意味ではユニークだ。どうしてかと言えば、重要な手がかりのなかに、冗談半分のものがあるからだ」

「そうですか?」

「そうだとも。きみは考えたことがあるかな?」大声で訊ねるフェル博士はあごの下にナプキンをたくしこみ、相手が考えたことなどないとはっきり思っているふうに、客人にフォークをむけた。「古いことわざについてだ。古いことわざがここまで広まって、簡単に引用されるようになったこの悲しむべき現状の原因は、そうした古くて陳腐になった言葉を今日《こんにち》では誰も信じていないからだということを?　どれだけの人が本気で信じているね、たとえば〝正直は最良の策〟を?　自分がたまたま正直だったらなおさらだよ。また、何人が〝早起きは三文の得〟がそのとおりの効果があると信じている?　同じようなものに、〝瓢簞《ひょうたん》から駒〟――冗談が真実に、ということわざもあるな。その原理を本気であてはめてみると、かなりおもしろいことになる。並大抵の人間ではおっつかない、創意工夫と知性が必要になるだろう。真実は冗談としてでも語られると一瞬でも誰かが信じたら、社会生活は耐えがたいものになるな。心理分析学者の集団と夕食に出かけるよりも目も当てられんことになる」

「どういうことなんですか？　冗談を言ったからって人を絞首刑にすることはできませんよ」

「いや、そうじゃないんだよ。きみはこの話の流れがまったくわかっていないな？」

「ええ」

フェル博士は紙切れに走り書きをして、モーガンに渡した。

「ほら、きみのさらなるひらめきのために」博士はそう言いながら顔をしかめる。「手がかりを八つにまとめた。八つのほのめかしと言ってもいいな。どれひとつとして、直接の証拠ではない。きみにはこれからの話で、直接の証拠を提供してもらいたいと思う。きみがわしの求める証拠を口にしてくれると確信しているよ。わしも――ほかの連中のように――その点にホイッスラー船長の職が懸かることになるという強烈な予感がするんだ。ほれ？」

モーガンが紙切れを受けとると、こう書いてあった。

一、連想の手がかり
二、機会の手がかり
三、仲間意識の手がかり

四、目に見えない手がかり
五、七つの剃刀《かみそり》の手がかり
六、七つの電報の手がかり
七、排除の手がかり
八、簡潔な文体の手がかり

「ぼくにはよくわかりませんよ。最初のふたつは、好きなようにどうにでも解釈できてしまうものだ。いや待って！　息巻かないでくださいよ、博士！　ぼくの頭では、という意味ですから。それに、三番目の意味するところは考えたくないですね。でも、七つの剃刀というのはなんです？　ぼくたちは剃刀を七本も見つけていませんよ」

「そのとおり」博士は大声をあげ、強調するようにフォークをむけた。「肝心なのは、おそらく七本の剃刀があったはずだという点だよ。そこが肝心だ」

「残りの剃刀を探すべきだったってことですか？」

「いや、違う！　〈盲目の理髪師〉が残りは捨てているだろう。きみが記憶すべきだったのは、剃刀が七本あったということだったのさ」

「それに、この七つの電報というのは……これはなんです？　ぼくが話に出した電報はみっつだけでしたよ」

「ああ、それは説明が必要だったな」フェル博士はソーセージにフォークを突き刺した。「七は神秘の数字だよ。興味深い歴史をもち、割り切れない、ひとつで完結した示唆に富む数字だ。わしはよく考えたうえで、〝いくつかの〟という言葉のかわりに使ったんだよ。電報はいくつかあったと思うからさ。注目すべきは、きみが見た電報のことを言っているんじゃないことだな。きみはそうした電報を見てはおらん。それがじつに意味深いじゃないかね?」

「いや、そんなものはないですって!」モーガンはいささか荒っぽく言う。「見ていないのなら、なかったということでしょう」

「それじゃ、話を続けてくれんか」博士が大きな手を振って頼んだ。「きみが話を終えるまでに、あと八つの手がかり――全部で十六になるな――を見つけられる気がしてならんね。そこまで揃えば、事件を総括して解決できる」

モーガンは咳払いをして、話を再開した。

第二幕

13　ふたつの首ふり人形

　無能な年代記編纂《へんさん》者のあいだでは、神秘主義めいた時代の流れについて、かくかくしかじかの些細なことが起こらなければ、これこれのもっと大きな出来事は起こらなかったという考察に乗りだすことがたいへんな流行となっており、しまいにはトロイ王プリアモスの靴磨き人にトロイの陥落の責任があると証明する始末だ。それはあきらかにナンセンスである。

　疑いなく、そうした歴史家は、カーティス・ウォーレンがDデッキの壁に詰め物がされた監禁室に入れられたときも、それ自体はなんの害もないふたつのことが起こらなければ、別に問題はなかったはずだと述べるだろう。これを証明するために、歴史家は例の共謀者一同が――知っていさえしたら――その日のうちに少なくとも一度は、あと一息で〈盲目の理髪師〉を捕まえられたはずであり、さらには、クイーン・ヴィクトリア号でまたもや身の毛のよだつことは起こらなかったと指摘するはずだ。しかし、いまこの話を語っている年代記編纂者はそんなことを信じていない。〈自動電気殺虫銃／人魚〉のノズルから吹きだす殺虫剤のように、人間とは性格によって決定された進路をまっすぐ進むもので、どんな蹄鉄をつけてもその行き先に影響をもたらすことはできない。おそらく、随所で観察されたように、カーティス・ウォーレンはたいへん衝動的な若者で、暗示にとてもかかりやすかった。ふたつのきっかけでこの問題をさらにややこしくしていなければ、別のきっかけでややこしくしていただろう。だから、浅はかなこじつけ屋だけが、探偵小説とスコッチ・ウイスキーという極上の品々に責任ありと主張する。

かくして運命の女神たちが命ずる《シーク・ウオルウエレ・パルチエ》！　ともに過ごせない囚《とら》われのウォーレンを慰めようと、ペギー・グレンはウイスキーの大瓶一本、ヘンリー・モーガンは昔書いた自分の探偵小説を差しいれたのだ。

ここでふたりはそれぞれの性格を表している。モーガンはもっと分別をもつべきだったと言う人がいるとすれば、まもなく、彼がどれだけ頭がいっぱいだったかがあきらかになるから的外れである。モーガンはひねくれたへそ曲がりの運命と必死に闘っていて、そもそも全然あてにならない彼の常識は最低にまで目減りしていた。それに加えて、ペギーと同意しあったことであるが、あの嵐を呼ぶ男のカーティス・ウォーレンは壁に詰め物がされた監禁室に厳重に閉じこめられていてもトラブルを起こさずにはいられなかったわけで、だとしたら、どこに閉じこめれば無事だったというのか？

そろそろ、こうして哲学者ぶるのはやめて、本題にもどろう。

ウォーレンが三人の屈強な船乗りによって監禁室に放りこまれ、そのうちふたりがすぐさま医務室で船医の手厚い治療を受ける必要が生じるという一幕のあとの別れの場面は、胸打たれるほどのものだった。船長のキャビンからDデッキへの道中を語るとなるとあまりに時間がかかるのだが、ウォーレンは気まぐれな聖カタリナの車輪のように手足をぶんぶん振りまわして昇降用階段を降りていき、青ざめた通りすがりの乗客たちが脱兎のごとく逃げていった。なんとか抱えられ、監禁室に投げこまれると、ドアは音をたてて閉められた。痛めつけられたがくじけないウォーレンはそれでも鉄格子を揺さぶりつづけ、へとへとの船乗りたちを嘲《あざけ》りつづけた。

ペギーは涙を流して逆上し、ウォーレンと離れないと言い張った。一緒にいさせてくれないならば、ホイッスラー船長の急所を蹴りたくり、自分も監禁室に入れられるようにすると忠義厚くのたまう。モーガンとキャプテンも、老いぼれセイウチがウォーレンは気が変だと言うのならば、自分たちだって同様にいかれているので、監禁室に入れられる権利があると誠意を見せて主張した。しかし、これをウォーレンは――分別が少しは働いたか、勇ましいところを見せたくなったのか――聞き入れようとしなかった。

「あとは任せたぞ、きみ！」ウォーレンはきっぱりと雄々しく言い、監禁室の鉄格子のあいだからモーガンと握手をした。「〈盲目の理髪師〉はまだ捕まってないが、きみなら見つけられる。それに、ペギーは人形劇でおじさんの手伝いをしなくちゃならないよな。頼むぞ、そしてぼくたちでカイルの尻尾を捕まえよう」

自分たちも監禁室に入れろと揃って主張したのも、怒りにまかせてのことなのではあったが、船長は応じようとしなかった。あとになってモーガンは結論づけたのだが、船長は、卑怯にも自分は襲われたのだとスタートン卿に訴える証人として、一同を確保したかったのだ。けれど、そのときはそんなこと思いつきもせず、ウォーレンを助ける脅迫のネタにも使えなかった。そうなっていれば、船長ものちに短気な貴族といざこざを起こさずにすんだはずなのに。三人の共犯者たちは、仲間が船の腹に閉じこめられてしまったことを思い知った。暗い昇降用階段を降りると、そこはオイルの臭いがする鋼板張りの通路で、船のエンジンの響きに合わせて揺れるぼんやりした電球ひとつが灯るだけ。ドアの奥には鉄格子があって、そこからウォーレンは国外逃亡していたリチャード王のように外をながめている。ドアの前には、呼子笛をもった船乗りが『ハリウッド・ロマンス』を読みながらどっしり椅子に座って番をしているから、牢獄破りの可能性はゼロだった。

けれども、ひとつ慰めがあった。いささか冷笑気味の船医――ウォーレンが正気でないとはまったく思っていないが、長い経験から船長の腹の虫が収まるまでは放っておいたほうが懸命だと悟った――がいかれ男に煙草や読み物を差しいれることには反対しなかったのだ。ペギーが丸めた雑誌に入れてひそかにもちこんだウイスキーのボトルを見たとしても、そんなそぶりは見せなかった。

モーガンが囚人に差しいれたのはゴールド・フレークの煙草一箱と、自分の初期の作品である『でかした、相棒！』だった。多作な探偵小説作家というのは、初期作の細部など、読者よりも早く頭から消えてしまうものだ。けれどモーガンはこの本のおおまかなところならば覚えていた。ジェラルド・デーリヴァル卿の物語だ。ウエスト・エンドのクラブ街では裕福な怠け者、好事家、スポーツマンとして知られているが、スコットランド・ヤードでは謎めいた恐ろしい〈鬼火〉というあだ名がついている。紳士怪盗としてジェラルド卿は大活躍する。厳重な監視の目をかいくぐるスリル満点の脱出劇は、かの奇術師ミスター・ハリー・フーディニすらも人身保護令状をもらってやっと刑務所から抜けだせた不器用者に見せるほどだ。もちろん、ジェラルド卿は性根の腐った悪党などではない。彼がするのは、金持ちになれたような、さもしい自堕落な連中から有り金を巻きあげることだけであり、それゆえに社会主義文学の切口から評価が高く、最近ではたいへんな人気なのである。また、麗《うるわ》しのサーディニア・トレローニーへの一途《いちず》な愛によっても、ささやかな悪事が相殺されている。そして最後に彼は殺人の罪をなすりつけようとした本物のならず者を罠にかけ、ダニエルズ警部と和解するのだ。警部はジェラルド卿を逮捕すると誓っていた男で、かなりおつむが弱く、たいていいじられてばかりいるので、読者は彼を哀れみつつも、どうして職を失わずにすむのかふしぎになるくらいだった。

ともあれこうした細かいことはモーガンの頭からすっぽ抜けていたのだが、オールド・ロブ・ロイの一クォートのボトルとともにミスター・カーティス・ウォーレンの手に渡ると、それは破壊力抜群のダイナマイトとなった。たぶん、彼には『ブラッドショーの鉄道時刻表』か説教集でも与えたほうが賢かっただろう。と、この指が勝手に書いてしまったが、本題を急ごう。それに、この問題に対する哲学者めいた意見はすでに披露されている。ペギーが涙にかきくれて別れを告げ、モーガンとキャプテンがそれぞれ握手をかわしてから、彼らは雷を呼ばんばかりの気分で船長に会いにいった。

「おい、正直なところを聞かせてくれよ」キャプテンがややふさいだ様子で訊ねた。ウォーレンが見ることのできない日射しに満ちたボート・デッキを横切っていたときのことだ。「オレたちは正しいと思うか？　船内を捜索した連中は本気だったな。あいつらが誰も消えてないって言うんなら、どうやったら人が消えられるのか、わからんのよ。オレたちが話した殺人なんか、なかったのかもしれん」

「ぼくたちは正しいとも！」モーガンはぴしゃりと言った。「それをどうにかして証明しますよ。まずは、できるだけ冷静になって船長と渡りあってみます。剃刀《かみそり》とベッドの血痕を調べてくださいと言ってみよう。船医ならそれができるだろうし、たぶんドクター・カイルも」

「カイル？」ペギーがモーガンを見つめて言う。「でも、ドクター・カイルは――」

「そのうんざりする冗談のことは、忘れてくれないか？」モーガンは疲れ切っていた。「その考えはもうすっぱり捨ててしまおうよ。カイルはこの船でただひとり、犯人ではあり得ない人物だってわからないのか？」

「なんでよ？」

「アリバイがあるのはカイルだけだからさ。ねえ、キャプテン。歯痛の友人、〈バーモンジーの恐怖〉が正直なのはまちがいないんですよね？　はい、わかりました。それではその友人はなんて言いました？　一晩中、カイルのキャビンのドアから目を離さなかったと言ったんですよね。最初からデッキでの騒ぎを聞きつけていて……ちょっと待てよ。この話をきみは知らなかったな、ペギー?」モーガンは手短に〈バーモンジーの恐怖〉の証言を、キャプテンにはペリゴード夫妻の話を説明した。「さて、どう考えたらいい? デッキで騒ぎが起こっているあいだに〈盲目の理髪師〉はフィルムの残りを盗んで、女を殺害した。一晩中誰もカイルのドアからは出入りしなかった。じゃあ、どうやってカイルはキャビンをあとにして、もどってきたんだ? そんなことできっこないよ」

「盲目なのはあなたよ、ハンク」ペギーが非難する。「カイルはずっと自分のキャビンにいなかっただけの話じゃない? アリバイ! フンッ! アリバイがなんになるの。いつも偽のアリバイだったってわかるだけでしょ」

モーガンは落ち着けと手をひらひらさせた。

「わかったから。その点はすぐに調べられるさ。即座に動きはじめて、なんとしてでも、殺人はあったんだと証明しよう。これはあなたの担当ですよ、キャプテン。ご友人の〈バーモンジーの恐怖〉に会って質問してください。それから客室係にも、考えつく質問をなんでも訊くんです」

「いま?」キャプテンが頭を掻きながら訊ねる。

「いま。とにかく、そこをはっきりさせないといけませんからね。そしてさっきの続きだが」キャプテンが小声でなにかつぶやきながらドタドタと去っていくと、今度はペギーに声をかけた。「船長に血痕のことで話をつけよう。あれは絶対に人間の血だ。それが証明できれば、あれだけの血を失っている人がいるのに、今朝になっても怪我をした者が見当たらないというのはあり得ないと、自信をもって指摘できるよ。そんなことあり得ないんだから！　それから、必要とあればぼくたちがみずから船中を捜索する。そうすればはっきりするさ」

モーガンはやや悪意のある目つきで、混みあって騒がしいボート・デッキをながめた。ウォーレンの監禁室までの華々しい行進は、船内通路を遠回りをしながらおこなわれたのに、もうあっという間に噂になっていて、おしゃべりのなかには甲高い声が聞かれた。日光浴を始めてデッキチェアでまどろんでいた人たちも起きあがっている。シャッフルボードのゲームは中断され、デッキ・テニスをしていたふたりのプレイヤーもネットに近づいて噂話の最中だ。この船いちばんの美女――いつもこうした人物がいるものだ――は板についたほほえみを消してベレー帽を傾け、煙草を口へ運ぶ途中で身をかがめ、小声でしゃべる取り巻きたちの話に聞き入っていた。彼女は救命ボートの隣のせりあがった台に立ち、けばけばしい緑のスカーフを空になびかせている。彼らのはるか頭上で、三つ並んだ太く黒い煙突の一本がかすかに煙を漂わせていて、警告を与えるように、ふいにしゃがれたボー！　という汽笛が鳴った。そろそろ昼食だ。笑い声があちらこちらから聞こえる。そんな光景にモーガンは顔をゆがめた。

船長はキャビンをもとどおりにさせているところで、客室係に特に厳しくあたっていた。

「その件はもう話しあわない、これ以上はけっしてな。わたしはせっかちだったかもしれない。そうでなかったとは言わないぞ。だが、権限の範囲内で行動したのであり、あの若い酔っ払いだか頭のおかしいのだかを出してやってもいいと思えるまでは、あそこに留めておくからな。彼の話はしないぞ。だがな、このキャビンを見てくれ。見るだけでいい。それでもわたしが正しいことをしなかったと言えるかね」船長はあごを突きだし、腫《は》れた顔のいいほうの目を細くした。腰にぐっと拳を押し当てると、袖の金モールが光った。けれど、どこかモーガンたちに譲歩しようとする気配がある。「さあて！」船長は急にそう言いだした。「ここにはわたしたちだけだ。きみたちも、友人をかばう必要はない。真相はどうなっているんだ？」

船長の鼻息が聞こえた。

「こういうことですか、船長」ぎょっとしたような間に続いてペギーが言った。「本当はウォーレンが頭が変だなんて思ってないってことですか？　ちょっと、悪い人ね！　あんな嫌な男たちに命令して、ウォーレンを乱暴に扱って」彼女は息継ぎをした。「いじめるなんて」

「真相が知りたいんだよ、お嬢さん。求めているのは真相、ただそれだけだ。わたしの立場としては――」

「あの、船長」モーガンは、船長が歯を食いしばったさらなる間に続いて訊ねた。「なにかあたらしいことが起こったということですか？」

「なぜそう思う？」

「いえ、ただなんとなくです」モーガンはヒントを求めてすばやくキャビン内を見まわして見つけた。タンスの片側にあるそれは、シミのある毛布を丸めてシーツで縛ったものにしか見えなかった。「そうか、ウォーレンの隣のキャビンで客室係が妙なものを見つけたんですね？　血痕だらけのシーツがベッドから見つかったと？　あなたにその報告が来たんでしょう？　よしよし。これが殺人に使われた剃刀です」ポケットから取りだしてテーブルに置いた。船長はモーガンをまじまじと見つめている。「これでなにもかもうまくいく。あなたは見当違いの男を嘘つきで正気じゃないと非難し、見張りをつけて監禁したんですよ。もし、スタートン卿があなたの過失に対して訴えを起こし、五万ポンドの差し押さえ令状が出されたとしたら、汽船会社の重役たちはさぞかし愉快になることでしょう」

じつは、モーガンは（思わずだが）この老いぼれ鯖が気の毒になっていた。内なる執拗な声が、すべての混乱のもとはモーガンたち自身のヘマだと言う。船長がこうも取り乱すのは、きっと真実だと強く感じていることを、信じることができないでいるこの状況のせいだった。

「殺人だと！」船長はむせるように言った。「殺人！　船中を探しても該当する人物はいないと話しているのに、まだそんなことを言うのかね？　どこに殺された者がいる？　それに重役たちのことなど余計なお世話だ。わたしは規律違反であの若い頭の変なのを拘束した。それはわたしの権限だ。わたしの言葉は法律そのものであり、どんな海事裁判所でも――」

「でも、いい小話になりますよね」モーガンは指摘する。「新聞に印刷されたら。〈ホイッスラー船長、必死の抵抗〉――〝卑怯な悪党が殺虫銃でわたしをハメた〟なんて。グリーン・スター汽船会社も満足するでしょう。楽しみですね」

船長は少しおそれをなしたようだ。

「正義は存在しないのか？」船長はふいに問いかけ、ぼんやりした表情でキャビンを見まわした。「神のおわす緑なる大地にはどこにも、正義は存在しないのか？　こんな目にあうなんて、わたしがいったいなにをしたと？」

これは自分がいかにひどい目にあっているかという、哀れではあるがじつに力強い演説の始まりでしかなかった。どこか聖句のような響きすらあった。船長は我が身の心痛の原因を並べたてた。仮面のよそ者たちが短剣とボトルで自分を襲った。保険がかけられていないアホ丸出しの子爵の宝石が盗まれた。人殺しの泥棒が、船長のテーブルに招かれるようなハーレイ街の医師になりすましている。血痕のある毛布と剃刀がキャビンから謎のように現れた。女が消えたのに、消えていない。アメリカ政府の高官の甥が、まず気が変になり、熊やら地理やらについてわけのわからないことをしゃべくり、続いて、殺虫銃で人を殺そうと暴れ、船長の毒殺を図り、ついには剃刀で脅してきた。先入観のない者がこの事件について聞けば、まちがいなくクイーン・ヴィクトリア号の状況は度しがたいと決めつけただろう。この船は年に一度の古代魔術師大会の会場に選ばれたのであり、魔術師たちは少しばかり目立つ行動が多かったのだ。あまりにひどすぎる。自分は強い人間だが、海に放りこまれて、鮫のえじきになったほうがましだ。

「わかりますよ、船長」台風が勢力を失いかけて、船長が震える手で酒を一杯自分に注ぐと、モーガンは落ち着かなくなって相槌《あいづち》を打った。「それに信じようが信じまいが、ぼくたちも船長と同じように、この件ではまいっているんです。だから、まずやるべきことは――」

「なにもない」船長はきっぱりと言う。「たぶん、酔っ払う以外には」

「――協力して、もつれた状況をほぐしていくんです。だから、誠意を示しますよ。一緒にスタートトン卿のところへ行って、船長は悪くないとはっきりさせます。あなたは突然襲われて、抵抗するチャンスなどなかったのを目撃したと言いましょう。だって、たぶんそれが真相なんでしょうから」

「そうしてくれるか？」船長が身体を起こして言う。「わたしからは頼みづらいが、きみたちが率先してそうしてくれるなら、わたしもお返しになんなりとしよう。あの頭のおかしいのを監禁室から出してもいい」

　モーガンは考えこみ、ためらいがちに言った。「正直言えば、あと数時間は入れておいてもらったほうがいいですね」

「モーガン！」ペギーが叫んだが、そこで口をつぐんだ。

「うん、そういうことだよ」モーガンはまた少し考えてから言った。「船長が聞き分けがないと思っていたときは、壁を吹き飛ばしてでもウォーレンを出すつもりだった。でも、協力しあえるのなら——できますよね、船長？」

「喫水線ぎりぎりまでな」

「だったら、いまのところはあいつをそのままにしておくのが、いちばんだ。居心地は申し分ないし、ぼくたちも一息ついて考えられるよ、あいつが厄介事を起こせやしない場所にいるあいだに。少なくとも」モーガンは疑わしく思って修正した。「あいつがどうしたら監禁室で厄介事を起こせるか、ぼくにはわからない。たいがいあなたの態度のせいだったんですよ、船長。というわけで、ぼくたちにスタートン卿と話をしてほしいというのなら、いつでも大丈夫です」

Bデッキにあるその貴族の広々とした凝りに凝ったスイートのドアにやってくると、一同は困難にぶちあたった。ドアには掛け金が下りていたので、舷窓からカビ臭い派手なカーテンを分けて侵入すると、金メッキの家具がてんでばらばらに置かれ、スタートン卿がいままで船酔いの身体をやすめていたと思《おぼ》しき長椅子のまわりに薬瓶が散らばっていた。回復したのは穏やかな天候のおかげかエメラルドをなくしたせいなのかはわからない。けれど、確実に回復してはいた。寝室のドアの奥からそっけない、早口の甲高い声が急降下するように聞こえてきたのだ。

「それから電報を。ああ、いますぐだ。〝キックウッド・ベイン・アンド・キックウッド弁護士事務所御中〟。綴《つづ》れたか？　まったく、ミス・ケラー、発音どおりに綴ればいいだけなのになぜできない。〝K－I－C－K－W－O－O－D、キックウッド。ふん。〝キングズ・ベンチ・ウォーク三十一B〟。それとも三十一Aだったか？　いまいましい弁護士どもは、なんでわかりやすい住所に住まんのだ？　このわたしがなぜ、あいつらのつまらん住所を覚えていなくちゃならん？　待て、少し待つんだ」

暗闇でドアがぱっとひらいた。擦り切れた灰色の部屋着、格子の梳毛《そもう》織物のショールを肩に巻いた痩せ型の男が、照明を背にして見つめてきた。室内というのに幅広縁の黒い帽子をかぶり、その下の灰色っぽい顔には妙な表情が浮かんでいる。この応接室にはスタートン卿の値の張る小物があちらこちらできらめき、モーガンはアーサー・ラッカムの手になる魔法使いの絵を思いだした。誰かに舷窓を開けてほしいと思った。

その人物がドアを閉めて言った。「ほう！」そして歩み寄ってくる。この男の前に出ると、船長は船長を前にしたウォーレンそっくりだった。

「どうした？ 吉報を待っているんだが」スタートン卿は細い人差し指と親指をあげて、片方のもみあげをはじいた。「エメラルドを取り返したか？」

「あとしばらく辛抱していただけましたなら」船長が返事をする。まるでめいっぱい愛想よくしながらも、船長という体面を失うまいとしているようだった。「ご安心ください！ もちろん取りもどしますので」

「では、まだエメラルドはもどっていないんだな。なるほど。ならばどうしてはっきりそう言わない？」

「わたしはただ努力していることを――」

「くだらん、くだらん！ 答えろ、イエスかノーで。エメラルドを取り返していないのなら、なぜここにいる？」スタートン卿はショールからぐっと首を突きだした。

「お話ししたあの些細な件なんですがな――ハハハ！」船長は父親めいた親しげで大げさな仕草を返す。「閣下、こう申し上げておりましたな、わたしが義務を果たしていたと証明できる証人たちを連れてきますと。あなたはわたしに責任があるとおっしゃいました」

「あるともさ。わたしはあんたの署名入りの受取証をもっている。ほれ」

「閣下、わたしが船長を務める栄誉に与《あずか》っておりますす偉大なるこの汽船会社は、不愉快なことを回避できるよう、常々願っております」船長は朗々と語りはじめた。「しかしながら、お客様に最善を尽くすつもりであっても――」

「ふんっ！」スタートン卿はぴしゃりと言うと、突然長椅子に横になり、ショールを胸元でかきあわせた。「はっきり言いたいことを言ったらどうだ？　あんたは言い逃れのできないことをした。それなのに、なんとか逃げようとしている。そうだろう？」

「閣下、それはあまりに手厳しい言いかたでは」

スタートン卿はショールから人差し指を出して、突きつけた。「思い知らせてやるからな。証拠がなくては話にならん。聖書もそう言っている。証明してみろ。そうすれば、損害賠償は起こさない。どうだ」

モーガンの印象では、スタートン卿は生殺与奪権をもっていることを、心から楽しんでいるようだ。ひからびたあばら骨の奥にあるゆがんだ喜びをくすぐられているらしい。気まぐれに行動するのも好きらしい。しかし気まぐれな行動には代償がつきものだ。この尋問してくる慧《けい》眼《がん》の老人を相手にするならば、嘘はうまくないといけないとモーガンは思った。こういう人は負かさなければ。ある意味では、がぜん船長の苦難を救ってやる気が出てきた！　スタートン卿は長椅子にもたれ、頭までショールにすっぽりとくるまれている。手近なテーブルには、めずらしい小物が置いてある。台座で揺れるチャイナ服の首振り人形で、ふたつの目はルビーになっている。折にふれて手を伸ばしては、揺らす。

「さて？」スタートン卿はだしぬけに言った。「なにか言うことは？」

「しばらく前に、閣下、それとなく言われましたな――ここにいる淑女と紳士には話しましたが――わたしの主張の証拠をお見せできたら」船長はここで咳払いをした。「その、訴えることはしないと」

「証拠だと？　どこにある？」

「ここにいる証人たちです」

モーガンはいよいよだぞと身構えたが、その必要はなかった。

「若いの、誰だね、あんたは？　わたしの友人の甥か？　あんたがウォーパスの甥なのか？」

「いえ、閣下」船長が口をはさんだ。「こちらはミスター・ヘンリー・モーガン、たいへん有名な作家であり、説得力のある証拠をお見せできる人物で」

スタートン卿は声をあげて笑った。気持ちのいい笑い声ではなかった。モーガンがペギーをちらりと見やると、彼女は怯《おび》えているようだった。スタートン卿がまた笑う。

「出だしからしくじったな。あんたは法律家になるのは無理だ。わたしは、自分が知っている証人がほしい。なあ、船長。あんた、たしかこう言わなかったかな、その甥っ子を連れてくることができるはずだと。彼はどこにいる？」

スタートン卿は身を乗りだし、いかにもじれったそうにその質問を放った。

運命の女神がここでも顔を出した。感心して驚き口笛を吹いたものか、毒づいたものか迷うところだった。

「今朝」スタートン卿が話を続ける。「あんたは、彼を連れてくると言った。なぜここにいない？　来ないのか？」

船長は催眠術にかかったようになっていたが、はっと我に返った。「いえ、もちろん来ますよ、閣下。あの、彼は喜んで来るはずです」

「もう一度言うぞ」スタートン卿はいらつく声で言い、チャイナ服人形の頭を指でピンとはじくと、ルビーの目玉が悪霊のようにウインクした。「いま考えておる損害賠償のようにちっぽけな裁判でも、費用は莫大なんだからな、はっきり答えるよう強く求める。はぐらかすな。わたしの楽しみをじゃまするんじゃない。わたしが特に望んだただひとりの証人はその甥だ。なぜ、あんたは彼を連れてこなかったんだ？」

「都合がいいとは言えませんでね」船長は思わず声を荒らげるようになった。ちらりとモーガンを見るが、モーガンは肩をすくめることしかできなかった。

「おや！」スタートン卿が言う。「目配せしたな。何を伝えた」

「甥を探してきますので、閣下」

「だから答えろと言っているだろうが！　彼はどこにいる？」

さまよえる幽霊船《フライング・ダッチマン》の船長に宿っていたあらゆる慎重さは、弾けとんだ。「彼は監禁室にいるぞ、このからからのでくのぼう！」船長はついに爆発してどなった。「どう思っているかはっきり言ってやろうじゃないか、あんたと、あんたのいまいましい象と――」

スタートン卿がまた笑った。

暗くて嫌な臭いのするキャビンに響く悪意ある笑い声。テーブルで人形がルビーの目玉をウインクさせ、スタートン卿の頭も幅広の帽子の下で上下する。「ああ、そのほうがましだ！

そのほうがあんたらしい。わたしもその噂は聞いたよ。彼は監禁室にいる。なぜ、あんたは彼をそこに入れたんだ?」

「彼は正真正銘の、支離滅裂ないかれ野郎だからだよ! 彼は剃刀でわたしに襲いかかってきた。わたしを毒殺しようとした。熊についてまくしたてた。それに」

「たしかなのか?」スタートン卿が言う。「いかれているのか、彼は? ふむふむ。そして、その男こそ、あんたが自分の非の打ち所のないおこないの証人として呼びたがっていた人物だったな? あんたの輝く証人、エメラルドをどうやって失ったのか証言するはずの人物だな? ……ホイッスラー船長、あんたは自分が正気だという自信があるのかね?」

ペギーが船長に近づき、背中をポンと叩いて慰めの言葉をかけた。根は優しいところがむくむくと頭をもたげたのだ。船長は正直な老いた目に涙を浮かべんばかりになっていた。運命の糸を意地悪く巻きとる女神ラケシスの前で、またもや言葉をなくしている。ウォーレンがどう感じていたか、ほんのりわかってきたに違いないとモーガンは考えた。

「答えを待っているんだがな」スタートン卿が言う。

ふたたび、はしゃいだ笑いが彼の錆びついた肋骨を震わせた。だが、船長が痛烈な言葉をいくつか放とうとしているのを見て、痩せこけた片手を突きだしてそれをさえぎった。

「くだらん、くだらん。待て、なにも言うな、船長。後悔するぞ。このわたしの話を聞け。あんたに教えてやるのが筋だ。その冗談はたいへん秀逸だった。おもしろかったが、法律家としては話にならんな、船長! だが、そろそろ終わりにする時間だ。長いこと愉快な思いができた。船長、訴訟は起こさない」

「訴訟は起こさない？」

「起こすつもりはない。秘書から船内の噂を聞いた。旧友の甥が誰かを殺そうとして閉じこめられたと。わたしはふざけたいという誘惑に抗《あらが》えなかったのだよ。さて！　これでおしまいだ。冗談は終わり。わたしは仕事があるんでな。訴訟は起こさない。完了、おしまい、以上だ。もうこの話は二度と聞きたくない」

「でも、エメラルドは！」

「ああ、そうだった！　そうそう。もちろんあの宝石のことは忘れておらん。それにしてもこの船では、たいへん愉快なことが起こっているな。しかし、訴訟にする必要がなぜある？　盗っ人は改心したのかもしれん。それとも良心の呵責《かしやく》か。このわたしに理由がわかるものか？」

スタートン卿は部屋着のポケットを探った。

またもや笑い声をあげ、痩せた肩を震わせた。

一同のびっくり仰天した目の前に彼が掲げたのは、ねじれた金の鎖にぶらさがり、ゆっくりと回転しながらきらめく、エメラルドの象だった。

14　こんなことがあり得るのか？

「どうしてこうなったのかは知らん」スタートン卿が無造作な調子で話を続ける。「どうでもいい。もどってきたんだからな。あんたが取りもどしていないことはわかっている。ハハッ！　そこのテーブルの中央に置いてあったんだ」彼は指を突きつけた。「半時間前に。誰の姿も見なかったし、声も聞こえなかった。ただそこにあった。誰かが入ってきて置いたんだな。ほら、あんたの受取証を返そう、船長。あんたには二度とこの象を預けないからな」

スタートン卿は一同の顔をちらりと見て、またもやひきつった笑いをあげた。受取証がひらりと飛んで、船長の足元に落ちた。

モーガンは話を半分しか聞いていなかった。痛みが強すぎるときと同じで、驚きが多すぎるとなにも感じなくなってしまう。にやりと笑って首を振るテーブルの小さな人形を見つめていると、船長がなにかペラペラとしゃべった。それに対してスタートン卿はもうなんの問題もないと安心させ、ひきつった調子で長ったらしくしゃべった最後をこう締めくくった。

「誰が盗んだのか突きとめたい？　そうしたければやってみろ。わたしはじゃまなどしない。しかし、象が手元にもどってきたから、わたしはそれでいい。誰も訴えるつもりはない。フン！　訴訟はもうたくさんだ。泥棒なんぞ放っておけばいい。わざわざ突きとめる理由はなんだ？　手違いで盗まれて、何者かがそれを返したと考えれば驚くことでもない。どうでもいいことだ。さあ、出ていけ。出ていくんだ！」

スタートン卿は泣き女《バンシー》のように両腕を振りまわした。片手からぶらさがった鎖の先にエメラルドが光っていた。一同は通路に追いやられ、ドアが閉められた。Ｂデッキの通路にたたずみ、顔を見合わせた。

「あなたの言うとおりですよ、船長」モーガンは船長がひどく弱々しい口調で語る意見にじゅうぶんに耳を傾けてから言った。「むしろ、どの形容詞もおとなしいくらいですね。でも、疑問は残ります。こんなことをしたのは誰で、どのようにやったのか、それはどうしてなのか？」

船長は本調子を取りもどし、ハンカチで顔をゴシゴシ拭くと、弱々しい歓声をあげた。まるで、闘技場で厳しい受難に耐えていたところ、ふいに目の前にネロ皇帝の残酷な顔ではなく、天上のブラスバンドを率いる陽気な聖ペトロを見た者のような雰囲気があった。背筋を伸ばした。顔つきもどこか変わった。エメラルドの受取証を取りだすと、びりびりに破いて吹き飛ばした。紫色に腫《は》れた目のやつれた顔に、人のいい笑みが広がった。

「友人たちよ」船長はペギーとモーガンの肩に腕をまわした。「いまいましい象を誰が返したのか知らんが、そこは追及しない。誰がやったにしろ、このヘクター・ホイッスラーが忘れることのない親切を施してくれた。その人物がなにをしようとも許せる。許してやれるよ――」

一瞬、その顔は暗くなったが、本当に一瞬のことだった。「あのことさえも。そうだ、うしろから殴りかかってきた卑劣な一撃のことだ。老いぼれスタートンが気にしないならば、友人たちよ、明日の夜、この航海の最後の夜は船長主催のディナー・パーティを開こうと思う。フランシス・ドレイクの時代以来、青い海ではお目にかかれたことのないようなディナーをふるまおう。どのテーブルでもシャンペンが泡を立て、どのご婦人もコサージュをつけた装《よそお》いのパーティ。おお、それで思いだしたよ。いやその、たしかわたしのキャビンの戸棚にいま、ポル・ロジェの一九一五年ものがある。もしもきみたちが、この老いぼれたむさ苦しい船乗りのもてなしを受けてくれるなら、いまから一杯――」

「でも、待ってくださいよ、船長」モーガンが言う。「問題はまだ十分の一も解決していないですよ。そうでしょう、殺人というささやかな問題さえも」

「殺人？」老いぼれたむさ苦しい船乗りが愛想よく訊ねる。「殺人とはなんのことだね、お若いの？」

人の心の動きというのは、げにふしぎなものである。

「でも、ホイッスラー船長！」ペギーが大声をあげた。「あの可哀想な女の人は……ウォーレンの隣のキャビンで横たわっていた人のことですよ、それにあの恐ろしい剃刀《かみそり》のことも」

「ああ、そのことかね、お嬢さん！」船長は寛大にいまなお愛想よく相槌《あいづち》を打つ。「ああ、もちろん。きみたちのちょっとした冗談だね。冗談だろうとも。アハハハ！」

「でも」

「なあ、お嬢さん」船長は優しさをきらめかせて話を続ける。「わたしの話を聞きなさい。きみの父親といってもいい歳の、海に生きる老いぼれたむさ苦しい男の助言を少しばかり聞いても損にはならないよ。最初から、きみの様子は気に入っていたんだ、ミス・グレン。きみのそりゃあ威勢のいいところがね。娘さん、ミセス・ホイッスラーが二十年前に先立たなけりゃ、きみのような娘がいたかもしれん。気のいい女房だったよ――安らかに眠れ。先立たれたのはハッテラス岬沖の南西風のせいでな……まあ、こんな話は聞きたくないだろう。これがわたしの助言だよ、娘さん。人が殺されたら、わたしの経験からすると、誰か死んだ者がいるはずだ」船長は議論の余地なく指摘した。「そして誰かが死ねば、わたしのデッキで自由に息をできなくなる。しかし誰も行方不明になっていないし、誰もそんな届けを出していない。殺人の場合は普通そうしたことがあるものだがね。だからいいかね、誰かが届けを出すまでは、わたしは自由にふるまう。ここだけの話、誰かにかつがれたんじゃないかね？」

「でも、約束されましたよね、船長。協力してくれるって、わたしたちを助けてくれるって」

「それはそうするとも、ミス・グレン」船長は心からの声をかけ、彼女の肩をポンと叩いた。「きみたちふたり、それにあの老いぼれ鮫肉もその気なら、この船における自由を与えよう。わたしからの使いだと言って誰にでも質問していい。発見があれば――あるものか、ハハハハハ！――知らせてくれ。ところで、あの哀れな若者を監禁室から解放してほしいかね？　出さなくていい？　ふむ、とにかくわたしが申しでたことは忘れないようにな。わたしはこうしようと思う。あの若者には、わたし直々のメッセージを添えた上物の果物のバスケットと去勢鶏の特別料理を夕食に運ばせよう。どうだね？　そして明後日イギリスに到着したら診てもらえるようにはからおうじゃないか、ロンドン最高の精神科医に……」

船長はそこで話すのをやめた。

「ほら！」モーガンがこの機会を捉えて言った。「ドクター・カイルのことを思いだしたでしょう？〈盲目の理髪師〉が彼だとは信じていませんが、警察本部長からの電報の件があるじゃないですか。それに船長がなにを信じていようが、危険な犯罪者がこの船にいるという事実も変わりはしません」

「ふむ！　ことによるとそうかもしれない。どちらにしても、わたしはなにもしないよう指示されたんじゃなかったかね、まちがいがあってはいけないというので。それに、考えれば考えるほどな！」船長はなにかひらめいてうれしそうだ。「犯罪者の件はまちがいだったと確信が深まる。なんでかって？　いいかな、危険な犯罪者が五万ポンドの宝石を盗まずに、返すかね？　バカな！　なあ、スタートン卿の話から、エメラルドが返ってきたのはカート・ウォーレン青年が監禁室にいるあいだだとはっきりしていなければ、あの若いのがまた頭のおかしいことをしでかしたんだとまちがいなく思ったぞ。だが、ウォーレン青年にはできなかったとはっきりしている」

「その点はありがたいですね」モーガンが言う。

「とにかく」船長がふたたび思いやりのある態度をまとって話を続ける。「じっくり考えてみるよ。なにかのまちがいであって、船に悪党などいないのだと信じているが。もっとも、ニューヨークの刑事がやってくる前に、悪名高い犯罪者を捕らえる栄誉を手にできれば、グリーン・スター汽船会社の自慢になるな。じっくり考えてみよう。では、ポル・ロジェで乾杯する気がないのなら――ない？　では、さよなら！」

　船長は軽快に敬礼し、茫然としたふたりがとめる間もなく去っていった。肩を揺らして、腰のポケットに親指をひっかけ、低いしゃがれ声でこんな節を口ずさんで。〝ボール船長は北部の奴隷商人。やっつけろ、やっつけろ、あの男をやっつけろ！〟（スティーヴン・ヴィンセント・ベネットの物語詩、『ジョン・ブラウンの遺骸』より）。輝くような笑顔だ。

　姿が見えなくなると、ペギーは絶望してあたりを見まわした。

「モーガン、これじゃどうしようもないわ。事実は負かせない。諦めましょう。バーに行って酔っ払いましょうよ」

　モーガンはにこりともせず答えた。「ぼくたちは諦めなどしないからね。でも、バーでちょっと数杯ひっかけたら、この船を徹底的に捜索する前の景気づけになるかもしれないな。ところで、ここはなんでこんなに静かなんだ？」彼はあたりを見まわした。「そうか、みんな昼食中か！　ぼくたちは食べそびれちゃったよ、しかも、集合ラッパの音さえ聞こえなかった。まあいいか。バーでサンドイッチを食べられるよ。さあ行こう。この件はなんとしてでも真相を見つけださないと。ねえきみ、あのエメラルドが現れたことで、もう捜査を終了するなんてふざけてる！　ところで、なにが起きたのだと思う？」

「ふん、エメラルドなんてどうでもいい！」ペギーはややすねたように鼻を鳴らした。「あんな気色の悪い古ぼけたエメラルドなんて、誰が気にするわけ？　わたしたちはあの女を見つけないと。でも、正直言うとね、モーガン。結局わたしたちはまちがっているんだと思いはじめたところよ。それに、たぶんあの女はただのあばずれ」

「彼女はウォーレンの名を呼んでいたぞ」モーガンはペギーに思いださせた。最後の盟友は失いたくない。「彼女はウォーレンについて、なにかを知っていたんだとわからないのか？　だからウォーレンを助けたいならば、あの女にこそ真っ先に関心をむけないと。たぶんフィルムにかかわることだよ。そいつを思いだしてくれ、きみ！　それに、まだ忘れていることがあるぞ。ウォーレンがセールスマンのウッドコックにはっきり約束したじゃないか、今日じゅうに殺人があった証拠を出すと。さもないと、ウォーパスおじさんから殺虫剤の推薦をもらうって」

ペギーは額に手をあてた。「うわっ、あのゲスな男のことすっかり忘れてた！　ねえモーガン、どうしよう！　それに、可哀想なウォーレンが監禁室の鉄格子の奥で、みじめに頭を抱えて座って苦しんでいるって想像したら」彼女は泣きはじめて喉を詰まらせた。ぐっと息をとめたが、涙が目からあふれる。「ねえ、そんなのってひどい！」

「ねえ、ほら！　泣かないで！」モーガンは慌てふためいて腕をぶんぶん振った。誰かに見られていないか、そっとあたりの様子を窺う。「いいかい、きみがそこまで思い詰めているなんて知らなかった。聞いて！　泣くのはやめてくれないか？　大丈夫だ。船長の話は聞いただろう。いまからでもその気になればウォーレンをすぐに出してやろうと」

「いや、なにがあっても、絶対にウォーレンをあそこから出したくない！」ハンカチで目元を押さえながら、消沈してしゃくりあげている。呼吸が荒くなっていた。「彼、あそこから出たらすぐにとんでもなく頭が変なことをしちゃって、またもどされるだけよ。ああでも！　可哀想なダーリンのことを考えると、わたし、苦しくて、とっても苦しくて、うわあああああん！」ペギーはわっと泣きだした。

読者よ、こうしたときに男の魂は試されるのである。あなたには理解できない不可思議な論理にもとづいて涙があふれた彼女を前に、なにが悪かったのか、どうすることもできず訝《いぶか》りながら、その肩に手を置くことしかできないときだ。モーガンは忠言しようとした——しかしこれはしくじりだった。ウォーレンは陽の光を二度と拝めないバスチーユ牢獄に入れられたわけではないと指摘したのだ。それに頭のおかしなウォーレンは監禁室でいたって快適に過ごしているし、夕食には去勢鶏の特別料理を出してもらえることになっていると。するとペギーは、可哀想なウォーレンがそんなものを食べられる気力があるなんて、よくもモーガンは考えられるものだと言う。そんなふうに思えるあなたは残酷で冷淡な野獣だと決めつけ、またさめざめと泣く。こうしてぐうの音も出ないほどやり込められると、モーガンに思いつくのは、急いでペギーをバーへ連れていき、できるだけ早く気付け薬がわりの数杯を与えることだけだった。

涙は涸れた。しかしそれはあらたな心配の原因が現れたためだった。ふたりがバーに足を踏み入れたとたんに、ペギーの目の前にそれがいた。

バー（古風に喫煙室と呼ばれている）はBデッキ後方にあり、オークの板張り壁の広々とした酒飲みの聖堂だった。淀んだ煙とじっとりした酒の芳香が充満している。アルコーブにはそれぞれ座面の深い革張りの長椅子とテーブルが置かれ、田舎風にペンキを塗られた天井から、ひょろりとした電動の扇風機がいくつもぶらさがっていた。客と言えば、モーガンたちに背をむけてカウンターに立つひとりだけだった。色つきのモザイク・ガラス越しに射す日光が、優しく床で揺れている。穏やかな木のきしむ音と船が波を切る眠たげなつぶやきが、聖堂の静けさを破るのみだ。

ペギーはただひとりの客を見て、身体を硬くした。続いて、そっと近づいていった。その客は小柄なずんぐりした男で、禿頭の縁を黒髪がかこみ、腕や肩はレスラーのそれだった。グラスをちょうどくちびるに運んだところで、テレパシーめいたものを感じて警戒したようだ。しかし振り返る暇もなく、ペギーが詰め寄った。

「オー!」彼女は芝居がかって言った。いったん黙り、自分の目が信じられないかのように一歩下がる。「まあ《ティアン》、おじさんったら《モン・ノンクル》! わたしが見ているのはなに《ケスク・ジュ・ヴォワ》? オー、なんてこと《モン・デュー》、ねえ《アロール》、ケスク・ジュ・ヴォワ?」

彼女は腕組みした。

うしろめたいらしく、男はぎくりとした。振り返り、グラスの縁越しに彼女を見あげる。赤ら顔で大きな口、大きく跳ねた白いものがまじる口ひげ。ペギーはフランス語をしゃべりはじめたとたんに、身振りまでフランス風になった。つむじ風の勢いで、きびきびと音節を発音する。男の鼻先で、ぴしゃぴしゃと両手を合わせた。

「そうよ《エ・ビアン》、エ・ビアン! また飲んで《アンコール・チュ・ボワ》! 飲んでばかり《トウジュール・チュ・ボワ》! ええい、もう、むかつく《アー・ジュッ・タロール》!」ペギーは辛辣《しんらつ》になってきた。「名誉にかけて誓うって言ったでしょ、《チュ・マ・ドネ・ヴォートル・パロル・ドヌール》フランスの兵士として！《コム・アン・ソルダ・ド・ラ・フランス》それなのに、このありさまはなに？《エ・ケスク・ジュ・トルーヴ》 アン・ソルダ・ド・ラ・フランス、へえ！《エーン》 ノン！」彼女は力をなくしてあとずさった。「そこで飲んでいるのはジン！《ジュ・トゥ・ヴォワ・ザン・ピュヴァン》」

これは疑いようもなくジュールおじさんで、姪に捕まる前に手早く一杯ひっかけるというあっぱれな目的のために、こっそりキャビンを抜けだしたのだ。その顔がピクピクとゆがんだ。力強い肩をあげ、両腕を広げ、たいへん苦しんでいるというジェスチャーをした。

「でも《メ》、おまえ！《シェリー》」おじさんは汽船の霧笛のように言葉を長く引っ張り、苦しそうに言い返した。「メ、シェリー！ とても、とても、小さなグラスだ、《セ・チュヌ・トレ・トレ・トレ・プティ・ヴェール》わかるだろ！《チュ・セ》 見てくれ、《ルギャール・トワ》シェリー！ ルギャール！ たったこれっぽちなんだから、《セタン・ポーヴル・ミゼラブル・ブール》チュ・セ。鼻風邪を引いたんだ、《ジュ・スィ・ザンリュメ》シェリー」彼は白々しく咳をして、胸に手をあてた。「それに今夜は……《エ・ス・ソワール》」

「よく言うわ！《チュ・パルル》 あなたには《トワ》」彼女は指を突きつけて、間を置いて言う。「あなたにはもう、うんざり！《ジュ・タペル・デグタン》」

この言葉にジュールおじさんはやり込められたようでしょんぼりとなった。モーガンはおじさんに紹介され、三人はテーブルへむかった。モーガンはウイスキーのダブルを二杯とミルクソーダ一杯を注文した。ジュールおじさんはむなしく訴えた。人生でこれほどひどい風邪を引いたことはないと言い張る。その印にひどく咳きこみ、なにか手を打たなければ、たぶん五時までには声が出なくなると言う。ペギーは辛辣に言い返した。それにジュールおじさんの過去の風邪引き履歴の長いリストから例をいくつか挙げた。バッファローで、灰集め用の手押し車でホテルへ連れ帰られたときのことなど。

けれど、今夜の人形劇の準備について話を始めると、ジュールおじさんも多少は元気になった。たいへん大がかりな準備が進んでいると言う。三台の手押し車が用意され、五十八体のあやつり人形——おじさんの隣のキャビンに専用のキャビンがあって収められているのだが、船酔いでもないのに一部屋貸し切りとは幸運な奴らだ——と大きな仕掛け類がコンサート・ホールへ運ばれる。三着の衣装のうち、一着はおじさんがプロローグを語るためのもので、残りの二着はフランス人戦士とムーア人戦士のエキストラのものであり、ただいまアイロンがけ中。舞台袖で演奏する劇中音楽のためのピアノとヴァイオリンは、コンサート・ホールがそもそも劇場として作られているため、最初から用意されている。ホールは堂々たるものでBデッキにあるが、舞台裏の階段を降りるとCデッキの楽屋になっている。それで思いだしたそうだが、楽屋を確認していると、おじさんと助手のアブドゥルはペリゴード夫妻に会ったという。

「ご主人も奥さんも」ジュールおじさんは興奮気味に夢中になって話を続けた。「とても魅力があって、とても知性があるねえ。キャビンがすぐ近くなんだよ。いいかね、ペギーや！　あのご主人こそ、わたしについて、たいそうすばらしいことを書いてくださったお人だよ。わたしには意味のわからないことを。まーったくわからんが、わたしはすっかり気に入ったよ！　そうなのさ、ペギー。一緒になって出し物の順番を決めたよ。すごいだろ！　それに、ドクター・キールという人にも会った。スコットランド出身の医者で、暗唱をしてくださるんだ。ほんとうさ！　すっかり手配できた。船旅中の大学教授がふたりいたから、その人たちが戦士役を引き受けてくださるよ。わたしの出番には、ムッシュ・フリオーソ・カンポゾッツィがピアノ、ムッシュ・イヴァン・スリヴォヴィッツがヴァイオリンで、室内の音楽の伴奏をつけてくださる手はずだ。わたしにはどんなものかわからんがな。ああ、でもまあ、なんたる知性の勝利だ。わたしも、一流の演技を見せねばならないな？」

「おじさん」ペギーが心を落ち着かせる生《き》のウイスキーをぐっとあおってから、深々とため息を漏らした。「わたしはこちらのムッシュと話をしないとならないの。キャビンにもどって休んでいてね。でも、いいこと！　はっきり言っておくから！　なにも飲んではだめ。一滴も！　わかった？」

ミスター・フォータンブラは、フランスの老兵は約束を破るくらいなら喉を掻き切るのだと誓った。ミルクソーダを飲み終えると、ふらふらとバーをあとにした。

「ねえ、モーガン」ペギーがラシーヌの国の言葉はやめて言った。張り切っている。「おじさんに会ったら、仕事を思いだしたわ。人形劇が始まるまで、おじさんをしらふでいさせることよ。それでひらめいた。あなた、この船の人にひとり残らず会って話を聞くと言っていたわね」

「もれなくね」モーガンは厳しい表情で返事をする。「船に確実に乗っているとわかっている人たち以外は。乗客と乗員の名簿を船長から手に入れるつもりさ。午後いっぱいかかっても、全員をたしかめる。航海士が確認にまわったとき、誰かがいないのを隠すのは造作もなかったはずだよ。おやまあ、彼女は怪我なんかしていませんよ。いまは留守なんです、とか、いま横になっていますんでとか、言い訳はいくらでもある。でも、ぼくは絶対そうだと思うんだよ、ペギー。あの女は消えていないと。船のどこかにいる。あれは本物の人間だった！　そうだろ、ぼくたちはあの女を見たじゃないか！　きっと見つかるさ」

「そうよね。じゃあ、口実をこしらえましょう」

「口実？」

「もちろん、口実は準備しておかなきゃ、おバカさんね。人が殺されたと船じゅうにどなってまわって、犯人に警戒させるのなんてなしでしょ？　ホイッスラー船長の言ったことを考えてみてよ。疑いをもたせないようにやらないと。というわけで、あなたにぴったりの口実があるんだ」彼女は満面の笑みを見せ、ウインクすると、楽しそうに肩を揺らした。「あなたと仲のおよろしいミセス・ペリゴードを巻きこんだものなんだけど」

モーガンはペギーを見つめた。なにか言おうとしたが、さらに二杯のウイスキーを注文して自分を押しとどめた。

「そんなの、お豆のさやむきと同じくらい簡単よ。船のコンサートのために、あなたは素人芸を披露してくれる人を探すってわけ。探すのは彼女にやってもらって、あなたはお手伝い。こうすれば、全然疑われないで全員に会えるでしょ」

モーガンは考えてみてからこう言った。

「じつを言うとゆうべからずっと、きみの意見は前より慎重に吟味したい気持ちに傾いているんだがね。かかる吟味の結果、いまの提案は弱点だらけだと思えるんだな。会う人がみんなの前に顔を出したがらないはにかみ屋ばかりなら、まあどうにかなるだろう。でも、引き受けると言われたらどうする？　別に、素人ママさん歌手やヨーデル歌いの二人組に個人的には反対はしないけれど、そういうのが室内楽とつりあうとは思わない。第一にどうやってミセス・ペリゴードに手伝ってくれと説得し、第二にどうやってぼくが発掘した流行歌手たちをみんなコンサートに参加させろと説得するんだ？」

ペギーは単純な秘策を、さらに単純な言葉でほのめかしたが、それにはモーガンもかなり厳しい口調で、自分には妻があると言い返した。「だったら」気の立ったペギーが提案する。「あなたがそんなに小うるさくて、お行儀のいいことを言うんだったら、それより簡単な方法がある。こういうのはどう？　小説の人物描写のための素材集めをしていて、全然違うタイプの反応がほしいとミセス・ペリゴードに言うの。〝人前で自分自身をご開《かい》チンするよう迫られた場合〟とかなんとかいうテーマで。ちょっと、なに誤解して、ニヤニヤしてるのよ！　彼女、食いつくわよ。あなたは、いままで誰も思いついたことのない変な話に人がどう反応するか知りたいだけだと伝えればいい。そうすれば、彼女みたいなああいうインテリは洗練された考えだと思うから、色目でも使っておだてておけばいいのよ。じゃあ、コンサートに出ると言った人たちはどうするかって？　そうね！　リハーサルをして、みんな断ればいいのよ、申し訳ないが出せるレベルじゃないとか言って」

「きみさあ」モーガンは深々と息を吐いてから言った。「きみの話しぶりを聞いていると吐き気がしてくるよ。ミセス・ペリゴードにも、ほかの誰にも、色目は使わない。それに、リハーサルをやるだなんて。素人手品師がぼくの帽子のなかで卵を割ったり、野生のソプラノたちが〈ロザリオの祈り〉を歌うあいだぼくがじっと座っているとでも思うんなら、そいつは大きなまちがいだよ。頼むから、あり得ないことをしゃべりまくるのはやめてくれないか？　今日はいろんなことがあって、もうぐったりしてるんだから」

「もっといい考えを思いつける？」

「痛いところを突く指摘だ。それは認めるよ。でも」

「じゃあ、よくわかったわよ」ペギーは勝利と二杯のウイスキーとで赤くなっていた。煙草に火をつける。「それは自分でやるから、ミスター・ペリゴードとね。ただ、おじさんの手伝いがある。わたし効果音係だから。馬とかローランの角笛とかそういうの全部担当するの。午後のうちに、効果音に使うものを揃えておかなくちゃ。できるだけ急ぐ。だって、わたしたちは絶対にフィルムを見つけないといけないんだもの。どうしても納得できないのは、悪党はエメラルドを返したくせに、どうしてフィルムは――ねえ、フィルムがウォーレンのキャビンにもどってきてるってことはない？　調べたほうがよくはない？」

　モーガンはいらついた身振りを見せた。

「わからないのか。エメラルドを盗んだのは〈盲目の理髪師〉じゃないんだ。すぐにきみは、そうなると説明はひとつだけだと言うかもしれない。ぼくたちがエメラルドをくすねてしまい、カイルかペリゴード夫妻のキャビンに投げこんだ。わかりやすい答えは、どちらかが自分のキャビンでそれを見つけて、自分のものにしてしまおうかと考えた挙句、騒ぎが大きくなって恐ろしくなり、こっそりスタートンに返したというものだ。でも、そんなはずあるかい！ ぼくには信じられない！　いまの描写はカイルにあてはまるだって？　いいやちがうね。逆に言えば、もしカイルが変装した悪党だとすると、〈盲目の理髪師〉のように冷静沈着な男がエメラルドを返すはずがないと賭けるね。船長が話していたとおりにさ。カイルが悪党にしろ、そうでないにしろ、被疑者からは除外される。もしカイルが正真正銘の脳の偉大な専門医ならば盗みなんか働かないし、正真正銘の悪党ならば盗んだものを返すはずがない。そうなると、残るのは？」

「あなたまさか、あの意地悪なミセス・ペリゴードが盗――？」

「いや、そんなこと思っていないよ。それにぼくらの友人レスリーも疑っていない。レスリーが大げさな態度でスタートン卿にエメラルドを手渡しながら、卿の装身具の趣味が安っぽくて見てられないって長々と講釈を垂れる様子が目に見えるようだけど。おっ！　知らせがやってきた！　北のおやじさんだ」

モーガンは話をやめて、キャプテン・ヴァルヴィックに合図した。ちょうどバーによろめきながらたどり着いたところだ。キャプテンの呼吸は荒かった。なめし革のような顔はいつもより赤くなっていて、近づいてくるにつれて、放浪するかまどのように、オールド・ロブ・ロイの強い芳香が漂ってくる。

「スパークスや〈バーモンジーの恐怖〉と話してきたぞ」キャプテンは別に言わなくてもわかっていることを宣言し、ぜいぜいと息をして腰を下ろした。「証拠を手に入れたのよ。ドクター・カイルは悪党じゃないね」

「たしかですか？」

「うんうん。〈バーモンジーの恐怖〉が喜んで誓うってさ。ドクター・カイルはゆうべの九時半にキャビンに入って、今朝、朝めしの集合ラッパが鳴るまで出てこなかったと。なんで知ってるかって尋ねたら、ドクター・カイルは医者だって聞いてたから、ドアをノックして、悪い歯を治してもらえんか頼もうかと悩んだらしい。だが、例の名医が集まる通りに住む偉い医者だって聞いてたから、おそれをなして訪ねなかったわけだ。それでも、証言はできるだろ」

沈黙が流れた。

「モーガン」ペギーは落ち着かないようだ。「だんだん、こう思えてきたんだけど……あのニューヨークからの電報はやけに自信たっぷりだったわね。でもひどいまちがいがあるんじゃない？　まだなにか起こりそう。なにかわかったと思うたびに、まったく逆だったたって気づくんだもの。怖くなってきた。わたしもうなにも信じない。これからどうしたらいい？」

「行きますよ、キャプテン」モーガンは言う。「みんなでミセス・ペリゴードを探しにいきましょう」

15　いかにしてミセス・ペリゴードがシャンペンを注文し、エメラルドがふたたび現れたか

鮮やかな夕日にじわじわと包まれながら、舳先で波をわける絹を裂くシュッという音だけをたて、クイーン・ヴィクトリア号は安定した航海を続け、紫へと翳《かげ》っていく水平線へむかっていた。空があまりに明るくて、燃えたつ針路の果てに消える太陽の赤い縁が見えるほど、雲と海の移り変わりは百花の色を映す花瓶さながらで、ついに陽が落ちると雲は照り返しで輝く噴火口となった。正装を告げるラッパが太陽と月のあいだのしじまに響く。クイーン・ヴィクトリア号はここにきて初めて、穏やかに流れる時間によって息を吹き返し目覚めたのである。

どんな船旅でも、遅かれ早かれ、かならずこういうときがくるものだ。いままで素知らぬ顔だった乗客たちがデッキチェアから起きあがり、たがいを見やる。ぎこちなくほほえみ、もっと早く友好を深めておけばよかったと悔やむ。オーケストラがつぶやくがごとく奏でる楽曲の意味がやっと伝わってくる。そして彼らはおぼろげに姿を現す広大なヨーロッパ大陸やパリの並木越しにきらめく街の灯りを思い浮かべるのだ。人気のコメディアンが登場したかと思うほど、楽しげな笑い声がどのデッキにも巻き起こる。そこで乗客たちは三々五々連れ立ってバーへと流れていく。

今宵は真っ暗になる前から、活発な空気が脈打ちはじめていた。美しく、マングースを連想させる目をした狡猾《こうかつ》な女は離婚のためにパリへむかうのだが、手持ちからとっておきの妖艶夜会服を探しだしていた。湖水地方を観光しようと決めている小柄な高校教師もまた同じ。恋の駆け引きがまばゆくチカチカとまたたきはじめる。二、三カ所でブリッジが始まる。バーの奥の仕切りの陰で見捨てられていたピアノがゴロゴロと移動されて音楽を奏《かな》ではじめた。ダイニング・ホールはやかましいおしゃべりに満ちていた。内気なご婦人たちが意外にも宝石を山のように身に着けて姿を現し、もう船は揺れないと先を楽観した者たちはワイン・リストから注文して、オーケストラは初めてやる気になった。ヘンリー・モーガン――疲れはてて、嫌気が差したため、夕食のために着替える気力もない――はふたりの仲間と食事の終わり頃にやってきて、静かなクイーン・ヴィクトリア号にしては盛大な夜が始まるのだと見てとった。

モーガン自身の思いは混沌としていた。いらいらが募るばかりの質問してまわった四時間を経て、ギリシャ硬貨に描かれているような顔の女は存在などしなかったと信じそうになっていた。彼女はいま船に乗っていないし、（自分が突きとめたかぎりでは）最初から船に乗っていなかった。事件はどんどん気味の悪いものになっていく。

誰もあの女のことを知らないし、あの女のことを見かけた記憶がない。ついにやけになって、演芸の才能がある人を探しているという口実も捨ててしまった。そもそもこの口実は、そうでなくてもすでに快適とは言えない時間を過ごした人々の機嫌を考えると、タイミングが悪かった。スタートン卿にも、まだ船酔いから回復しきれていないインド生まれのイギリス人大佐とその夫人にも、ボストンからやってきた婦人団体の〈アメリカ革命の娘たち〉とその家族にも、モーガンが出演依頼の言葉をいい終えないうちに、腕っ節の強い用心棒なみにキャビンからさっさと放りだされてしまった。キャプテン・ヴァルヴィックのお気楽な性分でさえも、こうした扱いを受けてへこたれた。

一方、ミセス・ペリゴードは大変貴重な戦力となった。この行脚にはモーガンが打ち明けた以上のなにかが隠されていると気づいたに違いないが、冷静で、役に立ち、穏やかな熱意さえ見せた。のんきな小説家モーガンには真似できないと認めるほかない、てきぱきした仕事ぶりだった。自慢したくてたまらない母親が、九歳の娘のフランシスはたった六回のヴァイオリンのレッスンで〈サンタのそりの鈴〉をいかに弾けるようになったか、さらにE・L・クロポトキン教授がこの娘は華々しく演奏会をひらくであろうと未来を自信たっぷりに予言したか、熱心にくどくどと説明したようなときも、ミセス・ペリゴードは「あなたのお時間を無駄にする必要はないと、ほんとに思いますので」とはっきりした凍てつく声で告げ、そうすると、どんなうるさ型でもとたんに黙りこんでしまうのだった。これは好ましい彼女の率直な性格だったが、延々と続く暑くるしいおしゃべりと空腹のあとでは、全人類を嫌いになりかけたモーガンの慰めにはならなかった。

ミセス・ペリゴードはこうした作業をまったく苦にしなかった。楽しんでいると言い、終始流暢《りゅうちょう》に話を進め、はにかみながらモーガンの腕を取った。さらには、キャプテンをすっかり気に入り、脇にいるモーガンに囁《ささや》くつもりがつい大声で、キャプテンはとても活きがよくて、傷んでいないと言う。キャプテンはなんだか魚のように言われたと思ったらしく、ずいぶんくさくさしていた。さらに妙に謎めいたことがあった。それはウォーレンの態度だった。一行が夕食にむかう前に監禁室に様子を見にいったときのことだ。

そこは暗くなりかけていたが、ウォーレンは独房の照明をつけていなかった。ベッドに横たわり、眠っているかのように壁をむいている。片手には閉じた本があり、読みかけのところに指をはさんでいる。その呼吸は深かった。

「おい！」モーガンは鉄格子の外で口笛を吹いた。「ウォーレン！　起きろ！　聞けよ！」

ウォーレンは身じろぎもしない。モーガンはふいに嫌な予感がしたが、見えたウイスキーのボトルはどうやらわずかにしか減っていないから、酔っているはずがない。ミセス・ペリゴードがつぶやく。「かわいそうな若者！」見張り役の船乗りはうやうやしく立ちあがっていたが、ここにいる紳士は午後中ずっとこうで、よほど疲れ切っているようだという。

「オレはどうも気に入らんのよ」キャプテンが首を横に振る。「おおーい！」そう叫び、鉄格子をガシガシ叩く。「ミスター・ウォーレン！　おおーい！」

その姿が少しだけ動いた。薄暗がりで警戒するように頭をもたげ、荒々しい表情を浮かべている。くちびるに人差し指をあて、鋭く言った。「シーッ！」そしてあっちへ行けと乱暴な身振りを見せて、すぐにまたまどろんだようだった。

一行は立ち去った。いまの一幕にどんな意味があったにしても、これからの食事と酒への期待で、モーガンの頭からは追いだされてしまった。ダイニング・ホールのかぐわしさと華やかさがいらだった神経を静めてくれた。いま一度、深呼吸をした。船長のテーブルには誰もいなかった。ドクター・カイルでさえも。これだけ混雑しておしゃべりに花が咲いたただなかで、このテーブルは不気味にからっぽのままだった。モーガンは思わず目を丸くした。

「では、あなたたちはぜひとも」ミセス・ペリゴードが言う。「今夜は、わたしたちのテーブルで食事してくださいね。なにを心配されているにしても、ミスター・モーガン、どうかわすれてくださいさい。さあ！」謎めいた笑みを浮かべ、かなりまごついた招待客たちを引き連れてホールを横切っていく。「レスリーは今夜は一緒に食事をしませんの。牛乳とビスケットを食べて、暗唱に備えることになっています」彼女はモーガンに身体をすりよせた。「夫は堅物ですのよ、ミスター・モーガン。でも、わたしはその反対で」

ミセス・ペリゴードはふたたびほほえんだ。こうして彼女はシャンペンを注文することになったのだ。

スープのあとで、モーガンは自分のなかで次第にぬくもりが広がるのを感じた。魚料理が済むと、ひたすら黙っていたい気分が薄れてきて、身体の深いところから元気がわいてきた。グリルの焼き目をつけつつもうまくレアに仕上げられた、焼きたての牛ヒレ肉ステーキに、端が固くなっておらずきれいに形の整ったフライド・ポテトが添えられた一品の途中で、くつろいだ感覚をふいに味わった。オーケストラの音楽もわりと近くで鳴っていて、自分をかこむ人々の表情が大いに気に入った。人生は洗っていない山積みの皿のように些細なことに思え、暖色の照明に心も癒やされる。シャンペンはなめらかに喉を通っていく。キャプテンが「あー！」

と満足の雄叫びを一声。ステーキが消えると、謎めいた色合いのアイスクリームと熱々のブラック・コーヒーが現れ、モーガンの気力は空を飛ぶ勢いになってきた。周囲の人々のたてる騒がしい声も好ましい。シャンペンが身体のなかで気持ちよく落ち着き、ミセス・ペリゴードとキャプテンにやたらと笑顔をむけた。無謀なオーケストラが果敢にもギルバート・アンド・サリヴァンに挑戦すると、気づけばモーガンは足踏みをしてリズムを取っていた。

「タ・ティ・タ・タ・タ、ティ・タ・タ・タ・ティー、小鳥が歌ったよ、〝柳よ、チュンチュン柳、チュンチュン柳〟」ヘンリー・モーガンは口ずさみ、曲に合わせてほがらかに首を揺らした。彼がほほえむと、ミセス・ペリゴードもお返しにまばゆい笑みを広げた。そこで「おつむが弱いんか、小鳥ちゃん、と、オレは叫んだー！」キャプテン・ヴァルヴィックがもったいぶった声になるようあごをひいてどなる。「それとも、かたい虫がおめーの小さな腹に入ってるんか」にこやかに様子を見ていたミセス・ペリゴードがくすくす笑いだす。ここで三人揃い、上機嫌になって、高らかに声を張りあげた。

　可哀想な小さい頭を振って、小鳥は答えたよ
〝柳よ、
チュンチュン柳、
チュンチュン柳！〟（ひゃっほう！）（《ミカド》より）

「あらまあ」顔がだいぶ赤くなって、声がさらに大きくなったミセス・ペリゴードが思いとどまろうとする。「わたしたち、こんなことはほんとーにしちゃだめですよね？　ええ、でも！エヘヘヘヘ！　もう一本、飲みませんか？」彼女は最大の笑顔をふたりにむける。

「そうこなくちゃ！」キャプテンが大声で答えた。「そいで、今度のはオレのおごりよ。給仕！」コルクがポンと抜かれ、白っぽい炭酸ガスがシューと流れ、三人はグラスを掲げた。

「んじゃ、オレが乾杯しよう」

「あらまあ、わたしはほんとーにこんなことできません！」ミセス・ペリゴードはぐっと息を吸い、胸に手をあてた。「ちょっと想像して！　うちのレースリーがなんて言うかしら？　でも、あなたたち、とてもけしからぬおふたりがどうしてもと言うのなら……エヘヘヘ！　盛大にかんぱーい！」

「ぼくから一言」モーガンが勢いづく。「乾杯を捧げるのならば、なにをおいても、ミセス・ペリゴードにですよ、キャプテン。今日の午後はこんなに働いた人はいないですし、誰にもそれは否定させない。骨折り損になったのにぼくたちにつきあってくれて、細かいことはいっさい訊こうとしなかった。だから、ぼくは提案します——」

モーガンはかなり大きな声でしゃべっていたが、どちらにしても誰にも聞かれることはなかっただろう。ダイニング・ホール全体でまったく同じような無駄話がかわされるようになっていて、例外と言えば、ひとりふたりの、仰天してあたりを見ている石頭で興ざめな者たちだけだった。彼らは急にわきおこって外洋航路船を活気づかせる、正体不明の謎の気分を理解できないし、それを理解する能力も得られないまま、みずからの墓へむかうだろう。大騒ぎをかき消すロケット打ち上げのように、さまざまな声色の笑いが響く。ふふふ、くすくす、ゲラゲラ、と、興奮した笑いが一段と大きくなって押し寄せてくる。さらにコルクがポンと抜かれ、給仕が飛びまわった。ダイニング・ホールでの喫煙は規則違反であるが、ここで初めて煙がうっすらと立ちのぼるようになる。オーケストラも調子に乗って〈ピルゼンの王子〉から陽気な雰囲気の曲になだれこみ、そこで大汗をかいた指揮者がバルコニーの手すりに近づいて、拍手喝采にお辞儀で応え、また走ってもどると、配下の者たちを指揮して別の曲を始めた。宝石類がウインクを始め、赤の他人のテーブルへふらりと移り、約束をとりかわし、身振り手振りで、ここに留まるか、バーへ移動するか話しあっている。ヘンリー・モーガンは三本目のシャンペンを注文した。

「あらまあ、でも、ほんとーに！」ミセス・ペリゴードが叫び声をあげて椅子にもたれ、恥ずかしそうに牽制しながらも、ますます大声になってしゃべる。「だめですよ！　けしからぬおふたりは、とてもけしからかぬわ！　つけこむなんて、とにかくひどいですよ、かわいそーな、かよわい女で、そして……」――ゴク、ゴク、ゴク――「ほんとーに、これは素敵なシャンペンじゃございませんか？……ええと、自分を守れない者に。想像してくださいな、邪《よこしま》な殿方たち。わたしはたしかに酔っ払ってしまいます。それじゃ、ひどいことになりません？」彼女は楽しそうに笑う。「わたし、酔っ払うと、とにかく叫んでしまって、愉快でひどいことに……」

「ちょいと言わせてくれ」キャプテンがテーブルをコツコツと叩き、内緒話をしようとする口ぶりなのに大声でしゃべる。「シャンペンはいいもんさ。オレもシャンペンに反対はしない。だが、こいつは男の飲み物じゃない。カーッと効かないもんな。オレたちが飲みたいのはオールド・ロブ・ロイなのよ。いいかい。このシャンペンを飲み干したら、バーへ行って、オールド・ロブ・ロイを注文して、ポーカーを始めようや」

「……でも、そうは言っても、そーんなに堅苦しくばかりはしていられませんものね」人の話を聞いていないミセス・ペリゴードが、とがめるように言う。「ヘンリー。ねえ！　そうではなくて？　あら、まあ！　あなた、わたしがたしかに」――ゴク、ゴク、ゴク――「たしかにみっともないと思うでしょうね？　でも、あなたと相談しないとならないことが、とてもたくさんあって」

あらたな声が軽やかに響いた。

「ハロー！」

モーガンはいささか罪悪感を抱いて飛びあがり、ペギー・グレンがいささか乱れて見える緑のイブニング・ドレス姿で、階段の最後の一段を切り抜け、こちらにやってくるのを認めた。晴れ晴れとした笑顔で、もくもくと煙草の煙がたちこめるなかを歩くその足取りに、シャンペンの温かみにやられたモーガンの目でも、ピンとくるものがあった。ミセス・ペリゴードが振り返る。「あら、お嬢さん！」彼女は予想外の大いなる好意をにじませて叫んだ。「まあ、ほんとーに、ほんとーに素敵！　さあさあ、こっちに来て！　あなたがこんなにきちんときれいに、ヒック、こんなに汚くきれいにしてらっしゃるのを見るのは、じつにすばらしいわ、ゆうべあなたはあんなにひどい目にあったのに、アハハハハー！　それに」

「大好き！」ペギーが恍惚《こうこつ》となって叫ぶ。

「ペギー」モーガンは厳しい目で彼女をにらむ。「きみは、飲んできたんだな」

「やったー！」ペギーは拳を突きあげ、勝ち誇るポーズを取った。目が輝いてうれしそうだ。

「なんで飲んでいたんだ？」

「なんでだめなの？」ペギーが反論させない気迫で聞き返した。

「うーむ、だったら」モーガンは懐の深いところを見せた。「もう一杯どうぞ。キャプテン、ペギーにシャンペンを一杯注いでやってください。ぼくはただ、きみは今日の午後は泣きわめいて金切り声をあげたのにと思って」

「どこの誰が、今日の午後には泣きわめいて金切り声をあげていたの？」

「きみだろ。きみが、今日の午後泣きわめいて金切り声をあげていた。ウォーレンがネズミの出る汚い地下牢に閉じこめられているからって」

「あんな人、大嫌い！」ペギーが熱に浮かされたように言う。張りつめた荒々しい形相になり、目には涙が浮かんだ。「あんな人、大嫌いだ、憎んでいるし、軽蔑しているわよ。彼の名前なんか、もう二度と聞きたくない。酒をちょうだい」

「おいおい！」モーガンはまたびっくりだ。「今度はなにがあった？」

「あああ、憎んでも憎みたりない。彼、わたしと口をきこうともしないのよ、あの、き、汚い、は、恥知らずめ」くちびるが震えている。「彼の名前は二度と口にしないで、モーガン。わたしは何も見ようとせず、口もきかない酔っ払いになってやるんだから。それで彼に思い知らせてやる。ネズミにかじられたらいいのにとも思う。果物を詰めた大きなバスケットを差しいれたのに、あの人ったら、横たわって寝たふりをしているのよ。だから、言ってやったわ、〝よくわかった！〟って。それで上にあがったら、レスリー、いえ、ミスター・ペリゴードにばったり会って、暗唱の練習を聞きたいかと言われたの。わたしは酒を飲んでも構わなければ聞きたいと答えたら、自分は強い酒を飲んだことはないけれど、わたしが飲むのは構わないと言ったの。それで、わたしたちは彼のキャビンに行くことになって……」

「もう一杯いかがですか、ミセス・ペリゴード、いえ、シンシア！」モーガンはこの先を言わせたらまずそうだと大声をあげた。「全員に一杯注いで。ワッハッハ！」

「でも、ヘンリー！」ミセス・ペリゴードが目を丸くして叫ぶ。「すっごくすばらしくて、ほんとーに、とても愉快でたまらないと思いません？　だって、うちのレスリーがやるのはしゃべることだけなんですよ。このかわいそーなお嬢ちゃんは、期待して、ひどくがっかりしたに違いないの。アハハハハ！」ゴク、ゴク、ゴク。

「オレはあんたたち若いのが楽しくしているのを見ると、楽しいのよ」キャプテンが親しみを込めて言う。

「……だって、ウォーレンがあんな態度を取るなんて！　わたしは今夜の人形劇の準備をすっかりすませて、ジュールおじさんをしらふでいさせるのにやっと成功したところだったのに！

そりゃたいへんな仕事だったんだから」ペギーは涙をこぼすまいと、顔をくしゃくしゃにしている。「四回も、おじさんがあのいまいましいジンのために、こっそり抜けだそうとするのを捕まえたのよ！」呪われたジンのことを思っただけでペギーは涙に負けそうになったが、くしゃくしゃでも断固とした顔をしっかりと一同にむけた。「でも、やっとのことで、おじさんを聞き分けさせて、なにもかも問題がなくなって、おじさんはしゃんとした姿で夕食のために、このダイニング・ホールへむかったの。これで一安心」

「ジュールおじさんは」モーガンは奇妙な沈黙のさなかで、思案しながら声をあげた。「夕食のためにどこへむかったんだい？」

「どこって、ここよ！　それに」

「いいや、やってこなかった」

ペギーはさっと振り返った。そしてゆっくり、苦心しながら、うるんだ目とくちびるを開け、ダイニング・ホールを隅々まで見ていった。霧のように煙草の煙が漂う下で、さざめきと騒ぎが流れていたが、ジュールおじさんはいなかった。ペギーは動きをとめた。次の瞬間、テーブルに座りこみ、わっと泣きだした。

「行きましょう！」モーガンはさっと立ちあがった。「行きましょう、キャプテン！　ぼくたちが大急ぎでかかれば、難破船を救出するチャンスがあります。おじさんがどこかへ行くとしたら、バーでしょう。どのくらい前のことだい、ペギー？」

「よ、四十五分前よ！」泣きじゃくるペギーは両手で自分の額を叩いている。「そしてあと一あれを飲むの？」

時間しかないの、人形劇まで。ああ、なんであの憎い代物は発明されたの、嫌な男たちはなぜ

「四十五分で、おじさんはどのくらい飲めるんだ？」

「何ガロンも」ペギーが言う。「うわあああん！」

「お嬢さん」ミセス・ペリゴードが叫ぶ。この人の目にも涙が浮かんできた。「あの親愛なる《シェール》ムッシュー・フォータンブラは本当にとっても、ヒック、ほんとーに酔っ払うの？　まあ、お嬢さん、恐ろしい、ひどい、酔っ払いになると」

「ご婦人がた」キャプテンが雷のように声を轟《とどろ》かせ、テーブルをゴツンと叩いた。「泣き比べ競争をしている場合じゃないぞ！　行こう、ミスター・モーガン。あんたがひとりを相手にすれば、オレがもうひとりの相手をする。ふたりとも、泣くな！　さあ、行くぞ」

モーガンがミセス・ペリゴードの腕をしっかりつかみ、キャプテンがペギーの腕をつかんで、一同は浮かれている和気あいあいとした人混みのなかを縫って進んだ。いま乗客たちはコンサート前に、我先にとバーに駆けつけようと大挙して上へとむかっていたのだ。バーはすでに混みあい、あちらこちらで話に花が咲き、モーガンは実際よりも人も声も多い気がした。一緒に食事をしていた三人は、それぞれシャンペンをきっかり一本飲んだ計算になる。あんなもの一クォート飲んでもちっとも酔えないと普段はあざ笑っているが、正直言うと、いつの間にやらかなり酔いがまわっていたことは否定できなかった。モーガンは自分にまったく脚がないように感じられて、胴体しかない奇妙な幽霊のように空中を移動している気分だ。ふたりのご婦人

たちがジュールおじさんはいまごろへべれけだと悲嘆に暮れるほど、それが抜群によくできた冗談のように思えてくる。その一方で、脳はいつもよりもずっと明晰だった。見るもの、物音、色、声、どれも鮮やかでくっきりと研ぎ澄まされている。毛穴で熱、煙、バーのアルコールっぽい湿り気を感じた。顔が赤くなった人たちがブーンとまわる扇風機やのどかな場面を描いた天井の下で、革張りの椅子のあたりをうろついている。琥珀《こはく》色の照明が窓のモザイク・ガラスを照らし、誰かがたわむれにピアノを弾いている。これぞ古きよきバー！　極上のバーだ！

「行くぞ！」キャプテンが言う。「ご婦人がたはこのテーブルの椅子に押しこめて、オレたちで見てまわる。くーっ！　オレは人形劇を見たくて楽しみにしてるのよ。さあ、こっち側から始めて、奥へ進もう。どっかにいるか？　オレは一度も会ったことがないからな」

見当たらなかった。白い上着の給仕たちがトレイを手に、人混みのなかをすり足で行き交う。この人混みはひとり残らず、モーガンのじゃまをしているように思えた。バーを二巡した。ジュールおじさんはいない。

「大丈夫だよ、たぶん」モーガンはハンカチで額の汗を拭きながら、Bデッキの外へ通じるドアへキャプテンとむかいかけた。「きっとあやつり人形の最後の点検でもしているんだ。大丈夫さ。ジュールおじさんは無事だよ。結局――」

「物売りたちが市場通りを去り」すぐうしろで、墓場から響くような声が詠唱した。「酒好きの地元の者が集まりをやり、市日は暮れていき、人々は帰途につき……悪くない、悪くない」

その声は愛想よく切り替わった。「こんばんは、ミスター・モーガン！」

モーガンはぱっと振り返った。片隅のアルコーブから挨拶としてあげられた手、そこにはドクター・オリヴァー・ハリソン・カイルがひとりぼっちで背筋をピンと伸ばして座っていた。ドクター・カイルの細い顔には壮大な喜びの気持ちが浮かんでいた。ちょっぴり冷たさが残っているのは事実だが、夢見るように詩情にひたっている。あるものを握って片手を水平に伸ばし、目をなかば閉じて、詩をそらんじていたのだ。だが、いまの彼はその格好でモーガンを大歓迎している。

ドクター・カイルはその詩に描かれたように、泡立つスワッツを神々《こうごう》しく飲んでいた。ドクター・カイルはつまり、エールで酔っ払っていたのだ。

「古きエアはどうってこともねえ村」ドクター・カイルは、自分が地元の若者で、それを誇りにしている仕草で声を張りあげた。「正直な男たちと愛らしい娘っ子たちの村！　そう！　あんたもおわがりの一節ですよ、ミスター・モーガン。偉大なるスコットランドの詩人、ロバート・バーンズん作品がらの一節です（『タモシャンター』）。お座りください、ミスター・モーガン。ウイスキーあたりを一杯おやりになるのでは？　靴屋は世にも奇妙な物語を語った」

「すみません、ドクター。いまは休んでいられないんです。でも、ちょっとお訊ねしてもいいでしょうか。フォータンブラという名のフランス人を探しているんですが。小柄で、がっしりした男です。見かけていませんか？」

「ああ」ドクターは考えこみ、やれやれと首を振っている。「あれはよか馬です、ミスター・モーガン。よか馬だが、せっかちすぎる。うーむ、うむ！　最初の六つの障害物に挑む場面であれだけ飲んだら、競技コースを一周するのは無理だべと言ってやればよかったのですがね。彼ならそこにいますよ」

モーガンたちはジュールおじさんを長椅子の下から引きずりだした。赤い顔に、楽しげでぼんやりした笑みを浮かべているが、まちがいなく眠りこけている。起こそうとしていると、ちょうどペギーとミセス・ペリゴードがやってきた。

「早くして！」ペギーは息を呑んだ。「やっぱりだった！　まわりに立って、誰にも見られないようにして。ドアはあなたのすぐうしろだから、運びだして」

「ここで起こせる見込みはないのか？」モーガンは思わず疑うように訊ねた。「すぐ起こせそうだけど」

「もう！　口答えしないで！　この件については、絶対、口外しないでくださいね、ドクター・カイル？」ペギーがきつく言う。「開幕までには、全然大丈夫になっていますから。人に言わないでください。誰にも知られたくないので」

ドクターは慇懃《いんぎん》に、自分は秘密を守ると請け合った。酩酊の習慣を深く嘆き、ジュールおじさんを運ぶのに手を貸そうと申しでた。しかし、キャプテンとモーガンだけでどうにかなった。関心がなさそうに視線をよこした給仕たちのほかには目撃されることもなく、ふらつきながらなんとかデッキに出た。涙を堪《こら》えたペギーはつむじ風のように動いた。

「おじさんのキャビンじゃなくて、楽屋にお願い。コンサート・ホールの裏口のところだから！　うわっ、気をつけて！　お願いよ！　アブドゥルはどこに行っちゃったの？　なんでアブドゥルはおじさんを見張っていなかったのよ？　アブドゥルは怒り狂うと思う。とても気性が荒いの。ねえ、もしもおじさんが目を覚まさなかったら、プロローグをしゃべる人がいなくなるわ。アブドゥルが全部の役目を引き受けなきゃならないけれど、たぶんあの人はそんなことしない。聞いて！　ホールがもう、お客さんで埋まってきた音がする」

一同はCデッキ船尾の右舷側から通路に出ていた。ペギーが薄暗い補助通路を案内する。行き止まりにドアがあり、開けると急な階段だった。その隣に大きなキャビンのドアがさらにあって、ペギーは照明のスイッチを押した。階段の上からかすかに、主に子供たちのものらしき、こだまするつぶやきが聞こえた。ぜいぜいあえぎながら、モーガンはキャプテンを手伝って人形使いをカウチに投げだした。自分のあやつり人形と同じようにぐったりとして重い。ごろりと首を傾けたジュールおじさんのくちびるからは、小さな口笛が漏れた。そして「見事なり《マニフィーク》！」とつぶやくと、悲しげにほほえんで、いびきをかきはじめた。

ペギーは泣きながら罵《ののし》り、キャビン片隅のひらいたトランクへ駆け寄った。このキャビンはすっかり楽屋としてしつらえてあった。三着のきらびやかな衣装に、角兜《つのかぶと》、広刃の剣、三日月刀、鎖かたびら、ガラスの模造宝石をちりばめたマントが戸棚にかかっている。粉おしろいの匂いがした。照明つきの化粧台には、さまざまな色合いのつけ髭、長い巻き毛のカツラ、化粧クリーム、ドーラン、つけ髭用ゴム糊、化粧道具入れ、柔らかで深い黒の眉墨が並んでいる。モーガンは劇場の空気を深々と吸い、いいなあと思った。ペギーはトランクから重曹の大箱をひっつかんだ。

「それはやっちゃいかんよ」キャプテンはジュールおじさんを暗澹《あんたん》とした表情で見やる。「現役時代に酔っ払いはたくさん見てきたからな、いいか――」

「いえやります！」ペギーが叫ぶ。「ミセス・ペリゴード、お願い、どうかお願いですから、泣くのはやめて、水を一杯注いでください。水を、誰か！　一度、ナッシュヴィルで、これと同じくらいひどかったとき試したの。さあさあ！　誰もやらないのなら――」

「ああ、かわいそーなおじさん！」ミセス・ペリゴードが叫び、おじさんの額をなでる。たちどころに、低音のひゅーひゅーいういびきがどんどん大きくなっていき、ジュールおじさんはカウチの反対側から滑りおちた。

「引きあげて！」ペギーがわななく。「支えて、カウチにあげて、キャプテン！　頭を押さえて。そうそう。次はくすぐって。そうです、くすぐるんです」彼女はグラスの水に重曹の塊をひとつ落とすと、ドーランのきつい臭いも消すほど、ジンの香りがプンプンするなかを用心しながら近づいた。「頭を支えて。ああもう、アブドゥルはどこ？　アブドゥルならやりかたを知っているのに！　さあ、頭を支えたら、少しだけくすぐって」

「ググッグー！」ジュールおじさんがいびきをかき、捕まったイルカのように跳ねる。一瞬、ほんのり嫌がる表情になった。

「ねえ《ヴィアン》、おじさん《モ・ノンクル》！」ペギーがなだめるように囁く。その足取りはどこか安定せず、目はどこかとろんとしながらも輝いていたが、きっぱりしていた。「アー、わたしの可哀想なぼうや《モン・ボーヴル・アンファン》！　わたしの可哀想なお子ちゃま《モン・ボーヴル・プティ・ゴス》！　ねえほら《ヴィアン・アロール》」

〝ポーヴル・アンファン〟はどういうことになるか、かすかに察しているようだ。目を閉じたまま、いきなり起きあがった。寸分違わぬ狙いで拳を突きだし、グラスに命中させ、むかいの隔壁にガシャンと叩きつけた。そしてずるずると寝そべり、うららかにいびきを続ける。「ハーーー、ヒーーー」安らかな寝息だ。

ノックの音。

ペギーは叫びそうになったが、押しとどめた。「まさか、ミスター・ペリゴードじゃないでしょうね！」そうわめく。「ああ、まさか！　こんなことを知られたら、わたしたち、破滅だわ！　あの人は飲酒が大嫌いなの。それに、また新聞に人形劇の記事を書くつもりだと言ってくれているのに。あ、アブドゥルじゃない！　たぶん、アブドゥルね。そろそろ、顔を見せていい頃だもの。そろそろ」

「いまのは」キャプテンが突然、口をはさんだ。「えらくおかしなノックだな。聞いてみろ！」一同は目を見ひらいた。モーガンは不気味なものを感じた。ノックは複雑で、ごくかすかですばやく、秘密結社の合図のようだった。キャプテンが近づいてドアを開けようとすると、ドアはぐぐぐっと怪しく謎めいたふうに勝手にひらきはじめた。

「シーッ！」声が警戒するように囁く。

用心して室内を窺ってから、キャビンへとさっと飛びこんできたのは、ほかならぬミスター・カーティス・ウォーレンだった。服装はかなり乱れていて、上着は破れ、白いフランネルのズボンは油で絵を描いたようだ。髪は逆だち、顔にもいくらか傷跡がある。だが、そのものすごい形相は輝くように勝ち誇っている。彼はそっとドアを閉め、自慢する手振りを見せて、一同に顔をむけた。

驚きと恐怖のショックから一同が回復する暇もないうちに、ウォーレンは低い声で満足そうに威張って笑い声をあげた。

ポケットに手を突っこんでから前へと突きだすと、そこには金鎖からぶらさがってウインクしてきらめくエメラルドの象がいた。

「取りもどしたぞ！」ウォーレンは誇らしげに宣言した。

16 C46号室の危険

モーガンは無言だった。引き合いに出すまでもないが、ホイッスラー船長がたびたびそうったように、しゃべることができなかった。最初に襲ってきた不安——すなわち、これは目の錯覚であり、シャンペンと疲労からくるバカげた幻ではないかという考え——は暗澹《あんたん》とした現実を前に消え失せた。ウォーレンがここにいる。たしかにいる。エメラルドの象をもって。彼がなにをやらかしてきたのか、目下考えたくなかった。あとになって、はっきり思いだせたのは、キャプテンがしゃがれた声でこう言ったことだけだった。「かんぬきを下ろせ！」

「きみさ」ウォーレンはペギーにむかってがっかりした仕草をした。「あの程度の信頼と誠意しかぼくにもってないのかい？　大いに勇気づけられたよ、ベイビー！　まったく！　考え抜いた計画を実行中だったんだ。なのにきみは寝たふりをしているぼくを信じたかい？　いいや！　きみはむかっ腹を立てて駆けてった」

「ダーリン！」ペギーが駆け寄り、泣きながら彼の胸に飛びこんだ。

「じゃあ、まあ」ウォーレンはいくらか機嫌を直した。「酒を飲もう！」ふと思いついたようにして、ポケットからちょうど一パイント消費したオールド・ロブ・ロイのボトルを引っ張りだした。

モーガンはうずく左右のこめかみに拳を押し当てた。喉をごくりといわせた。しっかりしろと自分に言い聞かせながら、オランウータンを捕獲するときのように用心しながらウォーレンに近づき、分別のある口調で話しかけようとした。

「まず初めに、なんにもならない非難に時間を無駄に使ったりしないよ。頭がおかしい上に酔っ払っているときみに指摘したら、あとはなにも言わない。でも、できれば、自分の行動をわかりやすく話せるよう、じゅうぶん気持ちを落ち着けるよう努力はしてくれ」恐ろしい疑惑がひらめいた。「きみ、またホイッスラー船長にタックルしてぶん殴ったんじゃないだろうな？　勘弁してくれよ！　船長に三回目の攻撃を仕掛けてないよな？　していないって？　じゃあ、少しはましだ。だったら、きみはなにをしてきた？」

「きみがぼくに訊ねるのかい？」ウォーレンが聞き返す。片手でペギーの肩をポンと叩き、片手で酒瓶をモーガンにまわし、モーガンはすぐさま気付けの一口をもらった。ウォーレンが話を続ける。「九章でジェラルド卿はなにをした？　きみが自分で考えたことじゃないか。ほら、九章でジェラルド卿はなにをした？」

混乱したモーガンにとって、これは一八八六年にＷ・Ｅ・グラッドストンが推し進めたと言われる法案にかんする質問と同じくらい謎めいていた。

「ちょっと待ってくれよ」モーガンはなだめるように言う。「ひとつずつ、片づけていこう。まず、そのエメラルドの象をどこからくすねてきた？」

「カイルからさ。あの卑怯な悪党め！　五分足らず前に、奴のキャビンからもちだした。そうさ、やっぱり奴がもっていた！　ぼくたちであいつが犯人だと突きとめたことになるな。これで船長がぼくに感謝の勲章をくれなかったら――」

「カイルから？　なにを言ってるんだよ、ウォーレン」モーガンはきつい調子で言い、また拳をこめかみにあてた。「もう、わけのわからない話には我慢できない。カイルのキャビンからもちだせたはずがないんだ。すでに返されたものだから」

「いいか、モーガン、聞けよ」ウォーレンが友人としてわかってもらおうという雰囲気で口をはさんだ。「ぼくはこれがどこで手に入るか、ちゃーんとわかっていただろう？　きみもせめてそれくらいは認めるな？　そう、カイルのキャビンだ。ぼくはあの悪党から取り返そうと忍びこんだ。ジェラルド卿がやったようにさ。彼はサー・ジェフリーの一味がムーアフェンズの家に閉じこめたと思っていたところの裏をかいただろ。そして、にらんだとおり、カイルがもっていた品を取り返した。ああ、ところで」ウォーレンはなにかを得意そうに思いだした。上着の胸ポケットに手を入れ、厚い束を取りだした。「カイルの個人的な書類も全部もってきたぞ」

「なにをしただって?」

「奴の鞄やトランクやブリーフケースを片っ端から開けたから」

「あの、そもそもこの男子はどーやって牢屋から出たんですか?」ミセス・ペリゴードが訊ねた。すでに涙は乾き、片眼鏡をきちんとかけなおして、両手をぐいと胸元にあて、固唾《かたず》を呑んで見つめている。「なんてすばらしく賢い人だろうと思って」

すばやいノックの音。

「追っ手よ!」ペギーが囁《ささや》き、焦った目であたりを見まわした。「ねえ、か、可哀想なダーリンをあのひどい監禁室にまた入れるつもりよ。そんなことさせないから」

「シーッ!」キャプテンが声を震わせて言い、大げさに人差し指を口にあて、まばたきした。「どんな悪いことをやらかしたのかわからんが、隠れんとだめだって」

ノックが続く。

「隠れようにも食器棚もねえし、どこにも――くーっ! そうだ! つけひげで変装しろ。こっちへ来い。そうしないと、一発ガツンと殴るぞ! あんたは頭がまともじゃない! オレに口答えするな!」そうどなり、ぶつぶつ反論するウォーレンをキャビンの奥へ引っ張っていった。「赤い頬ひげがある。針金を耳にひっかけるやつだな。こっちにはカツラ。ミスター・モーガン、その戸棚からマントかなにかを取ってくれ」

「でも、なんのためにそうするのか、教えてくださいよ」ウォーレンが訊ねる。口調に威厳をもたせようとしても、先がくるんと丸まった赤い頰ひげのたいそうな茂みと、キャプテンがぐいとかぶせた黒く長いカールのカツラが片目にかかっているのでは、なかなかむずかしい。片手を振って抗議しようとしたところに、モーガンがガラス玉をちりばめた真紅のマントを巻きつけた。「ぼくは証拠を手に入れたんだぞ！　カイルが悪党だと証明できるんだ。船長に会ってこう言うだけさ、〝ほれみたことかい、この老いぼれネズミイルカ〟」

「黙らっしゃい！」キャプテンが鋭く囁き、頰ひげの上から片手をパンとあててたしなめた。「さあ、これでよしと。ドアを開けろ」

一同は緊張して見つめていたが、モーガンがドアを開けた先の光景は、全然警戒に値するようなものではなかった。それどころかこんな状況でなければ、この訪問者は自分たちよりよほど神経質になっていると判断できたはずだ。縞のメリヤス・セーターに胸あてつき作業ズボン姿のずんぐりした熟練船員《AB》が前髪を引っ張り、足をもぞもぞ、目をきょろきょろさせていたのだ。誰も口をひらく暇がないうちに、小声で内々《ないない》の話をする口調で、船員は一気にまくしたてた。

「お嬢さん！　しっかりわかってもらいたいのは、おれが代表で来たわけっすが、仲間とおれには、なんの責任もないってことなんで。お嬢さん！　責任があるってんなら、目から鱗《うろこ》が落ちますぜ。助けてくださいよ！　どういうことかって、こんなふうだったんで。おれたちもあれこれ指図されてゴミみたいに扱われるといい気はしないし、しかも奴は上官でもなんでもない、ただの客のトルコ系フランス人っすよ。そいで、アブドゥルの奴の話なんすがね、お嬢さん」

「アブドゥル？　ああ、アブドゥル！　いまどこにいるの？」

「ここっすよ、お嬢さん。通路にいます。手押し車に乗って」

「手押し車に？」

「こんなふうだったんで、お嬢さん。だから助けてください！　一日中、おれと仲間たちは、いまいましい人形を運んでたんすよ。しかも、めっちゃ働いてたんすから、なんとかしてほしいっす。そいで、オレの仲間のビル・ポットルがこう言ったんで。〝なあおい、トム。誰がこの船に乗ってっか、知ってるか？〈バーモンジーの恐怖〉だぜ、トム。去年、〈テキサス・ウイリー〉をノックアウトした奴よ〟とね。ほいで、みんなして、ひと目、見にいこうと思ったんす。こいつは本当に一流の気のいい奴で、スウェーデン人と酒を飲んでるところで、〝入れよ、あんたたちみんな！〟って言ってくれて。そしたら、〈ダブリンの粉砕機〉を十八秒で倒したときの話を始めたんすよ。みんな興味津々で聞いてたら、そこにアブドゥルがやってきてガミガミ言いはじめたわけで。そこで、誰かが〝帰りやがれ、このいまいましい蛙食いフランス人！〟とか、〝とっとと、お国のハーレムに帰れ！〟とか言ったんすよ。そしたら、アブドゥルはむっとしてこう言い返して。〝ふん、そうか。詰め物ばっかり多いローストビーフ食いのイギリス野郎より、蛙食いのほうがましだ〟とね。そうすっと、〈バーモンジーの恐怖〉が立ちあがってこう言ったんで。〝ほう、そうか？〟と。アブドゥルの返事は〝そうだ〟。そこで

〈バーモンジーの恐怖〉がまあ拳を突きだして、二回ほどコツンとやったわけなんすよ、お嬢さん」

「でも、アブドゥルは大丈夫なんでしょ?」ペギーが叫ぶ。

「もちろんっすよ、大丈夫で!」船員は心から安心させたい様子で、急いでそう請け合う。

「ただし、しゃべれないっす。一発が声帯をやっちまったようで、お嬢さん」

涙があふれる目でペギーは船員をにらみつけた。「ちょっと、あんたたち――この薄汚い喧嘩好きめ。よりによって、しゃべれないですって? もとにもどしなさい、聞こえた? 手当てしなさい、聞こえたわね? 半時間で治らなかったら、船長のところに飛んでいって言いつけて、そして……」

ペギー自身もしゃべることができなくなり、ドアに駆け寄った。彼女の剣幕に完全におそれをなした熟練船員は通路に出て、あれこれ言い訳がましいことをつぶやいている。アブドゥルの発言が喧嘩の原因だし、〈バーモンジーの恐怖〉は知ったことか、ほかにもこの自分にかかってきたい奴がいたらいつでも来いと言ったと――ペギーはドアを叩きつけた。

「くーっ!」キャプテンが額の汗を拭う。しょげて首を振っている。「無法地帯の船は前にも経験あるが、この老いぼれフジツボの船が最低だわ。こりゃひどい。昔ベッツィー・リー号のコックがおかしくなって、肉切り包丁を振りまわし、船員たちをデッキで何周も追いかけまわしたことがあったがな。あのコックをこの船で働かせたら、すんなりなじむんじゃねえか。くーっ! 次はなにが起こるんだろ?」

背後から、かすかで心地よい、ゴクゴクという音がして、一同は振り返った。酒瓶のネックがぼさぼさの赤い頬ひげの茂みへと傾いている。それがもとにもどった。赤い頬ひげと黒いカツラのカーティス・ウォーレンが友たちをにこやかに見つめる。

「〈バーモンジーの恐怖〉はやるなあ！　ぼくもそいつに会いたいよ。きっとぼくたちの頼もしい仲間になってくれる。それで、ちょっと思いだしたんだが、一時間ほど前に、チャーリー・ウッドコックをおもてなししたんだ。ペギー、アブドゥルの目方はどのくらいだ？　ウッドコックはかなり軽いぞ」

これだけ問題続きだと、諦めが冷たく居座ってしまい、モーガンはかえって心地よさと落ち着きを感じるようになってきた。いくらなんでも、もう厄介事は起こらないはずだ。三女神に降参してしまって、容赦ない三姉妹たちの運命を紡ぐ糸車を楽しんだほうがいいのかもしれない。

「ハハハハハ！」モーガンはやけくそで笑った。「なあ、きみ、ウッドコックになにをしたんだ？　この件に、ウッドコックがどう関係してくる？」

「ぼくがどうやってムショから出たと思ってるのかい？」ウォーレンが問う。「これぞ軍略だよ、とびきりのね。きみにはさっき訊いただろう、九章でジェラルド卿はなにをした、って。じゃあ、教えてしんぜよう。こういう作戦だったんだ。しっかり閉じこめてあると周囲に思われたから、気づかれず自由に行動して、罪人を吊るし首にできる証拠を手に入れられたわけだよ。ぼくもそんな立場にあった。だから、身代わりを用意して気づかれないようにする必要があったんだ。自分で言うのもなんだが、じつにうまくいったよ。ただし、本当の手柄はきみに渡さないといけないけどな、モーガン」ウォーレンは頰ひげをはぎとってしゃべりやすくした。「ウッドコックこそ、ぼくがいつでも好きなときに呼びつけられる人物だったじゃないか？　そうだよ。ぼくは午後ずっと寝てるふりをして、監視の目がそれに慣れるよう、念入りに下地を作っておいた。夕食も断った。そこでウッドコックに手紙を書いたのさ。ウォーパスおじさんから知らせがあったから、七時ちょうどに監禁室に来いとね。ウッドコックには、その直前に監視の船員――ぼくは名前を聞きだしてた――あてに、船長の名前で伝言を送るよう言っておいたんだ。取引の話を誰にも聞かれないよう、十分間遠ざけておくためにさ。あらかじめ、船員には手紙を送ることはできるか、訊いておいた。問題ないだろうとのことだったが、監視をやめて自分で手紙を届けることはできないとね。それで、使い走りの小僧を使ったんだよ。ただひとつの問題は、誰かに手紙を読まれないかってことだった。そこで」ウォーレンは得意そうににこにこしながらあたりを見まわし、手を揉みあわせた。

「見事なことで」モーガンはうつろな声で言う。

「ぼくはどうしたと思う？　例の本を引き裂いたのさ。見返しと表紙はいつもべったりとゴム糊で貼りつけてあるじゃないか。片方の見返しを破りとって、そいつで封をした。これがうまくいったのさ！　チャーリーの奴、うまいこと現れてね。偽の伝言が届いても、監視の船員は持ち場を離れるのをためらったけれど、ドアの外側にかんぬきが下りているからぼくは抜けだせないし、そもそも寝ていると思ってたから」ウォーレンは寝たふりをしてみせる。「そこにウッドコックがやってきて、こう言ったんだ。〝約束のものを手に入れたんですな?〟と。ぼくは〝ああ。そこのかんぬきをはずし、ちょっとドアを開けてくれよ。外に出たくはないが、こいつをあんたに渡さないといけないから〟と答えた。ウッドコックがドアを開けてから、ぼくはこう言ったんだ。〝なあ、おやじさん。本当に申し訳ないが、世の中、甘くないのはわかってますよね〟と。それであごに一発お見舞いして気絶させた」

「ダーリン!」ペギーが言う。「もう、あなたってなんておバカさんなの。なんで殴る前に、フィルムを盗んだ犯人の名を吐かせなかったわけ? ああ頭にくる、わたしの思ったとおりにしてくれていたら。殴る前に痛めつけておけばよかったのに! ああ、あなたってば。なんてざまよ。必要ないところで、喧嘩とか殴り合いとかして!」彼女は手を揉みあわせる。「アブドゥルとジュールおじさんがどうなったと思うの! ふたりを立ちあがらせることができなければ、人形劇ができないのよ。ほら、聞いて! 上のホールからお客さんたちの声がもう聞こえているでしょ」

　ペギーはウォーレンの手から酒瓶をひったくり、ぐいっとあおって景気をつけた。目がまわりはじめたようだ。「う、薄汚い、よ、酔っ払いの、け、けだものめ! あなたは――」

「お嬢さん!」へべれけのミセス・ペリゴードが言う。「ねえ、何事が起こったのかわかりませんけど、ミスター・ジョイスがそれだけの人たちを痛めつけて、牢獄から抜けだしたのは、とっても賢かったと思います。ほんとに。それがヘンリーの考えだったんですから、なおさら。ですから、ミスター・ロレンスにぜひシャンペンを一杯差しあげたいと」

「黙って！」モーガンがどなる。「いいか、ペギー。こうなったら人形劇はどうでもいいよ。それがわからないのか？　ぼくたちはまた、呪われたエメラルドという重荷を引き受けてしまったと気づかないのか？　ウォーレン、理性を取りもどせ。ウォーレンがカイルのキャビンからもちだしたと誓っているやつを。ウォーレン、理性を取りもどせ。カイルのキャビンからもちだせたはずがないんだ、どうやっても。スタートン卿が――」

ウォーレンは辛抱強く首を振り、ずれて片耳にかぶさっている、ぼさぼさの黒いカツラの巻き毛を揺らした。

「いやいや、違うぞ、きみ。わかってないなあ。スタートン卿じゃない、ジェラルド卿。ジェラルド・デーリヴァル卿さ。信じないのなら、カイルのキャビンに行けよ。ここからそう遠くないから。そして、舷窓の真下の衣装トランクを覗くといい。例の鋼《はがね》の箱がある。あの悪党めが、エメラルドはまだそこにあると思いこむように、箱は置いてきたんだ」

キャプテンがモーガンにさっと視線をむける。

「ひょっとしたら、最初からずっとそこにあったのかもしれねえぞ！　くーっ！　エメラルドはふたつあって、片方が偽物で、そっちを誰かがイギリス人の子爵に返したんだとしたらどうよ？」

「あり得ないですよ、キャプテン」モーガンは妙に頭がふらふらするなと感じはじめていた。「スタートン卿はエメラルドの真贋の判断はできると思いませんか？　もしも、どうしたわけか本物のエメラルドが返ってきたのでなければ……どういうわけだ！　ってことになるはずです。この一件で頭が変になりそうですよ。さあ話を続けてくれ、ウォーレン。ウッドコックを監禁室におびき出すのに成功した巧みな計画のところから。それからどうなった？」

「うん、きれいにアッパーカットが決まって」

「はいはい、それは聞いたよ。そのあとは？」

「シーツを引き裂いて、彼に猿ぐつわをしてしっかり縛り、動けないようにベッドにくくりつけ、毛布をかけた。船乗りがもどってきて監禁室を覗いても、ぼくが寝てると見えるように。うまい計画だろ？」

モーガンは賛成した。「いまこの瞬間、ミスター・ウッドコックがきみの先見の明をとても高く評価していることはまちがいないね。そもそも、ウォーパスおじさんの弱点につけこもうとひらめいたんだから、あいつはこの件をどう利用するか、猛烈に考え中だろうね。きみは現代の驚異だよ。話を続けて」

「監禁室をそっと抜けだし、エメラルドを取り返そうとカイルのキャビンに直行した。カイルに出くわす心配はしていなかった。舷窓から覗いたら、あいつはバーにいるのが見えたから。それに、あいつがコンサートに出演することも知ってたからね。そしたらこの証拠！　それに、書類も手に入れた。あとはこの書類を調べて、奴がドクター・カイルになりすました本物の悪党だって証拠を見つけるだけだな」

「そうだ、書類もあるんだもんな」キャプテンが轟《とどろ》く声で言う。「ひでえ罪なんだぞ。人さまの書類を盗むのは、公海でいちばんやっちゃいけねえ罪よ。オレたち、どうしたらいい？」

モーガンは手の甲で後頭部をはたきながら、キャビンを歩きまわった。

「取るべき手段はひとつだけ。ウォーレンを監禁室へ送り返す。脱獄したと船長に知られる前にです。どうやれば、気づかれずにできるかわかりませんが――ミセス・ペリゴード？」モーガンは振り返った。「いったい、なにをしているんですか？」

「あら、わたしだけのヘンリー」ミセス・ペリゴードは思わずぎくりとして言い返す。心配のあまり、顔がくしゃくしゃになっている。「ああ、あなたを怒らせたんでなければいいんですが！　わたしは客室係に来てもらおうと呼び鈴を鳴らしていただけです、ほんとうでございましてよ。ピエール・ルイスがシャンペンを一本ほしがっていますので、希望をかなえてさしあげないと失礼にあたりますもの。でもどの呼び鈴を鳴らせばいいかわからなくて。ということになりますと、全部鳴らしてみるしかないですものね」

モーガンはたじろいでから身を躍らせて、なんとか彼女の腕を押さえた。ここまで目についていなかったらしい、最後のボタンをいまにも押そうとしていたところだったのだ。〈火災警報〉を。

「ペギー」モーガンは言った。「きみがいくらかでも分別とスピードをもっているなら、いまがその出番だ。これだけの呼び鈴を鳴らして、群衆は押し寄せないとしても、人形劇の準備ができたかどうかたしかめようと、インテリ連中がうじゃうじゃやってくる。いまのところ、ウォーレンにとってこの船でどこよりも安全なのはこの楽屋だ、きみがぼくの言うとおりにするならね。ウォーレンの顔を黒く塗ってくれ。それに似合うカツラと頬ひげもつけて」

「ほいきた、おかしら！」ペギーがきっぱりと叫ぶ。「わたし、わたしの助けで、可哀想なダーリンがあのひどい監禁室にもどらないですむなら。でもどうしてそんなことを？」

モーガンは彼女の両手を取って、目をしっかり見つめた。

「五分だけでいいから、きみとウォーレンを信頼していいかい？　五分だけでいいんだ。きみたちがこれ以上の厄介事に巻きこまれないようにしてくれれば。五分のあいだ、厄介事から遠ざかっていられるね？」

「誓うわ、モーガン！　でも、どうするつもり？」

「キャプテンとぼくで、この書類をカイルのキャビンにもどす。なくなったと誰かに気づかれる前に。捕まる不安はないよ、ただひとつの不安と危険はここにしかない。そのエメラルドをぼくによこせ、ウォーレン。いったい、どうなっているのかわからないが、そいつを持ち主に返して、責任という重荷とはおさらばする。よこせ！」

「きみ、すっかりいかれちゃったのか？」ウォーレンが叫ぶ。「生命と外交官という立場を危険にさらして、人殺しの悪党からこいつを手に入れたのに、それを返せと言うとは」

モーガンはこの一件ではもはやこれにすがるしかないとわかっていたから、声を落とし、催眠術にかけるような目でウォーレンを見据えた。

「これは繊細な駆け引きなんだ、ウォーレン。巧妙で、深い意図のある計画なんだよ。ぼくたちは、エメラルドを返すふりをするだけだ。でも、蛾はぼくたちの網にもうかかっている。〝ピン、コルク、カードが揃った。じゃあ彼をぼくたちのベイカー街コレクションに加えよう！〟そうだろ？　きみは窮地に陥ったジェラルド卿の機転と才略を信じた。いままたそれを信じてくれ。な？　書類は揃っているか？　よし！　じゃあ、ぼくたちがもどるまで、そのウイスキーでも、まあ残っていればだけど、やっていてくれたまえ、勇敢な友よ。さて、わかったね、ペギー。きみは厄介事に巻きこまれないと約束してくれたからね。信頼しているよ。では、キャプテン」

モーガンはライオン使いが檻から出るときのように、おずおずとあとずさった。ミセス・ペリゴードがヘンリーと一緒に行きたいと言った。どうしてもヘンリーと行くと言い張ってきかない。どうやって思いとどまらせたのか、モーガンが知ることはなかった。彼とキャプテンはドアが閉まりきる直前に楽屋から滑りでたからだ。

通路には誰もいなかった。ステージに通じる階段から、ますます大きくなる話し声と笑い声が、たまに人々が椅子を引く低い音ととけあって聞こえるだけだ。

「さあて」キャプテンが考えこむ。「分別が残ってるのは、オレたちふたりだけよ。誰だか知らんが、そのジェラルド卿っていうのはどうでもいいね。くーっ！　アメリカ合衆国政府も、例のフィルムのことはどうでもいいんじゃないかね。知ってるかどうかわからんが、あいつらにはもっと大きな心配事があるだろ。あのウォーレンなんぞを外交官にしたら、毎週戦争するはめになるんだからよ。つまりはオレたち次第だ。なんとかこいつを切り抜けんと」

「切り抜けますよ、キャプテン！　ねえ、落ち着いて！　悪党みたいにコソコソした歩きかたをしないで！　ぼくたちはただ散歩に出ただけです、この書類をもってね。そこの角を曲がります。とにかく、いままでのところ、面倒なことになっていないのが幸いですよ。ウォーレンに書類を返しにいかせて、またカイルのキャビンに忍びこむところを誰かに見られたら、たちまち捕まってしまいますからね。ぼくたちでは書類をもとどおりの場所にもどせる見込みはないから、カイルには泥棒が入ったとばれちゃうでしょうが、なにも盗まれていないということにはなります。その後に、このエメラルドを探すでしょうけどね。ねえキャプテン、何者かがスタートン卿からまたこいつをくすねたんだと思いますか？」

「オレはなにが起きても、驚かねえ。シーッ！　ここで曲がるんだね。聞き耳を立てろ！」

大きな通路から薄暗い横手の通路に曲がるところで、ふたりは足をとめて様子を窺った。船内の物音はここからは遠く、Bデッキからコンサート・ホールへ人がぞろぞろ歩く音がかすかに聞こえるだけだ。ここはあまりに静かで、波が砕けてつぶやく音や木造部分が低くきしむのがまた聞こえるようになったくらいだ。だが、どこからか話し声がする。耳を澄ますと、その通路沿いのC47号室の閉じたドアの奥から聞こえるのだとわかった。

「あれには心配いらん」キャプテンがうなずきながら囁いた。「スパークスと従兄弟《いとこ》の〈バーモンジーの恐怖〉だ。オレとオールド・ロブ・ロイを飲みはじめたんだが、奴はやめられないんだな。でも、じゃまするのはやめとこう、ここにいる説明をしなきゃならなくなるからな。忍び足でいくぞ！」

ドクター・カイルのキャビンであるC46号室はドアが閉まっていた。そっと近づいていくと、モーガンは心臓が喉までせりあがり、鼓動がますます大きくなるように感じ、ついにゆっくりドアノブをまわし、押し開けた。

誰もいない。

ひとつの危険は過ぎ去った。誰かがここにいたらたいへんだった。

照明をつけるときも、ふたたび熱の出るような恐怖を感じたが、やはり誰もいなかった。広いキャビンで、どうやら浴室つきのようだが、いまはとんでもなく散らかっていた。私立探偵でなくとも、ウォーレンのやり口を適切とは言わないだろう。

舷窓の下に、大型の衣装トランクが左右に開けられた状態で立ててあった。仕切り布は巻きあげられ、一番上の棚からネクタイが何本も垂れている。モーガンはそれを指さした。

「見てください、キャプテン。鋼の箱がこの舷窓から投げこまれても、トランクの裏に落ちてしまうから、トランクを動かさないかぎり、見えないはずですよ」

キャプテンはそっとドアを閉めた。床にある口の開いたスーツケースふたつ、ベッドに載せられたロックされていないブリーフケースを見つめている。

「おい、急いですませちまおう。この書類をいくらか取って、どっかに突っこんでくれ。くーっ！　オレも悪党になった気分よ！　気に入らないなあ。なにしてるんだ？」

モーガンはトランクのうしろを探っていた。指先が金属にふれた。蝶番《ちょうつがい》式の蓋がついた円形の箱を引っ張りだす。一瞬それを見つめて、キャプテンに手渡した。

「ありましたよ、キャプテン。そしてここに象がある」モーガンは自分が手にしたウォーレンの戦利品を見つめて、ぶるりと震えた。「さあ、こいつをもどしましょう。さっさと終わらせればそれだけ――」

「聞こえるか、あれ！」キャプテンが首を傾けた。

なにも聞こえない。舷窓は開いていて、風にはためくカーテンの音、大海原《おおうなばら》のさざめきは聞こえる。そして、ごくかすかに、通路のむかい、スパークスと〈バーモンジーの恐怖〉がいるキャビンからの話し声。ほかにはなにも聞こえない。

「さあさあ」モーガンは囁いた。「あなたは神経質になっているんですよ、キャプテン。それをどこかにしまいこんで、ここをあとにしましょう。このささやかな仕事をとどこおりなくすませたら、誰もぼくたちを疑うこともないでしょう」

そのとき、声がした。

「そう思うのか？」

背筋が凍る気がしたモーガンはあわてて立ちあがろうとしたが、膝をついているので、頭をトランクにぶつけた。その声は大きくなかったものの、とまった時計のように、全世界がぴたりと動きをとめた。沈黙が重くなって、海やはためくカーテンの音を聞いているのに耐えられなくなった。

顔をあげた。

浴室のドアが、キャビンに入ったときは閉まっていたのに、いまは開いていた。ホイッスラー船長が片手をドアノブにかけ、もう片方の手は引き金にかけていた。青地に金モールのアラベスク模様という正装の制服姿で、風に乗って――モーガンはこのようにげっそりとして凍りつく瞬間でさえもこれに気づいた――一撃コロリ液体殺虫剤の香りが漂ってきた。船長のいいほうの目は、これまであきらかな事実を見逃していたのだと気づいて、敵意に満ちてぎらついていた。そのうしろでは、ボールドウィン二等航海士が船長の肩越しにこちらを覗いている。

船長の視線はモーガンが手にしたエメラルドへ移動した。

「では、おまえたちふたりが、本物の泥棒だったというわけか。そうと見抜くべきだった。ゆうべ、真っ先にそれに気づかんかったとは、じつに愚かだった。動くな！　ミスター・ボールドウィン、こいつらが武装していないかたしかめろ。気をつけろよ」

17　バーモンジーに任せろ

あとになって振り返ると、思慮深い者であればたどったであろう道はいくつもあった。しかしながら、思慮深い者であっても、このふたりの共犯者が抜き差しならない状況にどっぷり浸かったことは認めただろう。船長に対してその場しのぎの言い訳をしようにも、三女神が運命の糸をあまりにももつれさせてしまい、モーガンもキャプテンも、なにか言い訳するなど不可能も同然だと気づいていた。モーガンはたとえ半時間じっくり考えても、この状況を自分自身にすら説明できるかどうかも怪しいものだと思った。とはいえ、思慮深い者であれば嘆くだろう選択というのがある。衝動に走る道だ。反射運動のように、理性より先に筋肉が勝手に動いてしまう道。たとえば、キャプテンが鋼《はがね》の箱を差しだすとか。船長の足元の床に箱を投げてから、おとなしく説明を試みるとか。

キャプテンはその手のことはしなかった。

実際、彼は鋼の箱を投げたのだが、それはC46号室の天井灯を直撃し、ガラスの破片を飛び散らせ、ポンと響く音をさせて灯りを消した。続いて、モーガンの腕を根元から引っこ抜けんばかりの力で引っ張って通路に投げ飛ばしてから、自分も部屋をあとにしてドアを思い切り閉めた。

モーガンは船長が仕返しがどうのと叫んでいるのをぼんやりと聞いた。彼は通路のむかいの隔壁まで投げ飛ばされ、跳ね返ってドア口の前にもどったところで、内側からドアに体当たりする音を聞いた。

「この老いぼれフジツボ！」キャプテンがどなり、力強い手でドアノブをしっかり押さえている。「あのクソ野郎め！　オレが思い知らせてやる！　オレたちが泥棒だと思ってるんだろ？　おったまげたよ、オレが思い知らせてやる！　そんなこと誰にも言われたことないのによ。思い知らせてやる。急げ若いの、ロープだ！　ロープを手に入れて、このドアを開けられなくするぞ」

「なにやってんだい？」モーガンのうしろでそう訊ねる声。

その声の主は大声でどなる必要があった。正気とは思えない暴れっぷりでドアの内側からドンドン叩く音に、出し抜かれたクイーン・ヴィクトリア号の船長その人がわめく声がまじり、大変な騒音になっていたからだ。モーガンが勢いよく振り返ると、C47号室のドアが開いていた。ドア口から見えるのは、肩幅がぎりぎりのために、横向きになって身体をねじっている若者で、背も非常に高く、外を覗くにも、かがまないといけなかった。平らな顔をして、反芻するように動くあごは哲学を研究する牛めいていた。

「くーっ！」キャプテンが大いにほっとしてどなる。息を切らしている。「バーモンジー！おまえか？」

「おう！」〈バーモンジーの恐怖〉が顔を輝かせた。「キャプテン殿！」

「バーモンジー、急いでくれ。言い争ってる暇はない。歯痛の件ではおまえのためによくしてやったよな？」

「おう！」と〈バーモンジーの恐怖〉。

「そして、なにか礼がわりにできることはないかと言ってたな？　よし！　じゃあ、頼まれてくれないか？　オレたちが助けを呼んでくるあいだ、このドアを押さえといてくれ。固定するロープを取ってくる。さあ、押さえてくれ」

口癖らしき一言をまた発し、若者はドア口から飛びでるときに、ガツンと頭をぶつけたが、ちっとも気にしない様子で、体重をC46号室のドアノブに預けた。

「何事なんで？」

「なかに泥棒たちがいるのよ」

「おう？」

「奴ら、オレの真珠のカフスボタンを盗みやがってな」キャプテンは手首にふれるすばやい動きをして低い声を響かせる。「それに、お袋がくれたプラチナのスタッドボタンもだ。奴らはな、こっちの紳士の懐中時計と有り金が全部入った札入れも盗んだのよ」

「あんたから盗みを？」

「そうさ。ロープを取ってくるまでドアを押さえていてくれさえすればいいから――」

「おう！」〈バーモンジーの恐怖〉はドアノブを放して、ベルトをつかんでズボンをぐっと引っ張りあげた。「おれが片づける！」

「だめだ！」キャプテンは突然、詩趣に富む想像力を発揮して、自分がなにをしでかしたか、そしてこれからなにが起きるかを悟り、どなりつけた。「だめだ！　そいつはだめだ！　ドアを押さえるだけでいい！　いいか、そこにいるのはこの船の――」

〈バーモンジーの恐怖〉のいくぶん小ぶりのおつむは、自分のやるべきことにひたすら集中していた。説得や制止にちらりとも耳を貸そうとせず、十五ストーン（約九十五キロ）の身体をドアに突進させた。ドスン、バリバリ！　そして二人の身体がかなり重いボーリングのピンのように、キャビンのむこう側まで吹っ飛ばされたことを思わせる音。バーモンジーは暗いキャビンに押し入った。

「とめないと！」モーガンは肩で息をしながら、自分もキャビンに入ろうとした。それをキャプテンの腕がとめる。「ねえ！　このままでは、あのボクサーが――」

「オレたちはもう、トンズラこくしかないと思うのよ。やめとけ！　手を出すな。老いぼれフの腕をつかんで――」

〈ここ〉とは、シャヴァランがドルガンに見せたものだ。トリーが、ジッポは気の毒だが」

問題のキャビンから、ぞっとするようなくぐもった音、キングコングを思わせるおたけび、拳が骨と肉にぶつかる小気味いい鋭い音がした。活発な降霊会で魂が宿ったかのように大型の衣装トランクが暗がりから滑りでてくると、むかいの壁にぶつかり、肌着、靴下、シャツ、書類をぶちまけた。通路はドクター・カイルの私物で埋もれていく。モーガンはキャプテンの腕を振りほどき、今一度、ドアめがけて突っこもうとした。勇ましい試みで、その瞬間に誰かが椅子を投げてこなければ、成功していただろう。

それから、誰かに引きずられているというぼんやりした印象があった。ビシッ、ビシッという音の合間に、〈バーモンジーの恐怖〉のしゃがれた声がこう宣言するのがかすかにくぐもって聞こえる。母親にもらった真珠のカフスボタンや金時計を盗むような者たちには思い知らせてやるといったようなことを。一、二秒後にモーガンの意識がはっきりしたときには、騒ぎの現場からはだいぶ引き離されていた。ちがう音が聞こえる。人がたくさん集まった低いざわめきと笑い声。そこはコンサート・ホール裏の階段に続く通路だった。

「怪我はしてないぞ！」キャプテンが耳元でそう言っていた。「椅子はちょいとぶつかっただけよ！　しっかりしろ！　さあ急げ！　すぐに追っ手が来るからな、監禁室に入れられたくなかったら、隠れ場所を見つけんと……シーッ！　そうっと歩け！　誰かいる」

モーガンは頭がずきずきして寄り目になった気がしながら、身体を起こしたところだった。何者かが狭い通路の角を曲がってきた。客室係だ。大きな盆に金色の薄い包み紙にくるまれた背の高いボトルを六本運んでいる。モーガンたちにはまったく注意を払わず、大きく迂回して横を素通りし、楽屋のドアをノックした。ノックに応えて突きだされた顔は、モーガンが思わず二度見するほどぎょっとするような恐ろしいものだった。もつれた黒髪、茶色の顔、人でも殺しそうな細目、頰ひげという風貌だ。

「シャンペンでございます」客室係がきびきびと言う。「ミスター・D・H・ロレンスというかたへのお届けです。しめて六ポンド六シリングでございます」

その喉を搔き切りそうな男は係をじろりと見た。頭にはエメラルドやルビーをちりばめた悪趣味な真鍮《しんちゅう》の角兜《つのかぶと》が載っている。凝った緑のマントの懐《ふところ》にどうにか手を入れ、少し探ってから、アメリカの二十ドル札を二枚盆に置いた。ボトルは謎めいた感じに室内へさっと消えた。戦士の背後から、女のものらしき両手が伸びたのだ。客室係が急いで去ると、戦士は鞘から幅の広い弓なりの三日月刀を抜き、邪悪な目つきで通路の左右ににらみをきかせた。キャプテンとモーガンを見つけると、手招きした。

「どうだった?」そう訊ねる声はカーティス・ウォーレンのもので、ふたりの共謀者は楽屋に転がりこみ、キャプテンがドアをロックした。「例のものを無事にもどせたのかい? 首尾よく……?」戦士は目を見張る。考えこむように兜を前に押しやり、カツラをボリボリと掻いた。

「計画はどうなったんだ、モーガン? きみはまだエメラルドをもってるじゃないか!」

モーガンは疲れ切ってうなずいた。楽屋を見まわす。ジュールおじさんはまたカウチで横になって手足を大きく広げていて、ペギーが彼の頭をもちあげ、鼻をつまんで、二杯目の重曹入り水を飲まそうとしている。そこに鋭いポンという音が響く。ミセス・ペリゴードが慣れた手つきでシャンペンを開けたのだ。

「あなたから説明してください、キャプテン」モーガンは手のひらでエメラルドを悲しくもてあそんだ。「強《し》いて言えば、すべてが終わった。終わったんだよ。お願いします、キャプテン」

キャプテンが成り行きをざっと話してきかせた。「つまり」ウォーレンが凶暴な口ひげを震わせ、揺らして言う。「モーガンの時計を盗んだからと、〈バーモンジーの恐怖〉があの老いぼれ鰯を殺しかけているってことですか？　ああ、もうこの目で見たかったな！　ええいちくしょう！　それを見るためなら、なんだって差しだしたのに！　腐れ運命を呪いますよ、なんだってぼくは楽しいものを全部見逃すことになるんだろう？」

　ペギーの目からまたもや涙がこぼれていた。

「でも」彼女は反対の意見だった。「どうして、あの可哀想な船長を放っておいてやれないの？　あの人をいじめる理由があるわけ？　あんたたちってなぜ、わたしが目を離すと決まって、あの可哀想な愛すべき船長に乱暴しなきゃならないの？　こんなの不公平よ。よくないことだわ。ハッテラス岬沖でわたしみたいな娘が生まれるところだったって言われたあとだと、そう思っちゃう」

「ひどい！」ミセス・ペリゴードが手厳しくたしなめる。「あなたたちは、ひどくて手に負えない男の子たちでございますね。さあシャンペンを少し召し上がって」

「しかしなあ、そもそも、なんで船長はあそこにいたのよ？」キャプテンがカッとなって訊ねる。「オレは老いぼれフジツボに泥棒呼ばわりされたんだからな、頭にきたぞ。この事件の陰に誰がいるのか、突きとめてやる。それでヤーダムから海に飛びこまされることになってもな。本気だぞ」

「船長は職務を果たそうとしていただけですよ、キャプテン」モーガンは口をはさんだ。「ぼくたちが警戒すべきでした。船長が今日の午後に話していたでしょう。カイルを捕まえる栄誉は自分のものにしたいと。船長と二等航海士はおそらく、あのキャビンの捜索をしていて、ぼくたちがやってくる音を聞きつけたんですよ。とっさに浴室に隠れて、しばらくしてドアを開けてみると、ぼくたちを見たもんで、むこうとしては当然、ああいうふうに思いますよ。ねえ、あなただったらどう思いましたか？　キャプテン、もうどうにもなりませんよ。五分のうちに、捜索隊がぼくたちを探しにきます。こうなったら、船長のもとへこちらから顔を出して、説明して、罰を受けるしかありません。どんな処分を受けるかどうなることやら。あれやこれやをたっぷりされるでしょうけど。でも、仕方ないですよ」

キャプテンは腕をぐっと振りおろした。「オレは嫌だね！　もう頭にきたんだからな、オレは嫌だ！　フジツボの手で、酔っ払いの熟練船員みたいに監禁室へ入れられてたまるかよ、真犯人はワッハッハと笑っているのに。オレたちはどっかに隠れる、そうしよう。捕まんないようにな。それで」

「そんなことをして、どうなるんですか？」モーガンは問い詰めた。「頭を冷やしてくださいよ、キャプテン。隠れることができたとしても――まあぼくは怪しいものだと思いますが――

それでどうなります？　明後日には上陸ですから、捕まってしまいますよ。この船に留まることはできない」

キャプテンは人差し指で手のひらをポンポンつついている。

「ニューヨークの刑事がサウサンプトンで、この船に乗ってくるのを忘れたか？　悪党の身元を確認するんだろ？」

「覚えていますが」

「そいで、オレたちが避けんといかんのは、エメラルドを盗んだ罪をきせられることだ」

「ほかにもありますけどね。ウォーレンの脱走、ウッドコックに対する暴行と一連の仕打ち。それに言わずもがなですが――」

「ヘッ！　ウッドコックなんかたいしたことないぞ。殺虫剤の推薦を約束してやりゃあ、奴はおとなしくなる。ほかのことだって、どうってことねえだろ？　刑事が真犯人を指さしても、ホイッスラーはオレたちを盗みで告発するのをやめないと思うか？　そうは思わんだろ。奴は世間からいかれてると思われるだけだ。そいでオレたちが、殺虫銃の話を新聞にばらすぞ、ばらしたら、なにを言ってもさんざんからかわれるだけだと脅すのよ！　くーっ！　楽勝さ。オレは監禁室なんぞには入らん！　二言《にごん》はない。〝神のために！　大義のために！　教会のために！　法律のために！〟自由よ永遠に、万歳！　わかったかな、ミスター・ウォーレン？」

「なんと、これ以上の真実の言葉はないですね！」ムーア人の戦士の扮装をしたウォーレンがキャプテンの手を握った。「奴らに思い知らせてやりましょう！　くやしければ、またぼくを監禁室に入れてみろっていうんですよ！」彼は三日月刀を一振りしてみせた。ペギーが彼の腕に飛びこみ、涙を流しながら笑顔になった。ウォーレンはいきなり歌いはじめた。

途切れることなく力を合わせー
その国旗の色に忠実であらんことを！

ムーア人戦士が熱心に歌うと、キャプテンも便乗した。

陸軍、海軍、永遠にー
赤、白、青に、万歳三唱！（アメリカの愛国歌〈コロンビア・大洋の宝〉）

「シーッ！」モーガンはどなった。ペギーもまじえた三人は劇中のように手を握りあっている。「わかりましたよ！　好きにしてください。どうしてもと言うのなら、ぼくもみんなみたいに頭をおかしくしましょう。どんどん進んでください、ぼくはあとをついていくから。問題は、どこに隠れたらいいかですよね？　ああすみません、ミセス・ペリゴード。ぼくがシャンペンを少しいただきますよ」

ペギーが手を叩いた。「ひらめいた！　ひらめいたわよ！　あの嫌な監禁室に入れられないような、隠れ場所を知ってる。あやつり人形と一緒に隠れたらいいのよ」

「あやつり人形と？」

「もちろんよ、おバカさんね！　いいこと、あやつり人形は自分たち専用のキャビンをもっているでしょ？　ジュールおじさんのキャビンのコネクティング・ルームよ。客室係たちはみんなあそこへ入るのを怖がっているの。それに、人形たちのと同じような軍服がちょうど三着あるし、つけひげもあるじゃない？　食料はジュールおじさんのキャビンから差しいれたらいいわね？　それに人に見られても、ベッドに横たわっているあやつり人形が見えるだけよ。ダーリン、すごいでしょ、きっとうまくいくし」

「そう聞いてうれしいよ」モーガンが言う。「ただ、しらけさせたくはないけどさ、人形よろしくフックに一日中ぶらさがることになって、しかもうまくいかなかったら、げんなりするだけだよ。そのうえ、これだけいろいろあったんだから、船長もキャビンを覗いて、あやつり人形がくしゃみをしないかたしかめてみるくらいの冷静さは身につけたと思うよ。きみは頭がおかしいよ、ペギー。それにさ、どうやって逃げ切れると？　こうしているあいだも時間を無駄にしている。いまにもインテリ連中がこの楽屋に押し寄せてきて、ジュールおじさんは公演の準備ができたか訊ねるだろう。そうしたらぼくたちは見つかってしまう。この楽屋はおそらく、この瞬間にも取りかこまれていて、ぼくたちは隠れ場所にたどり着くことさえできないさ。それから、たぶん捜索隊は、衣装一式を身に着けた三人のムーア人が手を取り合ってCデッキをそぞろ歩くのを見たら、ずいぶん関心をもつと思うよ」

ペギーはモーガンに人差し指を突きつけた。

「いいえ、捕まったりしない！　なぜって、あなたたち三人がいますぐその衣装を着て、わたしたちで人形劇を全部演じるからよ。あなたたちが変装しているなんてばれないし、公演が終わったら、あやつり人形を手押し車で保管場所のキャビンにもどすのを手伝って、そのまま残ればいいのよ」

沈黙が流れた。しばらくしてモーガンは立ちあがり、両手で頭を抱えて、ふらふらと踊った。

「ベイビー、その考えは抜群だ！」ウォーレンが言った。「でも、ぼくたちはどうやればいいんだい？　そりゃバトルアックスを手に舞台に立つことはできるけど。でも、あとはどうしたらいいんだ？　あやつり人形を動かすこともできないし、セリフはもちろん言えないし」

「聞いてよ。ええと、早く、シャンペンを、誰か！」ペギーは笑顔のミセス・ペリゴードから ボトルをひったくった。少しして、ひらめきに顔をぱっと明るくすると話を続けた。「ジュールおじさんを助けるの。第一ね、この船に本当のフランス人は、ジュールおじさんとアブドゥルのほかにひとりも乗ってないでしょ。観客はほとんどが子供たちで、ほかの大人はフランス語をちょっとかじったぐらいの人たちよ。戦闘の場面を見たいだけの」

「ペリゴードはどうするんだ？」ウォーレンが訊ねる。

「あの人のことは忘れてないから、ダーリン。そこでモーガンの出番よ。モーガンにはカール大帝になってもらう。それに、ムーア人の王の悪賢いバンハンブラにも」

「きみにぴったりじゃないか！」ウォーレンは拍手し、あふれるような優しさを見せて、カール大帝の背中をぴしゃりと叩いた。

「モーガンがフランス語をしゃべるのを聞いたことがあるんだけど、ペリゴードさんを騙すぐらいにはいけるの。みんな、モーガンがジュールおじさんだって思うわ。枕を服に詰めて変装させればいいもの。プロローグをしゃべってもらうときは、ステージ奥の紗幕《しゃまく》をライトで照らした裏に立てば、誰にも本当は誰かなんてわからない。そうよ、すばらしいアイデア！　残りの時間は舞台には立たないのよ。おじさんのセリフ部分は、タイプ打ちの台本をもっているから、それを読みあげるだけでいい。あやつり人形を動かす方法は、十分もあれば覚えられる。マダム・カンポゾッツィが歌って、カイルが暗唱して、ペリゴードがしゃべるあいだでいけるわよ。力持ちの腕さえあればよいんだけど、それはウォーレンとキャプテンがずば抜けているでしょ。そうすれば、人形たちを戦わせることができるじゃない？」

「まあそうだが、オレの出る幕があるか？」キャプテンが訊ねる。「フランス語は、一言か二言しか知らんのよ。皿まわしならできるんだが」彼はわくわくして提案する。「それにピアノも弾ける」

「ピアノが弾けるんですか？　じゃあ」ペギーが興奮して言う。「わたしたち、なんの心配もしなくていいわ。ほかのセリフはほんのちょっぴりだから。騎士のローラン、騎士のオリヴィエ、チュルパン大司教。この人たちのセリフはウォーレンでお願い。わたしが舞台袖からそっとセリフを教えるね。ほんの二言、三言だから。でも、なにをしゃべるかは気にしないでいいの。なにかふさわしい曲を、キャプテンにピアノで大きく強く弾いてもらう」

モーガンは吠えた。抑えられなかった。シャンペンでじわじわと元気が出てきて、喉から振り絞るように「ウィーック」と叫んだ。疲労感はなくなっていた。あたりを見まわすと、満面の笑みのミセス・ペリゴードが横になったジュールおじさんの腹に腰を下ろし、はにかむようにモーガンを見ていた。またもや、脳内で計画がねじれて変な方向へむかいはじめている。

「きみは正しい！」モーガンはパンと手のひらを合わせて言った。「そうだよな！　なにもなければ、転落の人生が待っているだけだ！　こんな計画はまともじゃないし、天罰ものだが、やろう。仕事にかかれ！　さあ、キャプテン。衣装を着ましょう、時間を無駄にできない」

たしかに時間がなかった。上から聞こえる物音は、ここでぴったり揃った拍手に変わった。さらに大きくなってきたざわめきが化粧台の照明を揺らす。ペギーは短くはしゃいで、〈桑のまわりをまわろうよ〉のお遊戯ふうにウォーレンと手をつないでまわるときだけ足をとめ、舞台化粧の準備に飛んでいった。

「そしてここで」モーガンは興奮しながら話を続けて、上着を脱いだ。「ミセス・ペリゴードの出番だ。みんな、感謝の祈りを捧げるんだ。今夜、ぼくたちに彼女を遣わしてくれた幸運の星々に」

「カー！」ミセス・ペリゴードが鳥のような声をあげる。「まあ、あなたって、絶対にひどい人ですよ、そんなことをおっしゃってはいけません！　へへへへ！」

「なぜなら」モーガンはウォーレンの胸元をつついた。「彼女は今夜、ぼくたちの劇でエキストラになるはずの人たちを追い払ってくれるからさ。わからないか？　楽屋にはぼくたち以外は入れられない。シニョール・カンポゾッツィがピアノを、どこかのロシア人がヴァイオリンを弾くんじゃなかったっけ。それに、戦士役の教授がふたりだろ？」

「しまった！　それはすっかり忘れてた！」ペギーが叫んで凍りついた。「ああ、モーガン。どうしたらいい？」

「簡単さ！　彼らがやってきたら、ミセス・ペリゴードが得意の冷たい視線をむけて、その役はもううまったと言うんだ。コンサートの企画を担当した人にそう言ってもらえたら助かる。きっと引き受けてくれるよ。そうじゃなければ、いざこざが起きて、ぼくたちは切り抜けられない。いいですか！」モーガンはミセス・ペリゴードを振り返った。「お願いできますよね？ミセス・ペリゴード――シンシア――ぼくのためにひとつ、やってくれますよね？」

必死にすがりつくような声だった。コンサートの企画担当者は、彼には冷たい視線をむけなかった。「まあ、仕方のない人でございますね！」ミセス・ペリゴードは立ちあがり、モーガンの首に抱きついた。

「いや、そうじゃなくて！　ちょっと待って、聞いて、シンシア！」モーガンは大慌てだ。

「ぼくの話を聞いてください。離れて、ほら！　時間がないんですから！　さあ、ぼくのベストを脱がせてください」

「それじゃ、ますます誤解させるんじゃないかい」ウォーレンが非難する。「奥さんがいまのきみを見たらなんて言うかな？　その哀れな女に離れてもらえよ」

「モーガン、その人にはしゃんとしてもらって、出演予定者たちに対応してもらわないと！」

ペギーが楽屋の端から飛んできて叫ぶ。「ああもう、なんで嫌な酔っ払いたちに、こんなに苦しめられ、悩まされなくちゃならないの！」

「誰が嫌な酔っ払いなんですの?」ミセス・ペリゴードがモーガンの肩から紅潮した顔をいきなりあげて訊ねた。

「いえ、そんなつもりは」

ドアを連打する音に、共謀者たちはその場で凍りついた。

「シニョール・フォータンブラ！」巻き舌の特徴ある訛《なま》りで声が叫んだ。ノックは二倍になった。

「シニョール・フォータンブラ！　わたしですよ、シニョール・ベニート・フリオーソ・カンポゾッツィです！　シニョール・ペリゴードが、問題ないかどうか、知りたいそうです」

ペギーが震える声をあげた。「おじさんは全然問題ないですよ、シニョール・カンポゾッツィ。あの、いま着替えているんです。五分後にまた来てもらえますか？　ミセス・ペリゴードからお話があるそうで」

「ああ、そうですか！　あと、十分で、始めますよ。よしよし！　ほっとしました。シニョール・イヴァン・スリヴォヴィッツから、聞いたんですよ」シニョール・カンポゾッツィは陽気な民族らしい寡黙との無縁ぶりを発揮して話を続ける。「あなたたちはジンを飲みすぎたようだと」

「ジン！」急に、思い詰めたような暗い声が、モーガンのうしろでその言葉を繰り返した。地中の深くから聞こえてきたように思える。「ジン?」

ジュールおじさんが突然起きあがり、カウチを滑りおりた。なかば目をつぶったままだが、顔つきはきっぱりしたものになっている。まるでなにかがひらめいたように、彼はまっすぐにドアをめざして歩いた。

「わたしはジンを探すんだ《ジュ・ヴェ・シェルシェ・ル・ジン》」早口でそう説明する。

キャプテンが一足飛びに追いかけた。もし、おじさんの手がすでにドアノブにかかっていたら、シニョール・カンポゾッツィに酩酊状態はばれていたはずだが、その瞬間に注意がほかへむいたというのは、まがうことなき奇跡だった。

「ヒイイイ!」シニョール・カンポゾッツィは金切り声をあげたが、一同にはその理由がわからない。「聖母マリアさま、お助けを《サグナ・デッラ・マドンナ》! 誰だ? あっちへ行け! 喧嘩してきたばかりなのか。あっ、物乞いだな」

「いや、あの、大将」しゃがれた声が抗議する。「逃げないでくださいよ? あんたー! もどれ! おれはもってきたんすよ」〈バーモンジーの恐怖〉が話を続ける。「金時計がふたつ、カフスボタンが二組、札入れがふたつ、でも、スタッドボタンは一組しかなくて。おれはキャプテン・ヴァルヴィックって人を探してるんで、その人の持ち物がここにあるはずなんだ。だから、どれが自分のか選んでもらえねえかって。おーい! もどってくれよ。キャプテンがどこにいるか、訊きたかっただけなのに」

〈バーモンジーの恐怖〉がシニョール・カンポゾッツィを追いかけ、地獄のような二組の足音が遠ざかっていった。

18　金時計と脱走

「もちろん、ささやかな窃盗がもうひとつ」モーガンは言う。「ぼくたちの罪のリストに加わったからって、たいした違いはありません。それでもキャプテン、〈バーモンジーの恐怖〉をとめて、なにか言い訳を考える時間を彼に与えたほうがいいですよ。それに、ホイッスラー船長のとっておきのスタッドボタンとカフスボタンを取り返すのは、悪い考えじゃないでしょう」

キャプテンは、ぼんやりと笑うジュールおじさんを捕まえ、片手で壁に押しつけながら、ドアのかんぬきをはずした。「バーモンジー！」彼が呼ぶと足音がとまった。キャプテンはジュールおじさんをドアのすぐ隣のカウチに看板のようにもたせかけた。

「そろそろ正気にもどるよ」ウォーレンが人形使いの赤い顔を見つめて言う。「なあ、ベイビー、このご老人が目覚めたら、ぼくたちのあたらしい計画はどうなる？　結局さ、演技できないほどは酔っ払ってないんじゃないか。もう一杯、飲ませておいたほうがいいかもだぞ」

「そんなことは絶対にしないで！」ペギーが嚙みつくように言う。「計画を捨てる必要はないから。おじさんが正気にもどっても、わたしたちは舞台裏に隠れられるでしょ。その兜を脱いでよ、ウォーレン。そして水をいっぱい入れて。おじさんにぶっかければ、たぶん――」

ペギーは口をつぐんだ。戦利品を抱えた〈バーモンジーの恐怖〉が身をかがめて入ってきた。ネクタイが破れて頰に長いひっかき傷がひとつあるのを別にすると変わったところはなかった。眠そうな笑みが顔に広がる。

「おう！」彼は言った。「ここに品物があるよ。あんたともうひとりの紳士は、好きな時計を選ぶといい」

キャプテンはすばやく左右をたしかめて、〈バーモンジーの恐怖〉から分捕り品を奪い、カウチの奥の見えない場所へ落とした。

「聞けって、バーモンジー」額を拭いながらキャプテンはどなった。「どうやら、誤解があったらしいのよ。おまえは悪人じゃない奴らを殴ったようで」

「おう？」聞き返したバーモンジーの笑みが大きくなる。首を振り、もったいぶって片目をつぶった。「なんとなく、わかってたよ。奴らの顔を見たときに」ひきつるように笑って身体を震わせながら、またウインクをした。「気にしないでいいよ、大将。おれにはいいトレーニングになったんで。どういうことだったんだい？　おれは見かけてね、誰かがあのお医者の部屋に入って、そこの紳士がいまもっているのとそっくりの緑の宝石を手に出てきたのを」彼はなんとかミセス・ペリゴードから身体を引き離したモーガンにあごをしゃくった。「そのあとで、大将たちふたりがそいつをもって、もどってきた。でもまあ、おれには関係ねえことだもんね、大将から助けてくれと言われるまでは」

ふたたびしゃがれた声で彼は笑った。モーガンはペギーのまともじゃない計画を回避できるかすかな希望を抱き、それに飛びついた。

「いいかい、バーモンジー。その泥棒二人組に、きみはどのくらいダメージを与えたんだ？」

バーモンジーは満足そうに笑う。見えてはいない夜空の星を数えるそぶりをして、目をつぶり、鼻息をふんと出す。

「ノックアウトか」モーガンは訊ねる。

「きれいにね」

「ふたりに顔を見られたか？　殴ってきたのはきみだとむこうは知っているのかってことだけど？」

「おう！　見られてねえよ！　灯りがついてなかったからね。金時計を奴らからむしりとるのに、マッチをすらないといけなかったくらいで。ひゃっひゃっひゃっ！」

「バーモンジー」熱心に声をかけるウォーレンの衣装を、バーモンジーは訝《いぶか》るようにながめる。

「きみと握手したい。それにシャンペンを一杯ごちそうしたいな。モーガン、なにを考えている？」

モーガンは興奮して歩きまわっていた。ふたつの金時計を拾いあげ、じっくり調べた。エメラルドの象と一緒にカウチに置く。

「この計画がうまくいけば」モーガンは行ったり来たりしながら言う。「二日間、あやつり人形の山の下に寝そべって死んだふりをしなくてすむよ。それに監禁室に入る必要もない。ウォーレンは別だが」

「そりゃあ、よかったな」ウォーレンが言う。「たいしたものだよ。だけど、これだけは言わせてもらうぞ。絶対に、ぼくはあのいまいましい壁に詰め物をされた監禁室にはもどらないからな、なにがあっても！　わかったか？　これ以上その件を――」

「黙ってくれないか？　そして最後まで話を聞いてくれ！　きみは一時間足らずあそこにもどるだけでいいんだ。肝心なのは、きみが脱走したって船長は知らないことだろ？　そうさ。さあ、もう口をはさむなよ。ぼくたちになにが手に入ったと思う？　バーモンジーという証人さ。ぼくたちはカイルのキャビンからエメラルドを盗んだんじゃなく、カイルの書類と一緒にそいつを返そうとしたんだと、はっきり証言できる人物。証人はウォーレンがそこからエメラルドを最初にもちだしたなんて言う必要はない。続いて――」

「ちょい待ち！」キャプテンが反論する。「くーっ！　いまから、フジツボに会いにいくつもりじゃないだろうな？」

「だから、最後まで聞いてくださいよ！　そして、こんなふうにするんだ。

ペギーが札入れやら時計やら全部、それにエメラルドも、船長のところへもっていき、こう言う。〝船長、あなたが泥棒だと思ったふたりがなにをしていたか、ご存じですか？　あなたの名誉を救い、また盗まれるところだったエメラルドを救ったんですよ〟と。それから、キャプテンとぼくが仮面をした謎の男とすれ違ったという話をする」

「くだらなすぎる！」ウォーレンがきっぱりと言う。「酔っ払ってるな」

モーガンは考えなおした。「いいだろう、仮面の部分はよそう。カイルの書類とエメラルド追いかけた。カイルのキャビンから現れたのをぼくたちは見かけて、追いかけた。正体を暴くことはできず、そいつは逃げたが、ぼくたちは品物を全部取りもどせた」いっせいに異議を唱える声があがり、モーガンは彼らを皮肉な目つきでながめた。「じつはきみたちが反対する理由は、あやつり人形と一緒に隠れたいのと、いまいましい劇に出演したいからだろ？　そうじゃないのかい？」

「いや、あんたの計画はわかるけどよ」キャプテンはあくまでも認めようとしない。「フジツボたちが叩きのめされた件は、どう説明をつける？」

「そこもちゃんと計画に入っていますよ。いくらあの老いぼれ船長でも、ぼくたちが彼の時計とカフスボタンを力ずくで奪ったと信じるとは想像できないですよね？　結構。あきらかに、ぼくたちの立場は悪いし、船長から逃げだしたのは早計でした。でも、謎の悪党はいつもつきまとってきたように、あのときも見張っていた。それで、船長がぼくたちからエメラルドを受けとったと思い、キャビンに押し入ったわけです。凶器として酒瓶を使って。いいですか、これは船長が言いつづけていたことで、本気で信じているかどうかはともかく、ひどくこだわっていたでしょ。悪党は船長と二等航海士をやっつけて、なにもかもきれいに奪っていく」

モーガンはこの作り話が自分の耳にも白々しく聞こえて、口をつぐんだ。それでも、ペギー案の実行はむずかしいと、ますます確信していた。メフィストフェレスなみに狡猾《こうかつ》に成功させるか、泥沼にはまってしまうか。ふたつのまともじゃない計画のどちらにするか、コインを投げて決めるようなものだが、少なくとも自分の計画ならば、船長の特大の怒りをいくらか和らげることができる。

ウォーレンが一声うめいて訊ねた。「それから、きみとキャプテンがまたその悪党を襲うんだろ？　モーガン、バカげている。きみがそんなことを言うなんてびっくりだ」

「そうじゃない！　きみはわかっていないよ。悪党は船長の力強い拳に反撃されて弱っていたから、キャビンを離れたあとに倒れ、品物を置いて逃げた。ぼくたちは物音を聞きつけて引き返す。そしてふたたび品物を発見というわけさ。最初は船長のもとに返しにいこうとはしなかった。どう思われるかわかっていたから。でも、ぼくたちの気高《けだか》いおこないを恐れる理由はないと思ったペギーから説得されて――」

キャプテンが迷いはじめたらしく、あごをボリボリ掻いているのを見て、モーガンは必死になって話を続けた。

「挙手で決めようじゃないか。で、ぼくたちが船長のもとへ行くあいだ、ウォーレンは監禁室にもどり、ウッドコックにおじさんの推薦を約束してなだめる。とにかく最後まで聞いて！」モーガンはふとひらめいた。「気づいているかい、船長の権限が及ぶのは公海上だけだが、ウッドコックは一般市民で、民事訴訟を起こせるんだぞ？　奴は千ポンドの損害賠償を受けとることができるかもしれないし、体面なんか気にしないから、訴訟を思いとどまる必要もないよ。ウォーレン、きみは刑務所に入りたいのか？　あのさ、もしきみがウッドコックを縛りあげたまま長く放置していると――明日になってもばれっこないよ――カンカンになって、大統領その人からの殺虫剤の推薦文を手にしても黙っちゃいないぞ。頼むから、三秒でいいから頭からシャンペンを追いだして、考えてくれ！　監禁室には形だけもどればいい。船長はきみを出してやっていいと約束していたんだから」

「それでも、ぼくは反対する」そう言うウォーレンの声はうわずってきたし、一同は楽屋の中央に集まって、やんやと腕を振りながら叫んでいる。ミセス・ペリゴードはとてもすごく賢いと言って、ヘンリーに賛成と挙手をした。

「もう！　静かにして！」ペギーは耳を両手でふさいだ。「聞いてよ。このわたしにしゃべらせて。船長のところへ行って色目を使うのは、かなり楽しいだろうと思うのは認めてもいい。待って！　でも、ジュールおじさんをなんとかしないといけないでしょ。どう言われても構わないけど、あの人はわたしのおじさんなんだから、飲みすぎたせいで人に笑われるようなことは、どうしても避けるんだから」

「落ち着け！」ウォーレンが声をかけたが、ペギーは懸命に拳を振っている。

「――公演は絶対やるから。そっちのほうを解決しないと。これから十五分か三十分で、おじさんがお芝居のできるくらいしらふになるんだったら、それまで開演を遅らせてもいい。それから、モーガンの計画を実行するの。おじさんが無理そうなら、最初の計画を進めるのよ……あの音はなに?」ペギーは急に黙った。涙があふれる目はモーガンの肩の奥へとむけられ、見ひらかれた。彼女は悲鳴をあげた。

「どこ」ペギーが叫ぶ。「ジュールおじさんはどこ?」

楽屋のドアは船のわずかな横揺れに合わせて、バタンバタンと戸口にぶつかっていた。

ジュールおじさんは消えていた。それに金時計もカフスボタンも札入れも、それにスタッドボタンとエメラルドの象も。

19　ジュールおじさん、やらかす

ムーア人戦士は角兜《つのかぶと》を脱いで、床に投げつけた。

「もうだめだ！」彼はやぶれかぶれになっていた。「おしまいだ！　やられた。なんなら挙手してもいいが、どちらにしても、モーガンの案はもう実行できないぞ。うんざりしてきたな。あのおじさんは、どうしちゃったんだ？　盗癖でもあるのか？」

「おじさんのことを、つべこべ言わないで！」ペギーが叫ぶ。「おじさんにはどうしようもできないの。酔っ払った、可哀想な老人よ。ああなんでわたしったら考えがいたらなかったんだろう？　おじさんは前にもこんなことやらかしたことがあるのに。ただ、いつもは車の鍵だけなんで、たいした害にはならないのよ。ただ、ひどい人たちにいろいろ言われるだけで」

「どういう意味だい、車の鍵って？」

ペギーは固く目をつぶった。「車の鍵は車の鍵よ。イグニションに挿すあれ。おじさんは、人が車に鍵を挿したまま離れるのを待って忍びこんで、そっと鍵を抜き取るの。それから塀がある場所まで行って、鍵をそのむこうに投げる。そしてまた、別の車を見つけにいくの。セント・ルイスでの騒ぎがいちばんひどかった。酔っ払って足を踏み入れたのが駐車場で、そのときだけで三十八個の鍵を盗んだ。でも、どうしてあなたたちなにもしないの？　おじさんを追いかけて！　人に見つかる前に連れもどしてよ」

「ハハア！」怒った声が叫んだ。

ドアが大きくひらいた。頰の肉が垂れてぶるぶる震える太った顔、邪悪なゲジゲジ眉、厚い口ひげの、ぽっちゃりした小柄な男が戸口に立っていた。そしてペギーを指さす。

「そうか！　そうか！　あなたはわたしを騙そうとしたんですね？　シニョール・ベニート・フリオーソ・カンポゾッツィを騙そうとしたんですね？　聖母マリアさま、お助けを！　思い知らせてやりますから！　おじさんは問題ないと言いましたね？　ハハア！　あなたの問題ないは、どういうのですか？　いいですか、シニョリーナ、はっきり言いますよ、おじさんは酔っ払ってます！」シニョール・カンポゾッツィは息があがりすぎて、喉を詰まらせていた。ペギーが彼のもとに駆け寄った。

「おじさんを見たんですか？　ああ、教えてください！　どこにいます？」

シニョール・カンポゾッツィは天にむかって片腕をあげ、額をぴしゃりと叩くと、恐ろしい形相で白目をむいた。

「ほほう？　おじさんを見たかと、わたしに訊くのですか？　ハハア！　言わせてもらいます！　こんなに侮辱されたのは初めてです！　おじさんを見かけたので、〝シニョール・フォートタンブラ！〟と声をかけましたら、〝シーッ、静かに！〟と言われました。十四金の金時計ふたつと札入れもふたつもっていましたよ。札入れを開けると、このわたしに一ポンド札を渡すのです。〝シーッ！　ジンを一本買ってきてもらえんか？　静かに！〟と言うのですよ。それから〝シーッ！〟と言いながら、目につくすべてのドアに一ポンドを押しこんでました」

「老いぼれメカジキ船長の現金《げんなま》がばらまかれてるわけだ」ウォーレンが険しい眉の下からぐっとにらんだ。「ねえ、ミスター・ゾッツィ、聞いてください。おじさんが宝石みたいなものをもっているのを見ませんでしたか？　金鎖のついた緑のものですが」

「ハハア！　見たか、だって？」シニョール・カンポゾッツィがゲジゲジ眉をくねらせて聞き返す。「首にしっかり巻いていましたよ」

モーガンはキャプテンを振り返った。「どちらにしても、火に油が注がれました、キャプテン。いずれにせよぼくたちは人形劇はやれません。でも、ジュールおじさんがあのエメラルドを誰かにやろうと考えたら……これ以上の厄介事はないですよ。追いかけたほうがいい。だめだ、ウォーレン！　だめだって！　きみは来るな、いいか？」

「行くとも！」ウォーレンは叫び、三日月刀をふたたび抜いて、シャンペンのボトルをマントのポケットに入れた。「こんな捕物を見逃すと思うかい？　それに絶対に安全さ。ぼくの母だって、この衣装ならば、ぼくだとわからない。老いぼれコダラ船長にでもほかの奴にでも出くわしたら、大げさな身振りをしてこう言えばいい。〝英語わかりませーん〟って。いけるだろ？」

さも当然のように、ウォーレンは真っ先に飛びだしていった。誰も引きとめようとしなかった。どちらにしても、すでに油はジュージューと音をたて、火をさらに大きく燃えあがらせているのだ。ジュールおじさんを捕まえるなら――見つけられるとしてだが――ふたりより三人がましではあるとモーガンは考えた。おじさんが船長の時計を誰かにあげて、船長の金をすべてCデッキにばらまく前に。それにこっちには〈バーモンジーの恐怖〉もいる。

「まず、バーにむかうぞ!」通路を突っ走りながらモーガンは叫んだ。「おじさんは本能でバーへむかうさ。いや、そっちじゃない。角を曲がって、左舷から行こう。そうしないと、船長たちにばったりとなりかねない」

彼らはぴたりと足をとめた。妙な物音がC46号室のほうから響いてきたのだ。バタバタと走る足音、興奮した複数の声、武装せよという大声の命令。四人の共犯者たちはただちにルートを変え、船首へむかった。ほんの数秒でジュールおじさんの痕跡を発見したのだから、かえって幸運だった。実際、こんな痕跡を見逃すのは、レストレード警部、グレグソン警部、アルセニー・ジョーンズ刑事といった面々だけだ。ドアがいくつか開いており、かんかんになった乗客たちが、正装のズボンだけを身に着け、シャツは肩からひっかけただけの裸足姿で地団駄を踏みながら、茫然とした客室係にそれぞれのドア口でどなっている。「どうしようもなかったんですよ!」客室係は言い返している。「いいですか、お客様」

「おまえ!」ウォーレンが三日月刀の切っ先を客室係にむけ、あまりのことに係はあやうく叫び声をあげそうになった。「おまえ!」ウォーレンが繰り返すと、係はなんとか逃げようとする。「彼を見かけなかったか? 禿頭の酔っ払いで、プロボクサーのような肩をして、両手でものをいっぱい抱えてたはずだが」

「ええ！　見、見ました！　その刀をどけてくださいよ！　たったいま、逃げました！　あなたのも、取っていったんですか？」

「ぼくのなにを？」

「靴ですよ！」客室係が言う。

「汽船会社を訴えてやる！」怒った乗客のひとりが叫び、客室係の襟元をつかんだ。「これまでにない額の損害賠償を手にしてみせるからな。まず船長に苦情を申し立てる。靴磨きのためにドアの外に出しておいたが、いざ履こうとしたら――」

「あいつがドアの外に出してあった靴を全部盗んだのさ！」別の乗客が息巻き、靴を求めてテリアのように通路を嗅ぎまわっている。「船長はどこだ？　どいつがこんなことをした？　どいつだ」

「行くぞ」キャプテンがウォーレンに言う。「デッキに出て、迂回するといい」

前方にドアを見つけ、そこからCデッキへ躍りでた。ゆうべの嵐に遭遇したのもこのデッキの同じ側だ。昨夜と変わらず、照明は薄暗いが、そこは穏やかなものだった。足をとめてあたりを見まわし、こもった空気の室内から清々《すがすが》しい外に出て思い切り息を吸った。モーガンはDデッキに続く昇降口を見おろしたところで、ミスター・チャールズ・ウッドコックに気づいた。

誰かさんが毒づいてから、沈黙が流れた。

ミスター・ウッドコックはかなりつらそうに、ゆっくりと階段をあがってくる。服が乱れているだけで、特に怪我はなさそうだが、引き裂いたシーツで長いこと縛られていたために、節節が痛んでいるのだ。もじゃもじゃの髪が風になびく。彼は肩を上下させ、指をボキボキ鳴らした。骨ばった顔で見あげ、そこに誰がいるか気づいて、見せた表情は――。

モーガンはその顔を見つめた。不運な殺虫剤のセールスマンから、どのような態度をとられるものかと覚悟していた。勝ち誇った態度、脅迫、メンツをつぶされたゆえの仕返しの誓い、意地悪な笑い、とにかく敵意をむけられると思っていた。けれど、そこには不可解な表情があった。ウッドコックは身体を硬くした。ネクタイが風に吹かれて顔を打ち、鼻をくすぐったらしく、暗闇でコウモリがかすめたかのようにぎくりとした。骨ばった手でさっとネクタイを払いのける。絶えず寄せる波の音を除けば、静寂が広がるだけだ。

「またあんたか」ウォーレンが三日月刀を自分の脚にぴしゃりと打ちつけた。

ウッドコックはそれが誰の声か認めた。ウォーレンからモーガンに視線を移す。

「聞いてくれ！」ウッドコックは咳払いをした。「そいつを振りまわさないでくださいよ。わかってほしいことがあるんで」

意味がわからないが、むこうが下手に出てきた。ウッドコックが現れてこちらは仰天したのだが、むこうもモーガンたちを見て同じように驚いたらしい。モーガンはウォーレンに口をひらく隙を与えず、割りこんだ。

「どういうことだ？」とっさに陰険な口調を装《よそお》って聞き返した。「言ってみろ？」

ウッドコックはうっすらと笑った。「ただ、わかってほしいだけなんですよ、あんた」また肩を上下させ、ひどく早口でしゃべる。「そっちのだんなが監禁室にぶちこまれたのは、わたしのせいじゃないってことを。そうだと思っていなさるようだからね。神に誓って、わたしは、そんなことはしていない。いいかね、だんな、あんたには怒ってもいないんだ。あんたにあれだけ痛めつけられて、たぶん医務室に行かねばならんのにだ。あんたの仕打ちはそのぐらいひどかった。でも、わたしが怒っていないのはわかるだろう？　殴られたのは当然だったかもしれん。あんたが誤解していることを考慮に入れたらの話だよ。あんたが怒るとどうなるかわかってる。カッとなると抑えがきかなくなるんだよな。けど、あんたに言ったことは――あんたに言ってしまったことは、まったくの善意からで」

あまりにも怪しくて、うしろめたいところが見えるため、事の次第をあきらかに知らない〈バーモンジーの恐怖〉でさえも、一歩踏みだした。

「おい！　こいつは誰なんだ？」

「こっちにあがってきてください、ミスター・ウッドコック」モーガンは静かに声をかけた。ウォーレンの脇腹を肘でつつき、黙らせる。「本当は、カート・ウォーレンのキャビンからフィルムが盗みだされるのを見ていなかったということですか？」

「見たとも！　誓うよ！」

「ゆすりをしたかっただけだろ？」ムーア人戦士が目をカッと見ひらき、三日月刀をいじる。

「違う！　違うんだって！　それは誤解だよ、証明できる。わたしが見た男は船にいないように思ってるんだろうが、いるんだって！　いるはずなんだ。変装かなにかしているに違いない」

ついに、運命の女神もモーガンたちの糸をもつれさせることに飽きて、ほかの誰かにちょっかいを出しはじめたのではないか、そんなかすかな希望がモーガンの頭に浮かんだ。

「あなたの言い分を聞きましょう」モーガンは試しに言ってみた。「それからどうするか決めます。どんな話があるんですか?」

ウッドコックはデッキにあがってきた。大柄なキャプテンとさらに大柄なバーモンジーが、おそらく知らず知らずのうちにだろう、かなり険しい表情になって眉をひそめている。ウッドコックはそれを見て、向かい風を受けた一本マストの帆船のように顔をそむけた。

咳払いをすると、催眠術にかけられたような口ぶりで、愛想よく話を始めた。

「では、聞いてもらいましょう。わたしはたしかに、その男を見たんだよ。名誉にかけて。でも、今日、あんたにあの話をしたあとで、独り言をつぶやいてね。〝チャーリー、あのウォーレンって人はちゃんとしているし、推薦文を約束してくれたぞ。そしておまえは、約束を守る男だよな、チャーリー〟と」彼は声を落とした。「〝だから、あの人のために、その男の名前をつきとめるぞ〟」

「つまり、そいつが誰か知らなかったってことか?」

「そいつの名前を知ってるとは、言ってないだろ?」ウッドコックが焦って聞き返す。「わたしの言ったことを考えてみてくれよ! 思いだしてほしい! わたしが言ったのは、またそいつの顔を見たら、見分けられる、ってそれだけだ。まったく! そいつは船に乗ってるだろ?

それで、わたしは船のなかを見てまわって、そいつを見つけだそうと思ったんだよ。みんないるはずの食事のときに探してみたんだがね、いなかった！　こう思ったね。〝どういうことだ？〟と。それでおっかなくなってきて」彼は喉をごくりといわせた。「それで、事務長のところへ行ったんだよ。そして、探している奴の人相を伝えた。見まちがえちゃいない。なにもかも覚えているんだよ、妙な耳の形と、頬の赤アザ。そうしたら、事務長はこう言うじゃないか。〝チャーリー。そんな奴はこの船に乗っていないよ〟と。それでわたしは思ったんだ。〝変装か！〟ってね。でも、わたしが見た連中は誰もあてはまらない。変装していようが、いまいが、顔の形や、頬ひげのなかったことなんかから、それはわかるじゃないか」彼は次第に、しどろもどろになってきたが、早口で話を続ける。「そんなときに、あんたが監禁室にぶちこまれたって聞いたんだ。あんたがまちがって誰かを告発したせいで、船長が逆にあんたを告発したって。それでこう思ったのさ。〝どうする、チャーリー。こいつは全部、おまえのせいだ。本当に犯人を見ただなんて、信じてもらえないぞ〟と。でも、あんたから、下に来いという手紙をもらって、やっぱり責められはしないんだなと思ったよ。でも、案の定あんたに殴られて——なあ、埋めあわせはするよ。わたしは悪党じゃないんだ、誓うから」

よきかな、運命の女神！　モーガンはこのささやかな恵みにさえも、感謝の気持ちがあふれてきた。暴行の罪でウォーレンが告発されることは免れた。ミスター・ウッドコックはもっと冷静になれば、ほかの可能性を思いついたかもしれなかったのに。

「ミスター・ウッドコックの話を聞いたか、ウォーレン？」

「聞いた」妙な口調だ。ウォーレンは頬ひげをなで、考えこむように三日月刀を見つめる。

「きみも誤解があったと認めるよね」モーガンは念を押した。「ミスター・ウッドコックがそうするなら、すべてを水に流すな？　よし！　もちろん、ミスター・ウッドコックは取引という観点から、もはや推薦文を要求するいかなる権利ももたないと気づいているだろうし」

「ねえモーガン」ミスター・ウッドコックが熱心に言う。「言っておきますが、推薦文なんかもうどうでもいいって。それに殺虫剤の商売も。打ち明けますよ、わたしにはむいていないと。ものを売ることはできるよ、自分で言うのもなんだがね、ヨーロッパ航路にはチャーリー・R・ウッドコックより客寄せのうまい奴はひとりもいないよ。でも、大きな取引となると、無理だね。てんでだめだ。ただ、手伝えることは全力でやるよ。監禁室で壁に頭をずっとぶつけていたら、やっと、監視の船乗りが様子を見にきたんだ。ようやく、猿ぐつわをはずされた。それで、船乗りはわたしを解放して、船長を探しにいったよ。だから、あんたに忠告しよ――」

デッキの反対側のどこからか、叫び声があがった。ドアがギーと音をたててひらき、バタンと閉まったかと思うと、いくつものばたばたという足音がこちらに近づいてくる。

「あそこにいるぞ！」誰かの声が叫んだ。さらにそれをうわまわる大声で、狩りの獲物を発見の合図をどなる船長。

「走るな！」キャプテンが声を押し殺して言う。「走るなよ、あいつに正面衝突するかもしれん。そこの昇降用階段を降りろ。全員急げ。そうすりゃ、奴らにはたぶん見えない」

追っ手の騒ぐ音が近づいてきて、キャプテンはムーア人戦士を階段に押しこみ、〈バーモンジーの恐怖〉がそれに続いた。あらたなる恐怖に見舞われた殺虫剤セールスマンが我先に降りる。モーガンはキャプテンの隣で鉄の階段にうずくまり、顔だけ突きだしてCデッキをながめた。そのとき、印象深いものが見えた。ジュールおじさんだ。

ずっとむこう、かすかにだが、薄暗いなかでも見分けられるジュールおじさんは、前部隔壁の角を曲がり、堂々とこちらに近づいてくる。残っている髪が風で吹きあげられ、光輪のようだ。足取りは集中し、断固として、威厳さえ感じさせるくらいだった。それでも、尾《つ》けられているのではと怪しんで警戒する様子が窺われた。彼は灯りの漏れる舷窓に気を取られた。そちらへ歩くと、彼の赤く、力強いがべろんべろんに酔っ払った横顔が灯りに照らされた。おじさんは顔をなかば窓へと突っこんだ。

「シーッ！」ジュールおじさんは人差し指をくちびるにあてて言った。

「ヒイイ！」女が金切り声をあげる。「ヒイイイイイ！」

どこかむっとした表情をジュールおじさんは浮かべた。「シッ！」さらにうながす。用心深くあたりを見まわしてから、彼は抱えている荷物を探って金時計らしきものを選びとり、そっと舷窓のなかへ投げた。「十一《オーンズ》！」そう囁《ささや》く。キャビンの床でゴトンといった。ジュールおじさんは正義を司《つかさど》る者のように厳《おごそ》かに手すりに近づいた。ひどく念入りに選んだエナメルのダンス用ハイヒールを海へ投げた。

「十二《ドゥーズ》！」ジュールおじさんはカウントする。「十三《トレーズ》、十四《カトールズ》」

「ヒイイ！」海へ品物が次々に投げこまれる音が響き、あの女がまた叫ぶ。ジュールおじさんはじゃまが入ってむっとしたようだ。しかし、女の気まぐれには喜んでつきあってやることにしたらしい。

「その時計は気に入らなかったかね？」《ヴ・ネメ・パ・セット・モントル・エーン》おじさんは案じた。「銀貨のほうがいいかね？」《エスク・ヴ・ゼメ・ラルジャン》

そこで追っ手がデッキ前方の角をドタドタと曲がってきた。先頭がホイッスラー船長、続いて二等航海士のボールドウィンだ。ふたりはぎょっとして足をとめた。ジュールおじさんが舷窓にむけて船長の財布の中身をからにするところがちょうど見えたのだ。おじさんはそれから平等にと言いたげに、すばやく手すりに近づいた。月光を浴びて海中へと、きれいに飛ばされていく品々。船長の時計、船長のカフスボタン、船長のスタッドボタン、そしてエメラルドの象。

「十七《ディセット》、十八《ディズユイット》、十九《ディズヌフ》、二十《ヴァン》！」ジュールおじさんは意気揚々と囁く。そこで振り返り、追っ手たちを目にすると言った。「シーッ！」

動くのが不可能なときというものがある。モーガンは冷たい鉄の階段に顔を預け、全身の筋肉が水になったような気分で、普通の状況ならば追っ手たちに聞かれるはずの深いうめき声をあげた。

でも、船長たちにその声は聞こえなかった。無理もないが、船長たちはジュールおじさんの最後の厳命を守りはしなかった。ふたりがジュールおじさんに迫り、一大騒動が巻き起こると、眠っていたカモメたちが飛び起きて叫び、海の上で旋回した。地獄の釜のような騒ぎだった。モーガンとウォーレンはふたたび顔をあげたが、あるひとつの言葉にはっとなって、また動きをとめた。

「そうだったのか」仰天したところに抑えきれない怒りがまじる船長の声が響く。「そうだったのか、この男か。あのキャビンに飛びこんできて、わたしたちに極悪非道な乱暴を働いた奴は」

「そうですとも、船長」正気とは言えないようなボールドウィン二等航海士の声がする。「見てください！　あの腕と肩！　毎日、あやつり人形を振りまわしている人でなければ、あんなにぶん殴る力はありませんよ。あんなことをやれるのは、この船にはほかにいません」

「おう？」〈バーモンジーの恐怖〉がつぶやき、だしぬけに動きだそうとする。

「シーッ！」キャプテンが諫《いさ》める。

「でも、船長」ボールドウィンが話を続ける。「この人は悪党ではないですよ。ただ、とんでもない酔っ払いなだけで。こういう人のことはわかってますよ。酔っ払ったらこういうことをする」

「失礼《パルドネ・モワ》、きみたち《ムシュー》」何人かの下敷きになっているらしく、丁寧だがくぐもった声が轟《とどろ》く。

「わたしにジンを注いでもらえんものかね《エスク・ヴ・ブヴェ・ム・ドネ・デュ・ジン》？」

「こいつは、投げて、しまった。あの、エメラルドを」船長が息を詰まらせ、妙な口調になっている。「だが、あの、モーガン青年と、老いぼれ鮫肉が、たしかに、エメラルドをもっていたのに」

　誰かがカチリとかかとを合わせた。そしてあらたな別の声。「説明してよろしいでしょうか、船長？　わたしは電報技師のスパークスです。従兄弟《いとこ》のキャビンから一部を見ておりました。じつは、船長、あの青年とスウェーデン人は盗もうとしたんではありません。返そうとしたんです。この目で見ました。ふたりはこの男の姪であるミス・グレンの親しい友人です。ふたりはかばおうとしたんではないでしょうか、この酔っ払いが盗みを働いたことを」

「ドクター・カイルのキャビンからか？　どうなっているんだ？」

「船長、聞いてもらえませんか！」ボールドウィンが叫ぶ。「スパークスの言うとおりです。なにがあったかおわかりになりませんか？　この盗癖のある飲み助が、ゆうべ船長からエメラルドを盗んだんですよ！　ほかに、あれだけひどく殴れる者がおりますか？　それに、この男はゆうべも今夜とそっくりな行動をしたんではないですか？　ほら、ゆうべの船長もほぼ同じ位置に立っていました。そこで、この男はなにをしましたか？　今夜、わたしたちが目撃したのとまったく同じことをしたんですよ。手近の舷窓に宝石を投げこんだ。それがたまたまドクター・カイルのキャビンで、あの衣装トランクの裏に落ちた。船長、この人は酔っ払いですから責任はありません。でも、実際に起こったのはそういうことだったんですよ」

合点がいったというふうに一同は静まり返った。

「なんと！」船長が言う。「なんと！　だが、待てよ！　エメラルドはスタートン卿に返されたぞ」

「船長」ボールドウィンがもどかしそうに言う。「この飲み助の姪と仲間がずっと、この男をかばおうとしていたことに気づきませんか？　そのうちの誰かが返したということですよ――

実行した奴をわたしはちょっと尊敬しますね。そしてこの酔っ払いがまたしてもそいつを盗み、あいつらはドクターのキャビンにまたもどそうとした。この酔っ払いはエメラルドがなんとしてでもそこにあるべきだと、かたくなに思っているようですから。あとから、エメラルドのありかは匿名で誰かに知らせて見つけてもらえばいいと考えたんでしょう。ただ、わたしたちは先程、あいつらにそれを説明させようとしませんでした、船長。わたしたちは、その、あいつらに謝らないといけませんね」

「どちらか」船長はきびきびと命じる。「スタートン卿のもとへ行け。丁重に挨拶し、わたしがいますぐ訪ねると伝えてくれ。誰かロープをもってきて、このでくのぼうを縛りあげろ。おまえ！」船長はあきらかにジュールおじさんに話しかけている。「いまのは本当か？」

モーガンは思い切って顔を突きだした。船長はデッキに数人で重なりあって伏せていたので、あらたに負った顔の怪我は見えなかった。だが、ジュールおじさんが何本もの手に押さえつけられて、起きあがろうともがいてるのは見えた。ひどく集中した顔つきで、ジュールおじさんは広い肩をよじり、手を振り払った。残った一組の靴は握りしめたままだ。最後の力を振り絞って、その靴を海へと放り投げた。それからふうっと息を吐き、笑顔を見せて、そっとデッキに横になり、いびきをかきはじめた。「スー、スー！」ジュールおじさんは満足そうに長いため息をつくように寝息を立てる。

「監禁室へ連れていけ」船長が言う。

ドシドシという足音が続いた。モーガンは立ちあがろうとしたが、キャプテンにとめられた。

「心配しないでいい！」キャプテンは鋭く囁く。「オレは海の男のことはよく知ってるのよ。血の気は多いが、問題の奴が酔っ払いだと思えば、訴えることはない。どんなときでも、酔っ払い相手には紳士らしく、水に流すのが決まりだ。シーッ。ほら、聞いてみろ」

耳を澄ますと、船長がしばらくのあいだ、思いの丈をぶちまけていた。やがて、だいぶ哀れっぽい口調になって時計や貴重品を失ったことを嘆くにつれ声はうわずっていき、最後には苦《く》悶《もん》にたどり着いた。

「では、この船にいると思っていた泥棒はこいつだったのか？　ただの酔っ払いか。こいつが五万ポンドのエメラルドを海に投げこんだのか」

ボールドウィンが暗い口調で言う。「カート・ウォーレン青年が狂人のふりをしていた理由がわかりましたか、船長？　彼は老人の姪と婚約しているようなものなんですよ。老人を守るといういい仕事をしましたね。でも、わたしたちにはちょっとばかり手荒かったと思います」

「船長」あたらしい声が言う。「スタートン卿のご返事です」

「ああ」船長は芝居がかったふうに絶望して鼻を鳴らした。「続けてくれ。大きな声で頼む。さあ聞かせてくれ！」

「あの、船長。スタートン卿が言うには、あなたは地獄へ落ちろとのことです……」

「なんだと？」

「こう言われて――先方の言葉を繰り返しているだけですよ――あなたは酔っ払いだと。誰もエメラルドを盗んでなどいないと言われて、証明するためにそれを取りだしてわたしに見せました。少しご機嫌が悪かったですよ、船長。そしてこう言われました。これ以上、いまいましいエメラルドのことを一言でも耳にしたり、そのことで誰かが争ったり、口にしたりしただけでも、あなたを首にさせて、汽船会社に十万ポンドの損害賠償を請求するそうです。ええ、そのとおりのことを言われました」

「こっちだ、ミッチェル！」ボールドウィンがぴしゃりと言う。「人形みたいに、そこで突っ立っているな！　こっちに来て、船長に手を貸せ。ブランデーかなにかをもってこい。急げ、ぐずぐずするな、急げ！」

走っていく足音がした。そこで、モーガンのうしろから、カーティス・ウォーレンが夢見るように勝ち誇った表情を浮かべ、ムーア人の武装一式を身に着けた格好で立ちあがった。彼はほかの者を押しのけ、階段をあがった。模造宝石をちりばめたマントを払い、鎖かたびらの袖をカチリと折って、乱れた巻き毛のカツラの上でわざとだらしなく角兜を傾けた。尊大なそぶりでデッキにあがる。無言で手すりにあとずさり、もう少しで海に落ちそうになっているクイーン・ヴィクトリア号の船長のもうろうとした目の前へ、ウォーレンは足音を響かせながらむかった。

船長の前で足をとめ、指さして非難するように三日月刀をあげて突きつけた。

「ホイッスラー船長」ウォーレンはぞっとする恐ろしい叱責の声をあげた。「無実の者たちをよくも疑ったな。船長、自分が恥ずかしくないのか？」

20 解決

アデルフィ・テラスのさる広い部屋では、薄霧のむこうの太陽が影を伸ばしつつあった。テムズ河の西の先で紫にけぶる塔の集まりが、輝く夕日を背に受けて燃えたつようになってきた。塔のひとつであるビッグ・ベンがちょうど四時を知らせたところだ。声をかなり嗄《か》らした語り手はこだまする鐘の音に耳を傾ける。そしてモーガンは椅子にもたれた。

フェル博士は眼鏡をはずした。大きな赤いバンダナで笑い泣きした涙を拭う。「フー！」ひきつるような笑いの発作も下火になると、轟《とどろ》く声をあげた。

「いや、その場に居合わせなんだとは、自分を許せそうにないわい。きみ、そいつは叙事詩だよ。おお、酒神バッカスよ、最後の最高の瞬間《モマン・スプレーム》のジュールおじさんを、それに老いぼれ軟体動物のホイッスラー船長を、ひと目見るためならなんなりと差しだしますぞ！　だが、もっと続きがあるんだろうね？」

「これで終わりです」くたびれたモーガンが言う。「そろそろ、次の語り手が来る頃です。それに、事件にかかわることはこれで全部だと思うんですよね。もちろん、打ち上げ花火は終わりだとお考えでしたら、ぼくたち一味の底なしの創造力を見損なわれているわけですが。ジュールおじさんが最後のおしゃれな靴を海に投げた昨日の夜の九時十五分から、ぼくが呪われた船から抜けだした今朝の七時までにあがった数々の花火のような武勇談を、何ページも割《さ》いてお話しすることはできます。でも、あらましだけお伝えすればいいんじゃないかと。それにですね、全部をお話しするのはためらわれるんです。なんでしたら、その後の身の毛のよだつ秘話もありますが、本筋には関係ないように思えるので」

フェル博士は涙を拭うのをやめて、笑いのほうもなんとかねじ伏せた。テーブル越しにまばたきしてみせた。

「おもしろいことにだな、そこがきみのまちがっとるところさ。なにより重要な手がかりが冗談のなかにある事件に出遭って、わしはもううれしくて仕方がない。きみがいまの独演会でなにかを省いたのであれば、わしは貴重な証拠を見過ごしていたはずだわ。郭公《かっこう》の鳴き声はライオンの吠え声に聞こえ、びっくり箱は泥棒の顔を見せて人をぎょっとさせるだけのもの。だが、手がかりはもう押さえた。きみはさらなる八つの手がかりを与えてくれたよ。ふむ！　四時か。いまからなにかするにしても、さらなる助けになりそうなことを聞かせてもらうにしても、もう遅い時間だ。わしが正しければ、真相はすぐにもわかるだろう。正しくなければ、〈盲目の理髪師〉は逃げおおせる。ただ――」

一階で呼び鈴が鳴った。

しばし、フェル博士は身じろぎもせずに座り、特大の腹だけを上下させていた。頬が紅潮して、だいぶ落ち着かない様子だ。

「わしがまちがっておれば――」博士はなんとか立ちあがる。「自分で客を迎えにいくよ。ちょっと、この覚え書きに目を通してくれるか？　わしの第二の八つの手がかりだ。これでなにかピンとくるか、たしかめてみい？」

博士が席をはずしているあいだ、モーガンはテーブルに直立不動で並ぶ死んだ近衛兵の集団を思わせる空瓶のあいだから、一本まるまる残っているビールを見つけにこりと笑った。どんな大事件が起こったにしても、ビールのありがたさは記しておかなければ。「なんだこれは？」彼はそうつぶやき、紙切れに目を通した。

九、まちがった部屋の手がかり
十、照明の手がかり
十一、個人の好みの手がかり
十二、避けられた説明の手がかり
十三、直接の手がかり
十四、周知の替え玉の手がかり
十五、誤解の手がかり
十六、決定的な手がかり

メモを見て顔をしかめているあいだに、フェル博士が杖を二本ついて、よろよろともどってきた。片腕にはさんでいるのは茶色の包み紙の荷物で、もう片方にはすでにちぎって開けられた封筒をはさんでいた。博士はたくさんのことを隠すことができる。鋭敏にしてロケットなみの速さを誇り、鮮やかかつ子供のような頭脳によって産み出される洞察と戦略を備えているのだが、そのようなことを隠すことがある。人を驚かせたいという思いから、陽気なおしゃべりで人を煙に巻くのが好きなのだ。だが、いまの博士は、どこかほっとしていることを隠せていなかった。

「気にせんでいい！」博士はそれを見てとり、椅子から腰を浮かせかけた。「座って！ ハハッ！ さっき、言いかけたようにだな」

「犯人がわかりましたか？」

「そう急《せ》かすな！　わしも座らせてくれ……ふー、やれやれ。なあきみ、すんでしまったものは、もうどうにもできん。〈盲目の理髪師〉が逃げたにしても、逃げてないにしてもな。ただ逃げたんであっても、遅かれ早かれ、捕まえられる公算が大きいと思うぞ。奴は変装をフランスかイギリスに上陸してからも続けるつもりはなかろう。無事に変装をといたら、早変わりをして別人になって消える。その方面にかけては天才だな。本当は何者なんだろう？」

「でも、捕まえられるとおっしゃったじゃ――」

「うん、奴が目下、使っておる名前はわかる。だが、ずっと前にきみには警告したな、外面というのは、仮面をつけたダミーにすぎんと。奴の本心がどう働くのか、見てみたいもんだ。とにかく、船はすでに波止場に接岸した。ウォーレン青年が会いに来ると言わなかったか？　どんな手はずになっておるんだ？」

「彼にはここの住所を教え、連絡を取る必要があれば、電話番号を調べろと伝えました。彼とペギーとキャプテンは、連絡列車に乗り次第、ロンドンに来ることになっています。とにかく、犯人は誰なんですか！　やっぱり、逃亡しようとしてるんですか？　それに、今度のことの真相はどうなってるんですか」

「ハハハ！　わしの最後の八つの手がかりを読んだのに、まだわからんか？　目の前で鋼《はがね》の箱という証拠を見たのに、まだ頭が働かんのか？　チッチッ、だが、責めはしないよ。きみは行動するのに忙しすぎて、考えることがおっつかなかったんだな。曲がり角に行き当たるたびに違う方向へ行かされ、誰かに殴られたあらたな人物にぶちあたると、頭を冷やしてじっくり考える暇はないもんだて。この包みだが」博士はそれをテーブルに置いた。「いや、まだ包みはほどかんように。最後の解明までにまだ少し時間があるし、いくつか教えを請いたい点もある。ジュールおじさんがブタ箱に連れていかれたあとはどうなったんだね？　船長はジュールおじさんが泥棒だとまだ思っていたか？　それに、あやつり人形の芝居はどうなった？　このままだとどうも話が中途半端に思えてな。じつは最初から、きみたち仲間があやつり人形の芝居に巻きこまれて、運命の女神によって演じることになったという気がしてならないんだが」

モーガンは耳をひっかいた。

「じつを言うと、やりました。ペギーのせいですよ。ジュールおじさんの評判を守ってくれと言ってきかなかったものですから。ぼくたちが劇に出演しなかったら、船長のもとへ飛んでいき、すべてを話すって言うんです。ぼくたちは言い聞かせましたよ、どんな説明をしても、ジュールおじさんはぼくたちにたどり着く鮮やかな靴跡をはっきりと残してしまったぞと。船長は五十ギニーの金時計を海へ投げられて、寛大にほほえむ気分じゃないってことも、どのみちジュールおじさんは監禁室に入れられたほうがいいとも。それから、おじさんが捕まる直前にバーを練り歩いて、目についた人に片っ端から片方の靴だけを手渡した姿も目撃されてることも言いました。だから、今夜、おじさんが人形劇を上演できると乗客が考えるのは無理があるって」

「そうしたら?」

モーガンは暗い表情で首を振った。

「それでも、ペギーは耳を貸そうとしませんでした。おじさんがそんなことになったのは、全部ぼくたちのせいだって言うんです。乗客の大半はコンサート・ホールにいて、人形劇を楽しみにして拍手をしているし、自分が本当に気にしているのはペリゴードだとペギーは主張しました。ペリゴードはジュールおじさんの天才ぶりを賞賛する凝った力強いスピーチを準備していて、ジュールおじさんが靴を海に投げこんだ瞬間に語りはじめていたんです。ペギーが言うには、いい人形劇を演じなければ、ペリゴードは頭にきて、二度と新聞や雑誌でジュールおじさんを取りあげないだろうし、自分たちが成功できるかどうかはペリゴード次第なんだって。あの娘は必死で、いくら言ってきかせても、うんと言わなかった。とうとうぼくたちは、ジュールおじさんを監禁室に入れておくのに同意すれば、劇をやると約束したんです。それがみんなにとって最善の道でしたから。まったくの誤解で訴えられても、酔っ払って正気をなくしていたと分かれば許してもらえるでしょうから。ウォーレンは損害の賠償金は自分が払うと言い張りました。全部あわせると、二百ポンド近くですね。そんなわけで、ぼくたちもようやく、クイーン・ヴィクトリア号に平和が訪れるときだと感じたんですが」

「感じたんですが？」

「訪れなかったんです」モーガンは暗い声を出す。「ぼくはペギーに頭を下げて頼みましたよ。ぼくたちが人形劇をやったらどんなひどいことが起こるかと。そもそもペリゴードは上演中止よりも、よほどそんな劇を見せられることに怒るだろうって。ペギーはそれを理解しませんでした。第一幕の短いリハーサルをやってみせたのに、それでも理解しない。ぼくのやったカール大帝は僭越《せんえつ》ながら、朗々として大帝っぽかったかもしれませんが、ローランをやったウォーレンはリハーサルですっかり芝居の虜《とりこ》になって、リスボン港から輸出される鰯の実態と総額について、長ったらしい領事館の報告をフランス語で語ると言ってきかなかったんですよ。キャプテンのピアノも失敗だったでしょう。フランク族の軍勢の登場に〈ラ・マドロン〉（第一次世界大戦中にヒットした、ウェイトレスに思いを寄せる兵士を歌ったもの）の旋律を弾きたがっただけじゃなく、誰かがムーア人は黒人だとざっくり説明していたものだから、ムーア人のずる賢い王の登場には、〈オール・マン・リバー〉（ミシシッピ川をゆくショーボートの黒人荷役の苦労を歌ったもの）を弾いたでしょう。次に――」

「待ってくれ！」またもや笑いすぎて目を涙できらめかせたフェル博士は口を手でぐっと押さえ、ぷるぷると震えた。「どうにも理解できんのだがね。人形劇はきみの話の山場になるはずじゃないか。その話をするのを、なんでそこまでためらう？　さあ、いまこそ教えてくれ！

人形劇はあったのか、なかったのか？」

「イエスであり、ノーでもあるんです」モーガンは落ち着かずに身じろぎをした。「とりあえず、開幕はしたんです。ある意味ではそれでぼくたちの命が助かったと認めてもいいですよ。気まぐれな運命の女神が、ぼくたちのために動いてくれるようになったからです。でも、あんなふうに助けてもらわないほうがよかった。今日のぼくはあまり元気がないのにお気づきですか！　妻が一緒ではないことにも気づいてらっしゃいますか？　サウサンプトンでぼくを待っているはずだったんですが、最後になってぼくは来るなと妻に電報を送ったんです。心配だったんですよ、乗客の一部がもしや――」

フェル博士は身体を起こした。

「どうしても話せと言われるのなら」モーガンは顔をしかめて言う。「話すしかないでしょう。幸運なことに、人形劇は第一幕より先には進みませんでした。カール大帝がプロローグを話す場面です。ぼくが演じました。カール大帝は長くて白い頬ひげをつけています。徳のある頭には、ダイアモンドやルビーをちりばめた黄金の冠が載っかっていて、真紅のマントとオコジョの毛皮が偉大なる肩を包んでいます。やはり宝石をちりばめた広刃の刀を腰に挿し、鎖かたびらの下には、腹のところにクッションを四個詰めて恰幅のよさを演出しているんです。ぼくはそんなカール大帝になりました。

カール大帝は、ステージ奥の特大の額縁のような紗幕をライトで照らした裏に立ってプロローグを語りました。そうです、そんなふうに。ミスター・レスリー・ペリゴードが、きっかり五十五分に及ぶ熱烈なスピーチを締めくくったばかりでした。この人形劇こそ本物の芸術だと言いました。観客たちにむかって、ハリウッドの怠惰な毒気にあてられて鈍感になった頭が、どの身振りにも人間の魂の息吹《いぶき》がこめられたこの人形劇に魅了されて、清々《すがすが》しい衝撃を受けることを願うと語ったんです。そしてしかと鑑賞せよとも言いましたね。この劇の光と影、セリフの絶妙な配置と入り組んだ調和、イプセンの最高傑作でもしのぐことのない人間の形而上学的な欲望における大胆なからみあいを完全に読み取ることはできなくてもいいからと。それにカール大帝の武勇についても数々の賞賛を送りました。ほかならぬぼくがそのカール大帝です。やっと息が切れて、ミスター・ペリゴードは黙りました。三つのうつろな音がコンコンコンと響きます。キャプテンが、あれだけとめようとしたのに、〈ラ・マルセイエーズ〉をもとにした曲を演奏したんです。緞帳《どんちょう》が少しばかり早くあがってしまい、ぼくは焦りました。八十数名の客にまじって、ミスター・ペリゴードは暗闇で紗幕がきらきらと豊かな色で照らされているのを見ました。威厳あるカール大帝を見ました。自分の妻も見ました。ぼくとミセス・ペリゴードは、その――〝絶妙な配置と入り組んだ調和〟を全身で表現した体勢になっていまして。その瞬間に、ぼくの鎖かたびらは裂けて、詰めていたクッションが、銃から発射される弾丸の勢いで飛びでてしまったんですよ。これで、話の本筋にこの件をぼくが入れたがらなかった理由がおわかりいただけますよね。観客が、どの身振りにも人間の魂の息吹がこめられたこの人形劇に魅了されて、清々しい衝撃を受けたことはまちがいないでしょう」

モーガンはぐいっとビールを飲んだ。

フェル博士は顔を窓へむけた。モーガンはその肩がこれ以上はないくらい笑いを堪《こら》えて、震えているのに気づいた。

「とにかく、それがぼくたちを救ったんです。それに、ジュールおじさんのことも永遠に。観客はみんな大喜びして、大喝采を送ってくれたんですが、たぶん、ミスター・ペリゴードだけは別でした。誰かが緞帳を下ろすまでのあんな短い公演で、あそこまで成功したものはどこの劇場でもありませんよ。ソーホーにあるジュールおじさんのあやつり人形劇場は、おじさんが酔っていようがしらふだろうが、彼の生涯にわたって満席になるでしょうね。そしてまちがいなく、ミスター・レスリー・ペリゴードがどう感じたとしても、おじさんを非難するような言葉は一言だって新聞に書けないでしょう」

傾いていく太陽が絨毯の奥まで、さらにはテーブルの中央に置かれた茶色の包みの荷物まで影を伸ばした。しばらくしてから、フェル博士は振り向いた。

「では」博士の顔はだんだん赤みが薄れていき、冷静になって落ち着いてきていた。「では、それでハッピーエンドかね？　ミスター・ペリゴードと、〈盲目の理髪師〉を除けば」

博士はペンナイフをひらき、重みを手のひらでたしかめた。

「はい」モーガンが答える。「ひとつを除いて。結局、事実は変わりません。博士が遊んでいる小さなゲームがなんであれ、重要なことがまだ全然わかっていません。あの船でなにが起こったのかわかっていませんし、ぼくらは愚かだったかもしれませんが、殺人があったことはたしかなんです。そして殺人はおもしろいことなんかじゃありません。それに、ウォーレンはフィルムを取り返せていませんし、どれだけバカげて見えても、彼やぼくたちにとっては重要な事件なんです」

「ふむ?」フェル博士はうめく。「まあまあ!」たしなめるように言うと、片目をつむった。「きみの知りたいのはそれだけか」

博士はいきなりテーブルに手を伸ばし、ペンナイフで小包の紐をカットした。

「わしが思うに」博士は気さくに、にこにこ笑いながら包みをほどくと、大蛇に巻かれたラオコーンのように、もつれたフィルムを手に取った。「こいつはここに送らせたほうがよかろうと思ってね。全力で〈盲目の理髪師〉の盗品を集めた警察が、これを見つけてスキャンダルとなる前に。ウォーレン青年がやってきたら、ただちに処分できるように渡すよ。ただし、お返しとして、ほんの一度だけ、わたしのために内々《ないない》に上映してくれんかな? ワッハッハ! そのぐらいの褒美は要求できると思うが? もちろん、処分すれば証拠隠滅ということになる。だが、このフィルム以外にも、〈盲目の理髪師〉を吊るし首にする証拠はあるさ。こいつは、船長に犯人の名を教えて、危険な犯罪者をとっ捕まえた手柄をやったことの報奨の品さ。老いぼれセイウチは応じてくれると思ったよ」

カサカサいうフィルムをモーガンの手に放り、フェル博士は椅子にもたれて目をぱちぱちさせた。モーガンは博士を見つめて立ちあがる。

「ということは、じゃあ、犯人はすでに捕まったということですか?」

「ああ、そうとも。船が波止場に接岸する一時間前に、聡明なホイッスラー船長によっていともたやすくな。船長はこれで勲章をもらえるだろうし、誰も彼もめでたしめでたしだ。わしの指示で、ロンドン警視庁のジェニングス警部が急行列車で現地にむかっていたんだ。〈盲目の理髪師〉が上陸したら身柄を拘束するために」

「誰の身柄を拘束するためですか？」モーガンは訊ねた。

「そりゃもちろん、スタートン卿と名乗っておったペテン師さ！」

21　殺人犯

「きみの顔には」博士がパイプに火をつけて、気さくに話を続ける。「驚いた蛙みたいな表情が浮かんでおるぞ。フフッ！　葉巻はうまいな、アハハハハ！　驚いてちゃいかんじゃないか。与えられた情報をもとに、わしは十六の手がかりをまとめた。有罪だと推定できるのはただひとりだったよ。最初の八つの手がかりがまちがっていても——あれはただのほのめかしだと指摘したな——仮説を試したところで、害はない。第二の八つの手がかりが疑惑を裏づけてくれたから、わしは結果をなにも恐れておらんかった。ただ、風の妖精のように軽々と結論に飛びつくことはせんで、こんなことをしたわけさ。ほれ、船長へ送った電報の写しだ」

　博士は走り書きをした封筒をポケットから取りだした。そこにはこう書いてあった。

スタートン子爵と名乗る男は偽者。航海中の船長の権限のもとに身柄を押さえ、同行しているはずの秘書、ヒルダ・ケラーについて追及せよ。居場所を教えることはできないはずだ。秘書は死んでいる。彼のキャビンと身体を徹底的に捜索するように。きっと証拠が見つかる。所持品のなかにおそらくフィルムがある。

(ここに形状が記してある)

そのフィルムを、午後三時五十分、ウォータールー駅着の特別郵便列車で当方に届ければ、逮捕は貴殿自身の考えであると公言してよし。フォータンブラは監禁室から釈放すること。よろしく。

ギディオン・フェル

「船長には特別な権限があるんだったら、それを使わんとな。だいたいわしがまちがっていて、秘書が見つかっても、たいした騒動にはならんかっただろうて。ところが、やはり姿が見えんかった。いいかね、この偽スタートンは、自分自身がまったく疑われんかぎりは、秘書の存在を好きに隠すことができた。偽スタートンは何度か、危機一髪の目にあっているんだぞ。だが、その社会的立場と、窃盗でいちばんの被害をこうむった人物であるという事実によってまったく疑われずにすんだ。ほら、息を詰まらせんように。もっとビールを飲みなさい。説明を続けていいかね?」

「ぜひとも」モーガンの言葉には実感がこもっていた。

「じゃあ、わしの手がかりのリストをちょっといいかな。オッホン！　慎ましくきみに証明できるかやってみるとしよう。きみの情報がすべて正しく完璧だとすれば、スタートン卿こそ、クイーン・ヴィクトリア号で〈盲目の理髪師〉の要件を満たすただひとりの人間だったと。

そこで、ひとつの仮定から始めよう。推理全体の拠り所となる仮定だ。この仮定とは、何者かになりすましたペテン師が船に乗っているというものだ。始める前に、その事実をしっかりと心に留めておこう。ニューヨーク市警本部長の電報も信じてよいものとすれば、少なくともとっかかりの方向は決まるよ」

「ちょっと待ってください！」モーガンが反論する。「もちろん、いまならそれはわかりますよ。犯人が誰かわかったのは博士おひとりですから、そう断定なさるのももっともだ。でも、あの電報にはドクター・カイルが怪しいと書かれていましたから、そうすると――」

「いや、そうじゃなかったよ」フェル博士が優しく言う。「その点こそが、きみの視界が霧で閉ざされてしまった原因だわ。誰しも電報では文字をできるだけ省いて金の無駄遣いを避けるという、ささいだがわかりきった事実がある。ちっぽけな言葉が削ぎ落とされたために、きみは勘違いしてしまったのさ。そのまちがいについては、〝八、簡潔な文体の手がかり〟のところで説明しよう。とりあえずは、船にペテン師がいるという考えだけにとどめておく。この点に関連してもうひとつあるんだが、船上ではっきりときみに語られた事実だから、わしは手がかりに入れようともせんかったんだ。思い返してみれば、わしがかかわったこれまでの事件でも、目立ちすぎて誰も考えてみようとしなかった事実があったな。その事実ひとつで、一気に

〈盲目の理髪師〉の捜索範囲は百人の乗客からごくかぎられた少人数へと減った。ニューヨーク市の警察本部長――誤認逮捕であっても、とにかく犯人を捕まえることをためらいもしないし、怖気《おじけ》づかないのもめずらしくない――はこのように電報を打っておるな。〝著名な人物につき、誤認逮捕手違いの回避、必須〟と。さあ、ここにヒントがぎゅっと詰まっておる。仰天するくらいだ。言いかえれば、この犯人はあまりに重要人物だから、本部長は名前を書かないのが賢明だと考えたわけだ。船長にあてた内々《ないない》の電報でもだよ。ということは、ありふれたジョン・スミスだとかジェイムズ・ジョーンズだとか、はたまたチャールズ・ウッドコックなんてのも除外され、新聞に彼らが――有名な人物であれば誰でもいい――ゴルフをしておる写真が掲載されれば世間の人たちがおそらくは関心をもつ、大金持ちや影響力のある者に狭められる。ニューヨーク市当局側がここまでもったいぶるのは、その有名人がイギリス人であり、真犯人ではなかった場合には、あとから極めて面倒なことになりかねないのがひとつの理由として考えられる。だが、その点は強調せんよ。それは手がかり以前のわしの推測にすぎんからだ」

フェル博士は呼び鈴が鳴らないかとそれとなく耳を澄ましていたようで、その呼び鈴が鳴るとうなずき、顔をあげてどなった。

「その人たちを通してくれんか、ヴィーダ！」

ドタドタと階段をあがってくる足音が響いた。フェル博士の書斎のドアがひらき、体格のいいふたりの男が犯人をあいだにはさんでやってきた。モーガンは茫然としてフェル博士の声を聞いていた。「ああ、こんにちは。ジェニングズ。それにハンパー。ジェニングズ警部、こちらは証人のひとりのミスター・モーガンだ。ミスター・モーガン、隣はハンパー部長刑事だ。犯人については、知っておるね」

だが、モーガンが犯人をただ見つめていると、その人物は気さくなくらいの口調でこう言った。

「初めまして、博士。わたしは――ああ、わたしの顔を観察しているね。いや、つまらない変装なんかのペテンはいっさいしていないよ。そんなごたいそうなこと。やあ、ミスター・モーガン。声が変わって驚いているね。あの誇張したしゃべりかたをやめられて、ほっとしているよ。あれには慣れてしまって素になりかけたくらいだ。くだらん、くだらん!」偽のスタートン卿はもとのしゃべりかたに突然もどして、金切り声をあげ、はしゃいで笑う。

以前の話しかたのこだまを聞いて、モーガンは少々びくりとした。偽のスタートン卿はいまは日射しを浴びているが、これまでは絵本の魔法使いのように暗いキャビンの奥まった場所でしかこの人物を見ていなかったことをモーガンは思いだした。顔はショールに埋もれ、つばの広い帽子の陰になっていた。いまようやく、この男の顔立ちは青白く、馬面《うまづら》で、かなり嫌味な笑みを浮かべた柔らかみのないものだとわかった。痩せぎすの喉に格子柄のマフラーを巻き、服装は風変わりだった。山高帽を浅くかぶり、葉巻をふかしている。グロテスクさはなくなったというのに、モーガンはその容貌を前より好ましく感じることなどなかった。まさに、ガラガラヘビのような目をしている。その目がフェル博士を値踏みし、窓辺へむけられ、自分との距離を測り、ふたたび気さくなものとなった。「入んなさい!」フェル博士が言う。「座って、れるならだがね」

楽にして。あんたとはぜひとも知り合いになりたいと思っておったんだよ。いろいろ話してく

「この被疑者はたいへん話し好きですよ、博士」ジェニングズ警部がじんわり笑いながら言う。

「列車ではハンパー部長刑事とわたしをずっと楽しませてくれました。こいつの自白をメモし

ていて、手帳がいっぱいになりましたよ」

「自白がどうした?」本人はそう聞き返し、左手をあげて葉巻を口から取った。「くだらん、

くだらん！　ハハハ！」

「しかしそれでもですな、博士」ジェニングズが言う。「まだ手錠をはずそうとは思わないの

です。こいつは自分の名はネモだと言っています。座れ、ネモ。博士が勧めてくださっている

んだ。わたしは隣に座る」

フェル博士は身体を横に揺らしながらサイドボードにむかい、ネモのためにブランデーを一

杯作った。ネモが腰を下ろす。

「肝心なのはこれだよ」ネモが自然なほうの声で説明する。偽のスタートン卿のときのかん高

さも、ぎくしゃくしたところもまったくないが、それでもモーガンが暗く嫌な臭いのするキャ

ビンでのあらゆる場面を思いだすだけの名残は響いた。「わたしを絞首刑にできると思ってい

るんだろ?　できないね。くだらん！」蛇のような首がゆっくりと回転し、その目がモーガン

にほほえみかける。「ハハハハ、無理だよ！　まず、身柄を送還されることになるからな。合

衆国が引き渡しを要求してくるよ。それだけ時間稼ぎできればなんとか――わたしはこれまで

もっと苦しい状況から抜けだしてきた」

フェル博士はネモの前にグラスを置くと、むかいに座り、じっくり観察した。ネモはまた首を巡らせ、博士にウインクする。

「まあ、本音を言うと、今回ばかりは諦めかけているよ。わたしは運命論者だからね。そうとも！　あんたのほうはそうじゃないのか？　こんなにお膳立てが簡単だった仕事はないと思うね。ハハハ、どれだけ簡単かって？　別に変装の名人にならなくてもよかったくらいさ。ペテンはしていないと言っただろ。わたしはスタートンに生き写しなんだよ。似すぎていて、奴の前に立てば、奴は自分かと思ってわたしのひげを剃るぐらいさ。いや冗談、冗談。だが、印をつけられたカードを出されちゃ、ゲームには勝てない。冷や汗をかいたかって？　こんなに苦労したことはなかったよ、このいまいましい若造どもが」ふたたび彼は首を巡らしてモーガンを見つめ、モーガンはその瞬間にネモが剃刀《かみそり》を手にしていなくてよかったと思った。「なにもかもややこしいことにしやがって」

「わしはここにいるお若い友人にちょうど話そうとしておったんだよ」フェル博士が言う。「友人自身の頼みで、きみが――スタートンではないと示す点をいくつか指摘しようとな。ミスター・ネモ」

博士は窓から射しこむ翳《かげ》りゆく日射しを背に椅子にもたれ、顔には出そうとしないが、かなり楽しくなってきたようだった。ネモのまばたきをしない目がその視線を受けとめてにらみ返す。

「わたし自身、ぜひとも聞かせてもらいたいね。逮捕手続きがあとまわしになるなら、なんでも歓迎だ。いい葉巻、いいブランデーもある。いいか、おまえ」ネモは博士に言いながらも、ジェニングズを横目で見る。「わからないことがあれば、いくらかは教えてやるよ。おまえの話が終わったらな。まずは、話を聞かせろ」

ジェニングズがハンパー刑事部長に合図すると、ハンパーは手帳を取りだした。

フェル博士は張り切って説明を始めた。

「じゃあ、十六の手がかりについて話そう。提示された証拠に目をむけると……なあ、ハンパー、全部書きとめることはないぞ。ここから聞いても全部はわかりゃせんから。偽者は重要人物に化けているとあきらかになって」

ネモが仰々しくお辞儀をすると、博士の目がきらめいた。

「〝一、連想の手がかり〟が生まれた。そこが出発点だったんだよ。最初のうちはまともとは思えなかった考えに、ちゃんと筋が通ったんだ。モーガン、きみと友人のウォーレンとの白熱した議論のなかで、ウォーレンが推理小説をネタにしてドクター・カイルが有罪だと熱心に説得したら、きみは自分でこう言っただろう。〝何者かがなりすましている、なんて考えも捨ててくれ。そういうのは、誰とも接触のない人物のときはいけるかもしれないが、著名な医者のように広く知られた人物になりすますのは無理だよ〟（一三三ページ）。

そいつは証拠じゃなかった。ただ、実際に誰とも接触のない人物が船に乗っておるという興味深い偶然が気になった。きみが言ったようにジャーミン・ストリートの世捨て人として知られる人物さ。〝誰にも会おうとしません。友人はひとりもない。彼がするのは、めずらしい宝石を集めることだけ〟とも言ったな（三二ページ）。そうした話は、わしがまさしく連想しただけの手がかりと一致するにすぎなかった。だが、疑いようもなく、スタートン卿は警察本部長からの電報に書かれた条件を満たしておる。ただの偶然ということもあったがね。

　続いて、わしはもうひとつの偶然を思いだした。スタートン卿がワシントンにいたことさ。本人か偽者か、どちらにしても、スタートンという人物がウォーパスおじさんを訪ねて、エメラルドの象を買ったことを話しておる（三三ページ）。そいつが〝二、機会の手がかり〟だ。その後、彼がウォーパスおじさんが軽率な行動を取った夜のパーティに参加して、映画フィルムのことを知ったとしたら」

「そのとおり」ネモがいきなり高笑いをした。

「その点、わしははっきり知らんかった。だが、たしかに知っておるのは、ステリー事件はワシントンのすぐ近くで起きたということだよ、ウォーレンの説明によればな。このステリー事件の説明が、わしの言う〝三、仲間意識の手がかり〟だ（七八ページ）。まるで魔法みたいな事件で、イギリス大使館がらみの犯罪だと表現されていた。ステリーは抜け目がなく、用心深く、有名な宝石職人であり、盗っ人が平凡であろうが狡猾《こうかつ》であろうが、警戒を怠りはしないと自負していた。しかるにある夜、ネックレスを預かってイギリス大使館をあとにして、あっさり強盗にあった。魔法のように思えるのは、そこまで警戒していた者がまんまとおびき出されたか強奪されたかしたこともだが、そもそも、犯人がネックレスのことをなぜ知っていたかという点もそうだよ。しかし、ふたりの有名な宝石関係者がたがいに手持ちの品を見せあい、商売の話をしたとしたら、ちっとも魔法のようじゃないな。ある著名な貴族が海外の大使館で歓迎されるのも、ちっとも魔法のようじゃない。なぜならたとえ、あまりにも世捨て人めいた暮らしをしておって、誰にも顔を知られておらんでも、身元を証明する書類さえもっていればいいからだ。こうして〝偶然〟が積み重なっていくわけだよ。

だが、この貴族はひとりきりで旅をしているんじゃない。秘書がひとりいる。モーガンの話で最初にちらりと登場するのは、貴族が――変わり者と評判で顔をすっぽり隠すマフラーを何本も巻いていてもおかしくない――船のタラップを駆けあがるとき、秘書を連れておったことだ（三三ページ）。乗客名簿でわしは、スタートン卿と同じスイートにミス・ヒルダ・ケラーの名前を見つけたよ。きみもあとで気づいただろうがね（一三二ページ）。だが、いまのところはあとまわしにしよう」

グフグフと音がしたが、それはフェル博士がパイプをくわえて笑っているのだった。

「そうとも、事件が起こったのは数日してからだった――そのあいだずっと、スタートン卿はキャビンに閉じこもり、秘書も一緒だった。フィルムの前半部分が盗まれると、謎の女が現れ、あきらかにウォーレン青年になにか警告しようとした。ホイッスラー船長に対する卑怯な襲撃があり、襲撃者たちがデッキに出て留守にした半時間に、女が消える。殺害されて海に投げだされたのだときみは信じた。わしも信じたよ。その女が何者で、なぜ殺害されたかという疑問はいったん保留にして、ベッドが完璧に整えられ、汚れたタオルまでも取りかえられたという興味深い一面を考えてみよう（一一三ページ）。きみもすぐに導きだすだろう結論から、〝四、目に見えない手がかり〟とわしが呼ぶものだよ」

　ネモは椅子に座ったまま身じろぎしている。グラスを置いた彼の顔はますます青ざめ、口元がひきつっているが、それは怯《おび》えとはまったく関係なかった。なにも隠そうとはしていないのだ。血の気が引いて底意地の悪い表情になったのは、モーガンには理解できない、なにかしらの感情のせいだった。まるで薬品の臭いのようにはっきりと、ネモからは気迫を感じる。

「わたしはあの売女《ばいた》に夢中だったのさ」声の調子と表情がふいに変わり、一同は思わずぎくりとした。「あの女は地獄に墜ちていればいい」

「そのくらいにしなさい」フェル博士が静かに諭し、話を続けた。「何者かがなんらかの理由で彼女を殺害したかったとしよう。なぜただ命を奪ってその場に置き去りにしなかったのかね？　まず推測されるのは、遺体が発見されるほうがこの人殺しには危険で、海に投げだすほうがずっとましだったということさ。だがそういうことはあり得ない。行方不明事件にしても、あきらかな殺人事件にしても、捜査はおこなわれるはずだ。しかし、じっくり考えてくれ！　人殺しはなにをした？　入念にベッドを整え、タオルを取りかえた。これではきみたちに、気絶した女が意識を取りもどして、自分のキャビンへもどったのだと思わせることはできん。まったく逆効果だ。つまり、人殺しは当局——この場合はホイッスラー船長——に女は架空の存在だと思わせることを狙ったんだ。なにか理由があって、きみたち自身が作りだした嘘だとな。四人がその女を目撃しておるのだから、どう考えても正気の沙汰ではない手口の裏に、人殺しのどんな動機があったのか考えてみよう。まず、Cデッキでなにがあったかこいつは知っていた。ホイッスラーが自分を襲ったのはウォーレン青年であり、エメラルドを盗んだのもそうだと見なすよう願った。モーガン、きみがなにを話しても、ホイッスラーが信用しそうになく、どんな言い訳も軽くあしらうだけだと、人殺しはわかっておったのさ。だが、娘さんが架空の存在だと演出する危険な手口を選ぶというのは、（A）遺体が見つかれば、この人殺しがかならずや追及されるから、なにがあっても警察に少しでも捜査をさせるわけにはいかなかったことを意味する。それに、（B）娘さんの不在を隠すほうがはるかに危険が少なく、隠し通せると信じるだけの立派な理由があったということにもつながる。

さあ、諸君、こいつはじつに大胆な選択だよ。わずか百名の乗客という集団から、ひとりの人間の不在を隠そうとするんだからな。では、少しでも捜査をさせるわけにいかなかった理由とは？　誰も行方不明になってなどおらんと、捜査する者たちに納得させられるよう願ったのはどういうわけだ？

まず、この娘さんが何者だったか自問してみるといい。ひとり旅だったはずがない。ひとりだったならば、百名のなかから犯人に直結する証拠はもたないだろう。そもそも存在しなかったように見せかける必要があるほど密接な関係があったということは考えられないよ。それに、ひとり旅の乗客は失踪しても、いちばん目につきづらいはずだ。同じ理由で、家族連れの乗客でもないな。ホイッスラー船長が抜け目なく指摘したように、家族の誰かしらが行方不明だと訴えるはずだ。となれば、この女はふたりで旅をしていたわけだ。つまり、この人殺しと。妻でも付き添いでも名目はなんでもいいが、ふたりで旅をしていたんだよ。彼女がいなくなったことを隠せるんじゃないかと人殺しが期待できたのは、この娘さんが船で知り合いを作っておらんし、自分と片時も離れなかったからに違いない。すなわち、人殺しは自分のキャビンを一瞬しかあるいはまったく離れておらんかったのさ。次に、人殺しは自分が疑われないほど高い地位にあり――逆のいかにも怪しい人物ではなく――自身が窃盗の被害者で注意を自分からそらすことができて、うまく隠せそうだった。しかし、それだけ条件は揃っているのにでんと構えることはせず、いっさい捜査されるわけにはいかんかったのはなんでかね？　比較的わかりやすい答えは、この犯人が実際は身分を偽る詐欺師だったというものになる。ここでじっくり考えてくれ。ひとりの付き添いの女と旅をしていたのはどんな男か、いっときもキャビンを離れなかったのはどんな男か。疑われないほど高い地位にあるのはどんな男か。窃盗の被害者だったのはどんな男か。最後に、わしたちが、詐欺師だとはこれっぽっちも考える理由のないのはどんな男か。そうすると、驚くことに、やはりスタートン卿にずばり目がいくんだよ。これだけのことが、清潔で血痕のないタオルの手がかりつまり目に見えない手がかりから組み立てられる。だが、これもまだ、決定的な証拠のない偶然だわ。もっとも、裏づけをすぐに教えられるんだがな。不注意にもベッドに忘れられていた剃刀のことだよ」

しばらく葉巻をふかしていたネモが、せわしなく身じろぎをして、一同へ順々に視線を送った。青白くて痩せこけた顔にずっとぼんやりした表情を浮かべていたのだが、いまは優雅な魅力をたたえた大きな笑みを浮かべており、モーガンは身震いした。「わたしはあの売女の喉を掻き切った」ネモが口をはさみ、葉巻で再現する身振りをしてみせた。「ああしてやるのが、あの女のためだった。それにわたしもかえって満足できたね。ほら、あんた」ネモはひたすら自分を見つめるハンパーに声をかけた。「書きとめろよ。頭蓋骨に傷を負わせるほうがはるかにいいんだ。以前、外科医に詳しく教えてもらった。練習すれば、急所を見つけることができるようになる。だが、あの女はそうするわけにいかなかった。スタートンの剃刀セットから一本を抜き取ってとどめを刺し、ほかの剃刀は捨てるしかなかった。つらかったよ。あの剃刀のセットは百ポンドほどの価値があったはずだから」

　ネモは笑い声をあげていきなり片手を動かすと、賞賛を捧げるように山高帽を浮かせ、ほくそえみ、かかとを鳴らし、酒のおかわりを頼んだ。

「それだよ」フェル博士はしげしげとネモを見つめた。「わしのにらんだとおりだ。ここにいるお若い友人に、剃刀は一本ではなく、七本あったことを思いだすよう頼んだんだ。浮き彫り細工入りで、銀があしらわれ、黒檀《こくたん》の柄というめずらしい非常に高価なセットの剃刀で、あきらかに特注で作ったものだよ（一三八ページ）。なみの男はそんなものをもっておらん。わしの〝五、七つの剃刀の手がかり〟は、そうしたものをもっていそうな人物は、金のかかる装身具を追いかけて、エメラルドの象を買った者ということさ。〝それ自体にたいへんな価値があるんです。珍品で、貴重品です〟、だったな（三三ページ）。

　この剃刀がふたたび、謎の女は何者かという疑問を思いださせる。

　彼女が一度だけ人前で姿を目撃されたのは無電室だった。電報係の話によると〝紙をたくさん手にしてた〟のを見られている（一五七ページ）。わしはこれを象徴の意味合いで〝六、七つの電報の手がかり〟と呼んでいる。その描写はどう見えるね？　どうでもいい電報を国へ送ろうと躍気になる楽しげな観光客じゃないな。いかにも仕事中の人物だ。仕事がらみのたくさんの電報とくれば、秘書じゃないかと思い当たるな。いよいよ、推理の組み立てに入ろう。わしらの〈盲目の理髪師〉はキャビンに閉じこもった有名な世捨て人に扮した詐欺師であるだけでなく、女性の付き添いと旅をしておった。この付き添いは秘書であり、世捨て人はたいへん裕福な人物で、グロテスクな装飾品を好む」

　フェル博士は突然、杖を振りあげ、ネモに突きつけた。

「なんで殺した？　共犯だったのか？」

「話をするのはそっちだろ」ネモは肩をすくめる。「わたしは退屈で仕方がないよ。まったくうんざりだね。わたしが話したい気分になっても、ペラペラとあんたは――まあ、あんたのブランデーはそんなに悪くないね。ハハハハハ。温かく接してやるとしよう。さあ、続けろ。あんたが話すんだ。そのあとでわたしが話す。驚かせてやるよ。ただし、ちょっとばかりヒントをやろう。そう、あんたの努力に正々堂々と見返りをやるのさスタートン卿ならそうしただろうからな。ただ、わたしはホイッスラーの老いぼれを襲ってないぞ！　ハハハッ、そうとも。ヒントというのは、あの女は誠実さという点で、高潔と評せるほどだったよ。わたしが何者か気づくと、どうしても手を貸そうとしなかった。そして、あの若造に警告しようとしやがった。まったく、いまいましいバカめ！　そうだろ？」ネモはそう訊きながら、尊大に片目をつぶり、葉巻を口にもどした。

「知っておったのかね」フェル博士が言う。「ウッドコックという男に、フィルムの半分を盗むところを見られたと?」

「あいつが?」ネモは聞き返し、片方の肩をあげてみせた。「そんなの気にすることはないだろ? あのときは、頬ひげははずしてあったし――つけひげだったのさ――小さな蜜蠟の塊を含んで口をふくらまし、頬に赤アザを描いた。誰がわたしだと見抜けるんだ?」

　フェル博士は紙切れにゆっくりと一本の線を引いた。

「というわけでわたしたちには、初めての直接的な証拠が手に入った。〝七、排除の手がかり〟だよ(三二六ページ)。ウッドコックは、自分が見た連中はどれもあてはまらないと言っている。さて、ウッドコックは船酔いはしていなかった。ダイニング・ホールにはずっといたから、船酔いの乗客たちがねぐらから起きだしたとき、盗っ人には気づいたはずだよ。盗っ人が最後までキャビンに閉じこもっているごく少数に入っていれば別だが。オッホン! 誰か、奇抜な推理をした者がいたかもしれんね。犯人はペリゴードだとか、そのあたりだと。だが、ペリゴードは除外され、カイルも除外され、ほぼ全員が除外された。どういうことかは明白だったが、誰もがニューヨークからの電報のせいで、まちがった手がかりを信じてしまったのさ」フェル博士は紙切れに急いでなにか書きつけ、モーガンに押しやった。


　連邦捜査官、ステリー事件マギー事件首謀者、関与疑う。乗船中人物、連邦捜査官、医師は偽者と考える。

「これがどうしました？」モーガンがそう言うと、博士はいくつか印をつけて、ふたたび紙切れを押しやった。

「〝八、簡潔な文体の手がかり〟だよ。言葉をはしょったばかりに誤解を与えた。だが、後半の文はこんなふうに読んでみなさい（二〇三ページ）」

乗船中の人物について、連邦捜査官および医師は偽者と考える。

フェル博士がその紙切れを丸めながら言う。「つまり、まったく話は違ってくるんだ。〝医療関係者の発言は影響力大〟という文言は、病院の担当医師が大騒ぎしているというだけの意味なんだよ。自分がスタートンだなどと言い張る入院中の患者は、だいぶ強く頭を打ったようにしか思えんが、それでも医師は患者の言葉を信じておるから、その患者の主張を軽んじてはならんと言っているんだ。しかしまあ驚くわ！　モーガン、きみはドクター・カイルが人殺しで、医療関係者たちが彼を守るためいっせいに立ちあがったという意味だなどと本気で思うのかね？　そんな笑止千万なことを考える者はおりゃせんよ。もちろん、これはスタートンのことだ！　さあ、根拠のないもつれた想像は取っ払おう。ほかの誰かではあり得ないってことにきみが気づくまで、ひとつずつ事実を積みあげていこう。最後の特大で文句のつけようのない証拠まで」

博士は怒った仕草で丸めた紙をテーブルに投げた。

「きみたちはエメラルドを失ったことについてなだめようと、スタートンを訪れる。秘書を見かけたか？　いいや！　寝室で誰かと話をしていたらしき言葉は聞いている（二三三ページ）。だが、きみたちは物音もたてず、しゃべってもいないのに、彼は寝室を飛びだしてきてドアを閉める（二三三ページ）。きみと仲間がそこにいることはすでにわかっていて、きみを騙そうと一芝居打ったのさ。失敗だったのは――〝九、まちがった部屋の手がかり〟だよ――なんで寝室などで仕事の話をしたのかだ。応接室のほうで寝ておったのはあきらかだった。薬瓶も転がっておったしな。だが、芝居のためには、見られない場所にいないとならなかったのさ（二三三ページ）」

モーガンはネモが甲高い笑い声をあげるのや、ハンパーが鉛筆でメモを着実に取っていく音を耳にした。それでもフェル博士は気にせず話を続ける。

「それに、〝十、照明の手がかり〟もある。カーテンをつねに閉め、顔はショールに埋まり、帽子をかぶって、いつも照明を背にしている（二三三ページ）。さらには、〝十一、個人の好みの手がかり〟というはっきりした手がかりもある。本物のルビーを目玉に使ったおもちゃの人形が、きみにウインクして流し目をくれていただろう。この偽者がきみたちをだまくらかしながら、わざと小突いたんだよ。それなのに、きみには首を振るチャイナ服人形と高価な剃刀との関連が見えんかったとは！（二三五ページ）　それに」フェル博士は杖で鋭くテーブルをつついて言う。

「キャプテン・ヴァルヴィックやミセス・ペリゴードと、行方不明の娘さんを見つけだそうという不屈の意志で船内をまわったとき、なにが起こった？　しらみつぶしに船内を調べたが、無邪気な潜在意識のせいで、スタートンの秘書に直接会わせろとは要求しなかった。キャビンに行き、質問をしただけで、深く追及もできずに彼に追いだされた！　〝十二、避けられた説明の手がかり〟さ（二五八ページ）」間を置いてフェル博士はぐるりと振り向き、ジェニングズ警部を見やった。「ところで、ジェニングズ。きみはいまの話が全然わからんかっただろう？」

ジェニングズ警部は苦笑した。「全部わかりましたよ、博士。だから、話の腰を折らなかったんです。ネモが列車の旅でいまのをすっかり話してくれたんで。全部あたっていたな、ネモ？」

「くだらん、くだらん！」ネモがスタートン卿の声色で嫌味にはしゃぐ金切り声をあげた。「いかれたホイッスラー船長め。汽船会社を訴えてやる！　ほかにもいろいろ考えているからな——どうだい、警部？」

警部はあきれ顔でネモを見つめた。手錠でつながれているが、もっと離れていたいと願っているようだ。

「たいした芸だ」警部は冷たい声で言う。「だが、おまえもこれで絞首刑だな、薄汚い豚め。話を続けてください、フェル博士」

ネモはさっと背筋を伸ばした。

「よくも言ってくれたな、おまえをいつか殺してやる」ネモも負けないほど冷たい声で切り返す。「それは明日かもしれないし、明後日かもしれない。一年後かもしれない」その視線が室内をさまよった。顔色がさらに悪くなり、呼吸が浅くなった。必死になっておどけて、気力を保とうとしているらしいとモーガンは見てとった。ネモが不意に訊ねた。「今度はわたしがしゃべっていいかな?」

22　ネモ退場

部屋は陰に包まれてきた。ネモは帽子を脱ぎ、その縁で額をなぞった。種明かしでもするような身振りを見せる。

「しゃべってやるよ。あんたが生まれついての名人を負かせない理由を。あんたの話の穴を埋めてやる。成功まちがいなしの設定から、わたしがどんなふうに追いやられたかを説明する。なのに、この若造どもは、それを愉快だと思っていやがった。

わたしが誰かはしゃべらないからな」ネモはそう言い、おもしろがるような表情で一同を見まわした。それを見てモーガンは読書室で天井をにらんでいたウッドコックを思いだした。

「わたしは誰にだってなれる。本当は誰なのか絶対にわかることはない。わたしはロンドンのサービトンのハリー・ジョーンズにも、ニューヨーク州ヨンカーズのビル・スミスにもなれる。あるいは、さっきまでなりすましていた人物とそう違わない男にもね。ただ、わたしがなにかはしゃべってやろう。幽霊だ。どういうことか、好きなように推理しろ。わたしは正解を絶対にしゃべらない。しゃべる機会など訪れない」

ネモは口元をゆるめた。誰も声をあげない。外の黄色い夕焼けがフェル博士、ジェニングズ、モーガンを見つめるネモの顔を妙な色に染めていた。

「それとも、ただの気狂いトミーと名乗ってもいいな、住まいは……まあどうでもいいか。だが、こいつはしゃべってやるよ、わたしはこのトリックをうまくやってのけていたってな。誰にも怪しまれずにスタートンで通っていたが、手口は教えない。秘書が奴のところで働くようになって、まだ一、二カ月だったな。わたしは奴の秘書を騙した。秘書がのところで働くようになって、まだ一、二カ月だったことは認めるが、とにかくわたしは騙せた。わたしがあんまり変わり者なんで、ビジネスのことを忘れることがあっても、あの女が助けてくれた。仕事のできる女だったよ」ネモは手をぶらぶらさせて、高笑いする。「なりすますのがあんまりうまくやれたんで、こう思ったくらいさ。〝ネモ、一仕事が終わるまでスタートンで通すつもりだったが、このまま続けたらどうだ？〟とね。

わたしは秘書を雇いつづけた。そうそう、ニューヨークでマギーを殺《や》ったのはまずかったな。だが、あいつはダイアモンド商人だ。わたしはダイアモンドには抵抗できないんだよ。船に乗ったときは、スタートンの無限の財産――わたしが真似た小切手の署名を見たことがあるか？――と五十万ポンド近い宝石類が手元にあった。ただし、わたしがもっていると人に知られているのは、エメラルドの象だけだったがね。わたしはどうするつもりだったと思う？　正直な人間として、関税を払うつもりだった。揉め事は起こさずに。あとは有名なスタートンらしく行動するだけだった。わたしが密輸するはずはないから、荷物は詳しく調べられなかった。船に乗れば始終、一緒にいるからヒルダ——ミス・ケラーさ、わたしのヒルダ——に偽者だとばれるのは、わかっていた。でも、ばれてほしかった。こう言うつもりだったからな。〝おまえはこの深みにもうはまった。それも深すぎるやつに。このわたしに協力するしかないんだ。だから〟」——ネモは身振りをまじえて、かなり太くて凄みのある声でしゃべった。「〝身のまわりの品はわたしの寝室に移動させろ、ヒルダ〟。そう言うつもりだった。ハハッ!」

「それだけ金があったのなら」フェル博士が鋭い声で訊ねる。「なんで、フィルムを盗もうとした?」

「厄介事さ」ネモは空いた手で鼻の横をつつく。「厄介事を起こすため。誰でもいいから、とにかくたくさんの連中に! この気持ち、あんたにわかるか? いいや、わからんだろ。あのフィルムを使っていちばん大きな打撃を与えられる者に、タダでくれてやるつもりだった。あんたにはわからないだろ? だが、わたしにはわかる。わたしはスタートンのようなものだ。スタートンの幽霊かもしれない。わたしは憎んでいるんだよ。人間を」ネモは笑い、こめかみを揉んだ。「フィルムの話はワシントンで聞いた。その後、わたしの正体をまだ知らなかったヒルダがあの日の午後キャビンにやってきて、無電室で立ち聞きしたじつに興味深い電報の話をした。そのとき、わたしの才覚——わたしのだぞ——がワシントンでのフィルムの話を思いだしたんだ。こう思ったね。〝こいつは、ヒルダを少しずつ手なずけるチャンスだぞ〟と。それでわたしは決めた。フィルムを手に入れてあの女に見せ、ふたり揃って、どんな厄介事が引き起こせるかたしかめようと。

そのとおりのことをしたんだよ」ネモは急に、カラスのようなしゃがれた大声を出した。「だが、あの女は理解しようとしなかった。だから、殺すしかなかったのさ。

その直前になにがあったか聞きたいか？　別のことがひらめいたんだ。あの女をわたしに惚れさせようってな。最初にスタートンの老いぼれから盗む計画を立てたときには、奴になりすますつもりはなかった。まったくな。わたしはあの象を追っていて、すり替えるのに、ほぼ完璧な模造品を作らせた。そう、ただすり替えるつもりだった。

だが、スタートン卿になりすましてしばらくして、考えたのさ。丸儲けすりゃいいじゃないか？　本物のエメラルドに関税を払う必要があるか？　手口は簡単なはずだった。関税では本物を隠しておいて、偽物を見せる。そうして、バカ高い関税を払おうとしたら、職員はこう言うさ。〝こちらは本物ではありませんね〟と。わたしは無邪気に驚いて〝なんだって？〟と言う」ここでネモは楽しそうにくすくす笑った。だが、その目にはどこか裏腹な感情が宿るようになっていた。「〝閣下、騙されたのですよ。これは本物ではありません〟と返される。そんなものに大金を注ぎこんだことをさんざん笑われ、わたしは見苦しく罵《ののし》ってから、多額のチップを与えて、この件は内密にするよう頼む。そして本物のほうはというと荷物に入れて難なく歩き去る。だから、いかにも本物らしく見せようと、船長に金庫に入れてもらおうとしたのさ。

それなのに、どうなった。まずいことになった。腐れ世界が！　まずいことになった！　この若造どもが――」

フェル博士が静かにさえぎった。「そのとおり。そしてあんたが失敗したのは、その点だった。わしが〝十三、直接の手がかり〟と呼ぶものだ。とにかくあんたは、エメラルドを盗まれるわけにはいかんかった。そいつが偽物だから、なおのことな。盗難があれば、まずは船上で取り調べがあり、その後には警察の取り調べがあるからだ。そんな危険は受け入れられん。あんたにできたのは、本物のエメラルドを取りだしてもどってきたと言い、捜査をやめさせることだけだった。それで万事解決のはずだった。〝直接の手がかり〟となる、あんたの完全なる失敗は、そこで初めて、自分の役柄に合わない行動を取ったことだよ。スタートン卿ならば絶対にやらないことをした。こう言っただろう。〝どうしてこうなったのかは知らん。どうでもいい。もどってきたんだからな〟（二四〇ページ）と。一言だって、スタートン卿らしく聞こえんぞ、我が友ネモよ。一瞬わしがとまどったのは——いまはどういうことかわかるがね——鋼《はがね》の箱に入った偽物のエメラルドを、なぜドクター・カイルのキャビンの衣装トランクの裏に放置したままで、見つかるような危険にさらしたかだ。あんたは現場にいてすべてを盗み見ておったんだから、どこにあるかは知っていたに違いないのに。ウォーレン青年があそこで偽のエメラルドを発見したら、誰だってあんたが嘘をついていると見抜いてもおかしくなかった」

「ちょっと待ってください！」モーガンが反論する。「ぼくには見抜けませんよ。どうしてそういうことになるんです?」

「エメラルドがふたつあることはあきらかだった。ひとつがカイルの衣装トランクの裏で箱に入ったままずっと放置されておったのならば、そいつはスタートンが取りもどしたのと同じものじゃない。エメラルドを収めた鋼の箱は、船長がスタートンから直々に受けとったものだったじゃないか！　つまりそっちが本物のエメラルドのはずだった。それなのに、スタートンは別の象を見せびらかして、これが本物だと言う！　〝十四、周知の替え玉の手がかり〟はきみ自身の話のなかにちゃんとひそんでおるのさ。エメラルドがふたつあるのならば、スタートンは本物と偽物の区別はついていたはずだ。まちがいないね。だが、船長に渡した鋼の箱のエメラルドが本物だとしたら、スタートンにもどされたほうは本物のはずがない。それなのに、本物だと言ったんだぞ。導きだせるのは、それほど難解な答えじゃないだろう？　その答えとは、大胆な偽者が怪しいとまっすぐに指し示す」フェル博士はネモを見つめた。「だがな、我が友ネモよ。一瞬とはいえ、わしにわからんかったのは、あんたが偽のエメラルドをカイルのキャビンに放置して、そいつが見つけられるかもしれないという致命的な危険をそのままにしたことだった」

ネモは理解に苦しむほど興奮し、ひっくり返って、グラスを叩き割った。しばらく興奮の色を強めてなにかが起きてほしいのに起きてくれないとじれてでもいるようだ。

「あれは海に落ちたと思っていたのさ！」ネモは噛みつくように言う。「海に落ちたはずだった！　聞こえたんだ」彼はモーガンに指を突きつけた。「その豚野郎の声がきれぎれに。高波でデッキはそりゃうるさかった。だが、わたしは耳を澄まして、こいつがこう言ったのを聞いたんだよ。〝海に落ちた〟って」（九一ページ）

「残念ながら、あんたは聞き逃した部分があったんだよ」フェル博士は平然とそう言い、鉛筆で〝十五、誤解の手がかり〟を線で消した。「残るは、あんたを打ちのめすに違いない〝十六、決定的な手がかり〟で、それは偽のエメラルドが本当に見つかったときのことだ。最後まであんたは盗難などなかったと叫び、その件を誰かが口にするのを禁じるという無謀なことまでやった（三三三ページ）。そのために、化けの皮がはがれ、それまで気づいておらんかった者にも、あんたの正体がばれたんだ。あんたがやるべきだったのは、たとえありそうにない話でも、エメラルドがまた盗まれたという話をこしらえてみることだったのさ。それでも、気のいいジュールおじさんが海に捨ててくれたおかげで、少しのあいだとはいえ、あんたも救われたがね――我が友ネモよ、頭《こうべ》を垂れて、運命の女神の前にひれ伏すのだ」

ネモは背筋を伸ばし、首を巡らした。

「わたしは幽霊になるだろう」彼はうつろな目をして真剣そのものの口調で言った。おどけた調子がないだけに、むしろ不気味だった。「それでも、友よ、わたしは全知の神じゃないのさ。ハハハッ！　でも、すぐにそうなる。そして剃刀を手に、いつかの夜にもどってくる。あんたが見ていないときに」

ネモは笑いを爆発させた。

「この人はどこか悪いんかね？」フェル博士はゆっくりと立ちあがった。

「あの小瓶さ」ネモが言う。「一時間前に飲んだ、汽車を降りる直前に。効かないかと心配していたよ。心配だったから、しゃべるしかなかった。わたしはあれを飲んだ。だからわたしは幽霊なんだ。幽霊があんたの前に一時間座っていたのさ。あんたがそれを忘れず、夜になると思いだすことを祈るよ」

薄気味悪い黄色の夕日を浴び、フェル博士の巨体が黒いシルエットになる前で、犯人の高笑いが弾け、身体をせわしなく動かす音がして、モーガンは凍りついた。ややあって、沈黙に包まれながら、ジェニングズ警部がのろのろと身体を起こした。落ち着き払った表情をしている。手錠のきしむ音、カチャリという音が響く。

「そうだな、ネモ」ジェニングズ警部は満足そうに言う。「おまえがそういうことをたくらんでいると思った。だから、小瓶の中身をすり替えておいた。悪党はたいてい、そういうことをやる。古い手口だ。おまえが毒薬で死ぬことはない」

高笑いは喉が詰まる音に変わり、男は手錠をガチャガチャと揺さぶりはじめた。

「毒薬では死なせないぞ、ネモ」ジェニングズ警部が悠々とドアへむかう。「おまえは絞首刑だ。それではおやすみなさい。そしてご協力、感謝です」

解説

七河迦南

1　ジョン・ディクスン・カー――趣向と伏線の人――

「あなたが一番好きなミステリは?」と問われたら答えられますか?

わたしには無理です。一つの題名を挙げようとした瞬間に「いや、あれの方が」「やっぱりこっちだろう」と選択肢は無数に広がっていき、ついには絶句してしまうことでしょう。でも問いが「あなたが一番好きなミステリ作家は?」だったら即答します。「ジョン・ディクスン・カー」と。子どもの頃も、今も。たぶんこれからも。

カーの魅力についてはたくさんの名ガイドが一家言《いっかげん》を残してきました。

江戸川乱歩は「カー問答」でカーの特色を、〝1　不可能興味、2　怪奇趣味、3　ユーモア〟であると指摘しました。これに対し松田道弘は「新カー問答」で〝1　ロマンス（伝奇騎士物語）好み、2　奇術愛好癖による趣向だて、3　職人作家としてのサービス精神〟を挙げて論じ、瀬戸川猛資は『夜明けの睡魔』でカーの関心は「どうしたら読者を一番満足させることができるか」「意外性の極致」「できそうにないことをやってみせようという〝不可能興味〟」であると述べました。

カーの世界は、さまざまな読み手がいろいろな角度から光を当てると少しずつ違った輝きを見せる宝石、あるいは照明の色が変わるたびに別の世界が出現し別の像が浮かび上がるワンダーランドです。そしてそれは磨き抜かれた鏡のように読み手、論じ手自身をも映し出します。わたし自身も例外ではなく、一見作風はかけ離れていても、カーに魅《ひ》きつけられるところはそのまま自分が創作で大事にしようとしている点と同じなのです。

わたしにとってのカーの特色は次の二つ。一つ目は新たな趣向（驚き）へのこだわり、二つ目はストーリー全編にわたり自然かつ大胆に置かれた手がかりや伏線の妙です。

第一の特質の「趣向」とは意表をつく密室の解法、意外な犯人といった狭義のトリックに限りません。むしろ、インパクトのある設定、予想外の展開、作者自ら注釈をつけ読者に挑戦するメタ的な構成なども含め、各作品にいつも何か新しい「狙い」を入れて読者を「あっ」「えっ」と言わせよう、というこだわりこそカーらしさではないでしょうか（もっとも時にその「狙い」は読者に伝わらず「はあ?」「何のこっちゃ?」となったりするのですが）。

しかしカーはただ読者を驚かせればいいという「ショッカー」的な作家ではありません。彼がフェアプレイを重んじていないとする識者もいますが、どうしてどうして、カーはクイーンに負けず劣らずフェアプレイにこだわっています。ただその方向性が違うのです。「なぜ現場に被害者の帽子がなかったのか」に始まり、厳密な論理のもとあらゆる可能性を消去していって「故に犯人は~である。QED」宣言で終わるクイーンのフェアプレイを直列的とすれば、カーのそれはいわば並列的です。何気ない描写に示された情報やちょっとした矛盾、それらは手がかりというより伏線という方が適当な場合も多く、一つ一つは必ずしも犯人に直結するとは限らない。しかしひとたび視点を切り換えてみると、至る所の描写が皆その意味を変え、作品の全体・各登場人物の人間像全てが有機的に結びついて初めから一つの方向を向いていたことがわかる、それこそがカーのフェアプレイなのです。

2 『盲目の理髪師』について

カーが一九三四年に発表した本作は『魔女の隠れ家』『帽子収集狂事件』『剣《つるぎ》の八』に続いて名探偵ギディオン・フェル博士が登場する第四長編です。

大西洋をアメリカからイギリスにわたる客船クイーン・ヴィクトリア号。暴露されればアメリカ政界を揺るがす大スキャンダルになりかねない宴会のフィルムが盗まれ、取り戻そうとする船客の探偵小説作家モーガンと仲間たちの前に現れた瀕死の女性とその消失、さらに乗船していた英国貴族の秘宝エメラルドの象が行方不明に。やつぎばやに起こる各事件はいずれも実態がなかなか明確にならず、そもそも事件なのかそうでないのかもわかりません。厄介なのがこの愉快な仲間たちが常に一杯やっていることで、勘違いや失敗の連続が酩酊の中で混迷を深めていきます。しかし笑い飛ばそうとするたびに現れる新事実が、ドタバタ劇の中にも、えも言われぬ不気味さを漂わせます。いったい殺人はあったのか、なかったのか？　あったとしたら殺されたのは誰なのか？

そんな混沌を吹き払うのが我等がフェル博士。物語は、一足早く船を下りたモーガンが『剣の八』事件で知り合った博士に助けを求めて船上の出来事を語るという構成で、カーとしては初めての安楽椅子探偵ものとなっているのです。

3　『理髪師』をどう読むか——What done it の先駆？

さて、この作品の評価ですが、乱歩が挙げる三大特徴の一つ「ユーモア」の部分が全面に押し出され、カー全作品の中でも最大の笑劇《ファルス》作品であることは衆目の一致するところかと思います。一方でミステリの仕掛けという観点から見ると、どう読んでいいか評価に戸惑うところのある作品かもしれません。

カーが創造したもう一人の名探偵、H・Mことヘンリ・メリヴェール卿の登場するカーター・ディクスン名義の作品の多くは、オカルト的に演出された、密室に代表されるはっきりした不可能状況＝問題の提示を読者に行い、その問題を明快なトリックで解き明かすわかりやすい構造を持っています（カー自身はこれらの作品を初心者向きと捉えていた節があり、乱歩も「通俗的」と評しています）。

一方第六長編にして代表作の一つ『三つの棺』での密室講義により「密室の大家」のイメージがあるフェル博士ですが、そこまでの五つの長編ではいずれも密室・不可能犯罪は扱われていません（『三つの棺』自体もともとバンコランものとして構想されていました）。フェル博士ものでのカーは、ディクスン名義の作品のように正面から読者に挑戦する代わりに一作毎に違ったシチュエーションの工夫、凝った演出を提供します。明快な謎が提示されていなかったり、読者が問題だと思ったのと全く別のところにトリックが仕掛けられていたり、ある意味実験的でわかりにくい場合もあるのですが、今日《こんにち》に通じるある種の現代性をより持っているようにも思えます。

How done it の大家とされ、実は Who done it の達人でもあったカーですが、この『盲目の理髪師』でやりたかったことの一つは今日《こんにち》でいうところの What done it に通じるところがあるのではないでしょうか。What done it のミステリとは、謎めいた、何かがありそうだけれど何だかよくわからない、そういったストーリー展開の中で、そこで本当に起こっていたことは何だったのか→我々が見ていたと思っていたものと全く違う何かが起きていた、というような構成になります。もちろん、最初雲を摑むような混沌に登場人物や読者を投げ込み、物語の進行につれて状況を明らかにしていく、というプロットはエンターテインメントではしばしばあるものなのですが、そこはミステリなので、起きていることを推理させる手がかり、伏線が十分に張り巡らされていなければなりません。そこにカーの第二の特質が示されます。

本作の半ばに置かれた「幕間」で、フェル博士はこの混沌のドタバタ劇の中に八つの手がかりが存在すると指摘します。結末ではさらに八つを加え計十六の手がかりについて（読者には該当頁を明示するサービスつきで）解説し真相を解き明かすのです。読み返すとフェル博士が挙げた点以外にも作者が至る所にヒントを明記し、一つの方向を指さしているのがわかって感心させられます。「盲目の理髪師」が行ったトリックは至って初歩的なものです。しかし「理髪師」の言動がこのファルスの中に極自然に溶け込んでいるので、わたしたちはモーガンたちと同様、ほとんど目の前に真相を突きつけられているのに見過ごしてしまいます（そう、あそこの、あの場面です！）。

4　停泊、そして新たな航海への誘い

今回、一九六二年以来約五十五年にわたって親しまれた井上一夫訳に替わって、三角氏の訳による新装となりました。和訳では例えばそれぞれの一人称を「わたし」「ぼく」「オレ」などどう訳すかによってイメージも一変するので、好みも人それぞれだと思いますが、今回の新訳

では、読者をミスリードする記述や、フェル博士が示す手がかりの解説などがよりわかりやすい文章で示され、ミステリの構造がよりくっきりとして見通せるようになり読みやすくなったのではないでしょうか。

カーは本作の他にも船を舞台にして、不可解極まる人間消失を描くラジオドラマ「B13号船室」、第二次大戦下の大西洋を行く船上で存在し得ない殺人犯を登場させるH・Mものの『九人と死で十人だ』などの傑作を書いています。

ダグラス・G・グリーンの評伝『ジョン・ディクスン・カー〈奇蹟を解く男〉』によれば、カーが後に妻となるクラリスと出逢ったのは旅行先のイギリスからニューヨークに帰国する客船であり、結婚した二人がイギリスに移住する時に乗った貨物船キャプラン号の旅の一部が、本作のクイーン・ヴィクトリア号や登場人物（元船長のヴァルヴィック）に反映されているといいます。カーは船という舞台に格別の思いを持っていたのでしょう。

そんなカーという水先案内人に導かれ、ミステリという大海の船旅を楽しむ仲間が一人でも増えることを願ってやみません（ただし飲み過ぎ・酩酊に注意のこと）。

訳者紹介　1965年福岡県生まれ。西南学院大学文学部外国語学科卒。英米文学翻訳家。カー「帽子収集狂事件」、アンズワース「埋葬された夏」、カーリイ「百番目の男」、ジョンスン「霧に橋を架ける」、テオリン「黄昏に眠る秋」など訳書多数。

検印
廃止

盲目の理髪師

2018年5月31日　初版

著者　ジョン・ディクスン・カー

訳者　三《み》角《すみ》和《かず》代《よ》

発行所　(株)東京創元社
代表者　長谷川晋一

162-0814/東京都新宿区新小川町1-5
電話　03・3268・8231-営業部
　　　03・3268・8204-編集部
URL　http://www.tsogen.co.jp
萩原印刷・本間製本

ISBN978-4-488-11844-0　C0197